Uwe Bellmann
6948 Wald-Michelbach-1
Raubachweg 18

Zu diesem Buch

Dem genialen Untersuchungsrichter und Meisterdetektiv Di gelingt es, durch Menschenkenntnis, stoische Geduld und Einfühlungsvermögen auch fast aussichtslose Fälle aufzuklären. Ein winziges dolchartiges Gerät steckt im Hals eines pensionierten Generals, auf seinem Schreibtisch liegen vergiftete Pflaumen. Nach dem Tod eines ehemaligen Provinz-Gouverneurs führen sein Testament und ein rätselhaftes Bild zu dramatischen Verwicklungen. Ein junges Mädchen verschwindet unter mysteriösen Umständen. Alle drei Fälle verschlingen sich auf unerwartete Weise. Aber van Guliks meisterlicher Kriminalroman fasziniert nicht nur durch seine Spannung. Zugleich entwirft er ein Bild vom glanzvollen Reich der Mitte: vom Leben im alten China, seiner Hochkultur, seiner exklusiven, doch nicht immer vornehmen Elite im 16. Jahrhundert, den Nöten der unterdrückten Menschen.

Robert van Gulik, geboren 1910, studierte Jura und orientalische Sprachen an den Universitäten von Leyden und Utrecht und promovierte 1935. Im selben Jahr trat er in den diplomatischen Dienst der Niederlande ein und wurde Botschaftssekretär in Japan, Korea, China, Ostafrika, Ägypten, Indien und in den USA. Nach einer dreijährigen Tätigkeit im Außenministerium in Den Haag war er im Libanon, in Malaysia und zuletzt als niederländischer Botschafter in Tokio tätig. 1967 starb er während eines Urlaubs in Amsterdam. Neben hochgeachteten wissenschaftlichen Veröffentlichungen wurde er als Schriftsteller vor allem durch seine selbstillustrierten chinesischen Detektivgeschichten über den Richter Di bekannt. Robert van Gulik hatte begonnen, Kriminalromane im klassischen chinesischen Stil nach alten Originalquellen zu schreiben, als er feststellte, daß die Chinesen Übersetzungen westlicher Kriminalromane lasen und ihre eigene Tradition vernachlässigten. Seine Bücher wurden zu Bestsellern in Asien und sind auch in mehreren westlichen Sprachen erfolgreich.

Robert van Gulik

Mord im Labyrinth

Kriminalfälle des Richters Di
aus alten chinesischen Originalquellen
entnommen

Mit 20 Zeichnungen des Autors
im chinesischen Holzschnittstil

rororo

Rowohlt

Titel der englischen Erstfassung «The Chinese Maze Murders»
Deutsch von Dr. Roland Schacht
Umschlagentwurf Georg Meyer und Manfred Waller
unter Verwendung einer Zeichnung des Autors

Veröffentlicht im Rowohlt Taschenbuch Verlag GmbH,
Reinbek bei Hamburg, Oktober 1976

Gesetzt aus der Linotype-Aldus (D. Stempel AG)
Gesamtherstellung Clausen & Bosse, Leck/Schleswig
Printed in Germany
580-ISBN 3 499 11998 6

Vorwort

Dies ist der erste von Robert van Guliks Romanen über die Abenteuer des berühmten chinesischen Detektivs Richter Di, der in deutscher Sprache erscheint. Nachdem der Autor die originale altchinesische Kriminalgeschichte «Merkwürdige Kriminalfälle des Richters Di» (Verlag Die Waage, Zürich 1960) übersetzt hatte, schrieb er nach diesem Vorbild selbst mehr als ein halbes Dutzend Richter Di-Romane. Diese Romane wurden rasch sehr beliebt, und zwar nicht nur in englischer, holländischer und schwedischer Fassung, sondern ebenso in chinesischer und japanischer Übertragung.

Mit dieser Serie sollen uns chinesische Detektivromane vorgelegt werden, in denen die Chinesen so gezeigt werden, wie sie sich selbst in ihrer Kriminalliteratur – die in China schon vor vielen Jahrhunderten blühte – zu beschreiben pflegten. Dies ist heute um so mehr angebracht, als immer noch jene unglückliche westliche Tradition des 19. Jahrhunderts in unseren Detektivromanen fortlebt, nach der alle Mandarine lasterhafte, Opium rauchende Wesen mit langen Haarzöpfen waren. Der Autor hofft, daß der Leser die Mandarine in echter Tracht, ohne Opiumpfeife und Haarzopf, aber mit großer Pflichtergebenheit, scharfsinnigem Urteil und tiefer psychologischer Einsicht nicht weniger attraktiv findet.

Der Schauplatz dieses Romans ist Lan-fang, eine imaginäre Stadt an der Westgrenze des chinesischen Tang-Reiches (ein Plan der Stadt findet sich auf den Seiten 246/247). Das Nachwort gibt Auskunft über Verbrechen, deren Entdeckung und die Gerichtsverfahren im alten China sowie über verwendete chinesische Quellen.

Die Personen

In China geht der Familienname – in dieser Liste in Majuskeln gedruckt – dem Rufnamen voraus.

Hauptpersonen:

DI Jen-dsiä	der neue Bezirksvorsteher und Richter in Lanfang
HUNG Liang	sein alter Ratgeber und Wachtmeister
MA Jung TSCHIAO Tai TAO Gan	seine drei Helfer

Personen, beteiligt beim Fall des Mordes im versiegelten Zimmer:

DING Hu-gwo	ein pensionierter General
DING Yi	sein Sohn
WU Feng	ein Maler

Personen, beteiligt beim Fall des verborgenen Testaments:

SIH Schu-siän	vormaliger Provinzgouverneur
Frau SIH, geborene MEI	seine junge Frau in zweiter Ehe
SIH Ki	sein ältester Sohn
SIH Schan	sein zweiter Sohn
Frau LI	eine Malerin

Personen, beteiligt beim Fall des enthaupteten Mädchens:

FANG	ein Grobschmied
Weiße Orchidee	seine älteste Tochter
Dunkle Orchidee	seine zweite Tochter

Weitere Personen:

TSCHIÄN Mao	lokaler Tyrann
LIU Wan-fang	sein Ratgeber
Orolaktschi	ein Uguren-Häuptling
Talbi	eine Uguren-Dirne; ihr Spitzname bedeutet «Der Sattel»

Erstes Kapitel

Sonderbares Zusammentreffen an einem Lotusteich; Richter Di wird auf dem Weg nach Lan-fang angegriffen.

Der Himmel schuf für zehntausend Zeitalter ein unabänderliches Muster, geregelten Lauf der Sonne und der Sterne in der Höhe, schuf Berge und Flüsse auf Erden. Hierauf schufen die alten Weisen unsere heilige Staatsordnung, indem sie Himmlische Gerechtigkeit zur Kette und menschliches Gesetz zum Einschlag machten.
Ein weiser und ehrenhafter Richter ist des Himmels unfehlbares Werkzeug, des Volkes Vater und Mutter, sowohl mitfühlend wie streng.
Vor seinem Gericht erlangen die Bedrückten Wiedergutmachung erlittenen Unrechts.
Kein Verbrechen entgeht ihm, trotz schändlichen Betrugs und aller List.

Unter unserer jetzigen ruhmreichen Ming-Dynastie, in der Yung-lo-Ära, erfreut sich unser Land des Friedens. Die Ernten sind reich, es gibt weder Dürren noch Überschwemmungen, der Bevölkerung geht es gut, und sie ist zufrieden. Dieser glückliche Zustand ist ausschließlich der erhabenen Tugend Seiner Kaiserlichen Majestät zu danken. Selbstverständlich sind in dieser gesegneten Zeit Verbrechen selten, so daß Material zum Studium von Verbrechen und ihrer Entdeckung in unserer Gegenwart dürftig geworden ist. Will man Berichte über die Verhütung von Verbrechen und deren staunenswerte Aufdeckung durch scharfsinnige Beamte haben, muß man eher in der Vergangenheit suchen, als in der Gegenwart Umschau halten.

Da ich reichlich Muße habe, meinem Lieblingsstudium nachzugehen, stöberte ich eifrig in alten Dokumenten und staubigen Archiven nach früheren berühmten Kriminalfällen und habe es mir zur Gewohnheit gemacht, aufmerksam den Gesprächen meiner Freunde und Bekannten zuzuhören, wenn sie sich im Teehaus über merkwürdige, von den Richtern früherer Jahrhunderte behandelte Verbrechen unterhalten.

Neulich ging ich am späten Nachmittag durch den westlichen Park, um die dort in voller Blüte stehenden Lotusblumen zu bewundern. Ich ging über die ornamentreiche Marmorbrücke, die auf die Insel inmitten des Lotusteiches führt, und nahm an einem leeren Ecktisch auf der offenen Terrasse des Restaurants Platz.

Meinen Tee schlürfend und getrocknete Mandelkerne knabbernd, genoß ich die wundervolle Aussicht über den ganz mit Lotusblumen bedeckten See. Ich beobachtete die bunte Volksmenge und vergnügte mich damit, wie ich das oft tue, aus der äußeren Erscheinung einiger Vorübergehender Schlüsse auf ihre Persönlichkeit und ihren Stand zu ziehen.

Ich bemerkte zwei ausnehmend schöne Mädchen, die Hand in Hand an mir vorbeikamen. Da sie einander sehr ähnlich sahen, lag der Schluß nahe, daß sie Schwestern waren. Doch waren ihre Charaktere offenbar sehr verschieden. Die Jüngere war heiter, lebhaft und redete ununterbrochen. Die Ältere dagegen war zurückhaltend und schüchtern und gab kaum Antwort. Ihre Gesichtszüge wiesen einen Ausdruck tiefer Trauer auf. Sicher gab es in ihrem Leben eine düstere Tragik.

Als die beiden Mädchen wieder in der Menge untertauchten, bemerkte ich, daß ihnen eine ältere Frau folgte, die leicht hinkte, an einem Stock ging und die Absicht zu haben schien, die beiden Mädchen einzuholen. Ich hielt sie für ihre Anstandsdame. Aber als sie an der Terrasse vorüberging, bemerkte ich einen so bösen Gesichtsausdruck, daß ich meine Blicke rasch auf ein hübsches vorüberkommendes Paar heftete.

Der junge Mann trug die Kopfbedeckung eines Literaturstudenten, das Mädchen war bürgerlich wie eine Hausfrau gekleidet. Sie gingen getrennt, aber aus den verliebten Blicken, die sie einander zuwarfen, ergab sich deutlich, daß sie zusammengehörten. Aus ihrem verstohlenen Gehaben schloß ich auf ein sträfliches Liebesverhältnis. Gerade als sie an mir vorbeikamen, versuchte das Mädchen, den jungen Mann bei der Hand zu fassen, er aber zog die seine hastig zurück und schüttelte zurechtweisend den Kopf.

Ich ließ meine Augen über die Gäste auf der Terrasse gehen und bemerkte einen feisten, sauber gekleideten Mann, der, ganz wie ich selber, allein saß. Er hatte ein rundes, freundliches Gesicht, und ich hielt ihn für einen Angehörigen des Landadels. Da er ein redseliger Typ zu sein schien, wandte ich meine Augen rasch von ihm ab, damit er meinen Blick nicht als Einladung, nähere Bekanntschaft zu schließen, ansähe. Ich zog es vor, mit meinen Gedanken allein zu bleiben, um so mehr, als ich in seinen Augen einen Schimmer bemerkt hatte, der mich vorsichtig stimmte. Ich machte mir klar, daß ein Mensch mit so kühlem, berechnendem Blick, der den freundlichen Ausdruck seines Gesichts Lügen strafte, ebensogut imstande sein könnte, planmäßig eine Untat zu begehen.

Nach einer Weile sah ich einen alten Herrn mit wallendem weißem

Bart langsam über die Stufen der Terrasse heraufkommen. Er trug ein braunes Kleid mit weiten, mit weißem Samt gesäumten Ärmeln und eine hohe schwarzseidene Mütze. Obwohl er keine Rangabzeichen trug, machte er doch einen sehr vornehmen Eindruck. Einen Augenblick machte er halt und ließ, auf seinen gekrümmten Stab gestützt, seine durchdringenden, unter weißen Brauen hervorblickenden Augen über die dichte Menge auf der Terrasse gehen.

Da man eine Person von so ehrwürdigem Alter nicht stehen lassen kann, stand ich rasch auf und bot dem Fremden einen Platz an meinem Tisch an. Er verbeugte sich höflich und setzte sich. Wir tranken Tee und tauschten die üblichen höflichen Fragen aus. Es ergab sich, daß sein Familienname Di und er selbst ein pensionierter Präfekt war.

Bald waren wir in einer angenehmen Unterhaltung begriffen. Mein Gast erwies sich als ein umfassend gebildeter Mann von erlesenem Geschmack, und während wir über Poesie und Prosa sprachen und dabei auf die fröhliche Menge blickten, die das Ufer säumte, verging uns die Zeit, ohne daß wir es bemerkten.

Ich hatte festgestellt, daß mein Gast seinem Dialekt nach aus der Provinz Schansi stammen mußte. Deshalb fragte ich ihn, als die Unterhaltung einmal stockte, ob er vielleicht zufällig verwandt sei mit der alten Familie Di aus Tai-yuan, der Hauptstadt jener Provinz, aus der vor Jahrhunderten während der Tang-Dynastie der große Staatsmann Di Jen-dsiä hervorgegangen war.

Die Augen des alten Herrn flackerten unruhig. Er zupfte ärgerlich an seinem langen Bart.

«Ja», rief er aus, «meine Familie stammt tatsächlich von jenen Di, von denen auch der große Richter Di abstammte, den ich mit Stolz zu meinen Ahnen zähle. Aber gleichzeitig gibt mir diese Tatsache ständig Anlaß zu Ärger. Wann immer ich in einem Restaurant meine Schale Reis esse oder duftigen Tee in einem Teehaus zu mir nehme, muß ich mir, ob ich will oder nicht, die Geschichten mitanhören, welche die andern Gäste sich über meinen berühmten Ahnherrn erzählen. Im allgemeinen stimmt zwar, was sie über Di Jen-dsiäs glänzende Laufbahn am Kaiserlichen Hof berichten, zumal solche Behauptungen in den amtlichen Jahrbüchern der Tang-Dynastie nachgeprüft werden können. Meistens schwatzen diese unwissenden Personen jedoch über ganz verrückte Geschichten aus den Anfängen von Di Jen-dsiäs Leben, aus der Zeit, als er noch Bezirksrichter in der Provinz und als ‹Richter Di› durch die Aufklärung so manchen geheimnisvollen Kriminalfalles berühmt war. Ein authentischer Bericht über die meisten dieser Fälle hat sich in unserer Familie seit unzähligen Generationen erhalten. Es verdrießt mich sehr, wenn ich all diese falschen Teehausgeschichten mitanhören muß, ich ziehe es dann vor, mein Essen stehenzulassen und fortzugehen.»

Der alte Herr schüttelte den Kopf und stieß seinen Stock ärgerlich auf die Steinfliesen.

Ich war begeistert zu erfahren, daß mein Gast tatsächlich ein Nachkomme des berühmten Richters Di war. Ich stand auf und verbeugte mich tief gegen ihn, um ihm meine Hochachtung für seine vornehme Familie zu bezeugen. Dann sagte ich:

«Sie müssen wissen, verehrter Herr, daß ich mich intensiv mit dem Studium authentischer Berichte über die von den hervorragenden Richtern aufgeklärten Kriminalfälle befasse. Ich bin durchaus kein müßiger Schwätzer, sondern beschäftige mich angelegentlich mit diesen alten Berichten, da sie als Spiegel unserer eigenen Schwächen und Fehler dienen können. Solche Berichte verbessern nicht nur unsere Moral und unsere Sitten, sondern schrecken auch böse Menschen ab. Nun gibt es meiner Meinung nach im Altertum niemanden, der sich mit Richter Di vergleichen läßt. Viele Jahre lang habe ich Material über die von diesem glänzenden Geist behandelten Fälle gesammelt, und nun, da mir durch ein gütiges Geschick dies Zusammentreffen mit Ihnen zuteil geworden ist, bin ich gespannt, ob es Ihre Güte mißbrauchen heißt, wenn ich Sie ergebenst bitte, einige der wenigen bekannten Fälle aus Ihrem eigenen Munde vernehmen zu dürfen.»

Der alte Herr erklärte sich bereitwillig einverstanden, und ich lud ihn zu einem bescheidenen Abendessen ein.

Es dämmerte bereits, die Gäste waren von der Terrasse ins Restaurant gegangen, wo die Diener Kerzen und bunte Papierlaternen angezündet hatten.

Ich ließ die Haupthalle mit den schwatzenden Tischgästen links liegen und führte meinen Gast in einen kleinen Nebenraum, aus dem man eine schöne Aussicht auf den jetzt im roten Schein des Sonnenuntergangs liegenden See hatte.

Ich bestellte zwei Essen zu je vier Gängen und einen Krug warmen Weins.

Als wir vom Essen gekostet und mehrmals getrunken hatten, strich sich der alte Herr über seinen langen Backenbart und sagte:

«Ich werde Ihnen drei erstaunliche Kriminalfälle erzählen, die mein verehrter Ahnherr Richter Di unter höchst ungewöhnlichen Umständen aufgeklärt hat. Zu jener Zeit war er Beamter in Lan-fang, einem abgelegenen Bezirk an der Nordwestgrenze unseres Reichs.»

Dann setzte er zu einer langen und verwickelten Geschichte an.

Obwohl seine Erzählung nicht uninteressant war, so erwies sich doch, daß er zu langen Abschweifungen neigte, während seine Stimme undeutlich und monoton wie Bienengesumm war. Nach einiger Zeit merkte ich, wie meine Aufmerksamkeit nachließ. Ich leerte drei Becher hintereinander, um wach zu bleiben, aber das flüssige Ambra machte mich nur schläfriger. Während die Stimme meines Gastes dahinplätscherte, kam es mir vor, als ob ich den Geist des Schlafes in der dumpfigen Luft rascheln hörte.

Als ich aufwachte, befand ich mich allein in dem kalten Raum, ich lag mit dem Kopf auf gefalteten Armen über dem Tisch.

Ein mürrischer Kellner stand neben mir und sagte, es habe bereits die dritte Nachtwache geschlagen. Und ob ich vielleicht dies Restaurant für ein Hotel hielte, wo man nach Belieben übernachten könne.

Mein Kopf war schwer, und ich fand nicht gleich die richtigen Worte, diesem ungeschliffenen Burschen gebührend zu antworten. Statt dessen erkundigte ich mich nach meinem Gast, dessen Aussehen ich ziemlich ausführlich beschrieb.

Der Kellner antwortete, er habe zuvor in einer andern Abteilung des Restaurants bedient, und fragte, ob ich der Meinung sei, daß er Zeit genug habe, sich jeden einfachen Gast genau anzusehen. Danach zog er eine Rechnung über zwei Menus zu je sechs Gängen und acht Krügen Wein hervor. Es blieb mir nichts anderes übrig, als zu zahlen, obwohl ich mir im Augenblick keineswegs ganz klar darüber war, ob nicht meine Begegnung mit dem alten Herrn ein Traum gewesen war und ob dieser Halunke von Kellner nicht meinen Zustand dazu ausnutzte, mich gröblich übers Ohr zu hauen.

Ich verließ den Raum in dem Gefühl, schlecht behandelt worden zu sein, und ging durch die verlassenen Straßen nach Hause. Mein Diener schlief fest zusammengekauert in einer Ecke meiner Bibliothek. Ich weckte ihn nicht auf, sondern ging auf den Zehenspitzen an mein Bücherregal. Ich zog die Jahrbücher der Tang-Dynastie, den Kaiserlichen Atlas und meine eigenen Notizen über Richter Di heraus. Als ich über diesen Bänden brütete, fand ich, obwohl des alten Herrn Geschichte in großen Zügen ziemlich gut mit den historischen Tatsachen übereinstimmte, daß ein Ort Lan-fang an der Nordwestgrenze nicht existierte. Ich dachte, ich hätte den Namen möglicherweise mißverstanden, und beschloß, am nächsten Tage den alten Herrn aufzusuchen und ihn um nähere Erklärung zu bitten. Dann stellte ich aber zu meinem Schrecken fest, daß, obwohl ich mich jedes Wortes seiner Geschichte entsann, ich mich an keinerlei persönliche Einzelheit, die sich auf ihn bezog, erinnern konnte. Ich hatte sowohl seinen vollen Namen wie auch seinen jetzigen Wohnsitz vergessen.

Kopfschüttelnd feuchtete ich meinen Pinsel an und brachte es noch in derselben Nacht fertig, die gesamte Geschichte, die er mir erzählt hatte, niederzuschreiben und legte den Pinsel erst hin, als der Hahn aufgehört hatte zu krähen.

Am nächsten Tage zog ich genaue Erkundigungen bei meinen Freunden ein, aber niemand hatte jemals etwas von einem pensionierten Präfekten mit Namen Di, der in unserer Stadt wohnen sollte, gehört. Alle weiteren Bemühungen, seinen Aufenthalt ausfindig zu machen, blieben ergebnislos. Aber auch das löste nicht alle Zweifel auf. Es war ja immerhin möglich, daß der alte Herr nur einmal durch unsere Stadt gekommen war und irgendwo auf dem Lande lebte.

So blieb mir nichts anderes übrig, als die Geschichte bekannt zu machen in der Form, in der ich sie geschrieben habe, und es dem besseren Urteil des gewissenhaften Lesers zu überlassen zu entscheiden, ob meine Begegnung am Lotusteich ein Traum oder Wirklichkeit gewesen ist. Wenn diese Geschichte von drei geheimnisvollen Verbrechen den Leser einige Augenblicke von den Sorgen und Nöten des täglichen Lebens ablenken sollte, wird mir das Geld, um das ich betrogen wurde, nicht leid tun. Denn ganz abgesehen davon, was wirklich geschah, war dieser Kellner doch offenbar ein gemeiner Hund, weil es völlig unglaubhaft ist, daß ein oder sogar zwei Herren von Geschmack jemals auf einer einzigen Sitzung acht Krüge Wein zu sich genommen haben sollten.

Vier bespannte Wagen fuhren langsam auf einer gewundenen Straße durch die östlichen Berge bei der Stadt Lan-fang.

Im ersten Wagen hatte es sich der neue Richter von Lan-fang so bequem gemacht, wie es auf einer solchen beschwerlichen Reise möglich ist. Er saß auf einer Bettrolle und lehnte sich mit dem Rücken gegen ein großes Bücherpaket. Sein getreuer Gefährte, der alte Wachtmeister Hung, saß ihm gegenüber auf einem Ballen Tuch. Die Straße war schlecht, und diese improvisierten Sitze gewährten nur unvollkommenen Schutz gegen die ständigen Stöße.

Der Richter und sein Wachtmeister waren, da ihre Reise bereits mehrere Tage dauerte, sehr müde.

Hinter ihnen kam ein großer Planwagen mit seidenen Vorhängen. In diesem saßen Richter Dis drei Frauen, seine Kinder und Mägde und versuchten, zwischen ihren Kissen und wattierten Steppdecken zusammengerollt, hie und da ein bißchen zu schlummern.

Die beiden andern Wagen waren mit Gepäck beladen. Einige Diener saßen unsicher auf Ballen und Kisten, andere hatten es vorgezogen, neben den schweißbedeckten Pferden herzugehen.

Das letzte Dorf hatten sie bereits, bevor es zu dämmern anfing, hinter sich gelassen, und von da ab führte die Straße sie durch eine trostlose Berggegend. Die einzigen Leute, denen sie begegneten, waren ein paar Holzsammler. Nachmittags hatten sie zwei Stunden Aufenthalt gehabt, weil ein Rad gebrochen war, und jetzt wurde es bereits dämmrig, was die Berge nicht einladender machte. Zwei starke Burschen ritten dem Zuge voraus. Vom Rücken herunter hingen ihnen breite Schwerter, und jeder hatte an seinem Sattelknauf einen Bogen hängen, während in ihren Köchern die Pfeile rasselten. Diese beiden Burschen waren Ma Jung und Tschiao Tai, zwei von Richter Dis treuen Gehilfen. Jetzt dienten sie als bewaffneter Schutz. Ein anderer Helfer Richter Dis, ein magerer Mann, der recht gedrückt einherging und Tao Gan hieß, bildete zusammen mit dem alten Hausbesorger die Nachhut. Auf der Höhe des Gebirgskammes angelangt, hielt Ma Jung sein Pferd an. Die Straße vor ihm ging in ein bewaldetes Tal hinunter. Jenseits jedoch erhob sich wieder ein steiler Berg.

Ma Jung wandte sich im Sattel um und rief dem Kutscher zu:

«Vor einer Stunde hast du Hundesohn behauptet, daß wir in die Nähe von Lan-fang kommen, und jetzt ist da ein Berg.»

Der Kutscher brummte irgend etwas über Stadtleute, die immer Eile haben. Dann bemerkte er verdrießlich:

«Machen Sie sich keine Sorge. Vom nächsten Paß aus werden Sie Lan-fang am Fuß des Abhangs sehen.»

«Immer redet dieser Hund vom ‹nächsten Paß›», bemerkte Ma Jung zu Tschiao Tai. «Wie ärgerlich, daß wir so spät nach Lan-fang kommen. Der scheidende Richter muß bereits seit dem Nachmittag auf uns gewartet haben, und wie ist das mit den andern Würdenträgern der Bezirksverwaltung und ihrem Begrüßungsgastmahl? Die müssen jetzt schon ebenso hungrig sein wie ich.»

«Vom Durst nicht zu reden», fügte Tschiao Tai hinzu. Er wandte sein Pferd um und ritt auf des Richters Wagen zu.

«Wir müssen noch durch ein Tal, Euer Ehren», berichtete er, «aber dann werden wir schließlich Lan-fang erreicht haben.»

Wachtmeister Hung unterdrückte einen Seufzer.

«Sehr schade», bemerkte er, «daß Euer Ehren den Befehl erhalten haben, Pu-yang so bald zu verlassen. Obwohl dort direkt nach unserer Ankunft zwei große Kriminalfälle passierten, war es doch im großen ganzen genommen ein vergnüglicher Bezirk.»

Richter Di setzte ein verdrießliches Lächeln auf und versuchte, eine bequemere Haltung für seinen Rücken zu finden.

«Es sieht so aus», sagte er, «als ob die in der Hauptstadt verbliebenen Angehörigen der Buddhistenclique sich mit Freunden der kantonesischen Kaufleute zusammengetan und meine Versetzung, längst bevor meine Amtszeit in Pu-yang abgelaufen war, bewirkt haben. Aber es wird auch wieder sehr lehrreich sein, als Richter in einem so weitab liegenden Bezirk wie Lan-fang zu dienen. Es werden sich dort zweifellos besondere Probleme ergeben, auf die man in den größeren Städten im Innern nie stoßen wird.»

Der Wachtmeister gab das zu, blieb aber verdrossen. Er war über sechzig und von der langen, anstrengenden Reise erschöpft. Schon als Kind war er Gefolgsmann von Richter Dis Familie gewesen. Als Richter

Di seine amtliche Laufbahn angetreten hatte, machte er ihn zu seinem Vertrauensmann und Ratgeber und auf jedem Posten, auf dem er Dienst getan hatte, zum Obmann über die Gerichtskonstabler.

Die Kutscher knallten mit den Peitschen. Der Zug gelangte jetzt auf den Gebirgskamm und fuhr dann eine schmale, gewundene Straße abwärts.

Bald erreichten sie die Tiefe des Tals. Hier wurde die Straße durch hohe Zedernbäume verdunkelt, die beiderseits aus dichtem Unterholz aufschossen.

Richter Di dachte gerade daran, seinen Dienern zu befehlen, daß sie die Fackeln anzündeten, als er vorn und hinten wirres Geschrei vernahm.

Plötzlich war eine Anzahl schwarz vermummter Männer aus dem Wald aufgetaucht.

Zwei bekamen Ma Jungs rechtes Bein zu fassen und zerrten ihn, ehe er noch Zeit hatte, sein Schwert zu ziehen, vom Pferd herunter. Ein dritter war von hinten auf Tschiao Tais Pferd gesprungen, hatte ihn am Nacken gepackt und abgeworfen. Am Ende des Zuges griffen zwei andere Räuber Tao Gan und den Hausbesorger an.

Die Kutscher sprangen ab und verschwanden im Wald. Richter Dis Diener machten sich, so schnell sie konnten, davon.

Vor dem Fenster von Richter Dis Wagen erschienen zwei maskierte Gesichter. Wachtmeister Hung erhielt einen Schlag auf den Kopf und verlor das Bewußtsein. Der Richter konnte einem Speer, der hineingestoßen wurde, gerade noch ausweichen. Rasch ergriff er den Schaft mit beiden Händen. Der Angreifer bemühte sich von außen, ihn loszubekommen. Zunächst hielt der Richter ihn fest, stieß ihn dann aber mit einem Ruck auf den Mann zu, der daraufhin zurücktaumelte. Richter Di entriß ihm den Speer und sprang aus dem Fenster. Er wirbelte den Speer im Kreise herum und hielt sich damit die beiden Angreifer vom Leibe. Der Räuber, der Wachtmeister Hung niedergeschlagen hatte, war mit einer Keule bewaffnet, der Speerträger hatte jetzt ein langes Schwert gezogen. Beide griffen wütend den Richter an, der schon zu erkennen begann, daß er nicht mehr lange imstande sein werde, diesen beiden entschlossenen Gegnern standzuhalten.

Die beiden Strolche, die Ma Jung von seinem Pferd gezerrt hatten, machten sich daran, ihn, während er sich aufraffte, mit ihren Schwertern zu erledigen. Zu ihrem Unglück waren sie jedoch an einen routinierten Fechter geraten, der vor ein paar Jahren noch ein berühmter Straßenräuber gewesen war. Bevor Richter Di sie zur Einsicht gebracht hatte, waren sowohl Ma Jung wie Tschiao Tai «Brüder der grünen Wälder» gewesen. Daher gab es in Sachen Wegelagerei nur wenig Dinge, in denen Ma Jung nicht sachverständig war. Anstatt zu versuchen, wieder aufzukommen, wand er sich seitwärts, ergriff den Fußknöchel des einen Angreifers und kippte diesen um. Gleichzeitig landete Ma Jung einen bösen Schlag auf des andern Mannes Knie. Diese Doppelaktion gab ihm Gelegenheit aufzuspringen. Den Stolpernden warf er mit einem furchtbaren Faustschlag auf den Kopf nieder. Dann wandte er sich blitzschnell um und boxte den Mann, der sein zerschmettertes Knie umklammerte, ins Gesicht, so daß er umfiel und sich ums Haar den Hals gebrochen hätte.

Ma Jung zog sein Schwert und stürzte zu Tschiao Tai hinüber, der auf dem Boden lag und verzweifelt mit dem Manne rang, der sich an seinen Rücken geklammert hatte. Zwei andere standen mit langen Messern bereit, bei der ersten sich bietenden Gelegenheit Tschiao Tai zu durchbohren. Ma Jung stieß dem einen sein Schwert mitten in die Brust. Ohne es zurückzuziehen, wandte er sich gegen den andern und trat ihn derart in den Unterleib, daß jener zusammensackte. Ma Jung ergriff des Räubers langes Messer und stieß es dem Mann, der mit Tschiao Tai kämpfte, in die linke Schulter.

Gerade half er Tschiao Tai auf, als Ma Jung hörte, wie Richter Di rief: «Achtung!»

Ma Jung wandte sich rasch um, so daß die Keule des Mannes, der Richter Di angegriffen hatte und nun seinen Kameraden zu Hilfe kommen wollte, Ma Jungs Kopf verfehlte und nur seine linke Schulter traf. Ma Jung ging mit einem Fluch zu Boden. Der Räuber hob die Keule, um Tschiao Tai den Schädel einzuschlagen. Dieser hatte aber sein Messer gezogen, tauchte unter des Räubers erhobenen Arm und bohrte sein Messer bis ans Heft in des andern Herz.

Richter Di hatte es jetzt nur noch mit dem Schwertträger zu tun, den er rasch überlistete. Er fingierte einen Angriff mit dem Speer, worauf der Angreifer sein Schwert erhob, um den Schlag zu parieren. Da aber wandte Richter Di plötzlich den «Flaggenschwenken» genannten Fechtertrick an, er wirbelte den Speer in der Luft herum und schlug seinem Gegner mit dem Schaft auf den Kopf.

Er überließ es Tschiao Tai, die Räuber zu binden, und lief zu seinen Gepäckwagen. Ein Räuber lag, sich windend, auf dem Boden und griff sich krampfhaft an seinen Nacken. Der andere blickte, einen Knotenstock in der Hand, unter den Wagen. Der Richter streckte ihn nieder, indem er ihm mit der flachen Seite der Speerspitze auf den Kopf schlug.

Tao Gan kam, mit einem dünnen Strick in der Hand, unter dem Wagen hervorgekrochen.

«Was war hier los?» erkundigte sich der Richter.

Tao Gan gab grinsend zur Antwort:

«Einer dieser Spaßvögel schlug den Hausbesorger nieder, ein anderer schmetterte mir eins auf den Kopf. Ich schrie schrecklich auf, ließ

Richter Di wird von zwei Räubern angegriffen

mich zu Boden fallen und rührte kein Glied mehr. Sie dachten, ich sei erledigt, und fingen an, das Gepäck herauszuziehen. Ich aber stand auf und warf dem Nächsten meine dünne Schlinge über den Kopf. Dann tauchte ich unter den Wagen und zog den Strick an, so fest ich konnte. Der andere Räuber konnte mir dahin, ohne sich selbst zu gefährden, nicht folgen, und seine Keule nützte nichts. Er überlegte gerade, was er tun sollte, als Euer Ehren das führ ihn entschieden.»

Richter Di lächelte, dann eilte er an eine Stelle, wo er Ma Jung kräftig fluchen hörte. Tao Gan zog ein Stück Darmsaite aus seinem Ärmel und band damit die beiden Räuber an Händen und Füßen. Dann löste er seine Schlinge vom Nacken des Mannes, der bereits nahe am Ersticken war.

Diese beiden Räuber hatten sich durch Tao Gans harmlose äußere Erscheinung täuschen lassen. Tao Gan war ein Mann in mittleren Jahren, sah nicht sehr athletisch aus, war aber außerordentlich gerissen und hatte sich viele Jahre lang seinen Lebensunterhalt durch berufsmäßigen Schwindel verdient. Richter Di hatte ihm einmal aus einer häßlichen Lage herausgeholfen und ihn zu einem seiner Assistenten gemacht. Dank seiner intimen Kenntnis der Wege und Mittel der Unterwelt hatte er sich bei der Aufspürung und Überführung von Verbrechern als sehr nützlich erwiesen. Tao Gan steckte, wie der Verbrecher mit dem blauen Gesicht erfahren hatte, voller überraschender Tricks.

Als er an die Spitze des Zuges gelangte, fand Richter Di Tschiao Tai im Nahkampf mit einem der ersten Angreifer von Ma Jung begriffen, der sich inzwischen von dem Schlag auf den Kopf erholt hatte. Ma Jung selbst lag auf dem Boden, sein linker Arm war durch den Schlag auf seine Schulter gelähmt. Mit der Rechten suchte er die Angriffe des kleinen Räubers, der mit erstaunlicher Beweglichkeit um ihn herumtanzte und einen kurzen Dolch schwang, abzuwehren.

Gerade als der Richter seinen Speer zückte, gelang es Ma Jung, seines Gegners Handgelenk zu packen. Mit eisernem Griff drehte er ihm den Arm um, bis der Räuber seinen Dolch fallen ließ. Ma Jung zwang ihn nieder und setzte ihm seine Knie auf den Bauch.

Der Räuber jammerte laut auf.

Ma Jung stellte sich, während sein Gefangener ihm Kopf und Schultern mit Faustschlägen seiner freien Hand bearbeitete, was aber Ma Jung nicht zu kümmern schien, auf seine Beine. Keuchend rief er dem Richter zu:

«Würden Euer Ehren ihm die Maske abnehmen?»

Richter Di zog die Vermummung weg, und Ma Jung rief aus:

«Der Himmel bewahre uns! Es ist ein Mädchen!»

Es war tatsächlich ein Mädchen mit blitzenden Augen. Völlig überrascht ließ Ma Jung ihren Arm los.

Richter Di band ihr rasch die Arme auf den Rücken und sagte verdrießlich:

«Gelegentlich findet man wirklich eine verlassene Frau unter diesen Räuberbanden. Fesselt sie genau wie die andern!»

Ma Jung rief Tschiao Tai etwas zu, der inzwischen seinen Gegner überwältigt und gefesselt hatte. Ma Jung blieb stehen und kratzte sich verlegen den Kopf, während Tschiao Tai dem Mädchen die Hände auf den Rücken band. Sie sagte kein Wort.

Richter Di ging zu dem Planwagen mit den Frauen. Seine Erste Frau kauerte, einen Dolch in der Hand, im Fenster. Die andern hatten sich vor Angst unter der Plane verkrochen.

Der Richter teilte ihnen mit, der Kampf sei überstanden.

Richter Dis Diener und Kutscher waren aus ihren Verstecken hervorgekommen und begannen jetzt eilig, die Fackeln anzuzünden.

In ihrem flackernden Licht stellte Richter Di die Ergebnisse des Kampfes fest.

Auf seiner Seite war wenig Schaden entstanden. Wachtmeister Hung war wieder zu sich gekommen, sein Kopf wurde von Tao Gan verbunden. Der alte Hausbesorger hatte mehr vor Angst als durch den Schlag des Räubers gelitten. Ma Jung saß bis zur Hüfte nackt auf einem Baumstumpf. Seine linke Schulter war purpurrot angelaufen und geschwollen; Tschiao Tai massierte sie mit Heilöl.

Ma Jung hatte zwei Räuber getötet, Tschiao Tai einen. Die sechs andern waren mehr oder weniger verwundet, nur das Mädchen war unverletzt.

Der Richter befahl seinen Dienern, die Räuber auf einen der Gepäckwagen zu binden und die Leichen auf den andern. Das Mädchen mußte zu Fuß gehen.

Tao Gan erschien mit einem wattierten Korb, und der Richter und seine Helfer tranken eine Tasse heißen Tee.

Ma Jung spülte seinen Mund, spie verächtlich aus und sagte zu Tschiao Tai:

«Alles in allem war dies ein Überfall von Dilettanten. Ich kann mir nicht vorstellen, daß diese Burschen berufsmäßige Straßenräuber sind.»

«Ja», stimmte Tschiao Tai zu, «mit zehn Mann hätten sie bessere Arbeit leisten können.»

«Mir hat's gelangt», bemerkte Richter Di trocken.

Schweigend tranken sie noch eine Tasse Tee. Alle waren erschöpft und keiner besonders zum Sprechen aufgelegt. Nur das Flüstern der Diener und das Stöhnen der Räuber war zu hören.

Nach einer kurzen Ruhepause setzte sich der Zug aufs neue in Bewegung. Zwei Diener mit Fackeln gingen voran.

Sie brauchten gut über eine Stunde, um den letzten Gebirgskamm zu überschreiten. Dann wurde die Straße breit, und bald erblickten sie die Zinnen des nördlichen Stadttors von Lan-fang, die sich gegen den Abendhimmel abhoben.

Zweites Kapitel

Richter Di eröffnet die erste Gerichtssitzung; er entdeckt in den Archiven einen ungelösten Fall.

Tschiao Tai blickte betroffen auf das feste Tor, das in einen hohen Turm überging. Dann fiel ihm ein, daß Lan-fang eine Grenzstadt war, wo man mit plötzlichen Angriffen der Barbarenhorden aus den westlichen Ebenen rechnen mußte.

Er schlug mit dem Knauf seines Schwertes an das eisenbeschlagene Tor.

Nach beträchtlicher Zeit öffneten sich im Torturm die Schieber eines kleinen Fensters, und eine rauhe Stimme rief herunter:

«Nachts ist das Tor geschlossen, kommen Sie morgen früh wieder!»

Tschiao Tai hieb wütend gegen das Tor und brüllte: «Machen Sie auf, der Richter ist gekommen.»

«Was für ein Richter?» fragte die Stimme.

«Seiner Ehren Di, der neue Richter von Lan-fang. Machen Sie auf, Sie Rindvieh.»

Das Schiebefenster schloß sich wieder.

Ma Jung kam zu Tschiao Tai herangeritten und fragte:

«Warum dauert das denn so lange?»

«Die faulen Hunde haben geschlafen», sagte Tschiao Tai angewidert. Damit schlug er aufs neue mit seinem Schwert gegen die Tür.

Hierauf hörten sie das Rasseln von Ketten. Schließlich wurden die schweren Türen ein paar Fuß breit geöffnet.

Tschiao Tai zwängte sich mit seinem Pferd durch und ritt beinahe zwei nachlässig uniformierte Soldaten mit rostigen Helmen nieder.

«Macht das Tor weit auf, ihr faulen Hunde», schrie Tschiao Tai unwirsch.

Die Soldaten blickten unverschämt die beiden Reiter an, und einer machte schon den Mund auf, um etwas zu sagen; als er aber den wilden Ausdruck von Tschiao Tais Gesicht bemerkte, bedachte er sich doch und öffnete mit Hilfe seines Kollegen das Tor ganz. Der Zug ging durch und bewegte sich die dunkle Hauptstraße entlang südwärts.

Die Stadt machte einen kläglichen Eindruck. Obgleich die erste

Nachtwache noch nicht geschlagen war, hatten die meisten Läden bereits geschlossen.

Hier und da hockten kleine Gruppen um die Öllampen von Straßenverkäufern. Wenn der Zug vorüberkam, drehten sie sich um und besahen sich einen Augenblick gleichgültig die Wagen, dann wendeten sie sich wieder ihren Nudelschalen zu.

Niemand erschien, den neuen Richter zu begrüßen, und nichts deutete darauf, daß man ihn willkommen heißen wollte.

Schließlich kam der Zug an einen hohen Torbogen, der über die Straße ging. Hier teilte sich die Hauptstraße, rechts ging es eine hohe Mauer entlang. Ma Jung und Tschiao Tai hielten dies für die Rückwand des Gerichtsgebäudes.

Sie wandten sich nach Osten und ritten an der Wand entlang, bis sie an ein breites Tor kamen. Über dem Torbogen hing eine verwitterte hölzerne Tafel mit der Inschrift:

GERICHT VON LAN-FANG

Tschiao Tai sprang ab und begann mit aller Macht gegen die Tür zu schlagen.

Ein hagerer Mann in geflickter Kleidung öffnete. Sein ungepflegter Bart starrte vor Schmutz, und er schielte fürchterlich. Seine Papierlaterne hochhebend, musterte er Tschiao Tai und sagte dann mit heiserer Stimme:

«Wissen Sie nicht, Soldat, daß das Gericht geschlossen ist?»

Dies war zu viel für Tschiao Tai. Er packte den Mann an seinem Bart und schüttelte ihn so heftig, daß der Kopf des Pförtners mehrmals dumpf gegen den Türpfosten stieß. Tschiao Tai ließ ihn erst los, als der Mann um Gnade zu bitten begann.

Tschiao Tai sagte gebieterisch:

«Seine Exzellenz, Richter Di, ist angekommen. Öffnen Sie die Tür und rufen Sie das Personal des Gerichts zusammen.»

Eilig stieß der Mann die Doppeltür auf. Der Zug kam herein und machte im Haupthof gegenüber der großen Empfangshalle halt.

Richter Di stieg von seinem Wagen hinunter und blickte sich um. Die hohen sechsflügeligen Türen der Empfangshalle waren verschlossen. Auch vor den Fenstern, der Kanzlei gegenüber, hingen geschlossene Läden. Alles war dunkel und verlassen.

Richter Di steckte seine Hände in seine Ärmel und befahl Tschiao Tai, ihm den Torwart vorzuführen.

Tschiao Tai packte den Mann beim Kragen und schleppte ihn vor den Richter. Hastig kniete der stämmige Mann nieder.

Richter Di fragte kurz angebunden:

«Wer sind Sie, und wo ist der scheidende Richter, Seine Exzellenz Kwang?»

«Diese unbedeutende Person», stammelte der Mann, «ist der Gefängniswärter. Seine Exzellenz Kwang hat die Stadt heute morgen durch das südliche Tor verlassen.»

«Wo sind die Amtssiegel?»

«Die müssen irgendwo in der Kanzlei sein», antwortete der Wärter mit zitternder Stimme.

Richter Di verlor die Geduld. Er stampfte mit dem Fuß und rief:

«Wo sind die Wachen? Wo sind die Konstabler? Wo sind die Schreiber, wo sind die Amtsgehilfen, wo ist wer in diesem verfluchten Gericht?»

«Der Oberkonstabler ist letzten Monat weggegangen. Der Älteste Schreiber hat für drei Wochen Krankheitsurlaub und ...»

«Also gibt's hier niemand anderen als Sie», unterbrach ihn der Richter. Er wandte sich an Tschiao Tai und fuhr fort:

«Wirf diesen Wärter in sein eigenes Gefängnis. Ich werde schon selbst feststellen, woran's hier fehlt.»

Der Wärter wollte protestieren, aber Tschiao Tai gab ihm ein paar Ohrfeigen und band ihm die Hände auf den Rücken. Dann drehte er den Wärter um, stieß ihn vorwärts und schnauzte:

«Zeig uns, wo dein Kerker ist!»

Im linken Flügel des Gebäudekomplexes hinter den leeren Wachtstuben fanden sie ein ziemlich geräumiges Gefängnis. Augenscheinlich waren die Zellen seit langer Zeit nicht mehr benutzt worden. Aber die Türen sahen fest genug aus, und die Fenster waren mit Eisen vergittert.

Tschiao Tai stieß den Wärter in eine kleine Zelle und verschloß die Tür.

Richter Di sagte:

«Jetzt wollen wir uns mal den Gerichtssaal und die Kanzlei ansehen.»

Tschiao Tai nahm seine Papierlaterne. Sie fanden auch ohne Schwierigkeit das Doppeltor des Gerichtssaales. Als Tschiao Tai die Tür aufstieß, quietschte sie in verrosteten Angeln. Tschiao Tai hob seine Laterne hoch.

Sie sahen sich in einer weiten, leeren Halle. Dicke Lagen Staub und Schmutz bedeckten die Fliesen, und von den Wänden hingen Spinnweben herunter. Richter Di ging bis zur Estrade und besah sich das verschossene und zerrissene rote Tuch über dem Amtstisch. Eine fette Ratte huschte davon.

Der Richter winkte Tschiao Tai heran, dann begab er sich auf die Estrade, ging rund um den Tisch und schob den Schirm beiseite, der eine

Tür verdeckt hatte, die direkt in das Privatbüro des Richters führte. Eine Staubwolke ergoß sich über ihn.

Das Büro war bis auf einen wackligen Tisch ohne Decke, einen Armstuhl mit zerbrochener Lehne und drei Holzschemel völlig leer.

Tschiao Tai öffnete die Tür an der Wand gegenüber. Ein naßkalter Gestank schlug ihnen entgegen. Die Wände waren mit Regalen bedeckt, die verschimmelte Lederkästen für die Akten enthielten.

Richter Di schüttelte den Kopf.

«Ein nettes Archiv», murmelte er.

Er stieß die Tür zum Korridor auf und ging schweigend wieder hinaus in den Haupthof. Tschiao Tai ging mit seiner Laterne voran.

Ma Jung und Tao Gan hatten ihre Gefangenen in den Kerker eingeschlossen. Die drei toten Räuber waren im Wachtlokal niedergelegt worden. Richter Dis Diener waren unter Aufsicht des Hausbesorgers damit beschäftigt, das Gepäck abzuladen. Der Hausbesorger meldete, daß die Wohnung des Richters im rückwärtigen Teil des Komplexes in ausgezeichnetem Zustand sei. Der scheidende Richter hatte alles in guter Ordnung hinterlassen. Die Zimmer waren gefegt, die Möbel waren sauber und in gütem Zustand. Richter Dis Koch hatte bereits das Herdfeuer angefacht.

Richter Di atmete erleichtert auf. Wenigstens war seine Familie untergebracht.

Er befahl Wachtmeister Hung und Ma Jung, sich zurückzuziehen. Sie konnten ihre Bettrollen in einem Nebenraum seiner eigenen Wohnung ausbreiten. Dann winkte der Richter Tschiao Tai und Tao Gan, ihm zu folgen, und ging in sein verlassenes Privatbüro zurück.

Tao Gan stellte zwei brennende Leuchter auf den Tisch.

Richter Di ließ sich vorsichtig in dem gebrechlichen Armsessel nieder, seine beiden Assistenten bliesen den Staub von den Schemeln und nahmen Platz.

Der Richter verschränkte die Arme über dem Tisch. Eine Zeitlang sagte niemand ein Wort.

Alle drei boten einen merkwürdigen Anblick. Sie trugen noch ihre braunen Reisekleider, die bei dem Kampf mit den Räubern zerrissen und schmutzig geworden waren. Ihre Gesichter sahen im ungewissen Schein der Kerzen müde und abgespannt aus.

Dann ergriff der Richter das Wort:

«Nun, meine Lieben, es ist bereits spät, und wir sind müde und hungrig. Trotzdem würde ich mich gern noch mit euch über den merkwürdigen Zustand, den wir hier angetroffen haben, beraten.»

Tao Gan und Tschiao Tai stimmten eifrig nickend zu.

«Diese Stadt», fuhr Richter Di fort, «bringt mich ganz durcheinander. Obgleich mein Vorgänger hier drei Jahre gelebt und seine Wohnung ausgezeichnet in Ordnung gehalten hat, scheint er doch offensichtlich niemals Gebrauch vom Gerichtssaal gemacht und das gesamte Personal des Gerichts nach Hause geschickt zu haben. Obwohl er durch einen Kurier von meiner bevorstehenden Ankunft Kenntnis hatte, ist er weggegangen, ohne mir auch nur irgendeine Botschaft zu hinterlassen, und hat die Amtssiegel jenem Schurken von Aufseher überlassen. Die andern Beamten der Bezirksverwaltung haben von unserer Ankunft überhaupt nicht Notiz genommen. Wie erklärt ihr euch all dies?»

«Wäre es nicht möglich, Euer Ehren», fragte Tschiao Tai, «daß die Bevölkerung hier einen Aufstand gegen die Zentralregierung vorhat?»

Richter Di schüttelte den Kopf.

«Es ist richtig», entgegnete er, «daß die Straßen verlassen und die Läden zu ungewöhnlich früher Zeit geschlossen sind. Aber ich habe kein Anzeichen von Unruhe bemerkt, und Barrikaden sind auch nicht errichtet und auch keine militärischen Vorbereitungen getroffen. Die Haltung der Leute auf den Straßen war nicht feindselig, sondern nur gleichgültig.»

Tao Gan zupfte nachdenklich an den drei langen Haaren, die aus dem Muttermal auf seiner linken Wange wuchsen. «Einen Augenblick lang», bemerkte er, «habe ich gedacht, daß dieser Bezirk vielleicht von der Pest oder einer andern gefährlichen Epidemie heimgesucht worden ist. Aber das reimt sich nicht mit der Tatsache, daß nirgends eine Panik zu bemerken war und daß die Leute bedenkenlos Essen auf der Straße einkaufen.»

Richter Di kämmte sich mit den Fingern trockene Blätter aus seinem langen Backenbart und sagte dann nach einer Weile:

«Diesen Aufseher möchte ich nicht fragen. Der sieht mir ganz nach einem ausgemachten Schurken aus.»

Hier trat, gefolgt von zwei Dienern des Richters, der Hausbesorger ein. Der eine Diener trug ein Brett mit Schalen voll Reis und Suppe und der andere einen großen Krug Tee.

Der Richter wies den Hausbesorger an, den Gefangenen Schalen Reis ins Gefängnis bringen zu lassen.

Sie aßen, ohne etwas zu sagen.

Als sie mit Essen fertig waren und eine Schale heißen Tee getrunken hatten, saß Tschiao Tai, an seinem kleinen Schnurrbart drehend, eine Weile in tiefen Gedanken da. Dann sagte er:

«Ich stimme ganz mit Ma Jung überein, Euer Ehren, der schon, als wir noch in den Bergen waren, behauptete, daß die Räuber, die uns angriffen, keine berufsmäßigen Wegelagerer seien. Sollten wir nicht mal unsere Gefangenen fragen, was hier eigentlich los ist?»

«Ausgezeichnete Idee!» rief der Richter aus. «Stell mal fest, wer ihr Anführer ist und bring ihn her.»

Nach einer Weile kam Tschiao Tai zurück und führte keinen anderen an einer Kette mit sich als den Räuber, der den Versuch gemacht hatte, Richter Di mit seinem Speer zu erstechen. Der Richter musterte ihn scharf. Es war ein kräftig gebauter Mann mit regelmäßigen, offenen Zügen, der mehr den Eindruck eines kleinen Ladenbesitzers oder eines Händlers als eines Straßenräubers machte.

Als er vor Richter Dis Tisch niederkniete, befahl ihm der Richter kurz angebunden:

«Nennen Sie Ihren Namen und Beruf.»

«Diese Person», sagte der Mann ehrerbietig, «heißt Fang. Bis vor kurzem war ich Grobschmied in dieser Stadt Lan-fang, wo meine Familie seit mehreren Generationen ansässig ist.»

«Warum», fragte Richter Di, «zogen Sie das verächtliche Leben eines Straßenräubers einem alten und ehrenwerten Handwerk vor?»

Fang senkte den Kopf und sagte mit dumpfer Stimme:

«Ich habe mich eines Angriffs mit mörderischer Absicht schuldig gemacht. Ich bin mir klar darüber, daß ich Todesstrafe zu erwarten habe. Ich bekenne meine Schuld, die nicht weiter bewiesen zu werden braucht. Was brauchen Euer Ehren noch weiter zu wissen?»

Aus seinen Worten klang tiefe Verzweiflung. Richter Di sagte ruhig:

«Ich verurteile einen Verbrecher nie, ehe ich nicht seine ganze Geschichte gehört habe. Reden Sie also und antworten Sie auf meine Frage.»

«Diese Person», begann Fang, «ist über dreißig Jahre lang Grobschmied gewesen, ein Handwerk, das ich von meinem Vater gelernt hatte. Ich und meine Frau, ein Sohn und zwei Töchter waren kräftig und gesund, wir hatten täglich unsere Schale Reis und dann und wann sogar eine Scheibe Speck. Ich hielt mich für einen glücklichen Menschen.

Dann bemerkten eines unseligen Tages Tschiäns Leute, daß mein Sohn ein kräftiger junger Bursche war und preßten ihn in ihren Dienst.»

«Wer ist dieser Tschiän?» unterbrach der Richter.

«Wer», antwortete Fang mit Bitterkeit, «ist Tschiän nicht?! Seit über acht Jahren hat er alle Macht in diesem Bezirk an sich gerissen. Ihm gehört die Hälfte des Grunds und Bodens und in der Stadt fast ein Viertel aller Läden und Häuser. Er ist Oberhaupt, Richter, Militärkommandeur, alles in einem. Den Beamten der Präfektur, die fünf Tagereisen von hier entfernt liegt, schickt er regelmäßig Bestechungsgelder. Er hat sie zu überzeugen gewußt, daß ohne ihn die Barbarenhorden jenseits der Grenze längst diesen Bezirk überrannt haben würden.»

«Haben sich meine Vorgänger mit diesem ungewöhnlichen Zustand abgefunden?» wollte Richter Di wissen.

Fang zuckte die Achseln. Dann antwortete er:

«Die nach hier versetzten Beamten bekamen bald heraus, daß es leichter und viel sicherer sei, sich mit einer Schattenexistenz zu begnügen und alle wirkliche Macht Tschiän zu überlassen. Solange sie als seine Marionetten fungierten, hat Tschiän sie allmonatlich reichlich beschenkt, sie lebten in Frieden und Wohlstand, während das Volk litt.»

«Ihre Geschichte», sagte Richter Di kühl, «kommt mir unsinnig vor. Es ist leider wahr, daß gelegentlich ein lokaler Tyrann in einem entfernten Bezirk die Macht an sich reißt. Noch betrüblicher ist, daß sich auch manchmal ein schwacher Beamter mit einer derartigen gesetzwidrigen Lage abfindet. Aber Sie werden mir nicht einreden, daß sich acht Jahre lang jeder hierher ernannte Beamte diesem Tschiän unterworfen hat.»

Fang sagte mit einem skeptischen Lächeln:

«Dann haben wir in Lan-fang eben besonderes Pech gehabt! Es hat nur einen Beamten gegeben, der sich vor vier Jahren gegen Tschiän gewandt hat. Nach vierzehn Tagen wurde seine Leiche mit durchschnittener Kehle am Flußufer gefunden.»

Richter Di lehnte sich rasch vor und fragte:

«War das etwa der Richter Pan?»

Fang nickte.

«Über diesen Beamten Pan», fuhr Richter Di fort, «erhielten die Zentralbehörden einen Bericht, er sei in einem Scharmützel mit einfallenden Ugurenhorden umgekommen. Ich war damals in der Hauptstadt. Ich erinnere mich, daß seine Leiche mit militärischen Ehren eingebracht und er nach seinem Tode zum Präfekten ernannt wurde.»

«In dieser Weise hat Tschiän seinen Mord zu tarnen gewußt», sagte Fang gleichgültig. «Ich weiß die Wahrheit, ich habe die Leiche gesehen.»

«Erzählen Sie weiter», sagte Richter Di.

«Jedenfalls», fuhr Fang fort, «wurde also mein einziger Sohn gezwungen, sich der Räuberbande, die Tschiän sich als Leibwache hält, anzuschließen, und ich habe ihn nie wiedergesehen.

Schließlich besuchte mich eines Tages eine elende alte Kupplerin, die Tschiäns Geschäfte besorgt. Sie berichtete, Tschiän böte mir zehn Silberstücke für Weiße Orchidee, meine älteste Tochter. Ich lehnte ab. Drei Tage später ging meine Tochter auf den Markt und kam nie wieder zurück. Von Zeit zu Zeit ging ich zu Tschiäns Haus und bat darum, sie sehen zu dürfen, aber jedesmal wurde ich geschlagen und weggeschickt.

Infolge des Verlustes ihres einzigen Sohnes und ihrer ältesten Tochter begann meine Frau zu kränkeln. Vor zwei Wochen ist sie gestorben. Ich nahm meines Vaters Schwert und begab mich zu Tschiäns Haus. Aber ich geriet den Wachtleuten in die Hände, sie fielen mit ihren Keulen über mich her und ließen mich als tot auf der Straße liegen. Vor acht Tagen hat eine Räuberbande meine Werkstatt angezündet. Ich verließ die Stadt mit Dunkler Orchidee, meiner jüngsten Tochter, die heute nacht ebenfalls gefangengenommen worden ist, und schloß mich einer Bande anderer Verzweifelter aus den Bergen an. Heute nacht versuchten wir zum erstenmal, Reisende anzuhalten.»

Es herrschte tiefes Schweigen. Der Richter wollte sich schon wieder in seinen Armstuhl zurücklehnen, erinnerte sich aber, daß die Lehne brüchig war. Er legte also hastig die Ellbogen wieder auf seinen Tisch und sagte:

«Ihre Geschichte kommt mir nicht ganz unbekannt vor. Irgend so etwas erzählen Räuber, wenn sie auf frischer Tat ertappt worden sind, dem Gericht immer. Wenn Sie gelogen haben, wird Ihr Kopf auf dem Richtplatz fallen. Wenn sich aber herausstellt, daß Sie die Wahrheit gesagt haben, so behalte ich mir mein Urteil vor.»

«Mir», sagte der Grobschmied niedergeschlagen, «bleibt keine Hoffnung mehr. Wenn Euer Ehren mir nicht den Kopf abhacken lassen, wird sicher Tschiän mich umbringen. Das gleiche gilt für meine Gefährten, die sämtliche Opfer von Tschiäns grausamer Unterdrückung sind.»

Richter Di machte Tschiao Tai ein Zeichen. Der stand auf und brachte Fang ins Gefängnis zurück.

Auch der Richter erhob sich und begann auf und ab zu gehen. Als Tschiao Tai zurückkam, stand Richter Di still und sagte nachdenklich:

«Dieser Fang hat offensichtlich die Wahrheit gesagt. Dieser Bezirk ist in der Gewalt eines lokalen Tyrannen, und Beamte sind hier nur machtlose Marionetten. Das erklärt auch die seltsame Haltung der Bevölkerung.»

Tschiao Tai hieb sich mit seiner breiten Faust aufs Knie.

«Müssen wir uns denn», rief er zornig aus, «diesem Schurken Tschiän beugen?»

Richter Di lächelte dünn.

«Es ist schon spät», sagte er, «ihr beide tut besser daran, euch zurückzuziehen und die Nacht gut zu schlafen. Morgen werde ich viel Arbeit für euch haben. Ich bleibe noch eine Stunde hier und blättere mal in diesen alten Akten.»

Tao Gan und Tschiao Tai machten sich anheischig, aufzubleiben, um dem Richter zu helfen. Aber der lehnte das energisch ab. Sobald sie das Zimmer verlassen hatten, ergriff Richter Di einen Leuchter und ging in den Raum nebenan. Mit dem Ärmel seines schmutzigen Reisekleides rieb er den Staub von den Etiketten der Aktenkästen. Er stellte fest, daß die jüngsten Akten acht Jahre alt waren.

Diesen Kasten brachte er zurück in sein Büro und breitete den Inhalt auf seinem Tisch aus.

Sein erfahrenes Auge brauchte nur kurze Zeit, um festzustellen, daß die meisten von diesen Akten sich nur auf routinemäßige Angelegenheiten der Bezirksverwaltung bezogen. Ganz unten in dem Kasten fand er aber eine kleine Rolle mit der Aufschrift: «Fall Sih kontra Sih.» Richter Di setzte sich nieder, rollte das Dokument auf und sah es durch.

Er stellte fest, daß es ein Erlaß in Sachen der Erbschaft von Sih Schu-siän, eines pensionierten Provinzgouverneurs, war, der vor neun Jahren in Lan-fang gestorben war.

Richter Di schloß die Augen und ließ seine Erinnerung fünfzehn Jahre zurückgehen, als er noch als junger Sekretär in der Residenz Dienst getan hatte. Zu jener Zeit war der Name Sih Schu-siän im ganzen Reich berühmt gewesen. Er war ein ungewöhnlich fähiger und peinlich ehrenhafter Beamter gewesen, dem Staat und dem Volk ergeben, und war sowohl als wohlwollender Verwalter wie als weiser Staatsmann bekannt. Dann hatte er, als der Thron ihn zum Staatskanzler ernannt hatte, plötzlich all seine Ämter niedergelegt, dies mit seiner angegriffenen Gesundheit begründet und sich in einem unbekannten Grenzbezirk vergraben. Der Kaiser selbst hatte ihm nahegelegt, seinen Entschluß rückgängig zu machen, aber Sih Schu-siän hatte sich standhaft geweigert. Richter Di erinnerte sich, daß zu jener Zeit dieser plötzliche Rücktritt in der Residenz eine regelrechte Sensation gebildet hatte.

So war also Lan-fang der Ort gewesen, in dem Sih Schu-siän seine letzten Lebensjahre verbracht hatte.

Richter Di rollte das Dokument noch einmal auf und las es sorgfältig vom Anfang bis zum Ende durch.

Als Sih Schu-siän sich als Pensionär nach Lan-fang zurückgezogen hatte, war er ein Witwer von über sechzig Jahren gewesen. Er besaß einen einzigen Sohn mit Namen Sih Ki, der damals dreißig Jahre alt gewesen war. Kurz nach seiner Ankunft in Lan-fang hatte sich der alte Gouverneur wieder verheiratet. Als Braut hatte er sich ein junges Mädchen vom Lande, die keine achtzehn Jahre alt war, mit dem Beinamen Mei, ausgesucht. Dieser ungleichen Ehe war ein zweiter Sohn mit Namen Sih Schan entsprossen.

Als der alte Gouverneur krank wurde und merkte, daß sein Ende nahe war, rief er seinen Sohn Sih Ki und seine junge Frau mit ihrem Kindlein an sein Krankenlager. Er teilte ihnen mit, daß er seiner Frau und seinem zweiten Sohn Sih Schan ein von ihm selbst gemaltes Bild vererbe, daß aber all sein übriger Besitz an Sih Ki gehen solle. Er fügte hinzu, daß er sich darauf verlasse, daß Sih Ki dafür sorgen würde, daß seine Stiefmutter und sein Halbbruder allen ihnen zukommenden Unterhalt bekommen würden. Nach dieser vorsorglichen Verfügung tat der alte Gouverneur seinen letzten Atemzug.

Richter Di sah nach, von wann das Dokument datiert war, und überlegte, daß Sih Ki jetzt etwa vierzig, die Witwe fast dreißig und ihr Sohn zwölf Jahre alt sein müßten.

Es ergab sich weiter aus dem Dokument, daß Sih Ki, sobald sein Vater bestattet worden war, seine Stiefmutter und Sih Schan aus seinem Haus verstieß. Er hatte behauptet, daß sein Vater mit seinen letzten Worten offenbar habe ausdrücken wollen, daß Sih Schan ein illegitimes Kind sei und daß er, Ki, nicht verpflichtet sei, etwas für dieses oder für seine ehebrecherische Mutter zu tun.

Daraufhin hatte die Witwe dem Gericht eine Klage eingereicht, in der das mündliche Testament angefochten und auf Grund des bürgerlichen Gesetzes der Besitz zur Hälfte für ihren Sohn verlangt wurde.

Zu jener Zeit hatte Tschiän sich gerade selber zum Regenten von Lan-fang gemacht. Es sah so aus, als ob das Gericht nichts zur Erledigung dieser Angelegenheit getan hätte.

Richter Di rollte die Akten wieder zusammen. Er überlegte, daß die Forderung der Witwe auf den ersten Blick nicht sehr überzeugend schien. Die letzten Worte des alten Gougerneurs, der große Altersunterschied zwischen ihm und seiner zweiten Frau schienen den Schluß nahezulegen, daß Frau Mei ihren Gatten tatsächlich betrogen hatte.

Anderseits war es merkwürdig, daß ein Mann von so hohem sittlichem Niveau wie der große Sih Schu-siän einen so merkwürdigen Weg gefunden hatte, um darzutun, daß Sih Schan nicht sein Sohn sei. Wenn er sicher war, daß seine junge Frau ihn betrog, hätte man erwarten sollen, daß er sich ruhig von ihr getrennt und sie und ihren Sohn weit weg geschickt hätte. Denn nur so konnte er sein eigene Ehre und die seiner vornehmen Familie schützen. Und was sollte dies merkwürdige Vermächtnis des Bildes?

Es schien auch seltsam, daß Sih Schu-siän kein schriftliches Testament hinterlassen hatte. Ein Mann mit seiner langen amtlichen Erfahrung hätte wissen müssen, daß mündliche Testamente fast immer Familienzank nach sich ziehen.

Dieser Fall bot also verschiedene Punkte, die sorgfältig untersucht werden mußten. Vielleicht würde dadurch auch ein Licht auf den geheimnisvollen plötzlichen Rücktritt Sih Schu-siäns von seinen Ämtern fallen.

Richter Di blätterte auch die andern Akten durch, konnte aber nichts weiter finden, was sich auf den Fall Sih kontra Sih bezog. Auch fand er keinerlei Material, das man gegen Tschiän hätte verwenden können.

Der Richter legte die Akten wieder in den Kasten. Noch lange saß er in tiefem Nachdenken da. Er überlegte sich Mittel und Wege, den Tyrannen Tschiän unschädlich zu machen, aber immer wieder kehrten seine Gedanken zu dem alten Gouverneur und seinem seltsamen Vermächtnis zurück.

Die eine Kerze fing an zu flackern und erlosch. Seufzend ergriff Richter Di den andern Leuchter und ging in seine Wohnung.

Drittes Kapitel

Der Richter wird Zeuge eines Streites auf dem Markt; ein junger Mann ahnt, daß sein Vater ermordet werden soll.

Am nächsten Morgen gewahrte Richter Di zu seinem Schrecken, daß er sich verspätet hatte. In aller Eile frühstückte er und begab sich dann sofort in sein Privatbüro.

Er stellte fest, daß der Raum gründlich gesäubert worden war. Der Armsessel war ausgebessert und der Schreibtisch abgestaubt. Auf dem Schreibtisch lag, sorglich geordnet, Richter Dis Lieblingsschreibzeug, was offenbar Wachtmeister Hung veranlaßt hatte.

Ihn selbst fand der Richter im Archiv. Gemeinsam mit Tao Gan hatte er den muffigen Raum gefegt und gelüftet, es roch jetzt angenehm nach dem Wachs, mit dem sie die rotledernen Aktenkästen aufgefrischt hatten.

Richter Di nickte befriedigt. Als er sich an seinen Schreibtisch setzte, befahl er Tao Gan, Ma Jung und Tschiao Tai zu holen.

Als seine vier Assistenten vor ihm standen, erkundigte sich Richter Di zunächst, wie es Wachtmeister Hung und Ma Jung gehe. Beide äußerten, sie hätten den nächtlichen Kampf bereits überstanden. Der Wachtmeister hatte die Binde, die seinen Kopf verband, bereits durch ein Ölpapierpflaster ersetzt, und Ma Jung konnte auch schon wieder seinen linken Arm bewegen.

Ma Jung berichtete, er und Tschiao Tai hätten am frühen Morgen die Waffenkammer des Gerichts inspiziert. Sie hätten hinreichend Piken, Hellebarden, Schwerter, Helme und Lederjacken gefunden, aber alles sei alt und schmutzig und gründlich zu reinigen.

Richter Di sagte langsam:

«Fangs Bericht läßt die merkwürdige Lage hier erklärlich erscheinen. Wenn sein Bericht stimmt, müssen wir rasch handeln, ehe Tschiän merkt, daß ich mich gegen ihn wenden werde, und selbst die Initiative ergreift. Wir müssen angreifen, bevor er weiß, was vor sich geht. Wie unser altes Sprichwort sagt: ‹Ein gefährlicher Hund beißt, ohne erst mit den Zähnen zu blecken.›»

«Was sollen wir mit diesem Gefängniswärter anfangen?» fragte Wachtmeister Hung.

«Zunächst lassen wir ihn mal, wo er ist», gab der Richter zur Antwort. «Es war ein guter Einfall von mir, diesen Schuft festzusetzen. Offenbar ist er einer von Tschiäns Leuten. Er wäre sofort zu seinem Herrn gelaufen und hätte ihm alles über uns berichtet.»

Ma Jung machte den Mund auf, um eine Frage zu stellen, aber Richter Di hob die Hand und fuhr fort:

«Du, Tao Gan, gehst jetzt los und versuchst alles zu erfahren, was über Tschiän und seine Leute erzählt wird. Gleichzeitig kannst du dich über einen reichen Bürger namens Sih Ki erkundigen. Er ist der Sohn des berühmten Gouverneurs Sih Schu-siän, der vor ungefähr acht Jahren in Lan-fang gelebt hat.

Ich selbst gehe jetzt mit Ma Jung aus, um einen allgemeinen Eindruck von dieser Stadt zu bekommen. Wachtmeister Hung wird mit Tschiao Tai hier im Gericht die Aufsicht führen. Die Tore bleiben geschlossen, und niemand darf, solange ich abwesend bin, hinaus oder hinein mit Ausnahme meines Hausbesorgers. Der wird ohne Begleitung ausgehen, um Essen einzukaufen.

Nachmittags wollen wir dann wieder hier zusammentreffen.»

Der Richter erhob sich und setzte sich eine kleine schwarze Mütze auf. In seinem einfachen blauen Kleid sah er aus wie ein Gelehrter auf Urlaub. Von Ma Jung begleitet, verließ er das Gericht.

Erst wandten sie sich nach Süden und besahen sich Lan-fangs berühmte Pagode. Sie stand auf einer kleinen Insel inmitten eines Lotusteichs. Die Weidenbäume an den Ufern wiegten sich im Morgenwind. Dann wandten sich der Richter und sein Begleiter nordwärts und mischten sich unter die Volksmenge.

Es herrschte das am frühen Morgen übliche Kommen und Gehen, und die Läden an der Hauptstraße hatten ziemlich viel Zulauf. Aber gelacht wurde nur wenig und geplaudert nur leise, wobei man sich erst rasch nach rechts und links umblickte.

Als sie den doppelten Bogen nördlich des Gerichts erreicht hatten, wendeten sich Richter Di und Ma Jung nach links und schlenderten auf den Marktplatz vor dem Trommelturm. Dieser Markt sah interessant aus. Bunt gekleidete Händler von jenseits der Grenze priesen mit rauher Stimme ihre Waren an, und hier und da hob ein indischer Mönch seine Almosenschale.

Eine Gruppe von Müßiggängern stand um einen Fischhändler herum, der sich heftig mit einem sauber gekleideten jungen Mann zankte. Letzterer fühlte sich augenscheinlich übervorteilt. Schließlich warf er eine Handvoll Kupferstücke in des Fischhändlers Korb und rief zornig:

«Wenn dies eine anständig regierte Stadt wäre, würden Sie es nicht wagen, Leute bei hellem Tageslicht zu betrügen!»

Plötzlich trat ein breitschultriger Mann vor und schlug ihm auf den Mund.

«Das wird Sie lehren, den ehrenwerten Tschiän zu verleumden!» schimpfte er.

Ma Jung wollte sich einmischen, aber der Richter faßte ihn beim Arm und hielt ihn zurück.

Die Umstehenden gingen rasch auseinander. Der junge Mann sagte kein Wort. Er wischte sich das Blut vom Mund und ging seines Weges.

Richter Di machte Ma Jung ein Zeichen, worauf sie gemeinsam dem jungen Mann folgten.

Als dieser in eine stille Seitenstraße eingebogen war, holte der Richter ihn ein und sagte:

«Entschuldigen Sie, aber ich sah zufällig, wie jener Rohling Sie mißhandelte. Warum bringen Sie ihn nicht vor Gericht?»

Der junge Mann blieb stehen und blickte Richter Di und seinen kräftigen Begleiter mißtrauisch an.

«Wenn Sie Agenten Tschiäns sind», sagte er kühl, «können Sie lange warten, bevor ich mir den Mund verbrenne.»

Richter Di blickte die Straße auf und nieder. Sie waren allein.

«Sie irren sich sehr, junger Mann», sagte er ruhig. «Ich bin Di Jendsiä, der neue Bezirksrichter.»

Des jungen Mannes Gesicht wurde aschgrau, er sah aus, als ob er einen Geist erblickt habe. Dann strich er sich über die Stirn und beruhigte sich. Er seufzte tief auf, sein Gesicht erhellte sich durch ein breites Lächeln. Er verbeugte sich tief und sagte ehrerbietig:

«Diese Person ist der Kandidat Ding, der Sohn des Generals Ding Hu-gwo aus der Hauptstadt. Euer Ehren Name ist mir durchaus bekannt. Endlich, endlich hat der Bezirk mal einen Richter bekommen, wie er sein soll!»

Der Richter quittierte das Kompliment mit einer leichten Neigung des Kopfes.

Er erinnerte sich undeutlich, daß vor vielen Jahren dem General Ding etwas Ungewöhnliches passiert war. Er hatte eine siegreiche Schlacht gegen die Barbaren an der Nordgrenze geschlagen. Aber als er in die Hauptstadt zurückgekehrt war, war er unerwarteterweise gezwungen worden, den Dienst zu quittieren. Richter Di hätte gern gewußt, wie der Sohn des Generals in diese abgelegene Stadt gekommen war, und sagte zu ihm:

«In dieser Stadt ist irgend etwas nicht in Ordnung. Es wäre mir lieb, wenn ich von Ihnen etwas Näheres darüber erfahren könnte.»

Der Student Ding zögerte mit der Antwort und dachte ein paar Augenblicke nach. Dann sagte er:

«Diese Dinge eignen sich nicht für ein Gespräch in der Öffentlichkeit. Könnte ich die Ehre haben, die Herren zu einer Tasse Tee einzuladen?»

Richter Di nahm an. Sie gingen in ein Teehaus an der Ecke der Straße und setzten sich etwas abseits von den übrigen Gästen.

Nachdem der Kellner den Tee gebracht hatte, flüsterte der junge Ding:

«Hier liegt alle Macht in Händen eines hartherzigen Menschen namens Tschiän Mao. Niemand hier wagt, sich ihm zu widersetzen. Tschiän hält sich an die hundert Totschläger, die nichts zu tun haben, als in der Stadt herumzulungern und die Leute einzuschüchtern.»

«Was haben sie für Waffen?» fragte Ma Jung.

«Auf der Straße führen sie nur Keulen und Schwerter, aber es sollte mich nicht wundern, wenn sich in Tschiäns Haus ein ganzes Arsenal befände.»

Richter Di fragte:

«Sehen Sie in der Stadt oft Barbaren von jenseits der Grenze?»

Student Ding schüttelte nachdrücklich den Kopf.

«Ich habe hier noch keinen einzigen Uguren gesehen», gab er zur Antwort.

«Diese der Regierung gemeldeten Angriffe», bemerkte Richter Di zu Ma Jung, «sind offenbar eine Erfindung Tschiäns, um die Behörden davon zu überzeugen, daß er und seine Leute hier unentbehrlich sind.»

Ma Jung fragte:

«Sind Sie jemals in Tschiäns Haus gewesen?»

«Gott behüte!» rief der junge Mann. «Ich meide es, so sehr es geht. Außerdem hat er eine doppelte Mauer um sein Anwesen gezogen mit Wachttürmen an allen vier Ecken.»

«Wie ist er denn hier zur Macht gelangt?» erkundigte sich der Richter.

«Er hat große Reichtümer von seinem Vater geerbt», gab der junge Ding zur Antwort, «aber keine von dessen großen Eigenschaften. Sein Vater stammt aus dieser Stadt, er war ein ehrenwerter fleißiger Mann, der durch Teehandel reich wurde. Noch vor ein paar Jahren ging die Hauptstraße nach Khotan und den andern tributpflichtigen westlichen Königreichen durch Lan-fang, was die Stadt zu einem wichtigen Handelsplatz machte. Dann trockneten an der Wüstenstraße drei Oasen aus, so daß die Straße hundert Meilen nach Norden verlegt werden mußte. Tschiän sammelte eine Räuberbande um sich und erklärte sich eines Tages zum Herrn der Stadt.

Er ist ein geschickter und entschlossener Mensch, der leicht eine glänzende militärische Laufbahn hätte einschlagen können. Aber er will niemandem gehorchen und zieht es vor, diesen Bezirk als unumschränkter Herrscher, der niemand verantwortlich ist, zu regieren.»

«Eine höchst unglückliche Lage», bemerkte Richter Di. Er trank seine Tasse aus und stand auf, um zu gehen.

Student Ding lehnte sich hastig vor und bat den Richter, noch ein wenig zu bleiben.

Der Richter zögerte, aber der junge Mann blickte so unglücklich drein, daß der Richter schließlich doch wieder Platz nahm. Student Ding goß beflissen wieder eine Tasse voll. Er schien nicht recht zu wissen, wie er anfangen sollte.

«Wenn Sie irgend etwas auf dem Herzen haben, junger Mann», sagte Richter Di, «reden Sie frei heraus.»

«Um Euer Ehren die Wahrheit zu gestehen», sagte der junge Ding schließlich, «eines bedrückt mich besonders. Es hat nichts zu tun mit dem Tyrannen Tschiän. Es betrifft meine eigene Familie.»

Hier hielt er inne. Ma Jung rutschte ungeduldig auf seinem Stuhl.

Student Ding gab sich einen Ruck und fuhr fort:

«Mein Vater soll ermordet werden, Euer Ehren.»

Richter Di zog die Brauen hoch:

«Wenn Sie das im voraus wissen», bemerkte er, «sollte es nicht schwierig sein, dieses Verbrechen zu verhindern!»

Der junge Mann schüttelte den Kopf.

«Erlauben Sie mir, die ganze Geschichte zu erzählen. Euer Ehren werden davon gehört haben, daß mein armer alter Vater durch einen seiner Untergebenen, den bösen Kommandeur Wu, verleumdet wurde. Dieser war eifersüchtig auf meines Vaters großen Sieg im Norden, und obwohl seine falsche Anklage nie bewiesen werden konnte, befahl das Kriegsministerium meinem Vater, den Dienst zu quittieren.»

«Ja, ich erinnere mich», sagte Richter Di. «Lebt Ihr Vater auch hier?»

«Mein Vater», antwortete der junge Ding, «kam in diese abgelegene Stadt zum Teil, weil meine verstorbene Mutter in Lan-fang geboren ist, und zum Teil, weil er eben nicht in einer größeren Stadt wohnen wollte, wo er mit früheren Kollegen hätte zusammentreffen können. Wir waren der Meinung, daß wir hier in Ruhe leben können.

Vor einem Monat jedoch begann ich zu bemerken, daß verdächtig aussehende Leute in unserer Nachbarschaft herumlungerten. Letzte Woche bin ich einem von ihnen unbemerkt nachgegangen. Er betrat einen kleinen Weinausschank im Nordwestviertel der Stadt, der ‹Ewige Quelle› heißt. Wer beschreibt mein Erstaunen, als ich in einem andern Laden in derselben Straße erfuhr, daß Wu Feng, der älteste Sohn des Kommandeurs Wu, über jenem Weinausschank wohnt.»

Richter Di blickte skeptisch drein.

«Weshalb», fragte er, «sollte der Kommandeur Wu seinen Sohn hierherschicken, um Ihren Vater zu belästigen? Der Kommandeur hat Ihres Vaters Karriere vernichtet. Jeder weitere Zug könnte ihm nur Unannehmlichkeiten bereiten.»

«Ich kenne seine Pläne!» rief Student Ding aufgeregt. «Wu weiß, daß meines Vaters Freunde in der Residenz Anhaltspunkte dafür entdeckt haben, wonach des Kommandeurs Anklage reine Verleumdung war. Er schickte seinen Sohn her, damit dieser meinen Vater umbrächte und um sein eigenes elendes Leben zu retten. Euer Ehren kennen Wu

Feng nicht. Er ist ein Trunkenbold, ein ausschweifender Mensch, der besonders zu Gewaltakten neigt. Er hat Räuber gemietet, die uns ausspähen sollen, und wird, sobald er eine Möglichkeit dazu sieht, zuschlagen.»

«Selbst dann», bemerkte Richter Di, «sehe ich nicht, wie er zuschlagen könnte. Ich kann Ihnen nur raten, Wu im Auge zu behalten und gleichzeitig in Ihrem eigenen Hause ein paar einfache Vorsichtsmaßnahmen zu treffen. Deutet irgend etwas darauf hin, daß Wu mit Tschiän Mao in Verbindung steht?»

«Nein», gab der junge Mann zu. «Wu scheint nicht versucht zu haben, sich Tschiäns Leibgarde anzuschließen. Was Vorsichtsmaßnahmen betrifft, so hat mein armer Vater von jeher, seit er den Dienst quittierte, Drohbriefe erhalten. Er geht selten aus, und die Türen unseres Hauses sind Tag und Nacht verriegelt. Außerdem hat mein Vater alle Fenster und Türen seiner Bibliothek bis auf eine zumauern lassen. Zu dieser Tür gibt es nur einen Schlüssel, den mein Vater ständig bei sich trägt. Wenn er selbst in der Bibliothek ist, verriegelt er die Tür. Dort verbringt er seine meiste Zeit und stellt eine Geschichte der Grenzkriege zusammen.»

Richter Di wies Ma Jung an, sich die Adresse des Dingschen Hauses zu notieren.

Als er aufstand, um zu gehen, sagte der Richter:

«Versäumen Sie nicht, das Gericht zu benachrichtigen, wenn sich irgend etwas Neues ergibt. Ich muß jetzt gehen, Sie werden zugeben, daß auch meine eigene Stellung in dieser Stadt nicht allzu angenehm ist. Sobald ich mit Tschiän ins klare gekommen bin, werde ich mich weiter mit Ihrer Angelegenheit beschäftigen.»

Student Ding dankte dem Richter und brachte seine Gäste bis an die Tür des Teehauses. Dort verabschiedete er sich mit einer tiefen Verbeugung.

Richter Di und Ma Jung gingen wieder zur Hauptstraße zurück.

«Dieser junge Bursche», bemerkte Ma Jung, «erinnert mich an den Mann, der darauf bestand, Tag und Nacht einen eisernen Helm zu tragen, weil er ständig in der Angst lebte, der Himmel würde über seinem Kopf einstürzen.»

Der Richter schüttelte den Kopf.

«Das ist eine merkwürdige Geschichte», sagte er nachdenklich. «Sie kommt mir gar nicht geheuer vor.»

Viertes Kapitel

Tao Gan berichtet über ein geheimnisvolles altes Haus. – In dem dunklen Gericht wird eine sinnreiche Falle gestellt.

Ma Jung blickte verwundert drein, aber Richter Di enthielt sich aller weiteren Erklärungen. Schweigend gingen sie zum Gericht zurück. Tschiao Tai öffnete ihnen das Tor und teilte dem Richter mit, daß Tao Gan im Privatbüro auf ihn warte.

Richter Di ließ Wachtmeister Hung kommen. Als seine vier Assistenten ihm gegenüberstanden, gab er zunächst einen kurzen Bericht über seine Begegnung mit dem Studenten Ding. Dann forderte er Tao Gan auf, seinerseits Bericht zu erstatten.

Tao Gans Gesicht war noch länger als gewöhnlich, als er begann:

«Es sieht nicht gut für uns aus, Euer Ehren. Dieser Tschiän hat sich eine starke Machtposition geschaffen. Er hat den Reichtum des Bezirks an sich gerissen, war aber vorsichtig genug, Mitglieder einflußreicher, aus der Residenz hierhergekommener Familien in Ruhe zu lassen, um zu verhindern, daß sie ungünstige Berichte über ihn an die Zentralbehörden schickten. Dies gilt auch für General Ding, mit dessen Sohn Euer Ehren gerade gesprochen haben, und gilt auch für Sih Ki, den Sohn des Gouverneurs Sih Schu-siän. Tschiän Mao ist klug genug gewesen, die Schrauben nicht allzu scharf anzuziehen. Er erhebt einen beträchtlichen Prozentsatz von allen in diesem Bezirk abgeschlossenen Geschäften, läßt aber den Kaufleuten doch einen vernünftigen Gewinn. In seiner Art hält er auch bürgerliche Ordnung: wenn jemand beim Stehlen ertappt wird oder randaliert, wird er auf der Stelle von Tschiäns Gefolgsmännern halbtot geprügelt. Freilich essen und trinken diese Männer in Restaurants und Gasthäusern, ohne auch nur ein Kupferstück zu bezahlen. Aber auf der andern Seite erweist sich Tschiän als freigebig, und viele große Länden haben an ihm und seinen Leuten gute Kunden. Am meisten leiden unter seiner Tyrannei die kleinen Ladenbesitzer und Händler. Im großen ganzen hat sich jedoch die Bevölkerung von Lanfang mit ihrem Schicksal abgefunden und ist der Meinung, daß es schlimmer hätte kommen können.»

«Sind Tschiäns Leute ihm treu?» unterbrach der Richter.

«Warum sollten sie nicht treu sein?» fragte Tao Gan. «All diese Raufbolde, etwa hundert an Zahl, verbringen ihre Zeit mit Trinken und Spielen. Tschiän rekrutierte sie aus dem Abschaum der Stadt und nahm auch einige Deserteure der Armee auf. Tschiäns Anwesen sieht übrigens wie eine Festung aus. Es liegt in der Nähe des westlichen Stadttors. Die hohe Außenmauer trägt ringsherum zugespitzte Eisenstangen, und der Haupteingang wird Tag und Nacht von vier bis an die Zähne bewaffneten Leuten bewacht.»

Richter Di schwieg eine Weile und fuhr sich langsam durch seinen Backenbart. Dann fragte er:

«Was hast du nun über Sih Ki in Erfahrung gebracht?»

«Sih Ki», antwortete Tao Gan, «wohnt in der Nähe des Wassertors. Er scheint sehr ruhig und zurückgezogen zu leben. Aber über seinen Vater, den verstorbenen Gouverneur Sih Schu-siän, werden viele Geschichten erzählt. Er war ein wunderlicher alter Mann, der die meiste Zeit auf seinem großen Grundstück vor dem östlichen Stadttor verbrachte. Dieses Landhaus, ein altes düsteres Gebäude, liegt mitten in einem dichten Wald. Die Leute sagen, es sei über zweihundert Jahre alt. Hinter dem Haus errichtete der Gouverneur einen Irrgarten, der fast eine Hektare groß ist. Der Weg dahin führt durch dichtes Unterholz und grobes Geröll, das einen undurchdringlichen Wall bildet. Es wird behauptet, daß dieser Irrgarten von giftigen Schlangen wimmelt, und andere versichern, daß der Gouverneur an einem Wege eine unheimliche Menschenfalle angelegt habe. Jedenfalls ist dieses Labyrinth so vollkommen, daß außer dem alten Gouverneur selbst bis jetzt niemand gewagt hat, es zu betreten. Er für seine Person pflegte dort jeden Tag umherzugehen und blieb stundenlang ununterbrochen darin.»

Richter Di hatte Tao Gan sehr interessiert zugehört.

«Was für eine merkwürdige Geschichte!» rief er aus. «Kommt Sih Ki oft in dieses Landhaus?»

Tao Gan schüttelte den Kopf.

«Nein», sagte er, «Sih Ki zog, sobald der alte Gouverneur begraben war, von dort weg und ist seitdem nie wieder zurückgekehrt. Abgesehen von einem alten Torhüter und seiner Frau steht das Haus leer. Die Leute behaupten, es gebe dort Gespenster und der Geist des alten Gouverneurs gehe bei Nacht dort um. Jedermann macht sogar bei hellem Tageslicht einen weiten Bogen um das Haus.

Das Stadthaus des alten Gouverneurs lag ganz nahe dem östlichen Tor. Aber Sih Ki verkaufte es bald nach seines Vaters Tode und kaufte ein Haus ganz am anderen Ende der Stadt, das er jetzt bewohnt. Es steht auf einer Parzelle im Südwestviertel in der Nähe des Flusses. Ich hatte noch keine Zeit, selbst dorthin zu gehen, aber die Leute berichten, daß es sehr groß und von einer hohen Mauer umzogen sei.»

Richter Di stand auf und begann auf und ab zu gehen.

Nach einer Weile sagte er ungeduldig:

«Die Machtenthebung Tschiän Maos stellt ein rein militärisches Problem dar, das mich an sich nur wenig interessiert. Solche Probleme erinnern mich zu sehr an Schachspiele: der Gegner und alle seine Möglichkeiten sind von Anfang an klar erkennbar, und unbekannte Faktoren gibt es nicht. Anderseits beschäftigen mich zwei höchst interessante Probleme, nämlich das zweideutige Testament des alten Gouverneurs Sih und die im voraus angekündigte Ermordung von General Ding. Ich möchte mich gern auf diese beiden Angelegenheiten, die mich außerordentlich interessieren, konzentrieren. Statt dessen muß ich mich um diesen elenden Bezirkstyrannen kümmern. Es ist abscheulich!»

Der Richter zupfte zornig seinen Bart.

Dann sagte er:

«Na, da kann man wohl nichts weiter machen. Jetzt werde ich erst mal essen. Danach werde ich die erste Sitzung dieses Gerichts eröffnen.»

Richter Di verließ sein Büro. Seine vier Assistenten gingen hinüber in das leere Wachtlokal, wo des Richters Hausbesorger ein einfaches Mahl für sie vorbereitet hatte.

Beim Hineingehen machte Tschiao Tai Ma Jung ein Zeichen. Beide blieben einen Augenblick draußen auf dem Korridor stehen.

Tschiao Tai flüsterte Ma Jung zu:

«Ich fürchte, Seine Exzellenz unterschätzt das Problem, mit dem wir es zu tun haben. Du und ich haben militärische Erfahrung und wissen, daß wir keinerlei Chancen haben. Tschiän Mao verfügt über hundert gute und geübte Leute. Die einzigen, die auf unserer Seite zu kämpfen verstehen, sind außer dem Richter selbst nur wir beide. Der nächste Militärposten liegt drei Tagesreisen von hier entfernt. Sollten wir unseren Richter nicht vor Übereilung warnen?»

Ma Jung zwirbelte seinen kurzen Schnurrbart.

«Unser Richter», erwiderte er leise, «weiß genausoviel wie wir selbst. Ich nehme an, daß er schon einen Plan hat, um der Situation Herr zu werden.»

«Der schönste Plan», bemerkte Tschiao Tai, «nutzt nichts, wenn der Gegner stärker ist. Und davon abgesehen, was soll aus des Richters Frauen und Kindern werden? Tschiän wird sie bestimmt nicht verschonen. Ich halte es für unsere Pflicht, dem Richter vorzuschlagen, daß wir erst so tun, als ob wir uns Tschiän unterwerfen, und danach einen Plan ausarbeiten, wie wir ihn angreifen wollen. In zwei Wochen könnten wir ein Regiment der Armee hier haben.»

Ma Jung schüttelte den Kopf.

«Unerbetener Rat ist nie willkommen», sagte er. «Laß uns eine Weile warten und sehen, was geschieht. Mir selbst kann nicht mehr passieren, als in einem wirklich guten Kampf zu fallen.»

«Na schön», sagte Tschiao Tai, «wenn es zu einem offenen Kampf kommt, so nehme ich es mit mindestens vier solcher Strolche auf. Laß uns jetzt zu den andern gehen. Über unser Gespräch kein Wort, es hat keinen Zweck, den Wachtmeister und Tao Gan zu beunruhigen.»

Ma Jung nickte.

Sie gingen ins Wachtlokal und fielen sorglos über ihr Essen her.

Als sie ihren Reis gegessen hatten, wischte sich Tao Gan das Kinn und sagte:

«Ich diene jetzt unserem Richter seit über vier Jahren und habe mir immer gedacht, ich verstände mich ziemlich gut auf ihn. Aber nun wundert es mich doch, daß er sich so angelegentlich mit einem alten Prozeß beschäftigt und mit einem Mord, der wahrscheinlich nie stattfinden wird, während wir auf der andern Seite vor einem so schwierigen und dringenden Problem wie der Überwältigung Tschiän Maos stehen. Du, Wachtmeister, kennst Seine Exzellenz ja schon seit Lebenszeit, was sagst du denn dazu?»

Wachtmeister Hung war damit beschäftigt, den letzten Rest seiner Suppe hinter sich zu bringen, wobei er mit der Linken seinen Schnurrbart anhob. Er setzte die Schale ruhig nieder und sagte dann lächelnd:

«In all diesen Jahren habe ich nur eines gelernt, nämlich gar nicht erst zu versuchen, ihn zu verstehen.»

Alle lachten. Sie standen auf und gingen in des Richters Privatbüro zurück.

Als Wachtmeister Hung dem Richter behilflich war, seine Amtsrobe anzulegen, sagte dieser kurz:

«Da keinerlei Gerichtspersonal da ist, müßt ihr vier dessen Aufgaben heute übernehmen.»

Damit schob er den Wandschirm, der sein Büro vom Gerichtssaal trennte, beiseite und stieg die Estrade hinauf.

Als er hinter dem Richtertisch saß, befahl er Wachtmeister Hung und Tao Gan, sich neben ihn zu stellen und als Protokollschreiber zu dienen. Ma Jung und Tschiao Tai mußten unten als Konstabler vor der Estrade stehen.

Als Ma Jung seinen Posten bezog, starrte er Tschiao Tai völlig verwirrt an. Sie hätten gern gewußt, warum der Richter Wert darauf legte, eine Scheingerichtssitzung durchzuführen. Wenn er in den leeren Gerichtssaal blickte, kam sich Tschiao Tai geradezu wie in einem Theater vor.

Richter Di schlug mit seinem Hammer auf den Tisch und erklärte feierlich:

«Ich, der Richter, eröffne die erste Sitzung dieses Gerichts. Tschiao Tai führe die Gefangenen vor.»

Tschiao Tai kam binnen kurzem mit den Räubern, die er an eine lange Kette gelegt hatte, zurück.

Als sie sich der Estrade näherten, blickten die Gefangenen erstaunt auf diesen Richter, der in korrekter Amtstracht hinter dem schäbig gedeckten Tisch in einem völlig leeren Gerichtssaal saß.

Mit starrem Ausdruck befahl Richter Di Tao Gan, Namen und früheren Beruf jedes der Gefangenen zu vermerken. Dann sprach er:

«Ihr habt euch des Verbrechens des Überfalls in mörderischer Absicht auf einer öffentlichen Straße schuldig gemacht. Das Gesetz schreibt dafür Tod durch Enthaupten und Einziehung all eures Eigentums vor und weiterhin, daß eure Köpfe drei Tage lang zur Warnung für andere ans Stadttor genagelt werden.

Mit Rücksicht darauf jedoch, daß keines eurer Opfer zu Tode gekommen ist und niemand ernsthaften körperlichen Schaden genommen hat und auch wegen der besonderen Gründe, die euch zu dieser verzweifelten Tat getrieben haben, entscheide ich, der Richter, daß in diesem besonderen Falle Gnade vor Recht ergehen soll. Ich werde euch unter einer Bedingung freilassen.

Unter der Bedingung nämlich, daß ihr alle für unbestimmte Zeit als Gerichtskonstabler unter Fang als eurem Hauptmann Dienst tut und euch verpflichtet, Staat und Volk getreu zu dienen, bis ich euch entlassen werde.»

Die Gefangenen standen sprachlos da.

«Euer Ehren», begann Fang, «diese Leute sind tief dankbar für die ihnen erwiesene Milde. Aber es heißt dies ja eigentlich nur, daß unser Todesurteil für ein paar Tage hinausgeschoben wird. Euer Ehren wissen noch nicht, wie rachsüchtig Tschiän Mao ist und . . .»

Der Richter schlug seinen Hammer auf den Tisch und donnerte:

«Sehen Sie mich, Ihren Richter, an und übersehen Sie nicht diese Insignien, mit denen ich bekleidet bin. Merken Sie sich, daß am heutigen Tage, zu dieser Stunde, im ganzen Reiche tausend Männer diese gleichen Insignien tragen und in ihnen vor Staat und Volk Recht sprechen. Seit unvordenklichen Zeiten sind sie das Symbol der gesellschaftlichen Ordnung, wie sie durch die weisen Regeln unserer Vorfahren festgesetzt ist und im Auftrag des Himmels fortgesetzt wurde.

Haben Sie vielleicht schon einmal beobachtet, wie sich jemand bemüht, in einen brausenden Bergstrom einen Stock zu stecken? Ein paar Augenblicke steht er, dann wird er durch den ewig fließenden mächtigen Strom fortgerissen. So erheben sich gelegentlich böse oder unwissende Menschen und versuchen, die geheiligten Regeln unserer Gesellschaft zu durchbrechen. Ist es nicht kristallklar, daß derartige Versuche nur dazu bestimmt sind, elend zu scheitern?

Laßt uns nie das Vertrauen zu diesen Zeichen verlieren, damit wir nicht den Glauben an uns selbst verlieren.

Steht auf und laßt euch von euren Ketten befreien.»

Die Gefangenen hatten wohl kaum die tiefe Bedeutung dieser Worte erfaßt, aber sie waren von der Autorität des Richters tief beeindruckt und brachten ihm volles Vertrauen entgegen. Richter Dis Assistenten dagegen hatten alles verstanden und wußten, daß seine Worte ihnen selbst ebensogut wie den Gefangenen gegolten hatten. Ma Jung und Tschiao Tai bückten sich und lösten den Gefangenen die Ketten.

Dann wandte sich Richter Di wieder an die Räuber.

«Nachher wird jeder von euch Tao Gan und Wachtmeister Hung berichten, was er seitens Tschiän Maos zu erdulden hatte. Zu gegebener Zeit wird jeder einzelne Fall hier vor Gericht verhandelt werden. Im Augenblick haben wir allerdings dringendere Angelegenheiten zu erledigen. Ihr werdet jetzt sofort in den Haupthof gehen und die Waffen und die alten Konstableruniformen reinigen. Meine zwei Assistenten Ma Jung und Tschiao Tai werden euch anleiten. Fangs Tochter soll sich an meinen Hausbesorger wenden, der sie als Magd in meinem Haushalt beschäftigen wird.

Die erste Sitzung des Gerichts ist geschlossen.»

Der Richter stand auf und kehrte in sein Privatbüro zurück.

Er legte seine Robe ab und zog ein gewöhnliches Kleid an. Gerade wollte er ein paar neue Dokumente vornehmen, als Oberkonstabler Fang eintrat. Er verbeugte sich und sagte ehrerbietig:

«Hinter dem Tal, Euer Ehren, in dem Sie angegriffen wurden, wohnen über dreißig andere Männer in einem flüchtig errichteten Lager. Sie mußten infolge Tschiäns Übergriffen aus der Stadt fliehen. Ich kenne sie alle. Fünf oder sechs sind Halunken, die übrigen aber anständige Leute, für die ich mich verbürgen will. Ich habe schon daran gedacht, daß ich hinausgehen sollte, um die besten von ihnen für den Dienst bei Gericht anzuwerben.»

«Ausgezeichneter Gedanke», rief der Richter. «Nehmen Sie ein Pferd und reiten Sie sofort los. Wählen Sie die Leute aus, die Sie für geeignet halten. Sie sollen in kleinen Gruppen zu zweien oder dreien und auf verschiedenen Wegen, wenn es dämmrig geworden ist, in die Stadt zurückkommen.»

Oberkonstabler Fang ging eilig davon.

Spät am Nachmittag sah es im Haupthof des Gerichts wie in einem Militärlager aus.

Zehn Männer hatten schwarzlackierte Helme auf und trugen Lederjacken mit roter Schärpe, die regelmäßige Uniform der Konstabler. Sie wurden von Oberkonstabler Fang einexerziert. Zehn andere waren in leichte Panzerhemden gekleidet und trugen blanke Helme. Sie übten sich unter Aufsicht von Ma Jung im Fechten mit Piken. Zehn weitere wurden von Tschiao Tai im Schwertkampf unterwiesen.

Das Tor des Gerichts war geschlossen. Wachtmeister Hung und Tao Gan standen Wache.

Später in der Nacht gab Richter Di den Befehl, daß alle Leute sich im Gerichtssaal versammeln sollten.

Im Schein einer Kerze gab der Richter seine Befehle bekannt. Als er zu Ende war, wies er sie alle an, eine Weile völlig schweigend zu verbleiben. Dann blies er die Kerze aus.

Tao Gan verließ den Gerichtssaal. Er schloß die Tür sorgfältig hinter sich und ging, sich nur mit einer kleinen Papierlaterne leuchtend, die dunklen Korridore entlang.

Er ging ins Gefängnis und schloß die Zelle des Wärters auf.

Tao Gan löste die Kette, mit der der Wärter mit einem Ring an der Wand gefesselt war. Dann sagte er mürrisch:

«Der Richter hat beschlossen, Sie wegen grober Nachlässigkeit aus seinem Dienst zu entlassen. Sie haben sich nicht einmal um die Ihnen anvertrauten Gerichtssiegel gekümmert. In den nächsten Tagen wird unser Richter neues Gerichtspersonal anstellen, und der erste Verbrecher, der in Ketten vor ihm zu erscheinen hat, wird dieser Tschiän Mao sein, der sich selbst zum Herrscher aufgeworfen hat.»

Der Wärter blickte finster drein.

Tao Gan führte ihn durch die dunklen, leeren Korridore und brachte ihn über den verlassen daliegenden Hof.

Sie gingen durch das leere Wachtlokal, in dem ebenfalls alles dunkel und still war.

Tao Gan öffnete das Tor und stieß den Wärter hinaus.

«Raus», knurrte er. «Lassen Sie Ihr häßliches Gesicht hier nie wieder sehen.»

Der Wärter blickte verächtlich auf Tao Gan. Dann sagte er mit höhnischem Ausdruck:

«Ich werde schneller wieder da sein, als Sie glauben, Sie Rindvieh.»

Dann verschwand er in der dunklen Straße.

Fünftes Kapitel

Zwanzig Räuber greifen mitten in stiller Nacht an; Richter Di begibt sich auf einen gefährlichen Ausflug.

Kurz nach Mitternacht durchbrachen lärmende Laute die Stille im dunklen Gerichtsgebäude.

Heisere Stimmen schrien Befehle, Waffen klirrten. Gegen das Haupttor wurde eine Ramme gestoßen, deren dumpfe Schläge in der stillen Nacht widerhallten.

Aber innerhalb des Gerichtsgebäudes regte sich nichts.

Das hölzerne Tor splitterte, schwere Holzbretter krachten auf den

Boden. Zwanzig Räuber schwangen Keulen, Speere und Schwerter und stürzten ins Haus. Ein riesiger Bursche mit brennender Fackel eilte ihnen voran.

Sie stürzten zunächst in den ersten Hof und brüllten:

«Wo ist dieser Amtshund? Wo steckt dieser elende Richter?»

Der große Anführer stieß das Tor des Haupthofes auf und trat, während er sein Schwert zog, beiseite, um die andern durchziehen zu lassen.

Im Hof hielten sie inne, denn es war drinnen pechschwarz.

Plötzlich taten sich alle sechs Türen der großen Empfangshalle auf. Der Hof war hell erleuchtet durch Dutzende großer Leuchter und Laternen, die in zweifachen Reihen aufgestellt waren.

Die Eindringlinge, noch von dem plötzlichen Wechsel von Dunkelheit zu Helligkeit geblendet, gewahrten undeutlich links und rechts aufmarschierte Soldaten. Das Licht spielte auf ihren Helmen und den langen Spitzen ihrer Piken, die zum Kampf eingelegt waren. Unten an der Treppe sahen sie eine Reihe Konstabler mit gezogenen Schwertern.

Auf den Stufen stand eine eindrucksvolle Gestalt, die eine Amtstracht von schimmerndem Brokat und auf dem Kopf das geflügelte Richterbarett trug.

Neben ihr standen zwei hochgewachsene Männer in der Rüstung von Kavalleriehauptleuten. Ihre Brust- und ihre Armpanzer glitzerten, und von ihren spitzen Helmen flatterten bunte Federbüsche herab.

Einer hielt einen schweren Bogen mit gezücktem Pfeil in den Händen.

Der Richter rief mit Donnerstimme:

«Hier ist der Richter von Lan-fang. Gebt eure Waffen ab!»

Der riesige Räuber mit dem gezogenen Schwert erholte sich zuerst von seiner Überraschung.

«Erkämpft euch den Weg nach draußen», rief er den andern zu.

Im gleichen Augenblick fiel er mit einem schrecklichen Schrei rückwärts. Tschiao Tais Pfeil hatte ihm die Kehle durchbohrt.

Gleichzeitig erklang aus der Halle ein heiseres Kommando:

«Rechtsum . . . kehrt!»

Unmittelbar darauf erklang das Klirren von Eisen und das Getrappel schwerer Füße.

Die Räuber blickten einander verwirrt an. Einer von ihnen sprang vor und rief den andern zu:

«Brüder, mit uns ist es aus. Die Armee ist gekommen!»

Mit diesen Worten warf er seine Pike auf die Stufen. Als er seinen Schwertgurt abschnallte, sagte er:

«Sechs Jahre hat es mich gekostet, Korporal zu werden. Ich nehme an, daß ich jetzt wieder als Gemeiner von vorn anfangen muß.»

Ma Jung schrie:

«Wer bezeichnet sich hier als Korporal?»

Tschiän Maos Söldner dringen im Gerichtsgebäude ein

Der Mann stand unwillkürlich stramm und meldete:

«Korporal Ling, sechstes Regiment zu Fuß. Dreiunddreißigste Armee des linken Flügels. Angetreten, Herr Hauptmann.»

Ma Jung rief: «Alle Deserteure vortreten!»

Fünf Mann begaben sich hinter den Korporal und machten verlegen Front.

Ma Jung sagte kurz: «Ihr werdet vors Militärgericht kommen.»

In der Zwischenzeit hatten die andern Räuber ihre Waffen den Konstablern übergeben. Diese banden jedem die Hände auf den Rücken.

«Hauptmann, fragen Sie mal, wie viele Deserteure noch rings um die Stadt liegen», sagte der Richter.

Ma Jung gab die Frage an den früheren Korporal weiter.

«Ungefähr vierzig, Herr.»

Richter Di strich sich über den Bart.

«Wenn du und deine Leute die andern Grenzbezirke inspizieren», sagte er zu Ma Jung, «möchte ich, daß ein paar Soldaten hier als Wache bleiben. Du, Hauptmann, wirst dem Kommandeur den Vorschlag unterbreiten, daß diese Deserteure wieder eingestellt werden.»

Sofort kommandierte Ma Jung:

«Korporal Ling und fünf Gemeine gehen wieder dahin, woher sie gekommen sind, legen diese lumpigen Zivilkleider ab, kommen morgen nachmittag wieder her in Uniform und mit vorschriftsmäßiger Ausrüstung.»

Die sechs Leute riefen: «Zu Befehl!» und marschierten ab.

Richter Di gab ein Zeichen. Die Konstabler führten die Gefangenen in den Kerker, wo Tao Gan sie schon erwartete.

Tao Gan notierte sich ihre Namen. Der fünfzehnte und letzte war kein anderer als der entlassene Gefängniswärter. Tao Gans Gesicht leuchtete breit grinsend auf.

«Sie hatten ganz recht, Sie Hundesohn, Sie sind tatsächlich früher wiedergekommen, als ich dachte.»

Mit diesen Worten drehte Tao Gan ihn um und schickte ihn mit einem genau gezielten Tritt in seine frühere Zelle zurück.

Im Haupthof hatten die von Fang rekrutierten neugebackenen Soldaten ihre Piken geschultert und marschierten ab ins Wachtquartier.

Richter Di stellte fest, daß sie in guter Ordnung marschierten und sagte lächelnd zu Ma Jung:

«Für einen Tag Exerzieren ist das gar nicht schlecht.»

Der Richter kam die Stufen herab. Zwei Konstabler schlossen die Tür der Empfangshalle. Wachtmeister Hung tauchte auf, beladen mit alten Pfannen, Kesseln und rostigen Ketten.

Richter Di bemerkte:

«Du hast ja eine schöne Kommandostimme, Wachtmeister!»

Früh am nächsten Morgen, als die Sonne gerade aufgegangen war, verließen drei Mann zu Pferde das Gerichtsgebäude.

Richter Di in Jägertracht ritt in der Mitte. Ma Jung und Tschiao Tai, jeder in glänzender Kavallerie-Hauptmannsuniform, ritten ihm zur Seite.

Als sie sich nach Westen wandten, drehte der Richter sich im Sattel um und blickte auf das große gelbe Banner, das auf dem Dach des Gerichtsgebäudes flatterte. In roten Buchstaben war auf ihm zu lesen: Militärisches Hauptquartier.

«Meine Frauen haben an diesem Banner noch bis tief in die Nacht hinein gearbeitet», sagte Richter Di zu seinen Gefährten.

Sie begaben sich direkt zu Tschiän Maos Haus. Vier handfeste Gestalten standen mit Hellebarden bewaffnet vor dem Tor.

Ma Jung hielt gerade vor ihnen an. Er wies mit seiner Reitpeitsche gegen die Tür und befahl: «Macht auf!»

Augenscheinlich hatten die Deserteure, die des Nachts zurückgekommen waren, die Nachricht verbreitet, es seien Soldaten angekommen. Die Wachen zögerten also nur einen Augenblick, dann stießen sie das Tor auf, und Richter Di ritt mit seinen Assistenten durch.

Im ersten Hof standen ein paar Dutzend Leute in Gruppen, die in aufgeregter Unterhaltung begriffen waren.

Sie verstummten sofort und warfen auf die drei Reiter beunruhigte Blicke. Diejenigen, die Schwerter trugen, versuchten diese Waffen schleunigst in den Falten ihrer Kleider zu verbergen.

Die drei ritten weiter, ohne nach links oder rechts zu sehen.

Ma Jung zwang sein Pferd die vier Stufen zum zweiten Hof hinauf, und der Richter und Tschiao Tai folgten ihm.

Korporal Ling beaufsichtigte etwa dreißig Mann, die eifrig damit beschäftigt waren, Schwerter und Speere zu putzen und Lederjacken einzuölen.

Ohne anzuhalten, rief Ma Jung dem Korporal zu: «Folgen Sie mir mit zehn Gemeinen.»

Im dritten Hof befanden sich nur ein paar Diener, die beim Anblick der drei Reiter auseinanderstoben.

Ma Jung ritt auf das große Gebäude im Hintergrund zu, die Hufe seines Pferdes klapperten auf den Steinfliesen.

Die schön geschnitzten rotlackierten Türen zeigten an, daß dies die Haupthalle des Hauses sei.

Die Reiter stiegen ab und warfen die Zügel dreien von des Konstablers Leuten zu.

Ma Jung stieß mit seinen eisenbeschlagenen Stiefeln die Mitteltür auf und trat, gefolgt von seinen zwei Begleitern, ein.

Augenscheinlich unterbrachen sie gerade eine dringliche Besprechung.

Mitten in der Halle saßen drei Männer dicht beieinander. Zwischen zweien von ihnen saß in einem mit einem Tigerfell bedeckten Armstuhl ein großer, breitschultriger Mann. Er hatte ein pausbäckiges, aber gebieterisches Gesicht mit dünnem Schnurrbart und kurzem schwarzem Vollbart. Es sah aus, als sei er eben erst aus dem Bett gekommen, er trug noch ein weißseidenes Nachtgewand und darüber ein lockeres Hauskleid aus rotem Brokat. Auf dem Kopf trug er eine kleine schwarze Mütze. Die beiden andern, beides ältere Männer, saßen ihm gegenüber auf Schemeln aus schwarzem Ebenholz. Auch diese sahen aus, als hätten sie sich in aller Eile angezogen.

Die Halle machte einen höchst kriegerischen Eindruck. Sie sah mehr nach Waffenkammer als nach Empfangshalle aus. Die Wände waren dekoriert mit Speeren, Piken und Schilden, auf dem Boden lagen Felle von wilden Tieren.

Sprachlos vor Erstaunen blickten die drei Männer auf die Eindringlinge.

Richter Di sagte nicht ein Wort. Er ging stracks auf einen leeren Armstuhl zu und setzte sich nieder. Ma Jung und Tschiao Tai pflanzten sich mit drohenden Blicken direkt vor Tschiän Mao auf.

Tschiäns beide Ratgeber erhoben sich rasch von ihren Schemeln und zogen sich hinter ihres Herrn Armsessel zurück.

Der Richter wies Ma Jung wie nebenbei an:

«Die Stadt steht unter Kriegsgesetz, Hauptmann. Ich überlasse es also dir, mit diesen Schuften entsprechend zu verfahren.»

Ma Jung machte kehrt.

«Korporal Ling!» kommandierte er.

Der Korporal, gefolgt von vier seiner Leute, polterte eilends über die Schwelle.

Ma Jung fragte: «Welcher von diesen Verbrechern hier ist Tschiän Mao?»

Der Korporal zeigte auf den Mann im Armsessel.

Ma Jung erklärte kurzerhand:

«Tschiän Mao, Sie sind wegen Aufruhrs verhaftet.»

Tschiän sprang auf. Er stellte sich vor Ma Jung und brüllte nicht minder laut wie dieser:

«Wer hat hier eigentlich in meinem eigenen Hause zu befehlen? Wachen, macht sie nieder!»

Prompt schlug Ma Jung ihm mit seiner gepanzerten Faust mitten ins Gesicht. Tschiän fiel zu Boden und riß einen eleganten Teetisch mit kostbarem Porzellangeschirr mit.

Sechs wild aussehende Räuber stürzten hinter dem großen Wandschirm hinten in der Halle hervor. Sie hatten lange Schwerter, während ihr Führer eine Doppelaxt schwang.

Als sie Ma Jung und Tschiao Tai in ihrer vollen Rüstung erblickten, hielten sie plötzlich an. Ma Jung schlug die Arme unter und forderte die Leibwache auf:

«Übergebt eure Waffen. Unser Befehlshaber wird später entscheiden, ob ihr schuldig seid oder nicht.»

Tschiän war das Nasenbein gebrochen, ein Strom von Blut ergoß sich über sein Kleid. Er hob den Kopf und schrie:

«Hört nicht auf diese Kanaille, Leute. Habt ihr nicht zehn Jahre lang meinen Reis gegessen? Bringt mal erst diesen Hund von Richter um.»

Der Führer der Leibwache sprang hinzu und hob seine Axt.

Aber Richter Di regte sich nicht. Er strich sich langsam über den Backenbart und blickte seinen Angreifer verächtlich an.

«Halt, Bruder Wang», rief Korporal Ling, «habe ich dir nicht gesagt, daß die ganze Stadt von Soldaten wimmelt? Wir haben keine Chance mehr, die Armee hat alles übernommen.»

Der Mann mit der Axt zögerte.

Tschiao Tai stampfte ungeduldig mit dem Fuß.

«Wir müssen jetzt weg», rief er, «wir haben Besseres zu tun, als diese paar Schufte dingfest zu machen.»

Er drehte sich um und machte Miene zu gehen.

Tschiän Mao hatte das Bewußtsein verloren. Ma Jung, der die Leibwache überhaupt nicht beachtete, beugte sich nieder und fing an, Tschiän zu fesseln.

Richter Di stand von seinem Stuhl auf. Er strich sein Kleid glatt und sagte kaltblütig zu dem Mann mit der Axt:

«Nimm mal dieses gefährliche Instrument runter, mein Junge.»

Er wandte ihm den Rücken und blickte streng auf die beiden Ratgeber, die während all dieser Vorgänge schweigend dagestanden hatten. Augenscheinlich legten sie keinen Wert darauf, sich nach irgendeiner Richtung zu entscheiden, bevor sie nicht wußten, wie es ausgehen würde.

«Wer mögen denn Sie beide sein?» fragte der Richter kalt. Der Ältere verbeugte sich tief.

«Euer Ehren», antwortete er, «diese Person wurde gezwungen, diesem Tschiän als Ratgeber zu dienen. Gestatten Euer Ehren mir, zu versichern . . .»

«Das können Sie vor Gericht erzählen», unterbrach Richter Di. Dann sagte er zu Ma Jung: «Kehren wir schnell wieder ins Gericht zurück. Wir nehmen nur diesen Tschiän Mao und seine zwei Ratgeber mit. Mit den übrigen werden wir uns später beschäftigen.»

Ma Jung sagte prompt: «Zu Befehl, Exzellenz!»

Er machte Korporal Ling ein Zeichen. Vier Soldaten banden auch die beiden Ratgeber. Tschiao Tai wickelte sich eine dünne Kette von der

Ma Jung und Tschiao Tai verhaften einen Verbrecher

Hüfte, machte an jedem Ende eine Schlinge, die er den beiden Gefangenen über den Kopf warf. Dann zog er sie hinaus. Als er die Kette an seinem Sattelknauf festmachte, sagte er kurz:

«Wenn Sie sich nicht selbst erdrosseln wollen, werden Sie gut daran tun, sich ein bißchen zu beeilen.»

Tschiao Tai bestieg sein Pferd, Richter Di folgte seinem Beispiel.

Mao Jung warf den bewußtlosen Tschiän Mao über den Sattel und rief Korporal Ling zu:

«Teilen Sie Ihre Soldaten in vier Gruppen von je zwölf Mann. Jede Gruppe ist für zehn von Tschiäns Leuten verantwortlich. Gehen Sie an die Stadttore und sperren Sie Ihre Gefangenen dort in die Türme ein. Nachmittags wird ein Offizier die vier Tore inspizieren.»

«Zu Befehl!» rief der Korporal.

Die drei ritten über den Hof, die zwei Ratgeber trotteten hinter Tschiao Tais Pferd her.

Im zweiten Hof erwartete sie ein älterer Mann mit grauem Knebelbart. Er fiel auf die Knie und schlug mit seinem Kopf auf die Steinfliesen.

Richter Di hielt sein Pferd an und befahl: «Stehen Sie auf und nennen Sie Ihren Namen.»

Der Angeredete raffte sich hastig auf und erwiderte mit einer Verbeugung:

«Diese unwürdige Person ist hier der Hausbesorger.»

Richter Di befahl:

«Sie sind mir für dies Haus und alles, was darin ist, einschließlich der Diener und Frauen verantwortlich, bis Gerichtsoffiziere das Haus übernehmen.»

Damit ritt der Richter davon.

Ma Jung beugte sich in seinem Sattel vor und fragte den Hausbesorger wie gesprächsweise:

«Haben Sie schon mal gesehen, wie im Heer ein Verbrecher langsam mit einer Palmenblattrippe zu Tode gepeitscht wird? Im allgemeinen dauert das sechs Stunden.»

Der entsetzte Hausbesorger gab ehrerbietig zur Antwort, er hätte noch nie dies Vergnügen gehabt.

«Genau dieses wird Ihnen aber passieren, wenn Sie nicht Seiner Exzellenz Befehle wortwörtlich ausführen», sagte Ma Jung freundlich. Dann spornte er sein Roß und ließ den Hausbesorger zitternd und aschbleich zurück.

Als die drei Reiter wieder durch das Haupttor von Tschiäns Anwesen ritten, präsentierten die vier Wachen die Waffen.

Sechstes Kapitel

Vier Gildenmeister werden in der Haupthalle empfangen; Frau Sih erscheint vor Gericht mit einem alten Gemälde.

Ins Gericht zurückgekehrt, übergaben Ma Jung und Tschiao Tai den immer noch bewußtlosen Tschiän Mao und seine beiden keuchenden Ratgeber dem Oberkonstabler Fang. Dann begaben sie sich in Richter Dis Privatbüro. Wachtmeister Hung half dem Richter beim Wechsel seiner Kleidung.

Ma Jung stieß seinen eisernen Helm zurück und wischte sich den Schweiß von der Stirn. Dann wandte er sich an den Richter und rief bewundernd aus:

«Wenn das nicht der großartigste Bluff gewesen ist, den ich jemals erlebt habe!»

Der Richter lächelte gelassen.

«Es hätte nicht das geringste genutzt», erklärte er, «gegen Tschiän offen zu kämpfen. Selbst wenn wir wirklich ein paar hundert Soldaten zu unserer Verfügung gehabt hätten, hätte es nur ein blutiges Gemetzel gegeben. Tschiän Mao ist ein Schurke, aber keineswegs ein Feigling, und seine Leute hätten sich unter seinem Befehl regelrecht geschlagen.

Von Anfang an war mein Gedanke, man müßte sie bluffen und Tschiän und seinen Leuten den Eindruck vermitteln, daß schon alles vorüber und verloren sei und daß unser Sieg bereits vollendet war. Ursprünglich hatte ich sogar vor, als Provinzgouverneur oder als Kaiserlicher, auf einer Grenzinspektion befindlicher Zensor aufzutreten.

Sobald aber Tao Gan mir mitgeteilt hatte, daß sich unter Tschiäns Leuten viele Deserteure aus der regulären Armee befänden, habe ich meinen Plan entsprechend geändert.»

«War es nicht zu riskiert, diesen Korporal und fünf Leute nach dem Angriff auf das Gericht zu Tschiän zurückkehren zu lassen?» fragte Tschiao Tai. «Die hätten sich doch erkundigen und herausfinden können, daß wir nur bluffen.»

«Dies», gab Richter Di zur Antwort, «war genau das, was den Ausgang entschied. Kein vernünftiger Mensch würde sechs gute Leute zu ihrem Herrn zurückkehren lassen, wenn er nicht selber über eine überwältigende Übermacht verfügte. Korporal Ling kam es gar nicht in den Sinn, etwas zu kontrollieren. Tschiän ist schlau, aber selbst er zweifelte nicht mehr, daß die reguläre Armee da sei. Er entschloß sich, in einem letzten verzweifelten Kampf zu sterben, aber seine Gefolgsleute waren weniger scharf darauf, besonders nachdem wir hatten durchblicken lassen, daß wir sie vielleicht freilassen würden.»

«Wie werden wir aber dieses Phantasieregiment, das wir selbst geschaffen haben, wieder los?» fragte Wachtmeister Hung.

«Da rechne ich bestimmt mit neuen Gerüchten», sagte Richter Di. «Zunächst wird dieses Regiment mal in der Phantasie der Menge die Dimension einer schlagkräftigen Armee annehmen und dann sich wieder ohne unser Zutun in Luft auflösen.

Nun aber ans Geschäft. Ich muß zunächst mal das Gericht reorganisieren, und wir müssen Ordnung in Tschiän Maos Angelegenheiten bringen.

Tao Gan wird jetzt hinausgehen und die Meister aller Stadtviertel auffordern, sofort hier zu erscheinen. Er wird auch die Meister der wichtigsten Gilden einladen, mich heute nachmittag zu besuchen.

Wachtmeister Hung begibt sich zu Tschiäns Haus zusammen mit dem Oberkonstabler Fang und zehn von seinen Leuten. Die Frauen und die Dienerschaft bekommen bis auf weiteres Hausarrest. Alle Wertsachen werden mit Hilfe des Hausbesorgers festgestellt, in die Safekammer gebracht und die Tür versiegelt. Oberkonstabler Fang wird seinen Sohn und seine älteste Tochter Weiße Orchidee suchen.

Ma Jung und Tschiao Tai werden die vier Stadttore inspizieren und kontrollieren, ob Korporal Ling seine Leute richtig verteilt hat und ob die vierzig Gefolgsleute von Tschiän, die nicht aus dem Heer kommen, sicher hinter Schloß und Riegel in den Tortürmen untergebracht sind. Wenn alles in Ordnung befunden wird, kann man Ling benachrichtigen, daß er, ohne degradiert zu werden, wieder ins Heer eingereiht wird.

Laßt euch Zeit und seht zu, daß ihr etwas über das Vorleben der früheren Soldaten herausbekommt. Diejenigen, die nicht in der Schlacht geflohen oder wegen eines größeren Verbrechens desertiert sind, können wieder eingestellt werden. Heute nachmittag werde ich einen Bericht an das Kriegsministerium aufsetzen. Zugleich will ich bitten, daß hundert Soldaten hierher abkommandiert werden.»

Hierauf befahl der Richter Wachtmeister Hung, ihm eine große Kanne heißen Tee zu bringen.

Tao Gan brauchte nicht lange, die Viertelsmeister zu inspizieren. Sie sahen nicht übermäßig glücklich aus, als sie in Richter Dis Privatbüro gewiesen wurden.

Sie waren es nämlich, die an Ort und Stelle verpflichtet waren, als Verbindungsglied zwischen Gericht und Bevölkerung zu fungieren, die verantwortlich waren für die Registrierung von Geburten, Todesfällen, Eheschließungen und manchen andern Dingen, die unter Tschiän Maos Herrschaft völlig vernachlässigt worden waren. Als Mitglieder der Bezirksverwaltung hätten die Viertelsmeister den neuen Richter im Gericht begrüßen müssen, und sie machten sich auf eine schwere Standpauke gefaßt.

Und die bekamen sie auch, und zwar gehörig. Zitternd und bleich kamen sie wieder aus Richter Dis Büro hervor und stoben auseinander, so schnell sie konnten.

Dann begab sich Richter Di in die große Empfangshalle des Gerichts und empfing dort die Meister der Gilden der Goldschmiede, der Zimmerleute, der Reishändler, der Seidenkaufleute. Der Richter erkundigte sich höflich nach ihren Namen, und der Hausbesorger servierte Erfrischungen.

Die Gildenmeister beglückwünschten den Richter wegen der prompten Verhaftung von Tschiän Mao und drückten ihre Freude darüber aus, daß das Leben im Bezirk jetzt bald wieder normal werden würde. Immerhin waren sie jedoch etwas beunruhigt, daß eine so große Zahl Soldaten in der Stadt sei.

Richter Di zog die Augenbrauen hoch.

«Die einzigen Soldaten hier», bemerkte er, «sind ein paar Dutzend Deserteure, die ich als Wachtleute angestellt habe.»

Der Meister der Goldschmiedegilde warf seinen Kollegen einen vielsagenden Blick zu und sagte lächelnd:

«Wir verstehen durchaus, Euer Ehren, daß Ihre Lippen versiegelt sind. Aber die Wachen am nördlichen Tor erzählten, daß, als Euer Ehren in die Stadt eingezogen seien, sie beinahe durch eine Kavallerieschwadron niedergeritten worden seien. Diese Nacht sah ein Goldschmied einen Zug von zweihundert Soldaten mit strohumwickelten Stiefeln durch die Hauptstraße marschieren.»

Der Meister der Gilde der Seidenkaufleute fügte hinzu:

«Mein eigener Vetter hat eine Reihe von zehn Wagen, beladen mit Heeresbedarf, fahren sehen. Euer Ehren können sich jedoch durchaus auf uns verlassen. Wir sind uns darüber klar, daß eine militärische Inspektion der Grenzbezirke geheimgehalten werden muß, damit die Barbarenhorden jenseits des Flusses nicht davon Kenntnis bekommen. All dies wird nicht über die Stadt hinaus bekannt werden. Aber wäre es nicht vielleicht besser, wenn der Kommandeur nicht über dem Gerichtsgebäude eine Fahne wehen ließe? Wenn die Spione der Barbarenstämme diese Fahne sehen, werden sie doch wissen, daß das Heer hier ist.»

«Diese Fahne», antwortete Richter Di, «habe ich selbst aufgezogen. Sie besagt nur, daß ich, der Richter, zeitweise diesen Bezirk unter Kriegsgesetz gestellt habe, wozu ich in Notfällen berechtigt bin.»

Die Gildenmeister lächelten und verbeugten sich tief.

«Wir haben völliges Verständnis für Euer Ehren Diskretion», sagte der Älteste mit Würde.

Richter Di äußerte sich nicht weiter dazu, sondern ging auf ein anderes Thema über. Er forderte die Meister auf, ihm noch am gleichen Nachmittag drei ältere Leute zu schicken, die geeignet und willens seien, beim Gericht als Ältester Schreiber, Archivleiter und Gefängnisaufseher Dienst zu tun, und weiterhin ein Dutzend jüngerer Angestellter, die als Schreiber dienen könnten. Weiter bat der Richter, dem Gericht zweitausend Silberstücke zu leihen, mit denen er die dringendsten Reparaturen im Gerichtssaal und die Löhne für das Personal bezahlen wollte. Diese Summe sollte zurückgezahlt werden, sobald das Verfahren gegen Tschiän Mao abgeschlossen und sein Eigentum konfisziert sein würde.

Die Gildenmeister stimmten bereitwillig zu.

Schließlich teilte ihnen der Richter mit, daß er das Verfahren gegen Tschiän Mao am nächsten Morgen eröffnen würde, und forderte sie auf, dies im ganzen Bezirk zu verbreiten.

Als die Gildenmeister sich verabschiedet hatten, ging der Richter in sein Privatbüro zurück. Dort wartete bereits Oberkonstabler Fang auf ihn, zusammen mit einem gutaussehenden jungen Mann. Beide knieten vor dem Richter nieder. Der junge Mann schlug dreimal hintereinander mit der Stirn auf den Boden.

«Erlauben Euer Ehren», sagte Fang, «daß ich meinen Sohn vorstelle. Er war von Tschiäns Gefolgsleuten entführt und gezwungen worden, als Diener in seinem Hause zu arbeiten.»

«Er wird unter Ihnen als Konstabler dienen», sagte Richter Di. «Haben Sie ihre älteste Tochter gefunden?»

«Leider nein», gab Fang bedrückt zur Antwort, «mein Sohn hat sie nie gesehen, und auch die sorgfältigsten Nachforschungen brachten keine Spur von ihr zutage. Ich habe den Hausbesorger von Tschiän eingehend befragt. Er erinnert sich nur, daß Tschiän Mao einmal den Wunsch ausgedrückt habe, Weiße Orchidee für seinen Harem zu kaufen, behauptet jedoch, daß sein Herr, als ich mich weigerte, meine Tochter zu verkaufen, die Sache habe fallenlassen. Ich weiß nicht, was ich davon halten soll.»

Richter Di sagte nachdenklich:

«Sie nehmen an, daß Tschiän sie entführt hat, und vielleicht wird sich noch herausstellen, daß Sie damit recht haben. Für Leute wie Tschiän wäre es nicht ungewöhnlich, außerhalb seines Hauses noch ein geheimes Liebesnest zu unterhalten. Anderseits müssen wir aber auch mit der Möglichkeit rechnen, daß er wirklich nichts mit ihrem Verschwinden zu tun hat.

Ich werde Tschiän darüber befragen und eine gründliche Nachforschung anordnen. Geben Sie die Hoffnung nicht zu rasch auf.»

Ma Jung und Tschiao Tai traten ein.

Sie berichteten, Korporal Ling habe die Befehle genau ausgeführt. An jedem der vier Stadttore ständen zehn Soldaten, und in jedem Stadtturm seien zehn von Tschiäns Leuten eingesperrt. Die Zahl der Gefangenen hatte sich noch um fünf vermehrt, die aus Furcht vor Bestrafung wirklicher Verbrechen geflohen waren. Korporal Ling hatte die Faulenzer, die vorher die Tore bewacht hatten, zu Wasserträgern degradiert.

Ma Jung fügte hinzu, Ling habe alle Eigenschaften eines guten Soldaten. Er sei desertiert, weil er einen Streit mit einem unredlichen Hauptmann gehabt habe, und sei überglücklich, daß er wieder in der regulären Armee dienen könne.

Richter Di nickte und sagte:

«Ich werde vorschlagen, daß Ling zum Sergeanten ernannt wird. Vorläufig wollen wir die vierzig Leute bei den Toren belassen. Wenn sie sich weiter gut benehmen, schlage ich vor, sie alle in Tschiäns Haus einzuquartieren. Zu gegebener Zeit werde ich dieses Haus zum Garnisonsquartier machen. Du, Tschiao Tai, wirst Kommandeur dieser vierzig Mann bleiben und jener zwanzig, die wir hier im Gericht einexerziert haben, bis die Soldaten eintreffen.»

Hierauf entließ der Richter seine Assistenten, nahm seinen Pinsel und schrieb einen Eilbrief an den so weit weg stationierten Präfekten mit einem Bericht über das, was in den letzten zwei Tagen passiert war. Er fügte eine Liste der Leute, die er wieder ins Heer aufgenommen haben wollte, bei und schlug vor, Korporal Ling zum Sergeanten zu ernennen. Schließlich stellte er das Gesuch, hundert Soldaten als ständige Garnison nach Lan-fang zu legen.

Als er diesen Brief siegelte, trat der Oberkonstabler ein und berichtete, eine Frau Sih sei gekommen, um den Richter zu sprechen. Sie warte am Tor des Gerichts.

Richter Di schien erfreut.

«Laß sie hereinkommen», befahl er.

Als der Oberkonstabler die Dame in Richter Dis Büro einließ, betrachtete der sie mit wohlwollendem Blick. Sie war etwa dreißig Jahre alt und noch eine bemerkenswert schöne Frau. Sie war nicht geschminkt und sehr einfach gekleidet. Sie kniete vor dem Tisch nieder und sagte schüchtern:

«Frau Sih geborene Mei entbietet Euer Ehren ehrerbietigen Gruß.»

«Wir sind hier nicht vor Gericht, meine Dame», sagte Richter Di freundlich, «wir können die Formalitäten also lassen. Bitte stehen Sie auf und nehmen Sie Platz.»

Frau Sih stand langsam auf und setzte sich auf einen der Schemel vor dem Tisch. Sie zögerte jedoch zu sprechen.

«Ich habe immer Ihren verstorbenen Gatten, den Gouverneur Sih, bewundert», sagte Richter Di. «Ich halte ihn für einen der größten Staatsmänner unserer Zeit.»

Frau Sih verneigte sich und sagte leise:

«Er war ein großer und guter Mann, Euer Ehren. Ich würde nicht gewagt haben, Euer Ehren kostbare Zeit in Anspruch zu nehmen, wenn ich es nicht für meine Pflicht hielte, die Anordnungen meines verstorbenen Gatten durchzuführen.»

Richter Di beugte sich vor.

«Bitte sprechen Sie, gnädige Frau», sagte er ernst.

Frau Sih steckte ihre Hand in den Ärmel und zog ein längliches Paket heraus, das sie auf den Tisch niederlegte.

«Auf seinem Totenbett», begann sie, «hat der Gouverneur mir diese Bildrolle, die er selbst gemalt hat, übergeben und gesagt, dies sei sein Vermächtnis an mich und meinen Sohn. Alles übrige solle an meinen Stiefsohn Sih Ki gehen.

Dann begann er wieder zu husten, und Sih Ki verließ den Raum, um eine neue Schale mit Medizin kommen zu lassen. Sobald er gegangen war, sprach der Gouverneur plötzlich zu mir: ‹Solltest du je in Schwierigkeiten geraten, so bringe dieses Bild dem Gericht und zeige es dem Richter. Wenn er seine Bedeutung nicht versteht, dann mußt du es seinem Nachfolger zeigen. Bis endlich ein Richter weise genug sein wird, das Geheimnis zu erraten.› Dann kam Sih Ki wieder herein. Der Gouverneur blickte uns alle an, legte seine ausgemergelte Hand auf den Kopf meines Kindes, lächelte und ging hinüber, ohne noch ein weiteres Wort zu äußern.»

Frau Sih brach schluchzend nieder.

Richter Di wartete, bis sie sich beruhigt hatte. Dann sagte er:

«Jede Einzelheit dieses letzten Tages ist wichtig, gnädige Frau. Erzählen Sie, was später geschah.»

«Mein Stiefsohn Sih Ki», fuhr Frau Sih fort, «nahm mir das Bild aus den Händen und sagte, er wolle es für mich aufbewahren. Er war damals gar nicht unfreundlich. Erst nach der Beerdigung änderte er sein Benehmen. Da wies er mich rauh an, das Haus sofort mit meinem Sohn zu verlassen. Er warf mir vor, seinen Vater betrogen zu haben, und verbot mir und meinem Sohn, jemals wieder sein Haus zu betreten. Dann warf er diese Bildrolle auf den Tisch und sagte höhnisch, zu diesem Erbstück könne er mir nur Glück wünschen.»

Richter Di strich sich über den Bart.

«Da der Gouverneur ein sehr weiser Mann war, gnädige Frau, muß in diesem Bild irgendein tieferer Sinn stecken. Ich werde es mir genau ansehen. Es ist jedoch meine Pflicht, Ihnen von vornherein mitzuteilen, daß ich mich bezüglich des Inhalts dieser geheimen Botschaft nicht festlegen kann. Sie kann sowohl zu Ihren Gunsten sprechen wie auch beweisen, daß Sie sich verbrecherischen Ehebruchs schuldig gemacht haben. In jedem Falle werde ich entsprechend handeln und wird die Gerechtigkeit ihren Lauf nehmen. Ich überlasse es Ihnen, gnädige Frau, zu beschließen, ob Sie mir die Rolle überlassen wollen oder ob Sie es vorziehen, sie wieder mitzunehmen und Ihre Klage zurückzuziehen.»

Frau Sih stand auf und sagte mit ruhiger Würde:

«Ich bitte Euer Ehren, die Rolle zum näheren Studium dazubehalten. Ich werde den Barmherzigen Himmel bitten, daß er Ihnen hilft, dieses Rätsel zu lösen.»

Dann machte sie eine tiefe Verbeugung und verabschiedete sich.

Wachtmeister Hung und Tao Gan hatten draußen auf dem Korridor gewartet. Jetzt kamen sie herein und begrüßten den Richter. Tao Gan trug lauter Aktenrollen unter dem Arm.

Der Wachtmeister meldete, sie hätten Tschiän Maos Eigentum inventarisiert und mehrere hundert Goldbarren und einen großen Betrag an Silber gefunden. Dies Geld hätten sie mitsamt einer Anzahl goldener Werkzeuge in die Safekammer eingeschlossen. Die Frauen und das Hauspersonal seien in den dritten Hof verwiesen worden. Sechs Gerichtskonstabler und zehn Soldaten seien unter Aufsicht Tschiao Tais im zweiten Hof stationiert, um das Haus zu bewachen.

Mit befriedigtem Lächeln lud Tao Gan seinen Aktenpacken auf den Schreibtisch ab und sagte:

«Hier, Euer Ehren, ist das von uns aufgestellte Inventar, nebst allen Urkunden und Rechnungen, die wir in Tschiän Maos Safekammer gefunden haben.»

Richter Di blickte, sich in seinem Stuhl zurücklehnend, mit unverhohlenem Abscheu auf den Stapel.

«Die Entwirrung von Tschiän Maos Geschäften», sagte er, «wird eine zeitraubende und lästige Aufgabe sein. Ich werde dich, Wachtmeister, und Tao Gan damit betrauen. Ich glaube nicht, daß dies Material irgend etwas beweisen wird, was über ungesetzliche Aneignung von Grundstücken und Häusern und kleine Erpressungen hinausgeht. Die Gildenmeister haben versprochen, mir heute nachmittag geeignete Leute zu schicken, die sich als Gerichtsschreiber und Archivleiter betätigen können. Die könnten euch bei der Bewältigung dieser Angelegenheiten helfen.»

«Sie warten schon im Haupthof, Euer Ehren», bemerkte Wachtmeister Hung.

«Gut», sagte der Richter, «dann können du und Tao Gan sie anweisen, was zu tun ist. Heute abend wird der Archivleiter euch helfen, diese Dokumente zu sichten. Ich stelle anheim, mir einen umfassenden Bericht mit Vorschlägen aufzusetzen, in welcher Weise Tschiän Maos Angelegenheiten behandelt werden sollten. Ich bitte aber, jedes Dokument, das mit der Ermordung meines verstorbenen Kollegen Pan zusammenhängt, auszusondern.

Ich möchte mich ganz auf dieses Problem konzentrieren.»

Mit diesen Worten ergriff er das Päckchen, das Frau Sih ihm überlassen hatte. Er wickelte es aus und rollte das Bild auf dem Tisch auf.

Wachtmeister Hung und Tao Gan traten hinzu und betrachteten zusammen mit dem Richter eingehend das Bild.

Es war mittelgroß, auf Seide gemalt und stellte in voller Farbengebung eine phantastische Berglandschaft dar. Weiße Wolken schwebten an den Gipfeln vorbei. Hier und da waren unter Baumgruppen Häuser zu sehen, und von rechts ergoß sich ein Bergstrom. Aber keine menschliche Figur war darauf.

Oben an den Rand hatte der Gouverneur in archaischen Buchstaben den Titel des Bildes geschrieben. Er lautete:

LANDHAUS LEERER TRUGBILDER

Der Gouverneur hatte diese Inschrift nicht signiert. Es war nur ein roter Abdruck seines Siegels zu sehen.

Das Bild war an allen vier Seiten mit schwarzem Brokat gerahmt. Unten war eine hölzerne Rolle angefügt und oben ein dünner Stab mit einer Öse zum Aufhängen. Dies ist die übliche Ausstattung von Bildern, die an der Wand aufgehängt werden sollen.

Wachtmeister Hung strich nachdenklich seinen Bart.

«Der Titel scheint anzudeuten», bemerkte er, «daß dies Bild irgendein taoistisches Paradies oder einen Wohnsitz der Unsterblichkeit darstellt.»

Richter Di nickte.

«Dies Bild», sagte er, «verlangt eingehende Betrachtung. Hänge es an der Wand gegenüber meinem Schreibtisch auf, so daß ich es immer, wenn ich dazu aufgelegt bin, betrachten kann.»

Als Tao Gan das Bild zwischen Tür und Fenster aufgehängt hatte, stand der Richter auf und ging in den Haupthof hinüber.

Er stellte fest, daß die künftigen Mitglieder seines Schreibpersonals dem Anschein nach anständige Leute waren.

Der Richter hielt eine kurze Ansprache und schloß:

«Meine beiden Assistenten werden euch jetzt unterweisen. Hört gut zu, denn morgen mit der Vormittagssitzung wird euer Dienst beginnen.»

Das Gemälde des Gouverneurs Sih

Siebentes Kapitel

Drei schurkische Mönche erhalten ihre gerechte Strafe; ein Literaturstudent berichtet von einem grausamen Mord.

Noch vor Anbruch des nächsten Tages begannen die Bürger von Lanfang, sich bereits um das Gericht zu versammeln, und als die Zeit der Vormittagssitzung gekommen war, füllte eine dichte Menge die Straße vor dem Haupttor.

Der große Bronzegong wurde dreimal geschlagen. Die Konstabler öffneten das Doppeltor, die Menge strömte ein und direkt in die Gerichtshalle. Binnen kurzem war nicht einmal mehr ein Stehplatz zu haben.

Die Konstabler stellten sich in zwei Reihen rechts und links vor der Estrade auf.

Dann wurde der Schirm im Hintergrund beiseitegeschoben. Richter Di in voller Amtstracht stieg die Estrade hinauf. Als er sich hinter den Amtstisch setzte, nahmen seine vier Assistenten zu seiner Seite Platz. Der Älteste Schreiber und dessen Gehilfen standen am nächsten beim Tisch, der jetzt mit einer neuen purpurseidenen Decke bedeckt war.

Tiefes Schweigen herrschte, als der Richter seinen Rotpinsel aufnahm und eine Anweisung für den Gefängniswärter ausfüllte.

Oberkonstabler Fang nahm die Anweisung respektvoll mit beiden Händen entgegen und verließ den Gerichtssaal mit zwei Konstablern.

Sie kehrten zurück mit dem ältesten von Tschiäns beiden Ratgebern. Der kniete vor der Estrade nieder.

Richter Di befahl:

«Nennen Sie Ihren Namen und Beruf.»

«Diese unbedeutende Person», sagte der Mann demütig, «heißt Liu Wan-fang. Vor zehn Jahren war ich noch Hausbesorger im Hause von Tschiäns verstorbenem Vater. Nach dessen Tode behielt Tschiän mich als seinen Ratgeber. Ich versichere Euer Ehren, daß ich stets bei jeder möglichen Gelegenheit Tschiän dringend aufgefordert habe, seine Lebensart zu bessern.»

Der Richter bemerkte mit kühlem Lächeln:

«Ich kann nur sagen, daß Ihre Versuche ein bemerkenswert geringes Ergebnis gehabt haben. Das Gericht sammelt und sichtet Beweisstücke für die Verbrechen Ihres Herrn, zweifellos wird dieses Material auch Ihre Mitschuld an vielen von Tschiäns Untaten beweisen. Im Augenblick interessiere ich mich jedoch nicht für die kleinen Verbrechen, die Sie und Ihr Herr begangen haben, sondern möchte mich auf die wichtigen Angelegenheiten beschränken. Sprechen Sie also: Welche Morde hat Tschiän Mao begangen?»

Liu antwortete: «Es stimmt, Euer Ehren, daß mein Herr sich auf ungesetzlichen Wegen Grundbesitz und Häuser von Leuten angeeignet und auch oft Leute bedrohlich angegriffen hat. Aber so weit ich irgend weiß, hat Tschiän niemals mit Absicht jemanden getötet.»

«Lügner!» rief Richter Di. «Wie war das mit Richter Pan, der hier feige ermordet wurde?»

«Dieser Mord», entgegnete Liu, «überraschte meinen Herrn genau wie mich selbst.»

Der Richter blickte ihn ungläubig an.

«Natürlich wußten wir», fuhr Liu eilig fort, «daß Seine Exzellenz Pan beabsichtigte, meinen Herrn aus dessen Stellung zu verdrängen. Da Richter Pan nur einen Assistenten hatte, unternahm mein Herr einige Tage lang nichts. Er wünschte abzuwarten und zu sehen, was Richter Pan unternehmen würde. Dann kamen eines Morgens zwei unserer Leute zu uns gestürzt und berichteten, daß Richter Pans Leiche am Flußufer gefunden worden sei.

Meinem Herrn war das in keiner Weise recht, er wußte wohl, daß man ihm die Schuld an diesem Mord zuschieben würde. Er setzte also sofort einen falschen Bericht an den Präfekten auf, in dem es hieß, daß Richter Pan und sechs Milizsoldaten sich über den Fluß gewagt hätten, um einen aufrührerischen ugurischen Häuptling zu verhaften, und daß der Richter in dem dabei sich entwickelnden Kampf umgekommen sei. Sechs von Tschiäns Leuten unterzeichneten als Zeugen und . . .»

Richter Di hieb mit seinem Hammer auf den Tisch.

«Ich habe noch nie eine solche Kette empörender Lügen gehört», rief er zornig aus. «Gebt diesem Schweinehund fünfundzwanzig Hiebe mit der Peitsche.»

Liu wollte protestieren, aber der Oberkonstabler versetzte ihm prompt ein paar Backpfeifen. Die Konstabler zogen ihm sein Kleid vom Rücken, warfen ihn zu Boden, und die Peitsche zischte durch die Luft.

Der dünne Riemen schnitt tief ins Fleisch ein. Liu schrie verzweifelt, er sage die Wahrheit.

Nach dem fünfzehnten Schlag hob der Richter die Hand. Er wußte, daß für Liu kein Grund vorhanden war, seinen gefallenen Herrn zu schützen, und daß Liu sich klar darüber sein mußte, daß die Aussagen anderer Gefangener ihn bald entlarven mußten, wenn er den Versuch machen würde zu lügen. Richter Di überlegte, daß fünfzehn Peitschenhiebe wahrscheinlich nur ein geringer Teil der Strafe waren, die dieser Halunke wirklich verdiente, und bestrebte sich, ihn in Verwirrung zu setzen, damit er alles sagte, was er wußte.

Der Oberkonstabler gab Liu eine Schale bitteren Tee. Dann setzte Richter Di das Verhör fort.

«Wenn Sie die Wahrheit sagen, warum versuchte denn Tschiän Mao nicht, den wirklichen Mörder zu entdecken?»

«Dies», antwortete Liu, «war unnötig, weil mein Herr wußte, wer die Untat begangen hatte.»

Richter Di zog die Brauen hoch.

«Ihre Geschichte», bemerkte er trocken, «wird immer sinnloser. Wenn Ihr Herr wußte, wer der Mörder war, warum verhaftete er ihn nicht und übergab ihn dem Präfekten? Das würde Tschiän das Vertrauen der Behörden gewonnen haben.»

Liu schüttelte entmutigt den Kopf.

«Diese Frage kann nur von Tschiän selber beantwortet werden, Euer Ehren. Obwohl mein Herr uns bei weniger bedeutsamen Angelegenheiten zu Rate zog, sagte er uns von wichtigen Dingen nie auch nur ein Wort. Mir ist bekannt, daß sich mein Herr bei allen wichtigen Angelegenheiten von einem Mann leiten ließ, über dessen Person wir niemals etwas haben in Erfahrung bringen können.»

«Ich habe immer gedacht», warf Richter Di ein, «daß Tschiän durchaus ein Mann gewesen ist, der seine Geschäfte selber durchführt. Warum sollte er sich eines geheimnisvollen Ratgebers bedient haben?»

«Mein Herr», antwortete Liu, «ist geschickt und tapfer und erfahren in allen kriegerischen Künsten. Aber schließlich ist er in einer kleinen Grenzstadt geboren und erzogen worden. Was wissen wir hier in Lanfang über die Handlungen eines Präfekten und wie wir uns mit den Zentralbehörden stellen sollen? Mein Herr hat immer erst nach dem Besuch dieses Fremden einen jener geschickten Züge ausgeführt, die den Präfekten verhinderten, hier einzugreifen.»

Richter Di beugte sich vor und fragte kurz:

«Und wer war dieser geheime Ratgeber?»

«In den letzten vier Jahren hat mein Herr regelmäßig diesen Mann insgeheim empfangen. Er pflegte mich spät in der Nacht an das Seitentor unseres Hauses zu schicken, um den Wachen mitzuteilen, er erwarte einen Gast, der sofort in seine Bibliothek gebracht werden sollte. Dieser Besucher kam stets zu Fuß. Er trug eine Mönchskutte und eine schwarze Schärpe um den Kopf. Niemand von uns hat jemals sein Gesicht gesehen. Mein Herr schloß sich dann oft stundenlang mit ihm ein. Hernach ging der Fremde genauso schweigend, wie er gekommen war. Mein Herr hat uns niemals eine Erklärung über diese Besuche gegeben. Aber immer waren sie das Vorspiel irgendeines großen Unternehmens.

Ich bin überzeugt, daß dieser Mann Richter Pan, ohne daß mein Herr vorher davon wußte, ermordet hat. Er kam in derselben Nacht. Er muß einen heftigen Streit mit meinem Herrn gehabt haben, denn draußen im Korridor hörten wir, ohne daß wir irgendein Wort verstehen konnten, eine heftige Auseinandersetzung. Danach war mein Herr mehrere Tage lang schlechter Laune.»

Der Richter sagte ungeduldig:

«Jetzt habe ich genug von dieser geheimnisvollen Geschichte. Jetzt möchte ich wissen, warum Tschiän den Sohn und die älteste Tochter des Grobschmieds Fang geraubt hat.»

«Über Angelegenheiten wie diese», sagte Liu, «können ich und meine Kollegen Euer Ehren genaue Einzelheiten angeben. Fangs Sohn wurde wirklich von Tschiäns Leuten entführt. Man brauchte Kulis, und Tschiän sandte seine Leute aus, um sich ein paar junge Männer von der Straße zu greifen. Sie brachten vier ein. Drei wurden später ihren Eltern gegen Lösegeld zurückgegeben. Der Grobschmied drohte mit Polizei, so daß Tschiän sich dazu entschloß, den Sohn zu behalten, um dem Grobschmied Manieren beizubringen.

Was das Mädchen betrifft, so weiß ich, daß mein Herr sie, als er einmal in seiner Sänfte an ihres Vaters Laden vorbeikam, zufällig gesehen hat. Er verliebte sich in sie und machte ein Angebot, sie zu kaufen. Als der Grobschmied dies Angebot ablehnte, kam meinem Herrn die Sache ganz aus dem Sinn. Später kam der Grobschmied in unser Haus und beschuldigte uns, das Mädchen entführt zu haben. Mein Herr ärgerte sich darüber und schickte seine Leute aus, damit sie das Haus des Schmieds in Brand setzten.»

Richter Di lehnte sich in seinen Stuhl zurück und strich sich über seinen langen Bart. Er stellte bei sich fest, daß Liu augenscheinlich die Wahrheit sprach. Lius Herr hatte nichts mit dem Verschwinden von Fangs ältester Tochter zu tun gehabt. Es schien notwendig, möglichst rasch die Verhaftung von Tschiäns geheimem Ratgeber zu veranlassen. Wenn es hierfür nicht schon zu spät war!

Dann befahl er:

«Jetzt erzählen Sie mir, was vor zwei Tagen nach meiner Ankunft hier geschehen ist.»

«Vor einer Woche», antwortete Liu, «teilte Richter Kwang meinem Herrn Euer Ehren bevorstehende Ankunft mit. Er bat um die Erlaubnis, bereits am frühen Morgen abreisen zu dürfen, weil er es als peinlich empfand, mit Euer Ehren zusammenzukommen. Mein Herr erklärte sich einverstanden. Er gab den Befehl aus, niemand sollte auch nur die geringste Notiz von Euer Ehren Ankunft nehmen, um, wie er sich ausdrückte, ‹dem neuen Richter gleich seinen richtigen Platz anzuweisen›.»

Dann wartete mein Herr auf den Bericht des alten Gefängniswärters. Am ersten Tag blieb dieser aus. Er kam am nächsten Abend und berichtete meinem Herrn, daß Euer Ehren entschlossen seien, einen Angriff auszuführen. Er fügte hinzu, es seien nur drei oder vier Mann im Tribunal, die er jedoch als außerordentlich stolze und rauhe Männer beschrieb.»

Tao Gan lächelte stolz. Es geschah nicht oft, daß er eine so schmeichelhafte Beschreibung seiner selbst mitanhörte.

«Mein Herr», fuhr Liu fort, «befahl zwanzig seiner Leute, noch dieselbe Nacht ins Gericht zu gehen, den Richter gefangenzunehmen und alle andern gründlich zu verhauen. Als Ling und die fünf Mann mit der beunruhigenden Nachricht zurückkehrten, daß ein Regiment der regulären Armee in aller Stille die Stadt besetzt habe, schlief mein Herr, und niemand wagte, ihn zu stören. Gestern früh brachte ich selbst Ling in meines Herrn Schlafzimmer. Er gab den Befehl, daß sofort über dem Haupttor eine kleine schwarze Fahne gehißt werden sollte, und stürzte in die Haupthalle. Als wir uns berieten, was geschehen solle, erschienen Euer Ehren mit den Offizieren und setzten uns fest.»

«Was bedeutete denn die schwarze Fahne?» fragte der Richter.

«Wir meinen, daß das eine Aufforderung für den geheimnisvollen Besucher war. Immer, wenn diese Flagge gehißt war, pflegte er noch in der gleichen Nacht zu kommen.»

Auf ein Zeichen Richter Dis an den Oberkonstabler hin wurde Liu Wan-fang abgeführt.

Der Richter füllte ein anderes Blatt an den Gefängnisaufseher aus und überreichte es dem Oberkonstabler.

Nach einer Weile wurde Tschiän Mao hereingeführt und vor die Estrade gebracht.

In der Menge erhob sich ein Murmeln, als man den Mann als Gefangenen sah, der in den letzten acht Jahren hier mit eiserner Hand regiert hatte.

Tschiän war sicherlich eine eindrucksvolle Figur. Er war wohl über sechs Fuß groß. Seine breiten Schultern und sein gedrungener Nacken verrieten beträchtliche körperliche Kraft.

Er machte keine Anstalten niederzuknien. Erst blickte er den Richter hochmütig an, dann drehte er sich um und besah sich mit höhnischem Ausdruck die gaffende Menge.

«Knie vor deinem Richter nieder, unverschämter Hund!» schnauzte der Oberkonstabler.

Tschiän Mao wurde purpurrot vor Wut. Seine Stirnadern schwollen zur Dicke von Peitschenschnüren an. Er machte den Mund auf, um zu sprechen. Aber da ergoß sich aus seiner gebrochenen Nase ein Strom von Blut über seine Lippen. Er schwankte einen Augenblick auf seinen Füßen, und dann brach er auf dem Boden zusammen.

Auf ein Zeichen des Richters hin bückte sich der Oberkonstabler und wischte das Blut aus Tschiäns Gesicht. Er war bewußtlos.

Der Oberkonstabler schickte einen Mann nach einem Eimer kalten Wassers. Sie lockerten Tschiäns Kleid und benetzten ihm Stirn und Brust. Aber es war alles vergebens, er kam nicht wieder zum Bewußtsein.

Dem Richter Di kam das gar nicht gelegen. Er befahl dem Oberkonstabler, Liu Wan-fang zurückzurufen.

Sobald der vor dem Richtertisch kniete, fragte der Richter ihn:

«Litt Ihr Herr an irgendeiner Krankheit?»

Liu blickte bestürzt auf den daliegenden Tschiän, den die Konstabler immer noch versuchten, wieder zum Leben zu erwecken.

Liu schüttelte den Kopf.

«Obwohl mein Herr körperlich außerordentlich stark ist», sagte er, «leidet er an einer chronischen Gehirnkrankheit. Er hat seit Jahren deswegen Ärzte konsultiert, aber keine Medizin hat ihm auch nur etwas geholfen. Wenn er in Wut geriet, pflegte er oft wie jetzt zusammenzusinken und ein paar Stunden lang bewußtlos zu bleiben. Die Ärzte sagten, das einzige Mittel, ihn zu heilen, sei, seinen Schädel zu öffnen und die giftige Luft darunter herauszulassen. Aber in Lan-fang war kein Arzt geschickt genug dazu.»

Liu Wan-fang wurde abgeführt. Vier Konstabler trugen Tschiän Maos schlaffen Körper ins Gefängnis zurück.

«Der Aufseher soll mir sofort Bescheid sagen, wenn dieser Mann wieder zu sich kommt», befahl Richter Di dem Oberkonstabler.

Der Richter überlegte sich, daß dieser Zusammenbruch Tschiän Maos sich äußerst unglücklich traf. Es war außerordentlich wichtig, von Tschiän etwas über die Person des geheimnisvollen Besuchers zu erfahren. Jede Stunde Verzug gab dieser schattenhaften Figur im Hintergrund mehr Chancen zu entkommen. Der Richter bedauerte tief, daß er Tschiän nicht gleich nach dessen Verhaftung verhört hatte. Aber wer hätte voraussehen können, daß er diesen unbekannten Mitschuldigen hatte?

Seufzend richtete sich Richter Di in seinem Stuhl auf. Er schlug mit seinem Hammer auf den Tisch und erklärte feierlich:

«Acht Jahre lang hat sich der Verbrecher Tschiän Mao die Vorrechte unserer Kaiserlichen Regierung angeeignet. Von jetzt ab bestehen in Lan-fang wieder Gesetz und Ordnung. Die Guten werden beschützt, die Bösen unermüdlich verfolgt und gemäß den Landesgesetzen bestraft.

Der Verbrecher Tschiän Mao hat sich des Aufruhrs schuldig gemacht und wird seiner gerechten Bestrafung entgegengeführt werden. Außer dem Verbrechen des Aufruhrs hat er noch eine Anzahl anderer verbrecherischer Handlungen begangen. Jeder, der eine Klage gegen Tschiän Mao hat, soll seine Beschwerde dem Gericht unterbreiten. Jeder Fall wird nachgeprüft und, wenn immer möglich, Genugtuung und Schadenersatz geleistet werden. Es ist meine Pflicht, Sie darauf aufmerksam zu machen, daß die Erledigung all dieser Fälle Zeit erfordern wird. Aber Sie können versichert sein, daß in absehbarer Zeit alles Unrecht, das Sie erlitten haben, gerichtet und wiedergutgemacht wird.»

Die Menge der Zuhörer brach in laute Beifallsrufe aus. Es dauerte geraume Zeit, bis die Konstabler die Ruhe im Gerichtssaal wiederhergestellt hatten.

In einer Ecke hatten drei buddhistische Mönche an der allgemeinen Aufregung nicht teilgenommen. Sie standen zusammen und flüsterten.

Jetzt drängten sie sich durch die Menge vor und schrien aus Leibeskräften, daß ihnen ein furchtbares Unrecht geschehen sei.

Als sie sich dem Richtertisch näherten, bemerkte Richter Di, daß keiner von den dreien einen besonders anziehenden Eindruck machte. Sie hatten sinnliche Gesichter und unstete Augen.

Als sie vor dem Richter knieten, befahl dieser:

«Lassen Sie den Ältesten seinen Namen nennen und seine Klage vorbringen.»

«Eure Ehren», sagte der mittlere Mönch, «dieser unwissende Mönch heißt ‹Pfeiler der Lehre›. Ich lebe mit meinen beiden Kollegen hier in einem kleinen Tempel im Südviertel dieser Stadt. Wir verbringen unsere Tage mit frommem Gebet und Einkehr in uns selbst.

Unser ärmlicher Tempel besitzt nur ein einziges kostbares Stück, nämlich eine goldene Statue Unserer Gnädigen Frau Kuan Yin – Amen! Vor zwei Monaten kam dieser Schurke Tschiän Mao in unseren Tempel und nahm die heilige Statue weg. In der Unterwelt wird er für dieses abscheuliche Verbrechen in Öl gekocht werden. Bis dahin bitten wir jedoch Euer Ehren demütig, uns den heiligen Schatz wiedergeben zu lassen oder, falls dieser Schurke ihn eingeschmolzen haben sollte, uns eine Entschädigung in Gold oder Silber zukommen zu lassen.»

Nach diesen Worten schlug der Mönch dreimal mit seiner Stirn auf den Boden.

Richter Di strich sich langsam über seinen Backenbart. Nach einer Weile fragte er wie gesprächsweise:

«Da diese Statue der einzige Schatz in Ihrem Tempel war, nehme ich an, daß Sie ihn oft mit frommer Aufmerksamkeit betrachtet haben.»

«Ganz gewiß, Euer Ehren», antwortete der Mönch prompt. «Jeden Morgen habe ich sie persönlich mit einem seidenen Wedel abgestaubt und dabei Gebete gesprochen.»

«Ich nehme an», fuhr der Richter fort, «daß Ihre beiden Kollegen der Göttin ebenfalls fleißig gedient haben?»

«Diese unwissende Person», sagte der Mönch rechts, «hat einige Jahre lang jeden Morgen und Abend Weihrauch vor Unserer Barmherzigen Frau verbrannt und mit Ehrfurcht ihre barmherzigen Züge betrachtet. Amen.»

«Dieser unwissende Mönch», fügte der dritte hinzu, «hat jeden Tag Stunden der Verzückung vor Unserer Barmherzigen Frau, Amen, zugebracht.»

Richter Di lächelte befriedigt und nickte. Dann wandte er sich an den Ältesten Schreiber und sagte kurz angebunden:

«Geben Sie jedem der Klageführenden ein Stück Holzkohle und ein Blatt weißes Papier.»

Nachdem diese Gegenstände den erstaunten Mönchen ausgehändigt waren, befahl Richter Di:

«Sie da links gehen jetzt auf die linke Seite der Estrade. Der Mönch rechts stellt sich rechts von der Estrade auf, und Sie, ‹Pfeiler der Lehre›, drehen sich um und wenden sich dem Publikum zu.»

Die Mönche schlurrten auf die ihnen angewiesenen Plätze.

Hierauf sagte Richter Di gebieterisch:

«Jetzt knien Sie nieder und zeichnen mir eine Skizze von dieser goldenen Statue.»

Aus der Menge stieg Gemurmel auf. «Ruhe!» riefen die Konstabler.

Die drei Mönche brauchten zu ihrer Arbeit einige Zeit. Von Zeit zu Zeit kratzte sich der eine oder andere seinen kahlen Kopf. Außerdem begannen sie zu schwitzen.

Schließlich befahl Richter Di dem Oberkonstabler Fang:

«Jetzt lassen Sie mich diese Skizzen mal sehen.»

Als der Richter auf die drei Blätter einen Blick geworfen hatte, schob er sie verächtlich über die Tischkante.

Als sie auf den Boden niederflatterten, konnte jedermann sehen, daß sie völlig verschieden waren. Einer zeigte die Göttin mit vier Armen und drei Gesichtern, der zweite mit acht Armen, und der dritte hatte versucht, sie wie gewöhnlich zweiarmig mit einem kleinen Kind zur Seite darzustellen.

Richter Di donnerte los:

«Diese Schufte haben eine falsche Anklage eingebracht. Sie bekommen zwanzig Schläge mit dem Bambus.»

Die Konstabler warfen die drei Mönche mit ihren Gesichtern auf den Boden. Sie hoben ihnen die Kutten hoch und zogen ihre Lendentücher herunter. Die Bambusstöcke zischten durch die Luft.

Die Mönche schrien und fluchten, als der Bambus ihr Fleisch zerriß. Aber die Konstabler ließen sie nicht eher los, als bis sie die volle Zahl der ihnen zugedachten Hiebe bekommen hatten.

Sie konnten nicht gehen. Ein paar hilfreiche Zuschauer brachten sie weg.

Der Richter kündigte an:

«Ehe diese schurkischen Mönche erschienen, wollte ich gerade eine Warnung aussprechen, niemand solle versuchen, sich dadurch einen ungerechtfertigten Nutzen zu verschaffen, daß er gegen Tschiän Mao falsche Ansprüche erhöbe. Möge das Schicksal dieser drei Mönche als warnendes Beispiel dienen.

Drei Mönche bringen einen Diebstahl zur Anzeige

Außerdem erkläre ich, daß seit heute früh der Kriegszustand in diesem Bezirk aufgehoben ist.»

Damit wandte sich Richter Di an Wachtmeister Hung und flüsterte ihm etwas zu. Der Wachtmeister verließ eilig den Saal. Als er zurückkam, schüttelte er den Kopf. «Gib dem Gefängnisaufseher den Befehl», sagte der Richter leise, «mich sofort zu rufen, wenn Tschiän Mao wieder zu sich kommt, selbst wenn das mitten in der Nacht sein sollte.»

Dann hob Richter Di seinen Hammer und wollte die Sitzung schließen, als er am Eingang des Gerichtssaales eine Bewegung bemerkte.

Ein junger Mann bemühte sich mit aller Kraft, sich durch die dichte Menge einen Weg zu bahnen.

Der Richter befahl zwei Konstablern, den jungen Mann vor ihn zu bringen. Als dieser keuchend vor der Estrade niederkniete, erkannte Richter Di den Studenten Ding, den jungen Mann, mit welchem er vor zwei Tagen Tee getrunken hatte.

«Euer Ehren», rief Student Ding, «dieser Schuft Wu hat auf heimtückische Weise meinen alten Vater ermordet.»

Achtes Kapitel

Ein alter General wird in seiner Bibliothek ermordet; Richter Di begibt sich zur Besichtigung an den Tatort.

Richter Di lehnte sich in seinen Stuhl zurück.

Langsam legte er in seinen weiten Ärmeln die Hände zusammen und sagte: «Berichten Sie, wann und wie der Mord entdeckt wurde.»

«Heute nacht», begann Student Ding, «haben wir meines Vaters sechzigsten Geburtstag gefeiert. Die gesamte Familie hatte sich in der Haupthalle unseres Hauses um den Geburtstagstisch versammelt, und alle waren guter Laune. Gegen Mitternacht stand mein Vater vom Tisch auf und sagte, er wolle sich jetzt in seine Bibliothek zurückziehen und an diesem Feiertag das Vorwort zu seiner Geschichte der Grenzkriege schreiben. Ich selbst führte ihn bis an die Tür der Bibliothek. Dort kniete ich nieder und wünschte ihm gute Nacht. Mein Vater schloß die Tür, und ich höre ihn noch den Riegel vorschieben.

Ach, das war das letzte Mal, daß ich meinen verehrten Vater lebend gesehen habe. Heute morgen klopfte unser Hausbesorger an die Tür der Bibliothek, um meinen Vater zu benachrichtigen, daß das Frühstück bereitstehe. Als er trotz wiederholten Klopfens keine Antwort erhielt, rief er mich. In der Befürchtung, daß mein Vater über Nacht krank geworden sei, erbrachen wir die Tür, indem wir mit einer Axt eine Füllung einschlugen.

Mein Vater lag mit dem Kopf auf dem Tisch. Ich dachte erst, er schliefe, und berührte leicht seine Schulter. Da merkte ich, daß er tot war. Aus seiner Kehle ragte der Griff eines kleinen Dolches auf.

Ich eilte sofort aufs Gericht, um Meldung zu erstatten, daß Wu feige meinen wehrlosen alten Vater umgebracht habe. Ich bitte Euer Ehren, diese schreckliche Untat zu rächen.»

Student Ding brach in Schluchzen aus und schlug mit dem Kopf mehrmals auf den Boden.

Richter Di schwieg eine Weile und runzelte seine dichten Brauen. Dann sagte er:

«Nehmen Sie sich zusammen, Student Ding. Dieses Gericht wird unverzüglich die Untersuchung dieses Verbrechens aufnehmen. Seien Sie versichert, daß dem Recht Genüge getan wird.»

Der Richter schlug mit dem Hammer auf den Tisch und erklärte die Sitzung für geschlossen. Er stand auf und verschwand hinter dem Schirm vor seinem Privatbüro.

Nur mühsam gelang es den Konstablern, den Gerichtssaal zu räumen. Die Zuhörer erörterten eingehend die aufregenden Ereignisse. Jedermann war des Lobes voll über den neuen Richter und bewunderte seine Findigkeit bei der Aufdeckung des Betrugs der drei habsüchtigen Mönche.

Korporal Ling hatte mit zwei jungen Soldaten den Hergang verfolgt. Als er seinen Gürtel schnürte, um zu gehen, bemerkte er:

«Dieser Richter ist ein Beamter, der alle Achtung verdient, obwohl er natürlich nicht so vornehm auftritt wie unsere beiden Hauptleute Ma und Tschiao. So etwas kann nur beim Militär in langen Dienstjahren erworben werden.»

Einer der beiden Soldaten, ein gewitzter junger Bursche, fragte:

«Der Richter erklärte, der Kriegszustand sei aufgehoben. Das besagt, daß die heute nacht hier stationierten Einheiten der Armee die Stadt verlassen haben. Ich habe aber außer den unsrigen keinen einzigen Soldaten gesehen.»

Der Korporal warf ihm einen mitleidigen Blick zu und sagte streng:

«Gemeine Soldaten sollten sich nicht mit Strategie beschäftigen. Da du aber so keß bist, erlaube ich mir, dir zu enthüllen, daß das Regiment, das hier durchkam, die ganze Grenze besichtigen sollte. Dies ist ein wichtiges militärisches Geheimnis. Ein Wort, und ich lasse dir den Kopf abhacken!»

Der Soldat fragte:

«Wie konnten sie aber die Stadt verlassen, ohne daß irgend jemand sie gesehen hat, Korporal?»

«Unserer Kaiserlichen Armee», entgegnete der Korporal stolz, «ist nichts unmöglich. Habe ich dir nie von dem Übergang über den Gelben Fluß erzählt? Da war weder Brücke noch Fähre, aber unser General wollte hinüber. Da sprangen zweitausend von uns ins Wasser, hielten einander an den Händen fest und bildeten zwei Reihen. Zwischen diesen marschierten tausend Soldaten und hielten ihre Schilde über ihren Köpfen. Damit bildeten sie eine eiserne Brücke, über die der General hinweggaloppierte.»

Der junge Soldat dachte bei sich, daß dies die unglaubwürdigste Geschichte sei, die er je gehört habe. Aber da er des Korporals ungeduldiges Temperament kannte, sagte er nichts weiter als ehrerbietig: «Jawohl!»

Damit verließen sie die Halle mit den letzten Zuhörern.

Im Haupthof war die Amtssänfte des Richters bereitgestellt. Sechs Konstabler standen vorn und sechs hinten. Zwei Soldaten hielten die Pferde von Wachtmeister Hung und von Tao Gan am Zügel.

Richter Di kam, immer noch in Amtstracht, aus seinem Büro, und Wachtmeister Hung half ihm beim Einsteigen.

Dann saßen der Wachtmeister und Tao Gan auf. Der Zug gelangte auf die Straße. Zwei Konstabler liefen voran und hielten lange Stangen mit Schildern, auf welchen in großen Buchstaben geschrieben stand: Das Gericht von Lan-fang. Zwei andere Konstabler gingen mit Handgongs voran und riefen: «Platz! Platz! Hier kommt Seine Exzellenz der Richter.»

Die Menge säumte ehrerbietig die Straße. Als Richter Dis Sänfte in Sicht kam, waren laute Zurufe zu hören: «Lang lebe unser Richter!»

Wachtmeister Hung, der neben des Richters Sänfte her ritt, beugte sich zum Fenster hinüber und bemerkte fröhlich:

«Ganz anders als vor drei Tagen, Euer Ehren!»

Richter Di lächelte schwach.

Das Dingsche Haus sah imponierend aus.

Der junge Ding kam zur Begrüßung von Richter Di in den ersten Hof. Als Richter Di aus seiner Sänfte stieg, trat ein alter Mann mit zottigem Bart vor und stellte sich als der Leichenbeschauer vor. Außeramtlich war er Eigentümer einer bekannten Apotheke.

Richter Di teilte mit, er wolle sofort zum Tatort. Oberkonstabler Fang solle mit sechs Mann in die Haupthalle gehen, dort eine Gerichtsstätte improvisieren und alle nötigen Vorbereitungen für die Autopsie treffen.

Student Ding forderte den Richter und seine Assistenten auf, ihm zu folgen.

Er führte sie durch einen gewundenen Gang zum hinteren Hof. Sie bemerkten einen reizenden Landschaftsgarten mit künstlichen Felsen und mit einem großen Goldfischteich in der Mitte. Diener trugen gerade die Möbel weg.

Student Ding öffnete links eine kleine Tür und führte seine Besucher durch einen dunklen gedeckten Korridor in einen kleinen, acht Quadratfuß großen Hof, der auf drei Seiten von einer hohen Mauer umgeben war. An der Wand gegenüber war eine schmale Tür aus festem Holz. Eine Füllung war eingeschlagen. Student Ding schloß die Tür auf, trat beiseite und ließ den Richter eintreten.

Die Luft roch nach ausgebrannten Kerzen.

Richter Di trat über die Schwelle und blickte um sich. Es war ein ziemlich großer achteckiger Raum. Oben an den Wänden waren vier kleine Fenster mit buntem Glas, die ein sanftes, zerstreutes Licht verbreiteten. Über den Fenstern befanden sich zwei vergitterte Öffnungen, ungefähr zwei Quadratfuß groß. Außer diesen gab es keine Möglichkeit, Luft hereinzulassen, es sei denn durch die Tür, durch welche sie eben gekommen waren. Sonst wiesen die Wände keinerlei Öffnung auf. Über dem gegenüber der Tür mitten im Raum stehenden Schreibtisch aus geschnitztem Ebenholz lag in einem grün brokatenen Hauskleid eine magere Gestalt. Ihr Kopf ruhte auf dem gebeugten linken Arm, die rechte Hand lag ausgestreckt auf dem Tisch und hielt noch den Schreibpinsel von rotem Lack. Eine kleine schwarzseidene Mütze war zu Boden gefallen, so daß man des Opfers langes graues Haar sehen konnte.

Auf dem Schreibtisch bemerkte man das übliche Schreibzeug. Auf einer Ecke stand eine kleine Porzellanvase mit welken Blumen. Zu jeder Seite des Toten stand ein Kupferleuchter, dessen Kerzen gänzlich niedergebrannt waren.

Mit einem Blick auf die mit übermannshohen Bücherregalen bedeckten Wände sagte Richter Di zu Tao Gan:

«Prüf mal diese Wände auf geheime Füllungen. Sieh dir mal die Fenster an und die Öffnungen da.»

Während Tao Gan sein Oberkleid ablegte, um auf die Bücherregale zu steigen, befahl der Richter dem Beschauer, sich die Leiche anzusehen.

Der Beschauer befühlte Schultern und Arme. Dann versuchte er, den Kopf aufzuheben. Die Leiche war steif geworden. Er mußte den Körper nach rückwärts in den Sessel biegen, um das Gesicht des Toten besichtigen zu können.

Die blinden Augen des alten Generals starrten zur Decke empor. Er hatte ein mageres, runzliges Gesicht, das im Ausdruck von Überraschung erstarrt war. Aus seinem dürren Hals ragte einen Zoll lang eine dünne, einen halben Finger breite Klinge. Sie trug einen merkwürdigen Knauf aus massivem Holz, der nicht viel dicker als die Schneide und nur einen halben Zoll lang war.

Richter Di blickte eine Weile mit untergeschlagenen Armen auf die Leiche. Dann sagte er zu dem Beschauer:

«Ziehen Sie das Messer heraus!»

Der Beschauer vermochte den kurzen Griff nur mit Mühe zu fassen. Als er ihn zwischen Daumen und Zeigefinger gebracht hatte, ließ er sich leicht herausziehen. Er war nicht tiefer als ein viertel Zoll eingedrungen.

Die kurze Waffe sorgfältig in ein Stück Ölpapier einwickelnd, bemerkte der Beschauer:

«Das Blut ist geronnen und die Leiche völlig steif geworden. Der Tod muß spät in der Nacht eingetreten sein.»

Der Richter nickte und überlegte:

«Als der Ermordete die Tür verriegelt hatte, legte er das Festkleid ab, das da noch neben der Tür hängt, und zog dafür sein Hauskleid an. Dann setzte er sich an seinen Schreibtisch, rieb Tinte und feuchtete seinen Pinsel an. Bald darauf muß der Mörder zugestoßen haben, denn als der General unterbrochen wurde, hatte er erst zwei Zeilen geschrieben.

Das Merkwürdige ist, daß der Dolchstich sehr kurz, nachdem das Opfer den Mörder gesehen hatte, erfolgt sein muß. Der General hat nicht einmal den Schreibpinsel niedergelegt.»

«Es gibt», unterbrach Tao Gan, «etwas noch Merkwürdigeres, Euer Gnaden. Ich kann mir nicht vorstellen, wie der Mörder hereingekommen ist, geschweige denn, wie er hinauskam.»

Richter Di zog die Brauen hoch.

«Der einzige Weg, durch den jemand hier hereinkommen kann», fuhr Tao Gan fort, «führt durch die Tür. Ich habe die Wände geprüft, die kleinen Fenster über den Bücherbrettern und die vergitterten Öffnungen da oben. Schließlich habe ich auch die Tür selbst auf heimliche Füllungen untersucht. Aber nirgends gab es einen geheimen Zugang irgendwelcher Art.»

Richter Di zupfte an seinem Schnurrbart und fragte den Studenten Ding:

«Könnte der Mörder nicht kurz bevor oder nachdem Ihr Vater hier eintrat, hereingeschlüpft sein?»

Student Ding, der bisher mit starren Augen neben der Tür gestanden hatte, riß sich jetzt zusammen und antwortete:

«Unmöglich, Euer Ehren. Als mein Vater hierherkam, schloß er die Tür auf. Er stand einen Augenblick, während ich vor ihm kniete, in der Füllung. Unser Hausbesorger stand hinter mir. Dann bin ich aufgestanden, und mein Vater schloß die Tür zu. Niemand kann zu dieser Zeit oder vorher hereingekommen sein. Mein Vater hielt die Tür stets verschlossen und hatte den einzigen Schlüssel stets bei sich.»

Wachtmeister Hung beugte sich zu dem Richter hinunter und flüsterte ihm ins Ohr:

«Wir müssen wohl noch den Hausbesorger vernehmen, Euer Ehren. Aber selbst wenn wir annehmen, daß der Mörder auf die eine oder andere Weise unbemerkt hier hereingeschlüpft ist, kann ich mir nicht erklären, wie er wieder hinauskam. Die Tür war doch von innen verriegelt.»

Richter Di nickte. Dann sagte er zu dem Studenten Ding:

«Sie nehmen an, daß dieser Mord von Wu begangen wurde. Können Sie irgend etwas angeben, das beweist, daß er in diesem Raum war?»

Ding sah sich langsam um. Er schüttelte betrübt den Kopf und sagte:

«Dieser Wu ist ein geschickter Mensch, Euer Ehren. Der würde keine Spuren hinterlassen. Ich bin aber überzeugt, daß eine Fortsetzung der Untersuchung einen klaren Beweis seiner Schuld ergeben wird.»

«Wir werden die Leiche in die Haupthalle bringen lassen», sagte Richter Di. «Begeben Sie sich dorthin, Student Ding, und sorgen Sie dafür, daß alles für die Leichenschau vorbereitet wird.»

Neuntes Kapitel

Richter Di denkt allein in eines toten Mannes Zimmer nach; die Leichenschau bringt die Todesursache ans Licht.

Sobald Student Ding gegangen war, befahl Richter Di Wachtmeister Hung:

«Durchsuche die Kleider des Toten.»

Der Wachtmeister durchsuchte zunächst die Ärmel. Aus dem rechten zog er ein Taschentuch und ein brokatenes Etui mit ein paar Zahnstochern und Ohrlöffeln. Im linken Ärmel fand er einen Schlüssel mit kompliziertem Bart und eine Pappschachtel. Dann tastete er des Toten Gürtel ab, fand aber nur noch ein Taschentuch.

Richter Di öffnete die Pappschachtel. Sie enthielt neun sauber in drei Reihen angeordnete eingezuckerte Pflaumen. Solche eingezuckerten Pflaumen waren eine Delikatesse, deretwegen Lan-fang berühmt war. Auf den Deckel war ein Streifen roten Papiers geklebt mit der Aufschrift: Mit ehrerbietigen Glückwünschen.

Der Richter seufzte und legte die Schachtel auf den Tisch. Der Leichenbeschauer wand der Leiche den Schreibpinsel aus den steifen Fingern. Zwei Konstabler traten ein, und der General wurde auf einer Bahre aus Bambusstäben fortgetragen.

Richter Di setzte sich in des Opfers Lehnstuhl nieder.

«Jetzt geht alle in die Haupthalle», befahl er. «Ich werde eine Weile hier bleiben.»

Als alle gegangen waren, lehnte sich der Richter in seinen Stuhl zurück und blickte nachdenklich auf die mit Büchern und Akten beladenen Regale. Frei waren die Wände nur zu beiden Seiten der Tür. Neben dieser hingen Rollbilder und darüber ein waagerechtes Brett mit der Inschrift: «Zimmer der Selbstbesinnung». Offenbar hatte der alte General Ding seine Bibliothek so getauft.

Dann wandte Richter Di seine Aufmerksamkeit dem sauber auf dem Tisch verteilten Schreibmaterial zu. Die Schieferplatte zum Anreiben der Tinte war ein hübsches Stück. Der Pinselhalter aus Bambus daneben war zierlich geschnitzt, und neben der Platte stand zum Anfeuchten der Pinsel eine Wasserschale aus rotem Porzellan. Sie trug ebenfalls die Inschrift: «Zimmer der Selbstbesinnung» und war offenbar besonders für General Ding hergestellt worden. Auf einem winzigen Ständer aus geschnitzter Jade lag ein Stück Tintentusche. Links bemerkte der Richter zwei Papiergewichte aus Bronze. In sie waren die Worte eingegraben: «Die Weidenbäume entleihen ihre Gestalt dem Frühlingswind; die kräuselnden Wogen leiten ihre Anmut vom Herbstmond ab.» Dieses Distichon trug die Unterschrift: «Der Klausner im Bambushain». Richter Di nahm an, daß dies der Schriftstellername eines von des Generals Freunden war, der diese Papiergewichte für ihn hatte gießen lassen.

Richter Di griff zum Pinsel des Verstorbenen. Er war sehr sorgfältig gearbeitet, mit einer langen Spitze aus Wolfshaar. Der Schaft war aus geschnitztem rotem Lack und trug die Inschrift: «Lohn für den Lebensabend». Der ganzen Länge nach zog sich in sehr kleinen eleganten Buchstaben die Inschrift hin: «Mit ergebenen Glückwünschen zur Vollendung der 6 Fyklen. Der Sitz der Geruhsamkeit.» Dieser Pinsel war also ein Geburtstagsgeschenk von einem andern Freund.

Der Richter legte den Pinsel nieder und sah sich jetzt das Stück Papier an, auf dem der Tote geschrieben hatte. In kühnen Zügen standen nur zwei Zeilen da: «Vorwort. Geschichtliche Erinnerungen gehen in ferne Vergangenheit zurück. Viele berühmte Männer haben der Nachwelt die Ereignisse unter früheren Dynastien überliefert.»

Richter Di überlegte, daß dies ein vollständiger Satz sei. Der General war also nicht mitten im Schreiben unterbrochen worden. Wahrscheinlich hatte er, als der Mörder zuschlug, sich gerade den nächsten Satz überlegt.

Wieder griff der Richter zu dem roten Lackpinsel und blickte zerstreut auf die geschnitzten Wolken und Drachen. Da fiel ihm auf, wie still es in dieser abgeschiedenen Bibliothek war. Von der Außenwelt kam nicht ein Ton herein.

Plötzlich empfand der Richter eine unbestimmte Angst. Er saß in des Toten Stube genau in der Stellung wie der General, als dieser starb. Der Richter blickte rasch auf. Er bemerkte mit Schrecken, daß die Bildrolle neben der Tür schief hing, und wurde von einer plötzlichen Panik er-

Richter Di in der Bibliothek des Generals Ding

griffen. War vielleicht der Mörder aus einer Geheimfüllung hinter diesem Bild ins Zimmer gekommen und hatte dem General seinen Dolch in den Hals gestoßen? Da fiel ihm ein, daß er, wenn sich das so verhielt, jetzt dem Mörder ausgeliefert sein könnte. Er starrte auf die Bildrolle, gefaßt darauf, daß sie sich beiseite schieben und eine drohende Gestalt hereinkommen würde. Dann nahm sich der Richter wieder zusammen und überlegte sich, daß Tao Gan niemals einen für eine Geheimtür so geeigneten Platz übersehen würde. Es war nicht anders möglich, als daß Tao Gan die Rolle schief hatte hängen lassen, als er die Wand dahinter geprüft hatte.

Richter Di wischte sich den kalten Schweiß von der Stirn. Er empfand keine Furcht mehr, aber konnte sich doch eines unheimlichen Gefühls nicht erwehren, daß der Mörder ganz in seiner Nähe sein könnte. Er feuchtete den Pinsel in der Wasserschale an und beugte sich über den Tisch, um zu versuchen, wie er schrieb. Er bemerkte, daß der Leuchter zu seiner Rechten ihn behinderte. Der Richter wollte ihn beiseite schieben, hielt aber plötzlich inne.

Er lehnte sich in den Armstuhl zurück und betrachtete nachdenklich diesen Leuchter. Nachdem er die ersten beiden Zeilen niedergeschrieben hatte, mußte der Ermordete sich offensichtlich einen Augenblick unterbrochen haben, um diesen Leuchter näher heranzuziehen. Nicht um besser zu sehen, was er schrieb, denn dann hätte er den Leuchter nach links geschoben. Sein Blick mußte auf etwas gefallen sein, das er unter hellem Licht genauer betrachten wollte. Gerade in diesem Augenblick hatte der Mörder zugestoßen.

Richter Di runzelte die Brauen. Er legte den Schreibpinsel nieder und nahm den Leuchter in die Hand. Er prüfte diesen sorgfältig, konnte aber nichts Ungewöhnliches an ihm entdecken. Er stellte ihn auf seinen alten Platz zurück.

Der Richter schüttelte zweifelnd den Zopf. Dann stand er plötzlich auf und verließ die Bibliothek.

Auf dem Korridor standen, als er herauskam, zwei Konstabler Wache. Er gab ihnen den Befehl, die Bibliothek sorgfältig zu überwachen und niemanden näher kommen zu lassen, bis die aufgebrochene Füllung repariert und die Tür versiegelt sein würde.

Inzwischen war in der Haupthalle alles vorbereitet worden. Richter Di nahm hinter dem improvisierten Richtertisch Platz. Vor diesem auf dem Boden lag auf Rohrmatten die Leiche des Generals.

Nachdem Student Ding in aller Form bezeugt hatte, daß dies seines Vaters Leiche sei, befahl Richter Di dem Leichenbeschauer, die Autopsie vorzunehmen.

Behutsam zog der Leichenbeschauer der Leiche alle Kleidungsstücke ab.

Student Ding legte sich einen Ärmel übers Gesicht. Die Schreiber und das übrige Gerichtspersonal sahen schweigend zu.

Der Leichenbeschauer kauerte sich bei dem Körper nieder und prüfte ihn Zoll für Zoll. Alle lebenswichtigen Punkte behandelte er besonders aufmerksam und betastete auch den Schädel. Er brach mit einem silbernen Plättchen den Mund auf und betrachtete Zunge und Hals.

Schließlich erhob er sich und meldete: «Das Opfer war augenscheinlich bei guter Gesundheit und hatte keinerlei körperliche Gebrechen. An Armen und Beinen sind abgeblaßte Flecken von der Größe einer Kupfermünze. Die Zunge ist dick und grau belegt. Die Wunde im Hals war nicht tödlich. Der Tod wurde hervorgerufen durch ein kräftiges Gift, das mittels einer dünnen Klinge in den Hals des Opfers eingeführt wurde.»

Die Zuhörer hielten den Atem an. Student Ding senkte seinen Arm und blickte erschrocken auf die Leiche nieder.

Der Beschauer wickelte den Dolch aus und legte ihn auf den Richtertisch.

«Euer Ehren werden bemerken», sagte er, «daß dicht bei dem geronnenen Blut auf der Spitze ein Fremdstoff, das Gift, sitzt.»

Richter Di hob den kleinen Dolch beim Knauf hoch und sah sich die dunkelbraunen Flecken an der Spitze an.

«Wissen Sie», fragte er den Beschauer, «was das für ein Gift war?»

Der Beschauer schüttelte den Kopf und sagte lächelnd:

«Es gibt, Euer Ehren, kein Mittel, die Natur eines äußerlich angewandten Giftes zu bestimmen. Die innerlich angewandten kennen wir gut, auch die von ihm hervorgerufenen Symptome, aber die, mit denen man Dolchspitzen vergiftet, sind äußerst selten. Ich will nur so weit gehen zu sagen, daß Farbe und Form der Flecken auf dem Körper den Schluß nahelegen, daß das Gift von einem giftigen Reptil stammt.»

Der Richter sagte dazu nichts. Er brachte die Feststellung des Beschauers in amtliche Form, befahl ihm, das Schriftstück durchzulesen und seinen Daumenabdruck darunter zu setzen.

Dann befahl Richter Di:

«Jetzt kann die Leiche wieder bekleidet und dann eingesargt werden. Der Hausbesorger soll herkommen!»

Während die Konstabler den Körper in ein Leichentuch wickelten und auf die Bahre legten, trat der Hausbesorger ein und kniete vor dem Richtersitz nieder.

Richter Di wandte sich an ihn:

«Sie sind verantwortlich für das Funktionieren des Hauswesens. Berichten Sie eingehend, was sich heute nacht begeben hat. Fangen Sie an mit der Gesellschaft, die zum Essen da war.»

«Das Jahresessen für Seine Exzellenz», begann der Hausbesorger, «fand in eben dieser Halle statt. Der General hatte den Vorsitz hier in der Mitte.

Um ihn saßen des Generals Zweite, Dritte und Vierte Frau, der junge Herr Ding und dessen Frau und zwei junge Vettern von des Generals Erster Frau, die vor zehn Jahren gestorben ist. Draußen auf der Terrasse spielten gemietete Musikanten, die schon zwei Stunden, bevor der General sich zurückzog, gingen.

Kurz vor Mitternacht schlug der junge Herr einen Schlußtoast vor. Der General stand auf und sagte, er möchte sich jetzt in seine Bibliothek zurückziehen. Der junge Herr begleitete den General, ich folgte ihnen mit einem brennenden Leuchter.

Der General schloß die Tür auf. Ich ging hinein und entzündete die zwei Leuchter auf dem Schreibtisch mit dem Leuchter, den ich trug. Ich kann bezeugen, daß der Raum völlig leer war. Als ich wieder herauskam, kniete der junge Herr vor dem General und wünschte ihm gute Nacht. Dann stand er auf. Der General dankte ihm, dann legte er den Schlüssel in seinen linken Ärmel, ging hinein und schloß die Tür. Der junge Herr und ich hörten ihn innen den Riegel vorschieben. Dies ist die reine Wahrheit.»

Der Richter winkte dem Ältesten Schreiber. Der las vor, wie er des Hausbesorgers Bericht protokolliert hatte. Letzterer bestätigte es und setzte seinen Daumenabdruck darunter.

Richter Di entließ den Hausbesorger. Er fragte den Studenten:

«Was taten Sie dann?»

Student Ding sah unsicher aus und zögerte mit der Antwort.

«Antworten Sie auf meine Frage», befahl der Richter streng.

«Um die Wahrheit zu sagen», berichtete Ding widerwillig, «hatte ich eine heftige Auseinandersetzung mit meiner Frau. Ich ging direkt in meine Wohnung, und meine Frau warf mir vor, ich hätte ihr während des Essens nicht die nötige Achtung erwiesen. Sie behauptete, ich hätte sie ihr Gesicht vor den andern Damen verlieren lassen. Ich war müde vom Fest und sagte nicht viel gegen ihre Behauptungen. Ich saß auf dem Bett und trank eine Tasse Tee, während zwei Mägde meine Frau entkleideten. Sie behauptete, sie habe Kopfweh, und ließ sich von einer Magd wohl eine halbe Stunde lang ihre Schultern massieren. Dann gingen wir schlafen.»

Richter Di rollte das Blatt mit seinen Notizen auf und bemerkte wie nebenbei:

«Ich habe keinen Beweis dafür gefunden, daß dies Verbrechen mit Wu zusammenhängt.»

«Ich ersuche Euer Ehren», rief Student Ding, «den Mörder unter Tortur zu befragen. Dann wird er gestehen, daß er dies abscheuliche Verbrechen begangen hat.»

Der Richter stand auf und verkündete, die Voruntersuchung sei beendet.

Er ging ohne ein weiteres Wort zurück in den vorderen Hof. Als er in seine Sänfte stieg, machte ihm Student Ding eine tiefe Verbeugung.

Ins Gericht zurückgekehrt, begab sich Richter Di direkt ins Gefängnis. Der Aufseher teilte ihm mit, daß Tschiän Mao noch immer bewußtlos sei.

Der Richter befahl ihm, einen Arzt holen zu lassen. Der sollte alles tun, Tschiän Mao ins Leben zurückzurufen. Dann ging Richter Di mit Wachtmeister Hung in sein Privatbüro.

Als er hinter seinem Schreibtisch saß, nahm der Richter des Mörders Dolch aus seinem Ärmel. Er befahl dem Schreiber, einen Krug heißen Tee zu bringen.

Nachdem sie eine Tasse getrunken hatten, lehnte sich der Richter in seinen Stuhl zurück, strich langsam über seinen Bart und sagte:

«Dies ist ein durchaus ungewöhnlicher Mord. Abgesehen von dem Motiv und der Feststellung des Mörders stehen wir hier vor zwei andern konkreten Rätseln. Erstens: wie gelang es dem Mörder, einen versiegelten Raum zu betreten und wieder zu verlassen? Zweitens: wie brachte er es fertig, dem Opfer diese seltsame Waffe in den Hals zu stoßen?»

Wachtmeister Hung schüttelte verständnislos den Kopf. Tao Gan starrte auf den kleinen Dolch. Nachdenklich ließ er die drei langen Haare auf seiner linken Wange durch die Finger gleiten und sagte langsam:

«Einen Augenblick, Euer Ehren, habe ich gedacht, ich hätte das Rätsel gelöst. Auf einer meiner Reisen in den Südprovinzen kamen mir Geschichten von den in den Bergen lebenden Wilden zu Ohren. Die gingen mit langen Blasrohren auf die Jagd. Ich stellte mir vor, diese kleine Klinge mit ihrem ungewöhnlichen röhrenförmigen Griff sei vielleicht aus einem derartigen Blasrohr herausgeschossen, dann hätte der Mörder von außen durch die Gitter in der Mauer schießen können.

Dann aber stellte ich fest, daß der Winkel, unter dem die Waffe in des Opfers Hals schnitt, sich mit dieser Annahme nicht vereinbaren läßt, sofern der Mörder nicht unter dem Tisch gesessen hätte. Außerdem stellte ich fest, daß sich genau gegenüber der Rückwand der Bibliothek eine zweite hohe und blinde Mauer befindet. Niemand hätte an diese eine Leiter anlehnen können.»

Richter Di schlürfte langsam seinen Tee.

«Ich gebe zu», sagte er nach einer Weile, «daß die Blasrohrthese unhaltbar ist. Ich stimme auch darin mit dir überein, daß dieser Dolch nicht unmittelbar in des Opfers Hals gestoßen wurde. Der Griff ist so klein, daß nicht einmal ein Kind ihn halten könnte.

Und nun denken wir doch mal an die ungewöhnliche Form dieser

Klinge. Sie ist konkav und sieht eher wie ein Hohlmeißel aus als wie ein Dolch. Bei dem jetzigen Stand unserer Untersuchung würde ich nicht gern auch nur eine Vermutung darüber äußern, wie sie angewandt wurde. Du, Tao Gan, wirst mir eine genaue hölzerne Kopie dieses Dolches anfertigen lassen, so daß ich in aller Ruhe mit ihr Versuche anstellen kann. Aber behandle das Ding mit Vorsicht: weiß der Himmel, was für ein tödliches Gift auf seine Spitze geschmiert worden ist.»

«Es versteht sich von selbst, Euer Ehren», gab Wachtmeister Hung zu bedenken, «daß wir auch noch die Hintergründe dieses Mordes weiter aufklären müssen. Sollten wir nicht Wu zu einem Verhör herkommen lassen?»

Der Richter nickte.

«Ich wollte gerade vorschlagen», sagte er, «daß wir jetzt zu Wu gehen. Ich sehe einen Verdächtigen immer gern in seiner gewohnten Umgebung. Ich gehe jetzt inkognito hin, und du, Wachtmeister, kommst mit.»

Richter Di stand auf.

Da platzte unversehens der Gefängnisaufseher in das Büro.

«Euer Ehren!» rief er. «Tschiän Mao ist wieder zu sich gekommen. Aber ich fürchte, er stirbt.»

Der Richter, gefolgt von Wachtmeister Hung und Tao Gan, eilte mit ihm davon.

Tschiän Mao lag ausgestreckt auf der hölzernen Pritsche in seiner Zelle. Der Aufseher hatte ihm ein in kaltes Wasser getauchtes Tuch auf die Stirn gelegt. Seine Augen waren geschlossen, sein Atem ging stoßweise.

Richter Di beugte sich über ihn.

Tschiän schlug die Augen auf und blickte den Richter an.

«Tschiän Mao», fragte der Richter eindringlich, «wer hat Richter Pan getötet?»

Mit brennenden Augen starrte Tschiän Mao den Richter an. Er verzog die Lippen, aber kein Laut kam über sie. Mit unsäglicher Anstrengung rang er sich schließlich einen undeutlichen Ton ab. Dann starb die Stimme wieder weg.

Plötzlich wurde seine wuchtige Gestalt von einem krampfhaften Schauder geschüttelt. Er schloß die Augen und streckte sich aus, als ob er bequemer liegen wollte. Dann regte er sich nicht mehr.

Tschiän Mao war tot.

Wachtmeister Hung rief aufgeregt:

«Er begann mit ‹Sie . . .›, konnte aber den Satz nicht zu Ende bringen.»

Richter Di reckte sich auf, nickte langsam und sagte:

«Tschiän Mao starb, bevor er uns mitteilen konnte, was wir so dringend wissen möchten!»

Auf die regungslose Leiche hinunterblickend, fügte er mit tonloser Stimme hinzu:

«Jetzt werden wir nie erfahren, wer den Richter Pan ermordet hat.»

Die Hände in seinen weiten Ärmeln, ging der Richter in sein Privatbüro zurück.

Zehntes Kapitel

Richter Di besucht einen exzentrischen jungen Mann; er führt den Vorsitz bei einer Kunstdebatte im Gericht.

Nicht ohne Schwierigkeiten gelang es Richter Di und Wachtmeister Hung, Wus Wohnung zu finden. Sie fragten in mehreren Läden hinter dem Tempel des Kriegsgottes nach, aber niemand hatte von einem Mann namens Wu Feng auch nur gehört.

Dann erinnerte sich der Richter, daß Wu über einem Weinausschank «Zur ewigen Quelle» wohnte. Dies war, wie sich erwies, ein sehr bekanntes und wegen seiner erlesenen Weine berühmtes Lokal. Ein Straßenjunge führte sie in eine Seitenstraße, in der sie eine im Winde flatternde rote Fahne mit der Aufschrift «Zur ewigen Quelle» bemerkten.

Vorne war die Schenke offen, eine hohe Theke grenzte sie nach der Straße zu ab. An den Innenwänden stand auf hölzernen Regalen eine Anzahl großer irdener Weinkrüge mit roten, die Güte ihres Inhalts preisenden Etiketten.

Der Inhaber machte mit seinem runden Gesicht einen netten Eindruck. Er stand hinter der Theke und blickte, sich die Zähne stochernd, müßig auf die Straße hinaus.

Der Richter und Wachtmeister Hung gingen um die Theke herum und nahmen im Innern an einem viereckigen Tisch Platz. Richter Di bestellte einen kleinen Krug guten Weines. Als der Inhaber den Tisch abwischte, erkundigte sich Richter Di, wie das Geschäft ginge.

Der Wirt zuckte die Achseln.

«Nicht gerade glänzend», antwortete er, «aber ganz nett und regelmäßig. Ich sage immer: ‹Gerade genug ist besser als zu wenig.›»

«Haben Sie niemanden, der Ihnen hilft?» fragte der Richter.

Der Wirt wandte sich, um aus der Ecke einen Topf mit eingemachtem Gemüse zu holen. Er löffelte es auf den Teller, der auf dem Tisch stand, und sagte:

«Ich könnte ja ein bißchen Hilfe brauchen, aber zwei hilfreiche Hände haben immer ein hungriges Maul, das gestopft werden will. Und was machen eigentlich die beiden Herren hier in unserer Stadt?»

«Wir sind hier auf der Durchreise», gab der Richter zur Antwort. «Wir sind Seidenkaufleute aus der Residenz.»

«Sehr gut», rief der andere, «dann muß ich Sie mit meinem Mieter, einem Herrn Wu Feng, bekannt machen. Der ist auch aus der Residenz.»

«Ist er auch Seidenkaufmann?» fragte der Wachtmeister.

«Nein», sagte der Wirt. «Er ist eine Art Maler. Ich verstehe mich nicht auf diese Dinge, aber man hat mir gesagt, daß er ein sehr guter Maler sei, und nach meinem Eindruck muß das auch stimmen, denn er ist von morgens früh bis abends spät an der Arbeit.» Damit ging er ans Treppenhaus und rief hinauf: «Meister Wu, hier sind zwei Herren mit den neuesten Nachrichten aus der Residenz.»

Von oben herunter rief eine Stimme:

«Gerade jetzt kann ich von meiner Arbeit nicht abkommen. Die Herren möchten sich heraufbemühen.»

Der Wirt war sichtlich enttäuscht. Der Richter tröstete ihn damit, daß er sich freigebig mit Trinkgeld erwies.

Dann gingen sie die hölzerne Treppe hinauf.

Der zweite Stock bestand aus einem großen, durch eine Reihe breiter, mit feinem weißem Papier überklebter Gitterfenster auf Front- und Rückseite erhellten Raum.

Ein junger Mann in ausländischer Gewandung arbeitete an einem Gemälde, das den schwarzen Richter der Unterwelt darstellte. Er hatte eine bunte Jacke an und trug auf dem Kopf einen hohen Turban von farbiger Seide, wie manche Barbarenstämme jenseits der Grenze sie tragen.

Der Künstler hatte die seidene Malwand auf dem großen Tisch ausgebreitet, der mitten im Zimmer stand. Die Wandflächen zwischen den Fenstern waren völlig überdeckt mit vielen farbigen Bildern, die provisorisch auf Papierrollen aufgezogen waren. An der Rückwand stand eine Liege aus Bambusrohr.

«Nehmen Sie eine Weile Platz, meine Herren», sagte der junge Mann, ohne von seiner Arbeit aufzusehen. «Ich setze hier noch ein bißchen Blau ein, aber wenn ich jetzt unterbreche, wird die Farbe nicht gleichmäßig trocknen.»

Wachtmeister Hung setzte sich auf die Liege. Richter Di blieb stehen und sah dem jungen Mann zu, der jetzt flink den Pinsel führte. Er bemerkte, daß das Bild, obwohl von kundiger Hand gezeichnet, eine Reihe von ungewöhnlichen Zügen aufwies, besonders in der Behandlung der Kleiderfalten. Als er es mit den an der Wand hängenden Bildern verglich, stellte er fest, daß alle die gleichen ungewohnten Züge hatten.

Der junge Mann tat einen letzten Pinselstrich, richtete sich auf und begann seinen Pinsel in einer Porzellanschale auszuwaschen. Dabei richtete er einen durchdringenden Blick auf den Richter und sagte, indem er den Pinsel langsam in der Schale umdrehte:

«Euer Ehren sind also der neue Richter. Da Sie aber offensichtlich inkognito gekommen sind, werde ich Ihnen nicht mit den üblichen Formalitäten lästig fallen.»

Richter Di war durch diese unvermutete Feststellung ganz betroffen.

«Wie kommen Sie darauf, daß ich Beamter bin?» fragte er.

Der junge Mann lächelte herablassend. Er ließ seinen Pinsel ruhen, schlug die Arme unter, lehnte sich an seinen Tisch, so daß er Richter Di ansehen konnte, und stellte fest:

«Ich halte mich für einen Bildnismaler. Sie, Herr, sind der Prototyp eines Richters. Bitte, sehen Sie sich den Höllenrichter auf diesem Bild an. Sie hätten mir Modell stehen können, obgleich ich zugebe, daß es als Porträt keineswegs schmeichelhaft ist.»

Der Richter konnte ein Lächeln nicht unterdrücken. Er war sich klar darüber, daß es zwecklos sein würde, diesem gewitzten jungen Mann etwas vormachen zu wollen. Also sagte er:

«Sie haben recht: ich bin tatsächlich Di Jen-dsiä, der neue Richter von Lan-fang, und dies hier ist mein Assistent.»

Wu nickte langsam. Er blickte dem Richter ins Gesicht und sagte:

«Ihr Name ist in der Residenz sehr bekannt. Aber was verschafft mir die Ehre dieses Besuchs? Ich nehme nicht an, daß Sie mich verhaften wollen. Das würden Sie Ihren Konstablern überlassen haben.»

Richter Di stellte die Frage: «Warum meinen Sie, daß ich Sie verhaften könnte?»

Wu schob seinen Turban zurück.

«Entschuldigen Sie, mein Herr, wenn ich alle üblichen höflichen Förmlichkeiten beiseite lasse. Lassen Sie uns nicht unnötig Zeit verlieren. Heute morgen verbreitete sich die Nachricht, der alte General Ding sei ermordet worden. Was dieser heuchlerische Schurke übrigens durchaus verdiente. Aber jetzt hat sein Schleicher von Sohn das Gerücht verbreitet, daß ich, der Sohn des Kommandeurs Wu, von dem es heißt, er sei des Generals Erzfeind gewesen, bebabsichtigt hätte, den General zu ermorden. Der junge Ding hat über einen Monat lang hier in der Nachbarschaft herumgeschnüffelt und versucht, während er alle möglichen Skandalgeschichten erzählte, vom Wirt hier unten Erkundigungen über mich einzuholen.

Sicher hat mich jetzt der junge Ding beschuldigt, seinen Vater umgebracht zu haben. Ein gewöhnlicher Richter hätte seine Konstabler ausgeschickt, um mich sofort zu verhaften. Sie aber, mein Herr, der Sie als ein Mann von ungewöhnlichem Scharfsinn bekannt sind, haben gedacht, Sie würden erst einmal selber kommen und feststellen, wie ich aussehe.»

Wachtmeister Hung hatte diese nachlässig vorgebrachten Äußerungen mit wachsendem Zorn mitangehört. Jetzt sprang er auf und rief:

«Die Unverschämtheit dieses Hundes ist unerträglich, Euer Ehren!»

Richter Di hob die Hand und sagte mit einem dünnen Lächeln:

«Herr Wu und ich, wir verstehen einander vollkommen, Wachtmeister. Ich meinerseits finde ihn erfrischend.»

Während der Wachtmeister sich wieder setzte, fuhr der Richter fort:

«Sie haben ganz recht, mein Lieber. Jetzt werde ich mich genauso offen ausdrücken wie Sie und Sie fragen: Warum haben Sie, der Sohn eines bekannten Militärkommandeurs im Kriegsministerium, sich ausgerechnet in dieser völlig abgelegenen Stadt niedergelassen?»

Wu blickte auf seine Bilder an den Wänden.

«Vor fünf Jahren», gab er zur Antwort, «habe ich mein erstes Studentenexamen bestanden. Zur Enttäuschung meines Vaters beschloß ich, mein Studium abzubrechen und mich der Malerei zu widmen. Ich arbeitete unter zwei berühmten Meistern in der Residenz, aber ihr Stil genügte mir nicht.

Vor zwei Jahren traf ich zufällig mit einem Mönch zusammen, der aus Khotan, dem tributpflichtigen Königreich im fernen Westen, hergekommen war. Dieser Mann verfügte über einen sehr lebendigen und farbigen Stil. Ich wurde mir klar darüber, daß wir chinesischen Künstler diesen Stil studieren sollten, um unsere nationale Kunst zu erneuern. Ich glaubte, hier bahnbrechend wirken zu können, und beschloß, selber nach Khotan zu gehen.»

«Persönlich», bemerkte der Richter trocken, «bin ich mit unserer nationalen Kunst durchaus zufrieden und vermag nicht einzusehen, was ein Barbarenvolk uns jemals lehren könnte. Aber ich behaupte nicht, ein Kenner zu sein. Fahren Sie bitte fort.»

«So suchte ich also, meinem guten Vater Reisegeld abzuschmeicheln», fuhr Wu fort. «Er ließ mich ziehen in der Hoffnung, daß dies nur eine jugendliche Laune sei und daß ich eines Tages als gesetzter junger Beamter zurückkehren würde. Vor zwei Jahren ging die Straße in die westlichen Königreiche noch durch Lan-fang. Auf diese Weise kam ich hierher. Dann erfuhr ich, daß diese Straße nach Norden verlegt worden war. Nun wimmelten aber die Ebenen westlich dieser Stadt von nomadisierenden Ugurenhorden ohne Kunst oder Kultur.»

«Warum haben Sie denn unter diesen Umständen diesen Bezirk nicht sofort aufgegeben und die nördlich gelegene Straße eingeschlagen?»

Der junge Mann lächelte.

«Wie soll ich Ihnen das begreiflich machen, mein Herr? Sie müssen wissen, ich bin faul und launisch. Irgendwie fand ich es hier gemütlich und glaubte, ich könnte ebensogut eine Weile hierbleiben und arbeiten. Außerdem hatte ich dieses Haus liebgewonnen. Ich trinke furchtbar

Richter Di im Atelier des Wu Feng

gern Wein, und hier bekommt man einen, der mit dem besten in der Residenz den Vergleich nicht zu scheuen braucht. So bin ich denn hier hängengeblieben.»

Der Richter enthielt sich jeder Bemerkung hierzu und sagte:

«Jetzt komme ich zu meiner zweiten Frage: Wo sind Sie heute nacht, sagen wir zwischen der ersten und dritten Nachtwache, gewesen,»

«Hier», antwortete der junge Mann ohne Zögern.

«Haben Sie Zeugen, die das bekunden können?»

Wu schüttelte bedauernd den Kopf.

«Nein», antwortete er. «Ich konnte ja nicht wissen, daß der General heute nacht ermordet werden würde.»

Richter Di ging an die Treppe und rief nach dem Wirt. Als dessen rundes Gesicht unten auftauchte, rief der Richter:

«Nur zu einer friedlichen Regelung: Haben Sie bemerkt, daß Herr Wu heute nacht ausgegangen ist?»

Der Wirt kratzte sich den Kopf und sagte dann grinsend:

«Tut mir leid, da kann ich nicht dienen, Herr. Heute nacht war hier viel los. Ich könnte wirklich nicht sagen, ob Herr Wu ausgegangen ist oder nicht.»

Richter Di nickte. Er strich sich eine Weile über den Bart und sagte dann:

«Student Ding behauptete, Sie hätten Leute gemietet, die sein Haus überwachen sollten.»

«Was für eine lächerliche Lüge!» rief er. «Ich habe diesen Pseudogeneral absichtlich links liegenlassen. Nicht eine einzige Kupfermünze hätte ich ausgegeben, um zu erfahren, was er macht.»

«Wessen hat Ihr Vater denn den General Ding beschuldigt?»

Wu sah ernst aus.

«Der alte Halunke», sagte er bitter, «hat ein ganzes Bataillon der Kaiserlichen Armee, im ganzen achthundert gute Leute, aufgeopfert, um sich selbst aus einer schwierigen Lage zu befreien. Jeder einzelne wurde von den Barbaren in Stücke zerhackt. General Ding würde enthauptet worden sein, hätte sich nicht zu jener Zeit weitgehende Unzufriedenheit im Heer bemerkbar gemacht. Aus diesem Grunde wollten die Behörden vermeiden, daß des Generals elende Handlungsweise bekannt würde. Daher erhielt er den Befehl, seinen Rücktritt einzureichen.»

Richter Di sagte nichts.

Er ging an den Wänden entlang und besichtigte Wus Arbeiten. Es waren alles Bilder von buddhistischen Heiligen und Gottheiten. Die Göttin Kuan Yin war sehr gut dargestellt, manchmal allein, manchmal mit einer Gruppe dienender Gottheiten.

Der Richter wandte sich um.

«Wenn ich ein freimütiges Gespräch mit einer freimütigen Feststellung schließen darf», sagte er, «erlauben Sie mir die Bemerkung, daß ich nicht davon überzeugt bin, daß Ihr sogenannter neuer Stil besser ist. Vielleicht muß man sich erst an ihn gewöhnen. Können Sie mir vielleicht eines dieser Bilder mitgeben, damit ich mich in Ruhe in Ihre Arbeit vertiefen kann?»

Wu blickte den Richter skeptisch an. Er bedachte sich einen Augenblick, dann hängte er ein mittelgroßes Bild mit der Göttin Kuan Yin und vier andern Gottheiten ab und legte es auf den Tisch. Er nahm sein Siegel, ein kompliziert geschnitztes kleines Stück weißer Jade, aus einem winzigen Ebenholzständer, setzte es auf ein rotes Stempelkissen und drückte es auf einer Ecke des Bildes ab. Der Abdruck wies deutlich in altertümlicher Form das Wortbild Feng auf, wie der Maler ja hieß. Dann rollte er das Bild zusammen und reichte es dem Richter.

«Bin ich verhaftet?» fragte er.

«Ein Schuldgefühl scheint Sie schwer zu bedrücken», bemerkte der Richter trocken. «Verhaftet sind Sie nicht. Aber Sie werden bis auf weiteres dieses Haus nicht verlassen. Guten Tag und Dank für das Bild.»

Richter Di machte Wachtmeister Hung ein Zeichen. Sie gingen die Treppe hinunter. Wu machte eine Abschiedsverbeugung, unterließ es aber, sie bis zur Tür zu geleiten.

Als sie die Hauptstraße hinuntergingen, zog Wachtmeister Hung vom Leder: «Dieser unverschämte Witzbold würde ganz anders reden, wenn er vor Euer Ehren Estrade mit Daumenschrauben läge.»

Der Richter lächelte.

«Wu ist ein außerordentlich geschickter junger Mann», bemerkte er, «aber er hat bereits seinen ersten schlimmen Fehler begangen.»

Tao Gan und Tschiao Tai warteten in des Richters Privatbüro.

Sie hatten den Nachmittag in Tschiäns Haus verbracht und Beweismittel für ein paar Fälle von Erpressung gefunden. Tao Gan bestätigte Liu Wan-fangs Aussage vor Gericht, daß Tschiän Mao die meisten Angelegenheiten persönlich geleitet habe, seine beiden Ratgeber schienen bloß Jasager gewesen zu sein, die allem zugestimmt hatten, was ihr Herr verlangte.

Richter Di trank die Tasse Tee, die Wachtmeister Hung ihm reichte.

Dann entrollte er Wus Gemälde und sagte:

«Jetzt wollen wir an unser Kunststudium gehen. Tao Gan, hänge das Bild an die Wand neben Gouverneur Sihs Landschaft.»

Der Richter lehnte sich in seinen Sessel zurück und betrachtete eine Weile beide Gemälde.

«Diese beiden Bilder», sagte er schließlich, «enthalten den Schlüssel zu des Gouverneurs Testament und zur Ermordung von General Ding.»

Wachtmeister Hung, Tao Gan und Tschiao Tai drehten ihre Schemel nach den Gemälden um.

Ma Jung trat ein und staunte über diese ungewöhnliche Szene.

«Setz dich, Ma Jung!» befahl der Richter. «Ein Kenner mehr.»

Tao Gan stand auf und stellte sich, die Hände auf dem Rücken, vor des Gouverneurs Landschaft. Nach einer Weile drehte er sich um und schüttelte den Kopf.

«Einen Augenblick», sagte er, «habe ich gedacht, daß zwischen den Baumblättern oder am Umriß der Felsen eine Inschrift in sehr kleinen Buchstaben versteckt sein könnte. Aber ich kann nicht einen einzigen Buchstaben erkennen.»

Richter Di zupfte nachdenklich an seinem Backenbart.

«Gestern abend», sagte er, «habe ich stundenlang über dieser Landschaft gebrütet und das Bild heute morgen Zoll für Zoll geprüft. Ich muß gestehen, daß dieses Gemälde mich beunruhigt.»

Tao Gan fuhr sich über seinen borstigen Schnurrbart und fragte:

«Wäre es nicht vielleicht möglich, Euer Ehren, daß hinter dem Bild im Futter ein Stück Papier versteckt ist?»

«An diese Möglichkeit habe ich auch schon gedacht», gab der Richter zur Antwort, «und habe das Bild deswegen gegen ein starkes Licht gehalten. Wenn ein Blatt Papier über das Futter geklebt wäre, hätte ich es bemerkt.»

«Als ich in Kanton lebte», sagte Tao Gan, «habe ich die Kunst, Gemälde aufzuziehen, erlernt. Soll ich das Futter ablösen und auch unter dem Brokatrahmen nachsehen? Gleichzeitig könnte ich dann feststellen, ob die hölzernen Rollstäbe oben und unten massiv sind. Es könnte ja sein, daß der alte Gouverneur ein fest zusammengerolltes Stück Papier in ihnen versteckt hätte.»

«Wenn du hinterher die Rolle wieder in ihren ursprünglichen Zustand versetzen kannst», antwortete der Richter, «versuche es auf alle Fälle. Obwohl ich gestehen muß, daß mir ein solches Versteck absurd und des Gouverneurs glänzenden Geistes nicht würdig zu sein scheint. Aber wir können es uns nicht leisten, auch nur die geringste Chance, dieses Rätsel zu lösen, auszulassen.

Mit diesem buddhistischen Bild unseres Freundes Wu dagegen verhält es sich ganz anders. In ihm steckt ein endgültiger Hinweis.»

Wachtmeister Hung fragte erstaunt:

«Wie ist das möglich, Euer Ehren? Wu selbst hat das Bild für Sie ausgesucht.»

Richter Di lächelte sein dünnes Lächeln.

«Wu hat eben nicht gemerkt, daß er sich selbst verrät», antwortete er. «Möglich, daß Wu mir kein großes Kunstverständnis zutraut, aber ich habe etwas in seinem Bild bemerkt, das er selbst übersehen hat.»

Richter Di schlürfte an seinem Tee. Dann befahl er Ma Jung, den Oberkonstabler Fang zu rufen.

Als Fang vor seinem Tisch stand, blickte Richter Di ihn eine Weile ernst an. Dann sagte er freundlich:

«Ihrer Tochter Dunkle Orchidee geht es gut. Meine Erste Frau hat mir mitgeteilt, daß sie eine fleißige und intelligente Arbeiterin ist.»

Der Oberkonstabler verbeugte sich tief.

«Ich habe eigentlich Bedenken», fuhr der Richter fort, «Ihre Tochter aus ihrer jetzigen sicheren Umgebung zu reißen, um so mehr, als wir noch nichts über das Schicksal Ihrer ältesten Tochter Weiße Orchidee wissen. Anderseits ist Dunkle Orchidee die am meisten geeignete Person, um im Dingschen Haushalt Nachrichtenmaterial für mich zu sammeln. Das bevorstehende Begräbnis des Generals wird den gesamten Haushalt beträchtlich durcheinanderbringen, so daß Extradienerschaft gebraucht werden wird. Wenn Dunkle Orchidee sich da eine Stellung als Aushilfsmädchen verschaffen könnte, dann könnte sie von den andern Dienern viele Auskünfte erhalten. Ich möchte aber in dieser Beziehung nichts ohne ihres Vaters Einverständnis unternehmen.»

«Euer Ehren», antwortete der Oberkonstabler ruhig, «ich und meine Familie betrachten sich als Ihre Sklaven. Außerdem ist meine Jüngste ein unabhängiges und unternehmendes Mädchen, die einem solchen Befehl mit Freude nachkommen würde.»

Ma Jung war unbehaglich auf seinem Stuhl hin und her gerutscht. Jetzt unterbrach er mit der Frage:

«Ist das nicht eher eine Aufgabe für Tao Gan, Euer Ehren?»

Der Richter blickte Ma Jung verschmitzt an und hielt ihm entgegen:

«Es gibt keine bessere Informationsquelle darüber, was in einem Haushalt vorgeht, als das Geschwätz weiblicher Dienstboten. Oberkonstabler, weisen Sie Ihre Tochter an, sich auf der Stelle in das Dingsche Haus zu begeben.

Was unseren Freund Wu betrifft: für den brauche ich eine doppelte Wache. Du, Ma Jung, wirst heute abend als offizieller Wächter dahin gehen. Du wirst es so machen, daß es aussieht, als ob du versuchtest, unbemerkt zu bleiben, aber doch so, daß Wu merkt, daß das Gericht jemanden abgeschickt hat, um ihn zu überwachen. Du mußt ihm jede Gelegenheit verschaffen, das Haus unbeobachtet zu verlassen. Nimm all dein Können und deine Erfahrung zusammen, Ma Jung. Dieser Wu ist ein außerordentlich geschickter junger Bursche!

Tao Gan wird der wirkliche Wächter sein, der im verborgenen bleibt. Sobald Wu Ma Jung überspielt hat, wird Tao Gan ihm heimlich folgen und herausfinden, wohin er geht und was er tut. Wenn er versucht, die Stadt zu verlassen, kannst du offen auftreten und ihn verhaften.»

Tao Gan sah erfreut aus und sagte:

«Ma Jung und ich haben diesen Trick mit der doppelten Überwachung schon einmal durchgeführt, Euer Ehren. Ich werde jetzt zuerst das Gemälde des Gouverneurs mitnehmen und es so anfeuchten, daß das Futter sich über Nacht ablösen kann. Dann gehe ich mit Ma Jung los.»

Als Tao Gan und Ma Jung sich verabschiedet hatten, beriet sich der Richter mit Tschiao Tai und Oberkonstabler Fang über die Angelegenheiten in Tschiäns Haus.

Er entschied, daß Tschiän Maos Frauen und Beischläferinnen zu ihren Familien zurückgeschickt werden könnten. Die Diener sollten mit einem vom Gericht vorgeschossenen Monatsgehalt entlassen werden. Nur der Hausbesorger sollte festgehalten werden, damit er bei Bedarf für weitere Auskünfte zur Verfügung stehen konnte.

Tschiao Tai berichtete, er sei sehr zufrieden mit der Disziplin der Soldaten. Jeden Morgen und Nachmittag exerziere er mit ihnen. Vor Korporal Ling hätten sie eine furchtbare Angst, fügte er hinzu.

Als der Oberkonstabler und Tschiao Tai gegangen waren, lehnte Richter Di sich in seinen Sessel zurück.

Es fiel ihm ein, daß er nach all diesen Jahren der Zusammenarbeit in Wirklichkeit doch nur wenig über Tschiao Tai wisse. «In den grünen Wäldern» war er Ma Jungs Gefährte gewesen, aber über sein Leben davor wußte der Richter nichts. Ma Jungs Leben kannte er ganz, und einige Episoden hatte er sogar zweimal gehört. Aber Tschiao Tai war immer sehr zurückhaltend gewesen. Er schien an seinen militärischen Aufgaben in Lan-fang so viel Vergnügen zu finden, daß Richter Di sich zu fragen begann, ob er ursprünglich nicht regulärer Offizier gewesen sei. Er nahm sich vor, das demnächst herauszubekommen.

Aber es gab so viele andere, dringendere Angelegenheiten. Seufzend machte sich der Richter wieder an das Studium der Akten über Tschiän Maos Missetaten, die Tao Gan ihm auf den Tisch gelegt hatte.

Elftes Kapitel

Tao Gan erlebt ein Abenteuer in einem alten Tempel; Ma Jung findet bei einem Trinkgelage einen ebenbürtigen Gegner.

Ma Jung hielt es nicht für nötig, sich zu verkleiden. Er vertauschte nur die ihn als Gerichtsperson kennzeichnende schwarze Kappe mit einer spitzen Mütze, wie sie Angehörige der arbeitenden Klasse tragen. Tao Gan ersetzte seine Kappe durch eine zusammenlegbare aus schwarzer dünner Gaze.

Bevor sie losgingen, berieten sie sich noch kurz im Wachtlokal.

«Es ist ganz leicht», meinte Ma Jung, «mich bemerkbar zu machen und Wu zu verstehen zu geben, daß ich dorthin geschickt worden bin, um aufzupassen, daß er sein Quartier nicht verläßt. Aber kann man wissen, wie solch ein Kerl reagiert? Was wird sein, wenn er fortgeht und versucht, mich unterwegs abzuhängen?»

Tao Gan schüttelte den Kopf.

«Das wird er nicht tun», entgegnete er. «Wesentlich ist, daß Wu von diesem Auftrag nichts weiß. Er wird es nicht wagen, wegzugehen und zu riskieren, daß du ihn auf der Stelle verhaftest, weil das für das Gericht einen Verdachtsgrund darstellen würde. Nein, mich bekümmert nur, daß Wu gar nicht den Versuch machen wird, dich zu täuschen, und daß er sich entschließt, zu Hause zu bleiben, wie es ihm befohlen wurde. Wenn er aber doch entwischt, kannst du dich darauf verlassen: ich kriege ihn schon fest!»

Dann verließen sie das Gericht. Ma Jung ging voraus, und Tao Gan folgte ihm in einiger Entfernung.

Wachtmeister Hung hatte Ma Jung mit der Örtlichkeit bekanntgemacht, so daß dieser den Weinladen «Zur ewigen Quelle» leicht finden konnte.

Innen sah er sehr gemütlich aus. Das Licht zweier bunter Papierlaternen fiel auf die roten Etiketten der Weinkrüge. Der Eigentümer maß gerade eine Pinte Wein zu. Zwei Müßiggänger lehnten am Ladentisch vorn und aßen gemütlich Stückchen von Salzfisch.

Ma Jung bemerkte, daß gegenüber dem Laden das Wohnhaus eines Angehörigen des Mittelstandes lag. Er postierte sich auf dem erhöhten Zugang und lehnte sich mit dem Rücken gegen die schwarzlackierte Tür.

Im zweiten Stockwerk des Weinladens waren mehrere Kerzen angezündet worden. Ma Jung sah, wie sich über das Papier der Fenstergitter ein Schatten bewegte. Augenscheinlich war Wu eifrig an der Arbeit.

Ma Jung beugte sich vor und blickte die dunkle Straße hinauf und hinunter. Von Tao Gan war nichts zu sehen. Ma Jung schlug die Arme unter und machte sich auf eine lange Wartezeit gefaßt.

Als die beiden vergnügten Trinker ihre Pinte Wein ausgetrunken hatten, wurde plötzlich die Tür hinter Ma Jung aufgerissen. Ein älterer Herr wurde durch den Torwart hinausgeleitet. Als der Herr Ma Jung bemerkte, fragte er:

«Wollten Sie zu mir?»

«Nein, gar nicht», antwortete Ma Jung kurz angebunden. Er wandte sich um und lehnte sich wieder an den Türpfosten.

«Hören Sie mal», sagte der Herr ärgerlich, «dies ist zufällig mein Haus. Wenn Sie selbst zugeben, daß Sie hier nichts zu suchen haben, wäre ich dankbar, wenn Sie weitergehen würden.»

«Diese Straße», brummte Ma Jung, «ist öffentliches Eigentum. Niemand kann mich hindern, hier zu stehen.»

«Ich rate Ihnen, jetzt schnell zu verduften», sagte der Herr energisch. «Oder ich rufe den Nachtwächter.»

«Wenn Sie mich hier nicht stehen lassen wollen, Sie Lümmel, probieren Sie mal, mich von hier wegzutreiben», rief Ma Jung.

Die beiden Trinker hatten sich umgedreht, um der Auseinandersetzung zu folgen. Sie lehnten am Tresen und sahen mit untergeschlagenen Armen dem Streit zu.

Im zweiten Stock wurde ein Fenster aufgestoßen. Wu steckte den Kopf aus dem Fenster und brüllte ermutigend, ohne jemanden Bestimmten zu meinen: «Gib ihm eins aufs Dach!»

«Soll ich die andern Diener rufen, Herr?» fragte der Türwart.

«Ruf all die Kerle zusammen», schnauzte Ma Jung. «Mit denen werde ich schon fertig.»

Als aber der Herr seine kriegerische Haltung bemerkte, bekam er Bedenken.

«Ich mag keine Prügeleien hier vor meiner Tür», sagte er kurz. «Laß diesen Hanswurst sich hier die Beine in den Leib stehen.»

Er brummte noch allerlei vor sich hin und ging davon.

Der Türwart bummerte die Tür zu. Ma Jung hörte, wie innen ein Riegel vorgeschoben wurde.

Enttäuscht schloß Wu sein Fenster.

Ma Jung schlenderte hinüber zum Weinausschank. Die beiden Bummler machten ihm beflissen an der Theke Platz.

Ma Jung streifte sie mit einem wehleidigen Blick und sagte mit süßsaurer Miene:

«Hoffentlich gehören Sie nicht auch zu diesem liebenswürdigen Hauswirt.»

«Nein», antwortete einer von den beiden, «wir wohnen in der nächsten Straße. Der da drüben ist Lehrer und hat stets was zu schimpfen.»

«Wir sind aber nicht hier, um uns von ihm abhören zu lassen», fügte der andere hinzu. «Wir sind an dieser gastlichen Theke auf einen feuchten Schwatz zusammengekommen.»

Ma Jung lachte. Er batzte eine Handvoll Kupferstücke auf die Theke und rief dem Wirt zu:

«Eine Pinte vom Besten.»

Bereitwillig kam der Wirt hervor. Er füllte die Becher bis zum Rand und stellte ein neues Tablett mit getrocknetem Fisch und gesalzenem Gemüse vor die Gäste.

«Wo kommen Sie denn her, Fremdling?» erkundigte er sich angelegentlich.

Ma Jung stürzte seinen Becher hinunter und wartete, bis der Wirt ihn wieder gefüllt hatte. Dann sagte er:

«Ich bin Kutscher bei Herrn Wang, dem großen Teehändler aus der Residenz. Wir sind heute nachmittag mit drei Wagen Teekuchen hergekommen, die über die Grenze verkauft werden sollen. Mein Herr gab mir ein gutes Silberstück und sagte, ich solle gehen und mich amüsieren. Ich dachte, ich könnte mir ein bübsches Mädchen anlachen, aber ich scheine mich im Stadtviertel geirrt zu haben.»

«Doch», antwortete der Wirt, «da sind Sie gründlich fehlgegangen. Die wilden Schönheiten von jenseits der Grenze sind in der Nordstraße untergebracht, ungefähr eine Stunde von hier. Die chinesischen Damen wohnen in der Südstraße hinter dem Lotusteich im Südosten der Stadt. Mir scheint aber», fügte er zuvorkommend hinzu, «die hiesigen Frauen sind nichts für einen kultivierten Herrn aus der Hauptstadt. Sie haben doch gewiß einen unterhaltsamen Beruf. Warum kommen Sie nicht herein und erzählen uns ein paar Reiseabenteuer?» Dabei schob er die Kupferstücke wieder Ma Jung zu und sagte:

«Die erste Runde geht auf Kosten der Firma.»

Die zwei Bummler, die einen Gratistrunk witterten, waren sofort begeistert.

«Ein handfester Mensch wie Sie», sagte der eine zu Ma Jung, «hat sicher manchen gefährlichen Räuber erledigt.»

Ma Jung ließ sich überreden. Sie traten wieder in den Laden und ließen sich an einem viereckigen Tisch nieder. Ma Jung wählte den Stuhl, von dem aus er die Treppe sehen konnte.

Der Wirt kam hinzu, und bald kreisten die Becher.

Nachdem Ma Jung ein paar haarsträubende Geschichten erzählt hatte, sah er, wie Wu die Treppe herunterkam.

Der blieb mitten auf der Treppe stehen und warf Ma Jung einen durchdringenden Blick zu.

«Wollen Sie sich nicht zu uns setzen, Herr Wu?» rief der Wirt. «Dieser Herr hier erzählt herrliche Geschichten.»

«Ich habe gerade zu tun», gab Wu zur Antwort. «Aber ich komme später herunter. Passen Sie auf, daß was für mich übrigbleibt.»

Damit ging er wieder hinauf.

«Das ist mein Mieter, ein umgänglicher Mensch», erklärte der Wirt. «Es wird Ihnen Spaß machen, sich mit ihm zu unterhalten. Bleiben Sie ruhig hier, bis er wiederkommt.»

Damit gab er eine neue Runde zum besten.

Tao Gan war inzwischen sehr rührig gewesen.

Sobald er beobachtet hatte, daß Ma Jung seinen Posten gegenüber dem Weinausschank bezogen hatte, war er in eine dunkle Allee eingebogen. Dort zog er rasch sein Kleid aus, wandte es um und zog es verkehrt wieder an.

Aber es war ein ganz besonderes Kostüm. Außen bestand es aus brauner Seide und sah sehr anständig aus. Aber das Futter bestand nur aus rotem Hanf mit dunklen Flecken und ein paar häßlichen Flicken. Dann drückte Tao Gan seine Mütze zusammen, so daß sie flach wurde und aussah wie eine Bettlermütze.

In dieser wenig einnehmenden Aufmachung schlich er in die schmale Gasse, die zwischen der Häuserreihe in Wus Straße und den Rückseiten der nächsten Straße lag.

Zwischen diesen Mauern war es sehr dunkel. Der Boden war mit Müll überdeckt, so daß Tao Gan sehr vorsichtig gehen mußte. Als er das Gefühl hatte, die Rückseite des Ausschanks erreicht zu haben, stellte er sich auf die Zehen und fand, daß er gerade bis an die Höhe der Mauer hinaufreichen konnte. Er zog sich hoch und blickte hinüber.

Nach hinten hin war der Ausschank selbst dunkel. Aber ein Stockwerk höher waren alle Fenster erleuchtet. Der Hinterhof stand voll leerer Weinkrüge, die ordentlich in Doppelreihen aufgestellt waren. Unzweifelhaft war dies die Rückseite von Wus Haus.

Tao Gan ließ sich wieder hinunter. Er stöberte herum, bis er einen zerbrochenen Krug gefunden hatte. Er rollte ihn bis an den Fuß der Mauer. Wenn er auf ihn hinaufstieg, konnte er seine Ellbogen auf die Mauer legen. Er legte sein Kinn auf die Arme und überdachte still vor sich hin die Lage.

Die gesamte Rückseite von Wus Werkstatt hatte einen schmalen Balkon. Der Maler hatte hier eine Reihe von Blumentöpfen aufgestellt. Die verputzte Wand unter dem Balkon war die Rückseite des Ausschanks. Eine schmale Tür stand offen. Neben ihr bemerkte Tao Gan einen Vorsprung, in welchem er die Küche vermutete. Es wurde ihm klar, daß es für Wu leicht sein würde, seine Wohnung zu verlassen, wenn er vom Balkon hinunterkletterte.

Tao Gan wartete geduldig.

Nach etwa einer halben Stunde wurde eines von Wus Fenstern langsam geöffnet. Wu blickte hinaus.

Tao Gan rührte sich nicht. Er wußte, daß er in der Dunkelheit hinter ihm nicht gesehen werden konnte.

Wu kletterte über die Fensterbank. Er ging so sicher wie eine Katze den engen Balkon entlang, bis er sich über dem Vorsprung befand. Dann kletterte er über das Geländer und ließ sich auf das schräge Dach hinunter. Einen Augenblick kauerte er sich auf den Dachziegeln nieder und schien nach einem leeren Platz zwischen den Weinkrügen zu suchen. Er sprang hinunter, genau zwischen zwei Stapel, und schlüpfte behende in den engen Durchgang zwischen Ausschank und dem nächsten Haus.

Tao Gan verließ seinen Beobachtungsstand und rannte, so schnell er konnte, auf die Straße zurück. Als er über eine alte Holzkiste stolperte, brach er sich fast ein Bein. Am Ausgang der Straße prallte er mit Wu zusammen.

Er stieß einen ordinären Fluch aus. Aber Wu eilte weiter, ohne sich umzusehen, auf die Hauptstraße zu.

Tao Gan folgte ihm in einiger Entfernung.

Auf der Straße trieb sich eine beträchtliche Menge herum, so daß Tao Gan sich nicht zu bemühen brauchte, im Schatten zu bleiben. Wu mit seinem ausländischen Turban, der sich aus den schwarzen Kappen der Herumschlendernden heraushob, war leicht im Auge zu behalten.

Er ging immer weiter nach Süden und bog plötzlich in eine Seitenstraße ein.

Hier waren weniger Leute auf den Beinen. Ohne seinen raschen Schritt zu verlangsamen, zog Tao Gan den Knopf in der Mitte seiner Kappe wieder hoch, bis sie wie eine Zipfelmütze des gewöhnlichen Volkes aussah. Aus seinem Ärmel zog er ein etwa einen Fuß langes Stück Bambusrohr, mit welchem er seine vielen Tricks zu machen pflegte. In ihm staken sechs andere Rohre, die immer kleiner wurden. Er zog sie aus, und sein Rohr wurde ein Bambusstock. Hierauf vertauschte er seine Gangart mit der gemächlichen eines älteren Hauswarts.

So ging er weiter, bis er ganz nah an Wu herangekommen war.

Der Maler bog in eine andere Straße ein, und Tao Gan folgte ihm auf dem Fuße. Sie waren jetzt in einen ruhigen Bezirk gekommen. Tao Gan berechnete, daß sie nicht weit von der östlichen Stadtmauer sein konnten. Wu schien sich hier auszukennen. Jetzt bog er in eine schmale Straße ein, in der so gut wie keine Menschen zu sehen waren.

Tao Gan blickte um die Ecke, bevor er Wu folgte. Er stellte fest, daß es sich um eine Sackgasse handelte, die in den Torweg eines kleinen Buddhistentempels auslief. Daß sein hölzernes Tor verfallen war und in ihm kein Licht brannte, deutete darauf, daß er aufgegeben worden war. Niemand war zu sehen.

Wu ging geradeaus und kletterte die abbröckelnden steinernen Stufen, die zum Torweg führten, hinauf. Dort machte er halt und blickte sich um. Tao Gan zog hastig den Kopf zurück.

Als er sich wieder vorwagte, war Wu im Tempel verschwunden.

Tao Gan wartete eine Weile, dann kam er wieder zum Vorschein und ging gemächlich auf den Tempel zu. Über dem Torweg konnte er drei fast verwitterte, in die Ziegel eingelegte Schriftzeichen unterscheiden. Sie besagten: Einsiedelei der Drei Schätze.

Tao Gan ging die Stufen hinauf und trat ein.

Anscheinend war der Tempel schon seit vielen Jahren verlassen. Die gesamte Ausstattung fehlte, und der Platz, an dem der Altar gestanden hatte, war leer. Es war nichts zu sehen als nackte Steinwände. Hier und da war das Dach eingefallen, so daß Tao Gan Sterne am Abendhimmel sehen konnte.

Auf den Zehenspitzen umhergehend, sah sich Tao Gan im Innern um. Aber von Wu war keine Spur zu sehen.

Schließlich blickte er zur Hintertür hinaus, zog sich aber rasch hinter den Türpfosten zurück.

Die Tür ging auf einen kleinen ummauerten Garten hinaus, in dessen Mitte ein Fischteich lag. Eine alte steinerne Bank stand am Ufer. Wu saß ganz allein auf ihr.

Er stützte das Kinn in seine Hände und schien den alten Teich außerordentlich interessant zu finden.

«Dies muß ein geheimer Treffplatz sein!» sagte sich Tao Gan.

Er fand eine Fensternische, in der er sich niedersetzen und Wu im Auge behalten konnte, die ihn aber den Blicken jedes etwaigen Neuankömmlings entzog.

Dann schlug er seine Arme unter und schloß die Augen, indem er angestrengt horchte. Er wagte nicht, zu fest auf Wu zu blicken, weil er wußte, daß viele Leute imstande sind, verborgene Blicke zu empfinden.

So saß er eine ganze Zeit. Aber nichts geschah.

Von Zeit zu Zeit wechselte Wu seine Haltung. Ein- oder zweimal nahm er ein paar Steine auf und vertrieb sich die Zeit damit, sie in den Teich zu werfen. Schließlich stand er auf und fing an, im Hof auf und ab zu gehen. Anscheinend dachte er tief nach.

Wieder verging eine halbe Stunde.

Dann schickte sich Wu plötzlich an zu gehen.

Tao Gan zog sich in seine Nische zurück und drückte sich gegen die feuchte Steinmauer.

Wu machte sich, weder nach rechts noch nach links blickend, auf den Rückweg.

Als er seine Straße erreicht hatte, machte er an der Ecke halt und blickte umher. Offenbar wollte er sehen, ob Ma Jung noch auf der Straße war. Dann ging er rasch weiter und verschwand in dem schmalen Gang zwischen dem Ausschank und dem Nachbarhaus.

Tao Gan gab seufzend auf und ging zum Gericht zurück.

In der Schenke ging es lebhaft zu.

Nachdem Ma Jungs Geschichtenvorrat erschöpft war, hatte der Wirt seinerseits welche zum besten gegeben. Die beiden Bummler waren ein dankbares Publikum. Nach jeder Geschichte spendeten sie begeisterten Beifall und waren durchaus bereit, dies ins Endlose fortzusetzen.

Schließlich kam auch Wu die Treppe herunter und setzte sich zu den andern.

Ma Jung hatte mehr Runden getrunken, als er wahrhaben wollte. Aber er konnte ja furchtbar viel ertragen, und sein Kopf war noch klar.

Das Gelage in der Schenke «Zur ewigen Quelle»

Er dachte, wenn es ihm gelänge, Wu betrunken zu machen, so würde er ihm wohl leicht einige nützliche Mitteilungen entlocken können.

Er begrüßte also Wu lärmend als einen Landsmann aus der Residenz und trank auf seine Gesundheit.

Das war der Beginn eines Trinkgelages, von dem noch monatelang hinterher im ganzen Stadtviertel gesprochen wurde.

Wu bedauerte, daß die andern ihm weit voraus waren. Er schüttete einen halben Krug einer starken weißen Flüssigkeit in eine Reisschale und trank sie auf einen Zug leer. Der Wein wirkte so wenig auf ihn, als ob er Wasser getrunken hätte.

Dann teilte er sich eine Pinte mit Ma Jung und erzählte eine lange, aber sehr amüsante Geschichte.

Ma Jung begann die Wirkung des Weines zu spüren. Er strengte seinen Grips an und erzählte eine Strolchengeschichte. Es fiel ihm aber nicht leicht, mit seiner Geschichte zu Rande zu kommen.

Wu brüllte Beifall und leerte rasch drei Becher hintereinander. Dann schob er seinen Turban aus der Stirn nach hinten, legte die Ellbogen auf den Tisch und fing an, eine ganze Serie verrückter Geschichten über Ereignisse in der Residenz von sich zu geben. Wenn er sich einmal dabei unterbrach, geschah es nur, um noch mehr zu trinken.

Das tat er mit großem Genuß und leerte jeden Becher auf einen Zug.

Ma Jung hielt getreulich mit ihm Schritt. Er hatte das Empfinden, Wu sei ein durchaus netter Mensch. Er erinnerte sich, daß er ihn etwas hatte fragen wollen, aber wußte nicht mehr, was es war. Er selbst schlug eine neue Runde vor.

Die beiden Bummler schieden zuerst aus. Der Wirt ließ sie durch ein paar Freunde aus der Nachbarschaft nach Hause tragen. Ma Jung bemerkte, daß er sehr betrunken wurde. Er fing an, eine gepfefferte Geschichte zu erzählen, aber gegen Ende brachte er irgendwie was durcheinander. Wu leerte einen neuen Becher und erzählte einen saftigen Witz, über den der Wirt vor Freude brüllte. Ma Jung hatte die Pointe nicht mitbekommen, aber hielt den Witz trotzdem für großartig, lachte laut und trank Wu aufs neue zu.

Wus Gesicht war rot angelaufen, Schweißtropfen liefen ihm die Brauen hinunter. Er nahm seinen Turban ab und warf ihn in eine Ecke.

Von da an geriet die Unterhaltung völlig durcheinander. Ma Jung und Wu redeten gleichzeitig und hielten nur ein, um in die Hände zu klatschen und weiterzutrinken.

Mitternacht war vorüber, als Wu ankündigte, er wolle jetzt zu Bett gehen. Mühsam erhob er sich aus seinem Stuhl und erreichte schließlich auch den Anfang der Treppe, während er die ganze Zeit Ma Jung seiner ewigen Freundschaft versicherte.

Als der Wirt Wu half hinaufzugehen, stand Ma Jung unter dem Eindruck, daß dieser Ausschank ein sehr lustiger und gastlicher Ort sei. Er ließ sich friedlich zu Boden gleiten und begann alsbald, fürchterlich zu schnarchen.

Zwölftes Kapitel

Richter Di erwägt die Geheimnisse von zwei Bildern; ein junges Mädchen entdeckt leidenschaftliche Liebesbriefe.

Als am nächsten Morgen Tao Gan über den Haupthof ging und in des Richters Privatbüro wollte, bemerkte er Ma Jung, den Kopf in die Hände gestützt, auf einem Stein hocken.

Tao Gan blieb stehen und musterte einen Augenblick lang diese schweigende Gestalt. Dann fragte er:

«Was ist denn mit dir los, Freund?»

Ma Jung machte mit der rechten Hand eine unbestimmte Geste und sagte, ohne aufzusehen, mit heiserer Stimme:

«Laß mich zufrieden, Bruder. Ich ruhe mich hier aus. Gestern abend mußte ich ein bißchen mit Wu trinken, und da es spät geworden war, entschloß ich mich, die Nacht über in dem Ausschank zu bleiben in der Hoffnung, Näheres über Wus Betätigung herauszubekommen. Hier sitze ich erst seit einer halben Stunde.»

Tao Gan blickte nicht sehr überzeugt auf ihn nieder. Dann sagte er ungeduldig:

«Komm mit. Du mußt meinen Bericht für Exzellenz mit anhören und sehen, was ich mitgebracht habe.»

Damit zeigte er Ma Jung ein in Ölpapier gewickeltes Päckchen.

Widerwillig erhob Ma Jung sich von seinem Sitz. Sie verließen den Hof und traten in Richter Dis Privatbüro.

Der Richter saß, in ein Dokument vertieft, hinter seinem Schreibtisch. Wachtmeister Hung saß in einer Ecke und schlürfte seinen Morgentee.

Richter Di blickte auf. «Nun, meine Freunde», sagte er, «ist unser Maler die letzte Nacht ausgegangen?»

Ma Jung strich sich mit seiner großen Hand über die Stirn und sagte unbehaglich: «Euer Ehren, mir ist, als sei mein Kopf voller Steine. Besser wird Tao Gan für uns Bericht erstatten.»

Richter Di musterte rasch Ma Jungs hagere Züge. Dann wandte er sich wieder, um Tao Gan zuzuhören.

Tao Gan berichtete im einzelnen, wie er Wu bis zur «Einsiedelei der Drei Schätze» gefolgt sei und wie sonderbar der sich dort aufgeführt habe.

Als er fertig war, schwieg Richter Di eine Weile mit gerunzelten Brauen. Dann rief er aus:

«Das Mädchen tauchte also nicht auf!»

Wachtmeister Hung und Tao Gan waren erstaunt, und sogar Ma Jung zeigte einiges Interesse.

Der Richter ergriff das Bild, das Wu ihm gegeben hatte. Er stand auf, rollte es auf dem Schreibtisch aus und legte auf jede Ecke einen Beschwerer.

Dann nahm er ein paar Blätter Schreibpapier und deckte damit das Bild so ab, daß nur das Antlitz der Göttin Kuan Yin sichtbar blieb.

«Seht euch genau dies Gesicht an», befahl er.

Tao Gan und der Wachtmeister standen auf und beugten ihre Köpfe über das Bild. Selbst Ma Jung wollte seinen Schemel verlassen, aber nahm sogleich schmerzgepeinigt wieder Platz.

Tao Gan sagte langsam:

«Dies ist zweifellos für eine Göttin ein ungewöhnliches Gesicht, Euer Ehren. Buddhistische weibliche Gottheiten werden immer mit einem ganz unpersönlichen Antlitz gemalt. Dies aber sieht aus wie das Bildnis eines bestimmten lebenden jungen Mädchens.»

Richter Di schien befriedigt. «Genau das!» sagte er. «Als ich mir gestern Wus Bilder besah, fiel mir auf, daß all seine Darstellungen von Kuan Yin das gleiche, sehr menschliche Antlitz aufwiesen.

Ich zog daraus den Schluß, Wu müsse sehr in ein bestimmtes Mädchen verliebt sein, dessen Bild ihm ständig vor Augen stand. Auf diese Weise gibt er, wenn er eine weibliche Gottheit malt, wahrscheinlich ohne sich dessen bewußt zu sein, ihr die Züge dieses Mädchens. Da Wu unzweifelhaft ein großer Künstler ist, muß dieses Bild ein gutes Porträt dieses geheimnisvollen Mädchens sein, das sich als eine ganz individuelle Persönlichkeit erweist.

Ich bin überzeugt, dieses Mädchen ist der Grund, weshalb Wu Lanfang nicht verlassen hat. Vielleicht ist sie das Bindeglied zu der Ermordung von General Ding!»

«Es sollte nicht sehr schwierig sein, dieses Mädchen aufzuspüren», bemerkte Wachtmeister Hung. «Wir sollten uns in der Umgebung dieses Buddhistentempels umsehen.»

«Eine sehr gute Idee», sagte Richter Di. «Jeder einzelne von euch dreien sollte sich die Züge dieses Bildnisses einprägen.»

Ma Jung stand stöhnend auf und warf ebenfalls einen Blick auf das Gemälde.

Wieder preßte er die Hände gegen die Schläfen.

«Was fehlt denn unserm Katertier?» fragte Tao Gan boshaft.

Ma Jung schlug die Augen auf.

«Ich bin sicher», sagte er langsam, «dieses Mädchen schon mal irgendwo gesehen zu haben. Irgendwie ist mir das Gesicht bekannt. Aber ich kann mich beim besten Willen nicht erinnern, wann und wo ich sie gesehen habe.»

Richter Di rollte die Rolle wieder zusammen.

«Nun», sagte er, «wenn dein Kopf wieder klar ist, fällt es dir vielleicht wieder ein. Aber was hast du mitgebracht, Tao Gan?»

Tao Gan öffnete sehr vorsichtig sein Paket. Es enthielt ein hölzernes Brett, auf dem ein quadratisches Stück Papier aufgeklebt war.

Er legte es dem Richter vor und sagte:

«Seien Euer Gnaden vorsichtig. Das dünne Papier ist noch feucht und kann leicht zerreißen. Heute früh, als ich die Unterlage vom Bild des Gouverneurs ablöste, entdeckte ich dieses Blatt, das unter dem Futter des Brokatrahmens aufgeklebt war. Dies ist das Testament von Gouverneur Sih.»

Der Richter beugte sich über das kleine Schriftstück.

Dann schien er enttäuscht. Er lehnte sich in seinen Sessel zurück und zwirbelte schlecht gelaunt an seinen Bartenden.

Tao Gan zuckte die Achseln.

«Ja, Euer Ehren, der Schein trügt oft. Diese Frau hat versucht, uns irrezuführen.»

Der Richter reichte Tao Gan das Brett hinüber.

«Lies es laut!» befahl er brüsk.

Tao Gan las:

«Ich, Sih Schu-siän, fühle mich am Ende meiner Tage und gebe hiermit meinen letzten Willen und mein Testament bekannt.

Da meine zweite Frau Mei sich des Ehebruchs schuldig gemacht hat und der von ihr geborene Sohn nicht mein Fleisch und Blut ist, geht all mein Besitz an meinen ältesten Sohn Sih Ki, der die Überlieferung unseres alten Hauses fortführen soll.

Gezeichnet und gesiegelt: Sih Schu-siän.»

Nach einer kleinen Pause bemerkte Tao Gan:

«Natürlich habe ich das Siegel auf diesem Dokument mit dem Siegel des Gouverneurs auf dem Bild selbst verglichen. Beide Siegel sind völlig identisch.»

Tiefes Schweigen.

Dann beugte sich Richter Di vor und hieb mit der Faust auf den Tisch.

«Alles durchaus falsch!» rief er aus.

Tao Gan blickte unsicher auf Wachtmeister Hung, der unmerklich den Kopf schüttelte. Ma Jung glotzte den Richter an.

Richter Di sagte seufzend:

«Ich werde euch erklären, weshalb ich sicher bin, daß hier etwas durchaus nicht stimmt.

Ich gehe von der Voraussetzung aus, daß Sih Schu-siän ein weiser und weitsichtiger Mann gewesen ist. Er war sich völlig darüber klar, daß sein Sohn Sih Ki einen schlechten Charakter hatte und auf seinen jungen Halbbruder heftig eifersüchtig war; denn bevor Sih Schan zur Welt gekommen war, hatte sich Sih Ki seit Jahren für den einzigen Erben gehalten. Als der Gouverneur merkte, daß sein Leben zu Ende ging, galten seine letzten Gedanken der Überlegung, wie er seine junge Witwe und seinen jüngeren Sohn gegen die Anschläge Sih Kis schützen könnte.

Der Gouverneur wußte, wenn er seinen Besitz gleichmäßig zwischen seinen beiden Söhnen aufteilen würde, geschweige wenn er Sih Ki enterben würde, daß dann letzterer sicher seinem jungen Halbbruder Böses antun, ihn vielleicht sogar umbringen würde, um sich den ihm entgangenen Teil des Erbes zu verschaffen. Daher richtete es der Gouverneur so ein, daß es aussah, als enterbte er Sih Schan.»

Wachtmeister Hung nickte und warf Tao Gan einen bedeutsamen Blick zu.

«Gleichzeitig», fuhr der Richter fort, «versteckte er in diesem Bild den Beweis, daß die Hälfte oder der größere Teil seines Besitzes auf Sih Schan übergehen sollte. Dies ergibt sich deutlich aus der merkwürdigen Formulierung, die der alte Gouverneur in der Niederschrift seines letzten Willens angewandt hat. Er sagte deutlich, daß die Schriftrolle an Sih Schan und ‹das übrige› an Sih Ki gehen sollte, wobei er es sorgsam vermied, das ‹übrige› zu beschreiben.

Seine Absicht war, durch dieses versteckte Testament seinen jungen Sohn zu schützen, bis er zu einem jungen Mann aufgewachsen war und sein Erbe in Besitz nehmen konnte. Er hoffte, daß früher oder später ein kluger Beamter die verborgene Botschaft der Rolle entdecken und Sih Schan das diesem rechtlich zukommende Erbe einhändigen würde. Eben deswegen wies er seine Witwe an, die Rolle jedem in diesem Bezirk neu ernannten Beamten zu zeigen.»

«Vielleicht, Euer Ehren», unterbrach Tao Gan, «ist diese Anweisung niemals ergangen. Wir wissen nur durch Frau Sih von ihr. Meiner Meinung nach beweist dieses Dokument hier deutlich, daß Sih Schan ein illegitimes Kind ist. Der Gouverneur war ein gütiger und nachsichtiger Mensch, der den Wunsch hatte zu verhüten, daß Sih Ki das seinem Vater angetane Unrecht rächte. Gleichzeitig wünschte er sicherzugehen, daß sich in angemessener Zeit die Wahrheit in nicht anzuzweifelnder Form ergeben würde. Aus diesem Grunde versteckte er das Dokument in dieser Rolle. Sobald ein geschickter Beamter es entdeckte, würde dieser in der Lage sein, jeden Anspruch, den Frau Sih gegen Sih Ki stellen würde, abzuweisen.»

Aufmerksam hatte der Richter diese Darlegung angehört. Nun fragte er:

Es ist oft schwierig . . .

... ein Vermögen auf gerechte Weise zu erwerben, aber mitunter scheint es noch schwerer zu sein, es auf rechte Weise zu vererben.

Wenn man Kriminalromanen glauben darf, ist Reichtum ohnehin ein lebensgefährlicher Zustand: Nichts zieht das gewaltsame Ende so an wie der Besitz von Geld und ungeduldigen Alleinerben.

Es soll jedoch vorkommen, daß auch Steinreiche steinalt werden. Nicht jeder Erblasser muß vorzeitig erblassen.

«Wie erklärst du dir dann, daß sich Frau Sih so sehr um die Lösung des Rätsels dieser Rolle bemüht?»

«Frauen», gab Tao Gan zur Antwort, «neigen dazu, ihren Einfluß auf den Mann, der sie liebt, zu überschätzen. Ich bin überzeugt, Frau Sih hofft, daß der alte Gouverneur in seiner großen Güte in der Rolle einen Wechsel oder einen Wink versteckt habe, wie man zu einer verborgenen Geldsumme gelangen könnte, die sie für den entgangenen Teil des Besitzes entschädigen sollte.»

Der Richter schüttelte den Kopf.

«Was du da sagst», bemerkte er, «ist völlig logisch, aber es reimt sich nicht mit dem Charakter des alten Gouverneurs. Ich bin überzeugt, dies Dokument ist eine Fälschung Sih Kis. Nach meinem Dafürhalten versteckte der Gouverneur in dieser Rolle ein unwichtiges Dokument, um Sih Ki auf eine falsche Spur zu führen. Es hieße, wie ich schon sagte, dem Gouverneur Sih einen allzu plumpen Einfall zutrauen, wenn er etwas wirklich Wichtiges verbergen wollte. Abgesehen von diesem falschen Hinweis muß das Bild einen wirklichen, noch besser versteckten Wink enthalten.

Da der Gouverneur befürchtete, Sih Ki könnte Verdacht schöpfen, daß in dieser Rolle etwas Wertvolles verborgen war, und es vernichten würde, fügte er dem Futter ein Dokument ein, das Sih Ki auffinden sollte. Auf diese Weise ging er sicher, daß Sih Ki, sobald er dies Dokument gefunden hatte, nicht weiter nach dem wirklichen Hinweis suchen würde.

Frau Sih sagte mir, Sih Ki habe die Rolle über eine Woche lang bei sich behalten. Da war genug Zeit, um das Dokument zu entdecken. Was immer dies gewesen sein mag, er ersetzte es durch dieses falsche Testament, um sich auf alle Fälle, was auch Frau Sih mit der Rolle unternehmen würde, zu sichern.»

Tao Gan nickte. Dann sagte er:

«Ich gebe zu, Euer Ehren, daß das ebenfalls eine sehr verlockende Deutung ist. Aber ich halte meine für einfacher.»

«Es wird doch nicht allzu schwierig sein», bemerkte Wachtmeister Hung, «eine Probe von Gouverneur Sihs Handschrift aufzutreiben. Leider hat er für seine Inschrift auf diesem Landschaftsbild archaische Schrift gewählt.»

Richter Di sagte nachdenklich:

«Ich hatte vor, Sih Ki auf alle Fälle einen Besuch abzustatten. Ich werde heute nachmittag zu ihm gehen und versuchen, eine brauchbare Probe von des Gouverneurs gewöhnlicher Handschrift und seiner Unterschrift zu bekommen. Geh jetzt gleich mit meiner Visitenkarte zu ihm, Wachtmeister, und melde ihm meinen bevorstehenden Besuch.»

Der Wachtmeister und seine Kollegen standen auf und verabschiedeten sich.

Als sie über den Hof gingen, sagte der Wachtmeister:

«Was du brauchst, Ma Jung, ist ein großer Topf mit heißem, bitterem Tee. Laß uns eine Weile in der Wachtstube sitzen. Ich möchte das Gerichtsgebäude nicht eher verlassen, als bis wir dir ein bißchen aufgeholfen haben.»

Ma Jung erklärte sich einverstanden.

In der Wachtstube fanden sie Oberkonstabler Fang. Er saß am viereckigen Tisch und hatte ein ernsthaftes Gespräch mit seinem Sohn. Als dieser die drei Männer eintreten sah, stand er rasch auf und bot ihnen Plätze an.

Alle setzten sich, und der Wachtmeister befahl dem diensthabenden Konstabler, einen Topf bitteren Tee zu bringen.

Nach ein paar unbedeutenden Sätzen erklärte Oberkonstabler Fang: «Gerade als Sie hier hereinkamen, besprach ich mich mit meinem Sohn, wo wir meine älteste Tochter suchen sollten.»

Wachtmeister Hung nippte an seinem Tee. Dann sagte er langsam:

«Ich möchte nichts vorbringen, das Ihnen Kummer bereiten müßte, Oberkonstabler. Aber ich habe das Gefühl, wir sollten die Möglichkeit nicht außer acht lassen, daß Weiße Orchidee einen heimlichen Liebhaber hatte und mit ihm auf und davon ging.»

Fang schüttelte nachdrücklich den Kopf.

«Dieses Mädchen», erklärte er, «ist ganz anders als meine jüngste Tochter. Dunkle Orchidee ist eigensinnig und hat einen sehr selbständigen Charakter. Sie wußte von klein auf genau, was sie wollte, und auch, wie sie es kriegen konnte. Sie hätte als Junge geboren werden sollen. Aber meine Älteste war im Gegensatz dazu immer still und gehorsam. Ihr Charakter ist sanft und nachgiebig. Ich kann Ihnen versichern, daß sie in keinem Augenblick auch nur an einen Liebhaber gedacht hat, geschweige mit ihm davonzulaufen.»

«Dann», bemerkte Tao Gan, «müssen wir, fürchte ich, uns auf das Schlimmste gefaßt machen. Könnte nicht ein gemeiner Halunke sie entführt und an ein Bordell verkauft haben?»

Fang nickte betrübt.

«Ja», sagte er seufzend, «Sie haben ganz recht. Ich bin auch der Meinung, wir sollten die konzessionierten Betriebe durchsuchen. Wie sie wissen, gibt es davon zweierlei Arten in der Stadt. Die eine, die Nordreihe, liegt in der nordwestlichen Ecke der Stadtmauer. Die Mädchen dort stammen größtenteils von jenseits der Grenze; diesem Viertel ging es gut, als noch die Straße nach dem Westen durch Lan-fang ging. Jetzt, wo es schlechte Zeiten durchmacht, ist es ein Sammelplatz allen Abschaums dieser Stadt geworden.

Das andere Viertel, die Südreihe, hat nur elegante Betriebe. Alle Mädchen dort sind Chinesinnen und manche durchaus gebildet. Etwa wie die Kurtisanen und Sängerinnen in Großstädten.»

Tao Gan zupfte an den drei Haaren auf seiner linken Wange.

«Ich möchte vorschlagen», bemerkte er, «daß wir mit der Nordreihe anfangen. Nach dem, was Sie sagen, ist es nicht wahrscheinlich, daß die Häuser der Südreihe es wagen würden, Mädchen zu entführen. Bessere Betriebe wie diese sind immer bestrebt, nicht gegen die Gesetze zu verstoßen, sie kaufen ihre Mädchen auf durchaus erlaubte Art.»

Ma Jung legte seine breite Hand auf des Oberkonstablers Schulter und sagte:

«Sobald unser Richter den Mord an General Ding aufgeklärt hat, werde ich vorschlagen, daß Tao Gan und ich den Auftrag bekommen, Ihre älteste Tochter aufzuspüren. Wenn irgend jemand sie finden kann, dann ist es dieser gerissene alter Gauner hier, besonders wenn ich ihm dabei die schwere Arbeit abnehme.»

Fang dankte Ma Jung gerührt.

In diesem Augenblick kam Dunkle Orchidee zum Tor herein. Sie war wie ein anständiges Dienstmädchen gekleidet.

«Na, wie gefällt dir denn die Arbeit, Mädchen?» rief Ma Jung ihr zu.

Dunkle Orchidee überhörte ihn völlig. Sie verbeugte sich tief vor ihrem Vater und sprach:

«Ich möchte Seiner Exzellenz Bericht abstatten, Vater. Würdest du so gut sein, mich hinzubringen?»

Fang stand auf und entschuldigte sich. Wachtmeister Hung ging hinaus, um Sih Ki die Botschaft von Richter Di zu überbringen, und der Oberkonstabler ging seiner Tochter voran über den Hof.

Sie fanden Richter Di allein in seinem Büro sitzen. Er stützte das Kinn in die Hände und war in tiefen Gedanken.

Als er aufsah und Fang und seine Tochter bemerkte, hellten sich seine Züge auf. Er erwiderte ihre Verbeugungen mit einem freundlichen Nicken und sagte mit Nachdruck:

«Laß dir Zeit, mein Kind, und erzähle mir alles, was du in Dings Haushalt erfahren hast.»

«Es unterliegt keinem Zweifel, Euer Ehren», begann Dunkle Orchidee, «daß der alte General in hohem Maße um sein Leben besorgt war. Die Mädchen in seinem Haus erzählten mir, daß jeder Bissen Essen erst einem Hund gegeben wurde, um festzustellen, ob er auch nicht vergiftet war. Die Straßen- und Seitentore mußten Tag und Nacht verschlossen sein, was für die Diener, die jedem Besucher oder Händler, der ins Haus kommt, die Tür aufschließen müssen, sehr lästig ist. Der Dienst im Hause dort ist nicht beliebt, jeder Diener ist dem alten General verdächtig und wird von dem jungen Herrn eingehend verhört. Sie bleiben immer nur ein paar Monate da.»

«Was ist mit den Familienmitgliedern los?» wollte der Richter wissen.

«Die Erste Frau des Generals ist vor ein paar Jahren gestorben, jetzt leitet die Zweite Frau den Haushalt. Sie lebt in ständiger Angst, die andern könnten ihr nicht die nötige Achtung erweisen, und es ist nicht leicht, für sie zu arbeiten. Die Dritte ist eine ganz ungebildete Person, fett und faul, aber mit ihr hat man's leichter. Die Vierte ist sehr jung. Der General kaufte sie hier in Lan-fang. Ich nehme an, daß sie zu denen gehört, welche Männer anziehend finden. Aber als sie sich heute morgen ankleidete, bemerkte ich, daß sie auf der linken Brust ein häßliches Mal hat. Die meiste Zeit des Tages verbringt sie vor dem Spiegel, sofern sie sich nicht bemüht, der Zweiten ein bißchen Geld abzuzwakken.

Der junge Herr Ding lebt mit seiner Frau in einem kleinen abgesonderten Hof. Kinder haben sie keine. Sie ist nicht sehr hübsch und ein paar Jahre älter als ihr Mann. Aber es heißt, sie ist vollendet erzogen und hat viele Bücher gelesen. Der junge Herr hat gelegentlich erörtert, eine Zweite Frau zu nehmen, aber das würde sie nie zulassen. Jetzt versucht er es mit den jungen Dienstmädchen, aber ohne viel Erfolg. Niemand arbeitet gern in diesem Haushalt, und den Mädchen ist es einerlei, ob sie den jungen Herrn beleidigen oder nicht.

Heute morgen putzte ich in des jungen Herrn Ding Stube und kramte ein bißchen in seinen Privatpapieren.»

«Das habe ich nicht angeordnet», bemerkte der Richter trocken.

Fang blickte ärgerlich auf seine Tochter.

Dunkle Orchidee errötete und fuhr geschwind fort:

«Hinten in einer Kommodenschublade fand ich ein Päckchen Gedichte und Briefe des jungen Herrn Ding. Ihr literarischer Stil war zu schwer für mich, aber einigen Sätzen, die mir verständlich waren, entnahm ich, daß der Inhalt sehr absonderlich ist. Ich habe das Päckchen mitgebracht, um es Euer Ehren zu zeigen.»

Mit diesen Worten steckte sie ihre schmale Hand in ihren Ärmel und zog ein Bündel Papiere heraus, die sie dem Richter mit einer ehrerbietigen Verbeugung überreichte.

Richter Di warf dem entrüsteten Fang einen rätselhaften Blick zu und ging dann rasch die Papiere durch.

Dann legte er sie nieder und sagte:

«Diese Gedichte handeln von einer verbotenen Liebesaffäre, und das in einer so leidenschaftlichen Sprache, daß es nur gut ist, daß Sie sie nicht verstehen konnten. Das gleiche gilt von den Briefen, die alle ‹Dein Sklave Ding› unterzeichnet sind. Augenscheinlich hat der junge Ding sie geschrieben, um seiner Leidenschaft ein Ventil zu schaffen, denn allem Anschein nach sind sie niemals abgeschickt worden.»

«Für seinen ehelichen Blaustrumpf würde der junge Herr solche Dinge kaum geschrieben haben», bemerkte Dunkle Orchidee.

Ihr Vater gab ihr ein paar kräftige Ohrfeigen und schrie:

«Trau dich nicht, den Mund aufzumachen, wenn du nicht gefragt bist, du vorlautes Ding!» Dann wandte er sich an den Richter und fügte entschuldigend hinzu: «Alles nur, weil meine gute Frau nicht da ist, um sie zu erziehen, Euer Ehren.»

Richter Di lächelte.

«Sobald wir diesen Mordfall hinter uns haben, Oberkonstabler», sagte er, «werde ich eine passende Heirat für Ihre Tochter arrangieren. Es gibt nichts Besseres für ein eigensinniges junges Mädchen, als sich in die Routine eines regelmäßigen Haushalts einzufügen.»

Fang dankte dem Richter ehrerbietig. Dunkle Orchidee blickte wütend drein, wagte aber nicht, etwas zu äußern.

Richter Di tippte mit dem Zeigefinger auf das Paket und erklärte: «Diese lasse ich sofort abschreiben. Heut nachmittag legen Sie die Originale wieder dahin, wo Sie sie gefunden haben. Sie, mein Kind, haben nichts Unrechtes getan. Halten Sie die Ohren und die Augen offen, aber vermeiden Sie es, in verschlossenen Kommoden und Schränken herumzukramen. Berichten Sie mir morgen aufs neue.»

Als Fang und seine Tochter sich verabschiedeten, ließ der Richter Tao Gan hereinrufen.

«Ich habe hier eine Sammlung von Briefen und Gedichten», sagte er. «Die wirst du mir sorgfältig abschreiben und versuchen, aus all diesen leidenschaftlichen Ergüssen irgendeinen Anhaltspunkt zur Identifizierung der Dame zu finden, an welche die Briefe gerichtet sind.»

Tao Gan sah rasch die Gedichte durch. Dann zog er die Augenbrauen hoch.

Dreizehntes Kapitel

Sih Ki bewirtet einen vornehmen Gast mit Tee; Richter Di entschließt sich, nochmals des Generals Arbeitszimmer zu besuchen.

Auf seinem Weg zu Sih Kis Wohnsitz war der Richter nur von Wachtmeister Hung und vier Konstablern begleitet.

Als seine Sänfte über die prächtige Marmorbrücke getragen wurde, blickte er mit Wohlgefallen auf die neunstöckige Pagode, die zur Linken aus dem Lotusteich emporstieg.

Dann bogen sie nach Westen um und zogen dem Fluß entlang, bis sie an den verlassenen Südwestwinkel der Stadt gelangten.

Sih Kis Haus stand einzeln auf einem unbeackerten Grundstück. Der

Richter stellte fest, daß es von einem richtigen starken Wall umgeben war. Er bedachte, daß dies Grundstück nahe dem Wassertor lag; die Leute hier hatten gern feste Häuser für den Fall, daß die Barbaren von jenseits des Flusses in die Stadt einfielen.

Kaum hatte der Wachtmeister am Haupttor geklopft, als schon die Doppeltür aufflog. Wie Richter Dis Sänfte in den Haupthof getragen wurde, machten zwei Torhüter tiefe Verbeugungen.

Als der Richter ausstieg, kam eilends ein mittelgroßer plumper Mann die Treppe zur Empfangshalle herunter. Er hatte ein breites rundes Gesicht mit einem kurzen, spitz auslaufenden Schnurrbart. Seine kleinen Augen gingen unter dünnen Augenbrauen im Einklang mit seinen schnellen Bewegungen und seinem überstürzten Zungenschlag geschwind hin und her.

Mit ehrfurchtsvoller Verbeugung sagte er:

«Diese Person ist Grundbesitzer Sih Ki. Euer Exzellenz Besuch ist für meine elende Hütte eine große Ehre. Geruhen Sie bitte, einzutreten.»

Sih Ki geleitete den Richter die Stufen hinauf durch die hohe Tür in die Empfangshalle. Er bot dem Gast den Ehrensitz vor dem breiten, altarähnlichen Tisch an der Hinterwand an.

Richter Di bemerkte mit einem Blick, daß die Halle in einem ruhigen eleganten Stil möbliert war. Er nahm an, daß die soliden antiken Stühle und Tische sowie die schönen Gemälde an den Wänden aus der Sammlung des alten Gouverneurs Sih stammten.

Während ein Diener in erlesenes antikes Porzellan Tee eingoß, begann der Richter:

«Ich habe es mir zur Gewohnheit gemacht, den prominenten Bürgern des Bezirks, in welchem ich zum Beamten ernannt wurde, einen Besuch abzustatten. In Ihrem Falle freut mich das um so mehr, als ich dadurch Gelegenheit bekomme, mit dem Sohn eines so hervorragenden Staatsmannes wie des ehemaligen Gouverneurs Sih Schu-siän zusammenzukommen.»

Sih Ki sprang auf, verbeugte sich dreimal rasch hintereinander vor dem Richter, dann setzte er sich wieder und legte los:

«Zehntausendmal Dank für Euer Ehren gütige Worte. Ja, mein verstorbener Vater war ein höchst bemerkenswerter Mann, wirklich bemerkenswert! Wie schade, daß diese Person ein so unwürdiger Sohn eines so großen Vaters ist. Aber leider ist wirkliche Begabung ein Geschenk des Himmels. Es kann durch emsiges Studium weiterentwickelt werden. Wenn aber, wie in meinem Falle, kein Fundament da ist, nutzt auch Studieren von morgens bis abends nichts. Ich hoffe jedoch, den Anspruch erheben zu dürfen, daß ich mir über meine Beschränktheit klar bin. Ich bin nicht sehr begabt, Euer Ehren, und darum habe ich auch nie ein Amt angestrebt. Ich begnüge mich damit, meine Tage in Ruhe zu

Sih Ki begrüßt Richter Di als Gast

verleben und meine Häuser und meinen Grundbesitz in Ordnung zu halten.»

Er rieb seine plumpen Hände und lächelte diensteifrig. Richter Di wollte etwas sagen, doch Sih Ki fuhr fort:

«Ich schäme mich, daß ich nicht wert bin, mit einem so gelehrten Mann wie Euer Ehren zu sprechen. Es ist höchst betrüblich, weil ich mich unendlich geehrt fühle, daß ein so berühmter Beamter geruht, mein bescheidenes Haus mit seinem Besuch zu ehren. Ich erlaube mir, Euer Ehren zu der raschen Verhaftung des Schuftes Tschiän Mao zu beglückwünschen. Welch ein prompter Zugriff! Frühere Beamte haben sich Tschiän geradezu unterworfen. Sehr bedauerlich! Ich erinnere mich noch gut, daß mein verehrter Vater sich oft absprechend über die geringe Moralität jüngerer Beamter äußerte. Euer Ehren ist natürlich eine Ausnahme. Ich meine, wie allgemein bekannt . . .»

Sih Ki zögerte einen Augenblick. Richter Di warf schnell ein:

«Der frühere Gouverneur muß Ihnen ein hübsches Vermögen hinterlassen haben.»

«In der Tat», antwortete der andere. «Und wie schade, daß ich so dumm bin. Ich bin tatsächlich voll und ganz mit der Verwaltung meines Grundbesitzes in Anspruch genommen. Und die Pächter erst, Euer Ehren, die Pächter! Natürlich durchaus ehrenwerte und, wenn ich so sagen darf, vortreffliche Leute, aber immer diese Rückstände bei der Pachtzahlung. Und die Dienerschaft hier, wie anders als in der Hauptstadt! Ich sage immer . . .»

«Ich höre», sagte Richter Di bestimmt, «daß Sie vor dem Osttor einen schönen Landbesitz haben.»

«O ja», gab Sih Ki zur Antwort. «Das ist ein schönes Stück Land.»

Und nun hörte er aus eigenem Antrieb auf zu reden.

«Eines Tages», sagte Richter Di, «würde ich gern einmal den berühmten Irrgarten dort sehen.»

«Welche Ehre! Welche Ehre!» rief Sih Ki aufgeregt aus. «Leider ist das Anwesen in schlechtem Zustand. Ich hätte gern das Haus wieder aufgebaut, aber mein verehrter Vater liebte es so und gab besondere Anweisungen, daß nichts geändert werden sollte. Ja, Euer Ehren, ich bin ein dummer Mensch, aber ich hoffe sehr, daß ich Sohnespflichten nicht verletze. Mein Vater setzte dort ein Paar alte Leute ein, treue alte Dienstboten, aber völlig außerstande, den Besitz zu halten. Sie wissen ja, wie das so mit alten Dienern geht: niemand will ihnen weh tun. Tatsächlich bin ich selber nie da draußen gewesen. Euer Ehren werden verstehen: ich möchte nicht, daß die alten Leute vielleicht denken . . .»

«Dies Labyrinth interessiert mich ganz besonders», sagte Richter Di geduldig. «Es soll äußerst sinnreich angelegt sein. Sind Sie jemals darin gewesen?»

Sih Kis kleine Augen bekamen einen unbehaglichen Glanz.

«Nein. Das heißt ... Nein, ich habe mich nie hineingetraut. Um Euer Ehren die Wahrheit zu gestehen: Mein Vater war sehr eigen mit diesem Labyrinth. Er allein kannte das Geheimnis ...»

«Ich nehme an», bemerkte Richter Di beiläufig, «daß die Witwe des ehemaligen Gouverneurs das Geheimnis dieses Irrgartens kannte?»

«Ach, ach!» jammerte Sih Ki. «Euer Ehren müssen wissen, daß meine Mutter starb, als ich noch sehr jung war. Das war ein Unglück! Und noch dazu nach einer langen schmerzhaften Krankheit.»

«Ich meinte eigentlich des Gouverneurs Zweite Frau, Ihre Stiefmutter», bemerkte Richter Di.

Wiederum schnellte Sih Ki mit erstaunlicher Beweglichkeit aus seinem Stuhl auf. Er ging auf und ab am Richter vorbei und rief:

«Ach, die schreckliche Geschichte! Wie bedauerlich, daß wir darüber sprechen müssen! Euer Ehren werden einsehen, wie schmerzlich es für einen getreuen Sohn ist, wenn er zugeben muß, daß sein verehrter Vater jemals einen Irrtum begangen hat. Einen sehr menschlichen Irrtum, sollte ich sagen, und einen, der nur seiner großdenkenden, edelmütigen Natur entsprang.

Sehen Sie, Euer Ehren, mein Vater hat sich durch eine geschickte und böse Frau täuschen lassen. Es gelang ihr, sein Mitleid zu erregen, so daß er sie heiratete. Ach, diese Frauen! Anstatt ihm dankbar zu sein, betrog sie ihn mit Gott weiß welchem jungen Halunken. Ehebruch, Euer Ehren, ist ein häßliches, abscheuliches Verbrechen! Mein Vater wußte davon, aber litt schweigend. Nicht einmal mir, seinem eigenen Sohn, teilte er seine Sorgen mit. Erst auf seinem Sterbebett galten seine letzten Worte der Aufdeckung dieses abscheulichen Verbrechens.»

Richter Di versuchte etwas zu sagen, aber Sih Ki fuhr fort:

«Ich weiß, was Euer Ehren sagen wollen: Ich hätte dieses Weib vor Gericht verklagen sollen. Aber ich konnte den Gedanken nicht ertragen, daß meines alten Vaters Privatangelegenheiten vor der gemeinen Menge im Gerichtssaal behandelt werden sollten. Ich konnte das nicht ertragen.»

Sih Ki schlug beide Hände vors Gesicht.

«Ich bedaure sehr», sagte der Richter trocken, «aber diese Angelegenheit wird vor Gericht behandelt werden müssen. Ihre Stiefmutter hat eine Klage gegen Sie eingebracht, sie bestreitet die mündliche Verfügung und beansprucht die Hälfte des Besitzes.»

«Die Undankbare!» rief Sih Ki. «Dies unbeschreibliche Weib muß ein böser Fuchsgeist sein. Kein menschliches Wesen könnte jemals so tief sinken!»

Er brach in Schluchzen aus.

Richter Di leerte langsam seine Teetasse und wartete, bis Sih Ki sich wieder gesetzt und gefaßt hatte. Dann sagte er im Gesprächston:

«Es tut mir immer leid, daß es mir nie beschieden war, mit Ihrem verstorbenen Vater zusammenzukommen. Aber ein Mann hinterläßt seinen Geist in seiner Handschrift. Macht es Ihnen Mühe, wenn ich Sie bitte, mir ein paar Proben seiner Schönschrift zu zeigen? Der verstorbene Gouverneur war wegen seiner originellen Handschrift bekannt.»

«Ach!» rief Sih Ki. «Das trifft sich aber wiederum schlecht! Wie dumm, daß ich Euer Ehren Befehlen nicht nachkommen kann! Dies war wiederum einer von meines Vaters überraschenden Zügen. Oder, um mich passender auszudrücken: ein weiterer Beweis seiner großen Bescheidenheit. Als er sein Ende herannahen spürte, wies er mich strikte an, all seine Handschriften zu verbrennen. Er behauptete, es sei nichts darunter, was verdiene, der Nachwelt erhalten zu bleiben. Welch ein erhabener Charakter!»

Richter Di machte eine hierzu passende Bemerkung. Dann fragte er:

«Da der Gouverneur ein so berühmter Mann war, nehme ich an, daß hier in Lan-fang viele Leute seine Freundschaft suchten?»

Sih Ki lächelte geringschätzig.

«In dieser Grenzstadt», gab er zur Antwort, «lebt nicht ein einziger Mensch, mit dem mein verstorbener Vater hätte Umgang haben mögen. Ausgenommen natürlich Euer Ehren. Wie hätte sich mein verstorbener Vater gefreut, mit Euer Ehren plaudern zu können! Er interessierte sich immer so für Verwaltungsangelegenheiten ... Nein, mein Vater war sehr mit seinen eigenen literarischen Studien beschäftigt und verbrachte all seine freie Zeit damit, die Arbeit seiner Bauern zu überwachen. Gerade darum konnte ja auch dieses Weib sich bei ihm einschmeicheln ... Aber ich schwatze und schwatze ...»

Sih Ki schlug die Hände zusammen und befahl, mehr Tee zu bringen.

Richter Di strich sich schweigend den Bart. Er bedachte, daß sein Wirt ein außerordentlich geschickter Mensch sei. Er redete so viel, daß er eigentlich nichts sagte.

Während Sih Ki über das unbarmherzige Klima von Lan-fang weiterschwatzte, nippte Richter Di langsam an seinem Tee.

Dann fragte er unvermittelt:

«Wo malte Ihr Vater seine Bilder?»

Verblüfft blickte Sih Ki ihn an. Dann schwieg er ein paar Augenblikke und kratzte sich das Kinn. Schließlich antwortete er:

«Na, ich bin kein Künstler. Lassen Sie mich nachdenken. Doch, mein Vater malte in einem Pavillon hinter dem Landhaus. Ein reizender Platz, rechts hinten im Garten, nahe dem Eingang zum Labyrinth. Mir ist so, als sei der große Tisch, an dem mein Vater zu arbeiten pflegte, noch hier. Wenigstens, wenn der alte Torwart sich besonders um ihn gekümmert hat. Euer Ehren wissen, wie so alte Diener ...»

Richter Di stand auf.

Sih Ki bestand darauf, er möchte noch ein bißchen länger bleiben und brachte eine andere wirre Geschichte vor.

Nicht ohne Schwierigkeit gelang es schließlich dem Richter, sich von seinem Wirt zu verabschieden.

Wachtmeister Hung erwartete seinen Herrn an der Pförtnerklause. Sie kehrten zurück zum Gericht.

Mit einem tiefen Seufzer setzte sich Richter Di wieder hinter seinen Schreibtisch.

«Auf die Dauer geht einem dieser Sih Ki auf die Nerven», bemerkte er zu Wachtmeister Hung.

«Haben Euer Ehren neue Anhaltspunkte bekommen?» fragte Wachtmeister Hung interessiert.

«Nein», antwortete der Richter. «Aber ein oder zwei Dinge sagte er, deren Bedeutsamkeit sich vielleicht noch herausstellen wird. Eine Probe von des Gouverneurs Handschrift sicherzustellen, damit wir sie mit dem Testament, das Tao Gan in der Rolle gefunden hat, vergleichen könnten, ist mir nicht gelungen. Sih Ki behauptet, sein Vater habe ihm befohlen, nach seinem Tode alles, was er geschrieben habe, zu vernichten. Ich stellte mir vor, daß die hiesigen Freunde des Gouverneurs etwas Handschriftliches von ihm besitzen könnten, aber Sih Ki versichert, sein Vater habe hier nicht einen einzigen Freund gehabt. Was ist dein Eindruck vom Haus, Wachtmeister?»

«Als ich am Torhüterhaus wartete», sagte Wachtmeister Hung, «hatte ich eine lange Unterhaltung mit zwei Torwarten. Sie halten ihren Herrn für ein bißchen verrückt.

Er ist ebenso ein Sonderling wie sein Vater, doch fehlt ihm des Gouverneurs sprühender Geist.

Obwohl Sih Ki selbst alles andere als ein Athlet ist, hat er eine große Vorliebe für Boxen, Ringen und Schwertkampf. Die meisten Diener seines Hauses sind auf ihre physische Kraft hin ausgesucht. Sih Ki kennt nichts Schöneres, als sie in Bewegung zu setzen. Er hat seinen zweiten Hof in eine Art Arena verwandelt und sieht dort stundenlang unter anfeuernden Rufen und Preise verteilend den Kämpfern zu.»

Richter Di nickte langsam.

«Schwache Menschen», bemerkte er, «empfinden oft für physisch kräftige eine übertriebene Verehrung.»

«Die Diener sagen», fuhr der Wachtmeister fort, «Sih Ki habe einmal Tschiän Mao seinen besten Fechtmeister durch Angebot einer großen Summe abgeluchst. Tschiän war darüber sehr böse. Sih Ki ist nicht mutig, er erwartet jeden Tag, daß die Barbaren kommen und die Stadt überfallen. Deswegen ist es ihm so wichtig, daß seine Diener gute Fechter sind. Er hat sogar zwei ugurische Krieger von jenseits des Flusses engagiert, seine Diener in ugurischer Kampfweise zu schulen.»

«Haben sich die Diener irgendwie über die Haltung des alten Gouverneurs gegenüber Sih Ki geäußert?» fragte Richter Di.

«Sih Ki muß vor seinem Vater eine schreckliche Angst gehabt haben», antwortete Wachtmeister Hung. «Sogar der Tod des alten Gouverneurs hat daran nichts geändert. Nach seiner Beerdigung hat Sih Ki alle alten Diener entlassen, weil sie ihn allzu stark an die schreckliche Anwesenheit des alten Gouverneurs erinnerten. Sih Ki hat alle Anweisungen seines Vaters buchstäblich ausgeführt einschließlich derjenigen, daß alles auf dem Landhaus durchaus unverändert bleiben soll. Er ist auch seit seines Vaters Tod nie dort gewesen. Die Diener behaupten, daß er blaß wird, wenn jemand den Ort auch nur erwähnt.»

Richter Di strich sich den Bart.

«An einem der nächsten Tage», sagte er nachdenklich, «werde ich dieses Landhaus aufsuchen und den berühmten Irrgarten besichtigen. Inzwischen erkundige dich, wo Frau Sih und ihr Sohn wohnen, und fordere sie auf, mich zu besuchen. Vielleicht besitzt Frau Sih noch ein paar Proben von des Gouverneurs Handschrift. Dann kann ich auch feststellen, was an Sih Kis Behauptung, sein Vater habe hier in Lan-fang keine Freunde gehabt, wahr ist.

Was die Ermordung des Beamten Pan betrifft, so habe ich noch nicht ganz die Hoffnung aufgegeben, etwas über jenen geheimnisvollen Besucher Tschiän Maos zu erfahren. Ich habe Tschiao Tai angewiesen, alle ehemaligen Wächter des Hauses von Tschiän zu befragen, während Oberkonstabler Fang Tschiäns zweiten Ratgeber befragen wird. Ich frage mich auch, ob ich nicht Ma Jung ausschicken soll, sich in den Schlupfwinkeln der Schwerverbrecher der Stadt umzusehen. Wenn jener geheimnisvolle Mann im Hintergrund den Beamten Pan ermordet hat, muß er Helfer gehabt haben.»

«Dann könnte Ma Jung auch», bemerkte der Wachtmeister, «wenn Euer Ehren einverstanden sind, sich dort nach des Oberkonstablers ältester Tochter Weiße Orchidee umsehen. Wir haben das heute morgen mit Fang besprochen, der zugibt, daß sie wahrscheinlich entführt und an ein Bordell verkauft worden ist.»

Der Richter seufzte:

«Ich fürchte auch, daß dem armen Mädchen genau dies passiert ist.»

Nach einer Weile fuhr Richter Di fort:

«Bisher sind wir bei der Ermordung von General Ding nur wenig vorangekommen. Ich werde anordnen, daß Tao Gan heute nacht zum Tempel der Drei Schätze geht, um zu sehen, ob Wu oder jene unbekannte Frau, die er so gern malt, dort auftauchen.»

Der Richter nahm ein Schriftstück vom Stapel, den Tao Gan in seiner Abwesenheit gebracht hatte. Wachtmeister Hung dagegen schien nicht sehr geneigt zu gehen, und sagte nach einigem Zögern:

«Ich kann den Verdacht nicht loswerden, Euer Ehren, daß wir in General Dings Bibliothek etwas übersehen haben. Je mehr ich darüber nachdenke, desto mehr bin ich davon überzeugt, daß die Lösung des Rätsels dort zu finden ist.»

Richter Di legte das Dokument wieder zurück und sah seinen Assistenten eindringlich an.

Dann öffnete er einen kleinen Lackkasten und entnahm ihm die Nachahmung des kleinen Dolches. Die Tao Gan für ihn angefertigt hatte. Er wog sie auf seiner Handfläche und sagte langsam:

«Du weißt, Wachtmeister, ich habe keine Geheimnisse vor dir. Obwohl ich ein paar unbestimmte Vermutungen über den Hintergrund der Ermordung von General Ding habe, muß ich frei heraus zugeben, daß ich mir nicht im mindesten vorstellen kann, in welcher Weise der Dolch gebraucht wurde oder wie es dem Mörder gelungen ist, einzudringen und zu entkommen.»

Eine Zeitlang schwiegen beide.

Plötzlich faßte der Richter einen Entschluß.

«Wir wollen morgen noch einmal in Dings Haus gehen und die Bibliothek einer Untersuchung unterziehen. Vielleicht hast du recht, daß die Lösung dort liegt.»

Vierzehntes Kapitel

In eines toten Mannes Raum wird ein merkwürdiger Anhaltspunkt gefunden; Richter Di schickt seine Leute aus, um einen Verbrecher festzunehmen.

Am nächsten Morgen war schönes Wetter. Es versprach einen klaren, sonnigen Tag.

Nachdem er gefrühstückt hatte, teilte Richter Di dem Wachtmeister Hung mit, er beabsichtige, das Haus von Ding zu Fuß aufzusuchen.

«Ich werde auch Tao Gan mitnehmen», fügte der Richter hinzu. «Ein bißchen Bewegung wird ihm guttun.»

Sie verließen das Gericht durch das Westtor.

Der Richter hatte den Kandidaten Ding nicht von seinem bevorstehenden Besuch benachrichtigt. Das Haus stand im Zeichen der Vorbereitungen für das Begräbnis.

Der Hausbesorger führte den Richter und dessen zwei Begleiter in einen Nebenraum. Die Haupthalle war zu einem Aufbahrungsraum umgewandelt: der General lag in Uniform in einem riesigen Sarg aus lakkiertem Holz, vor welchem zwölf buddhistische Priester Litaneien rezitierten. Ihr eintöniger Gesang und der Klang hölzerner Gongs hallten durch das gesamte Anwesen, und Weihrauchgeruch hing schwer in der Luft.

Auf dem Korridor bemerkte Richter Di einen mit Geburtstagsgeschenken überladenen Tisch. Sie waren alle in rotes Papier gewickelt. An jedem waren Glückwünsche befestigt.

Der Hausbesorger bemerkte des Richters erstaunten Blick und brachte sofort die Entschuldigung vor, diese Geschenke, die jetzt so fehl am Orte schienen, würden schon lange beiseite geräumt sein, wenn nicht die gesamte Dienerschaft mit den Vorbereitungen für des Generals Beerdigung beschäftigt gewesen wäre.

In einem Trauerkleid aus weißer Hanfleinwand kam eilig der junge Ding herbei. Auch er entschuldigte sich zunächst wegen der Unordnung im Haus.

Richter Di unterbrach seine Erklärungen.

«Heute oder morgen», sagte er, «werde ich Ihren Fall vor Gericht behandeln. Da ich aber noch zwei drei Punkte klären möchte, beschloß ich, zu meiner Information Ihnen diesen Besuch abzustatten.

Ich werde mich jetzt nochmals in Ihres Vaters Bibliothek begeben. Sie brauchen uns nicht zu begleiten.»

In dem dunklen zur Bibliothek führenden Korridor standen zwei Konstabler Wache. Sie berichteten, niemand sei hergekommen.

Richter Di brach das Siegel und öffnete die Tür.

Unmittelbar darauf trat er zurück und deckte sein Gesicht mit seinem Ärmel.

Ein ekelhafter Gestank machte sich bemerkbar.

«Hier muß etwas Totes liegen», sagte der Richter. «Tao Gan, geh in die Haupthalle und erbitte dir von den Priestern da ein paar Stangen indischen Weihrauchs.»

Tao Gan eilte davon.

Er kam zurück mit drei brennenden Weihrauchstangen in jeder Hand. Sie verbreiteten dichten Rauch und rochen durchdringend.

Der Richter nahm sie und betrat nochmals die Bibliothek. Er schwenkte die Stangen und ging so in einer Wolke blauen Rauches.

Der Wachtmeister und Tao Gan warteten draußen.

Nach einer Weile tauchte Richter Di wieder auf. Er hatte einen oben gegabelten Stock in der Hand, wie man sie zum Aufhängen von Bildrollen an der Wand braucht. An seinem Ende hing der halbverweste Körper einer Maus.

Er reichte den Stock Tao Gan und befahl: «Die Konstabler sollen dies tote Tier in eine versiegelte Schachtel legen.»

Richter Di blieb vor der offenen Tür stehen. Die Weihrauchstangen hatte er in den Pinselhalter auf dem Schreibtisch gesteckt. Rauchwolken wälzten sich aus der Tür.

Während sie darauf warteten, daß sich der Gestank verzog, bemerkte Wachtmeister Hung lächelnd:

«Dies kleine Tier hat mich sehr erschreckt, Euer Ehren!»

Richter Di verzog keine Miene.

«Wenn du erst drin gewesen bist, Wachtmeister, wirst du nicht mehr lachen. Der ganze Raum ist vom Geist gewaltsamen Todes erfüllt.»

Nachdem Tao Gan zurückgekommen war, traten alle drei in die Bibliothek ein.

Richter Di wies auf eine kleine auf dem Boden liegende Pappschachtel.

«Neulich», sagte er, «lag diese Schachtel auf dem Schreibtisch neben der Tuschplatte. Sie enthielt die süßen Pflaumen, die wir in des Generals Ärmel gefunden haben. Eine Maus hat sie gerochen. Die Spuren ihrer kleinen Füße sind deutlich in dem Staub auf dem Schreibtisch zu sehen.»

Der Richter bückte sich, hob die Schachtel vorsichtig mit zwei Fingern auf und legte sie auf den Schreibtisch.

Sie bemerkten, daß eine Ecke des Deckels abgenagt war.

Der Richter öffnete die Schachtel. Eine Pflaume von den neun fehlte.

«Dies war die zweite Waffe des Mörders», sagte Richter Di ernst. «Diese Pflaumen sind vergiftet.»

Er befahl Tao Gan:

«Such mal den Boden nach dieser Pflaume ab. Aber faß sie nicht an!»

Tao Gan kniete nieder. Er fand die halb gefressene Pflaume unter einem der Bücherregale.

Richter Di zog aus dem Saum seines Kleides einen Zahnstocher und steckte ihn in die Pflaume. Dann legte er sie in die Schachtel und deckte den Deckel wieder darüber.

«Wickle diese Schachtel in ein Blatt Ölpapier», wies er Wachtmeister Hung an. «Wir werden sie zur weiteren Untersuchung ins Gericht mitnehmen.»

Der Richter sah sich um. Er schüttelte den Kopf.

«Laßt uns ins Gericht zurückgehen», sagte er. «Tao Gan soll die Tür wieder versiegeln, und die zwei Konstabler halten draußen weiter Wache.»

Auf dem Rückweg schwiegen sie.

Als er in sein Privatbüro zurückkam, wies der Richter die Schreiber an, einen Topf heißen Tee zu bringen.

Dann setzte er sich an seinen Schreibtisch. Tao Gan und der Wachtmeister nahmen wie gewöhnlich auf ihren Schemeln Platz.

Schweigend tranken sie eine Tasse Tee.

Dann sagte Richter Di:

«Wachtmeister, schicke einen Boten und laß den alten Leichenbeschauer herholen.»

Als der Wachtmeister gegangen war, sagte der Richter zu Tao Gan:

«Dieser Mord wird immer komplizierter. Wir sind uns noch nicht einmal darüber klar, wie der Mörder seine Tat ausführte, und nun entdekken wir, daß er eine zweite Waffe in Reserve hielt. Kaum haben wir herausbekommen, daß der Angeklagte Wu eine geheimnisvolle Freundin hat, hören wir, daß auch der Kläger Ding eine heimliche Liebe hat.»

«Könnte es nicht sein, Euer Ehren», brachte Tao Gan schüchtern hervor, «daß es sich um ein und dasselbe Mädchen handelt? Wenn Wu und Ding das gleiche Mädchen liebten, würde auf Dings Anklage ein ganz neues Licht fallen.»

Richter Di sah zufrieden aus.

«Das ist eine sehr interessante Kombination», sagte er.

Nach einer Pause begann Tao Gan aufs neue:

«Ich kann noch immer nicht verstehen, wie es dem Mörder gelang, daß General Ding die Schachtel mit den vergifteten Pflaumen annahm. Er muß sie ihm persönlich überreicht haben. Wir haben die Geburtstagsgeschenke auf dem Tisch im Korridor liegen sehen. Er wird sie nicht dahin gelegt haben, denn wie konnte er sicher sein, daß General Ding gerade diese Schachtel herausziehen würde. Ebensogut hätte der Kandidat Ding oder ein anderes Familienmitglied sie nehmen können.»

«Und dann», bemerkte der Wachtmeister, «erhebt sich noch die Frage: warum nahm der Mörder, nachdem er den General getötet hatte, die Schachtel nicht aus dessen Ärmel heraus? Warum beließ er diesen Hinweis auf dem Schauplatz des Verbrechens?»

Tao Gan schüttelte verwirrt den Kopf und sagte nach einer Weile:

«Selten haben wir gleichzeitig vor so vielen schwierigen Rätseln gestanden. Abgesehen von diesem Mord haben wir die verborgene Botschaft in diesem Landschaftsbild da an der Wand, und immer noch läuft Tschiän Maos geheimnisvoller Besucher frei herum und plant der Himmel weiß was für ein neues Verbrechen. Hat man immer noch keinen Anhaltspunkt dafür, wer er sein könnte?»

Richter Di lächelte schwach.

«Nicht einen einzigen», gab er zur Antwort. «Gestern abend berichtete mir Tschiao Tai, er habe Tschiäns frühere Wachen und seine Berater verhört. Keiner von ihnen konnte irgend etwas mitteilen. Der geheimnisvolle Fremde kam immer spät nachts, und unter seinem langen Mantel konnte man seine Gestalt nicht erkennen. Er sprach nie auch nur ein Wort. Der untere Teil seines Gesichts stak in einem Halstuch, der obere in einer Kapuze. Nicht einmal seine Hände konnte man sehen, er hielt sie immer in seinen Ärmeln versteckt.»

Sie tranken eine weitere Tasse Tee.

Dann meldete ein Schreiber, der Leichenbeschauer sei gekommen.

Richter Di faßte den alten Drogisten scharf ins Auge.

«Als Sie neulich die Autopsie an des Generals Leiche vornahmen», sagte er zu ihm, «behaupteten Sie, die meisten innerlich angewandten Gifte seien zu identifizieren. Jetzt habe ich hier eine Schachtel mit süßen Pflaumen. Eine Maus aß eine davon und starb auf der Stelle. Sie werden jetzt diese Pflaumen in meiner Gegenwart prüfen und zu bestimmen versuchen, welches Gift sie enthalten. Wenn nötig, können Sie auch die tote Maus untersuchen.»

Damit übergab Richter Di dem Leichenbeschauer den Pappkarton.

Der Alte rollte das Bündel, das er mitgebracht hatte, auf und entnahm ihm ein Lederetui. Es enthielt einen Satz dünner Messer mit kurzen Klingen und langen Griffen. Er wählte eins aus mit einer feinen, haarscharfen Klinge.

Dann zog er aus seinem Ärmel einen viereckigen Block weißes Papier und legte ihn auf die Ecke des Schreibtisches. Mit einer Zange nahm er dann die Pflaume, von der die Maus gegessen hatte, und legte sie auf den Block. Mit bemerkenswerter Geschicklichkeit schnitt er von ihr eine Scheibe ab, die so dünn wie das dünnste Papier war.

Der Richter und seine beiden Helfer beobachteten gespannt jede seiner Bewegungen.

Der Leichenbeschauer strich mit der Klinge seines Messers die Scheibe auf dem Block aus und betrachtete sie eindringlich. Dann blickte er auf, verlangte eine Schale mit heißem Wasser, einen ungebrauchten Schreibpinsel und eine Kerze.

Nachdem ein Schreiber diese Dinge gebracht hatte, feuchtete der Leichenbeschauer den Pinsel an und weichte die dünne Scheibe im Wasser auf. Hierauf nahm er ein kleines viereckiges Stück sehr weißen Glanzpapiers, breitete es über der Scheibe aus und drückte mit der Handfläche darauf.

Dann zündete er die Kerze an, nahm das Glanzpapier und zeigte es dem Richter: es trug den feuchten Abdruck der Scheibe. Der Alte hielt ihn über die Flamme, bis er getrocknet war.

Er brachte das Papier ans Fenster, betrachtete es eine Weile genau und fuhr sanft mit dem Zeigefinger darüber hin. Tao Gan stand auf und blickte ihm über die Schulter.

Der Leichenbeschauer drehte sich um, übergab dem Richter das Papier und sagte:

«Ich bitte, melden zu dürfen, daß diese Pflaume eine starke Dosis einer giftigen gelben Farbe enthält. Sie wurde mit einer Hohlnadel eingeführt.»

Richter Di strich sich langsam den Bart. Nachdem er einen Blick auf das Papier geworfen hatte, fragte er:

«Wie können Sie das beweisen?»

«Diese Methode», antwortete der Leichenbeschauer lächelnd, «ist seit vielen Jahrhunderten in unserem Beruf üblich. Der Fremdstoff im Pflaumensaft verrät sich durch seine Farbe und Körnung. Wenn Euer Ehren diesen Abdruck ansehen, werden Sie leicht eine gelbliche Färbung erkennen. Der Unterschied in der Körnung kann nur von den empfindlichen Fingern eines erfahrenen Drogisten festgestellt werden. Daraus, daß die Scheibe eine Anzahl kleiner runder Flecken aufweist, schließe ich, daß das Gift mit einer Hohlnadel eingeführt wurde.»

«Ausgezeichnet!» lobte der Richter. «Jetzt werden Sie die andern Pflaumen untersuchen.»

Während der Beschauer sich ans Werk machte, spielte Richter Di müßig mit dem leeren Karton. Er lockerte das zusammengelegte weiße Papier am Boden des Kartons. Dann beugte er sich plötzlich darüber und betrachtete eingehend eine verblichene rote Marke am Schnitt des Papiers.

«Na, na», sagte er, «da ist jemand sehr unvorsichtig gewesen!»

Wachtmeister Hung und Tao Gan standen auf und steckten ihre Köpfe neugierig über dem Papier zusammen. Richter Di wies mit dem Zeigefinger auf die rote Marke.

«Das ist eine Hälfte von Wus Siegel», rief der Wachtmeister. «Das gleiche Siegel, das wir neulich auf dem Bild festgestellt haben.»

Der Richter lehnte sich in seinen Armstuhl zurück.

«Damit weisen zwei Momente direkt auf unsern Maler», sagte er. «Erstens das verwendete Gift. Die gelbe Farbe wird von allen Malern gebraucht, die sich auch klar darüber sind, daß es ein gefährliches Gift ist. Zweitens, daß dies Blatt Papier zum Ausfüllen des Kartons verwandt wurde. Ich nehme an, daß Wu es mal als Unterlage bei der Anbringung seines Siegels auf einem Gemälde gebraucht hat und daß die Hälfte des Abdrucks versehentlich auf die Unterlage gedrückt wurde.»

«Auf so etwas habe ich nur gewartet», rief Tao Gan aufgeregt.

Der Richter äußerte sich nicht weiter. Er wartete schweigend, bis der Leichenbeschauer die andern Pflaumen geprüft hatte.

Schließlich meldete der Alte:

«Jede dieser Pflaumen enthält eine tödliche Dosis.»

Der Richter zog einen Bogen Amtspapier hervor und schob es dem Beschauer hin.

«Bitte schreiben Sie Ihre Aussage nieder», befahl er, «und drücken Sie Ihren Daumen darunter ab.»

Der alte Beschauer befeuchtete seinen Pinsel und füllte das Dokument aus. Nachdem er seinen Daumenabdruck gemacht hatte, entließ ihn der Richter mit freundlichen Worten. Dann befahl er einem Schreiber, den

Oberkonstabler Fang zu rufen.

Den eintretenden Oberkonstabler wies Richter Di kurz an:

«Nehmen Sie sich vier Konstabler und verhaften Sie den Maler Wu Feng.»

Fünfzehntes Kapitel

Maler Wu enthüllt sein Geheimnis vor Gericht. Richter Di ordnet eine Durchsuchung des Ostteils der Stadt an.

Drei Schläge auf dem großen Bronzegong hallten durch das Gerichtsgebäude und kündigten die Eröffnung der Nachmittagssitzung an.

Im Gerichtssaal hatte sich bereits eine ziemlich große Menge Zuhörer versammelt. Der alte General Ding war in Lan-fang eine sehr bekannte Persönlichkeit gewesen.

Richter Di stieg die Estrade hinauf. Er befahl dem Studenten Ding vorzutreten.

Als dieser vor dem Amtstisch niederkniete, sprach Richter Di:

«Neulich erschienen Sie hier vor Gericht und klagten Wu Feng an, Ihren Vater ermordet zu haben. Ich habe eine mühsame Untersuchung veranlaßt und Beweismaterial gesammelt, um Wu verhaften lassen zu können. Da sind aber noch verschiedene Punkte aufzuklären.

Ich werde jetzt den Angeklagten verhören, und Sie werden genau achtgeben. Wenn sich irgendein Punkt ergibt, über den Sie Zusätzliches wissen, werden Sie sofort unterbrechen.»

Richter Di schrieb eine Anweisung für den Gefängniswärter. In kurzer Zeit brachten zwei Konstabler Wu in den Gerichtssaal. Als Wu sich der Richterbank näherte, bemerkte Richter Di, daß er keineswegs einen verstörten Eindruck machte.

Wu kniete nieder und wartete ehrerbietig, bis der Richter das Wort an ihn richtete.

«Name und Beruf», sagte der Richter kurz.

«Diese unwürdige Person», gab Wu zur Antwort, «heißt Wu Feng. Von Beruf bin ich Student, aber lieber bin ich Maler.»

«Sie sind», sagte der Richter streng, «angeklagt, den General Ding Hu-gwo ermordet zu haben. Sagen Sie die Wahrheit!»

«Ich weise diese Anklage mit Nachdruck zurück, Euer Ehren», sagte Wu ruhig. «Ich kenne den Namen des Opfers und das Verbrechen, wegen dessen er aus dem Militärdienst entlassen wurde, denn mein Vater hat oft über diese unglückselige Angelegenheit gesprochen. Ich bitte aber, feststellen zu dürfen, daß ich mit dem General persönlich nie zusammengetroffen bin. Ich wußte nicht einmal, daß er in Lan-fang lebte, bis sein Sohn begann, über mich böse Gerüchte auszustreuen. Diese Gerüchte nahm ich in keiner Weise zur Kenntnis, weil sie so lächerlich waren, daß man sie gar nicht erst zurückzuweisen brauchte.»

«Wenn das so ist», sagte Richter Di kaltblütig, «warum hat dann der General ständig Angst vor Ihnen gehabt? Warum hielt er die Türen seines Hauses Tag und Nacht verschlossen und lebte nur in seiner ebenfalls verschlossenen Bibliothek? Und wenn Sie nichts Böses gegen den General vorhatten, warum mieteten Sie sich Leute, sein Haus auszuspionieren?»

«Euer Ehren erste beide Fragen», antwortete Wu, «betreffen innere Angelegenheiten des Dingschen Haushaltes. Da ich von diesen Dingen absolut nichts weiß, sehe ich mich nicht in der Lage, irgendeine Meinung darüber zu äußern.

Was die letzte Frage betrifft, so stelle ich in Abrede, jemals irgend jemanden gemietet zu haben, der die Dingsche Familie überwachen sollte. Ich fordere meinen Ankläger hiermit auf, einen von diesen angeblich von mir gemieteten Männern zu nennen und ihn mir gegenüberzustellen.»

«Seien Sie nicht zu sicher, junger Mann», sagte der Richter streng. «Ich wenigstens habe bereits einen von diesen Schelmen kennengelernt.»

Wu rief ärgerlich:

«Diesen Schurken hat Ding gekauft, damit er ein falsches Zeugnis ablegt!»

Als Richter Di bemerkte, daß Wu seine Ruhe verloren hatte, glaubte er, daß jetzt der Augenblick gekommen sei, den Angeklagten mit einer anderen Angelegenheit zu überraschen.

Er beugte sich vor und bemerkte scharf:

«Ich, der Richter, werde Ihnen sagen, warum Sie die Familie Ding haßten. Nicht wegen der Fehde zwischen Ihrem Vater und General Ding, nein, Sie hatten einen ganz persönlichen Grund. Sehen Sie diese Frau hier.»

Mit diesen Worten hatte der Richter aus seinem Ärmel einen Ausschnitt aus Wus Gemälde gezogen, der nur das Antlitz der Göttin Kuan Yin zeigte.

Als er es dem Oberkonstabler weiterreichte, der es Wu vorhalten sollte, beobachtete Richter Di sowohl den Angeklagten wie den Studenten Ding. Er bemerkte, daß von dem Augenblick an, da er eine Frau erwähnte, beide jungen Leute blaß geworden waren. Dings Augen erweiterten sich plötzlich vor Angst.

Richter Di hörte von der Seite her einen unterdrückten Schrei. Oberkonstabler Fang stand noch mit dem Bild in der Hand da, sein Gesicht war blaß geworden, er sah aus, als hätte er einen Geist gesehen.

«Euer Ehren!» rief er. «Dies ist meine älteste Tochter Weiße Orchidee!»

Bei dieser unerwarteten Enthüllung wurde in der Menge ein Gemurmel laut.

«Ruhe!» donnerte der Richter.

Er verriet in keiner Weise, daß er selbst äußerst erstaunt war, sondern sagte ruhig:

«Oberkonstabler, geben Sie das Bild an den Angeklagten weiter.»

Richter Di hatte wohl bemerkt, daß, während Wu bei der Feststellung des Oberkonstablers verstört war, Student Ding erleichtert aussah. Dieser junge Mann atmete tief auf und die Farbe kehrte in seine Wangen zurück.

Wu blickte mit starrem Ausdruck auf das Bild.

«Nun reden Sie», sagte der Richter unwirsch, «welcher Art waren Ihre Beziehungen zu diesem Mädchen?»

Wu war totenblaß, aber seine Stimme war fest, als er antwortete:

«Ich verweigere die Aussage.»

Der Richter lehnte sich in seinen Stuhl zurück und sagte gelassen:

«Der Angeklagte scheint zu vergessen, daß er vor Gericht steht. Ich befehle ihm, auf meine Frage zu antworten.»

«Sie können mich zu Tode foltern lassen», antwortete Wu mit klarer Stimme, «aber es wird Ihnen nicht gelingen, mir die Antwort zu entreißen.»

Richter Di seufzte und sagte:

«Sie machen sich der Mißachtung des Gerichts schuldig.»

Auf ein Zeichen des Richters zogen zwei Konstabler Wu sein Kleid aus. Zwei andere packten ihn bei den Armen und drückten ihn mit dem Gesicht auf den Boden. Dann blickten sie erwartungsvoll auf den Oberkonstabler Fang, der da mit einer schweren Peitsche in der Hand stand. Der Oberkonstabler blickte mit gequältem Ausdruck zum Richter hinauf.

Richter Di begriff, Fang war ein gerechter Mann und fürchtete, er würde Wu in seinem Zorn totschlagen. Der Richter zeigte also auf einen stämmigen Konstabler.

Der nahm die Peitsche aus des Oberkonstablers Hand, hob seinen starken Arm und der dünne Riemen schlug auf Wus nackten Rücken nieder.

Wu stöhnte auf, als Striemen neben Striemen sich auf seinem Rücken abzeichneten. Nach dem zehnten Schlag schoß ihm das Blut aus dem Rükken, aber er machte noch immer kein Zeichen, daß er sprechen wollte.

Nach dem zwanzigsten Schlag brach er zusammen. Der Konstabler meldete, er sei ohnmächtig geworden.

Richter Di gab ein Zeichen und zwei Konstabler hoben Wu in kniende Stellung. Sie verbrannten Essig unter seiner Nase, bis er wieder zu Bewußtsein kam.

«Sehen Sie Ihren Richter an!» befahl Richter Di.

Ein Konstabler ergriff Wu beim Haar und riß ihm den Kopf zurück.

Der Richter beugte sich vor und beobachtete die gemarterten Gesichtszüge.

Wus Lippen begannen krampfhaft zu zucken. Dann sagte er fast unhörbar: «Ich werde nichts aussagen!»

Der Konstabler wollte Wu bereits mit dem schweren Griff seiner Peitsche ins Gesicht schlagen. Aber Richter Di hob die Hand und wandte sich in normalem Tonfall an Wu:

«Sie sind ein intelligenter junger Mann, Wu. Sie müssen sich darüber klar sein, in welchem Maße Ihre Haltung töricht ist. Lassen Sie mich Ihnen sagen, daß ich über Ihre Beziehungen zu jenem mißgeleiteten Mädchen mehr weiß, als Sie glauben.»

Wu schüttelte nur den Kopf.

«Ich weiß», fuhr der Richter ruhig fort, «alles über Ihre Zusammenkunft mit Weißer Orchidee in der Einsiedelei der Drei Schätze beim Osttor und ...»

Wu schnellte hoch. Er wankte, und ein Konstabler mußte ihn am Arm fassen, damit er nicht fiel. Wu bemerkte es nicht. Er reckte seinen bloßen rechten, mit Blut befleckten Arm auf, ballte die Hand zur Faust und rief in gellendem Ton:

«Jetzt ist sie verloren! Und Sie, hündischer Beamter, haben sie ermordet.»

Aus der Menge der Zuhörer kamen laute Rufe. Oberkonstabler Fang trat vor und stammelte unzusammenhängende Fragen. Die Konstabler wußten nicht, was sie tun sollten.

Richter Di schlug mit seinem Hammer auf den Tisch und rief mit dröhnender Stimme:

«Ruhe und Ordnung!»

Das Murren legte sich.

«Ich warne nochmals», sagte Richter Di streng, «ich werde den Saal räumen lassen. Alle Vorbereitungen sind getroffen.»

Wu war auf dem Boden zusammengesunken. Sein Körper erbebte vor Schluchzen. Oberkonstabler Fang stand da, jederzeit zum Eingreifen bereit. Er biß sich auf die Lippen, so daß ihm das Blut vom Kinn tropfte.

Richter Di strich sich langsam über den Bart.

Dann durchbrach seine tiefe Stimme das unheimliche Schweigen:

«Sie müssen einsehen, Student Wu, daß Ihnen nichts anderes übrigbleibt, als die ganze Geschichte zu erzählen. Wenn ich, wie ich Ihrer letzten Bemerkung entnehme, das Leben von Weißer Orchidee dadurch, daß ich Ihre Zusammenkunft mit ihr in dem verlassenen Tempel erwähnt habe, gefährdet habe, so sind Sie für ihre Lage verantwortlich. Sie hatten reichlich Gelegenheit, mich zu warnen.»

Der Richter machte den Konstablern ein Zeichen. Sie reichten Wu eine Tasse starken Tees. Wu schlürfte ihn aus und sagte mit hoffnungslosem Ausdruck:

«Jetzt weiß die ganze Stadt um ihr Geheimnis. Sie ist verloren!»

Richter Di bemerkte trocken:

«Überlassen Sie das dem Gericht, ob sie gerettet werden kann oder nicht. Ich wiederhole: Erzählen Sie die ganze Geschichte!»

Wu riß sich zusammen und begann mit leister Stimme:

«Nahe beim Osttor steht ein kleiner buddhistischer Tempel, die ‹Einsiedelei der Drei Schätze›. Vor vielen Jahren, als die Straße gen Westen noch durch die Stadt ging, haben Mönche aus Khotan diese Einsiedelei errichtet. Als sie sie später verließen, verfiel der Tempel. Die Nachbarn plünderten die Türen und anderes Holz, um Brennholz zu haben. Aber die wundervollen Wandgemälde der Mönche blieben an Ort und Stelle.

Diese Fresken entdeckte ich zufällig, als ich auf der Suche nach buddhistischen Kunstwerken durch die Stadt streifte. Ich ging oft hin und machte Kopien von den Bildern. Ich fand Gefallen an dem kleinen abgeschiedenen Garten hinter dem Tempel. Ich pflegte mich dort zu ergehen und den Mond zu bewundern.

Eines Abends – es war vor drei Wochen – hatte ich viel getrunken. Ich beschloß, zu dem Tempel zu gehen und meinen Kopf dort im Garten abzukühlen.

Als ich mich auf die steinerne Bank gesetzt hatte, sah ich ein Mädchen in den Garten kommen.»

Wu beugte den Kopf tiefer. Im Gerichtssaal herrschte lautloses Schweigen.

Wu blickte geistesabwesend auf und fuhr fort:

«Sie kam mir vor wie unsere Herrin Kuan Yin, die auf die Erde herabgekommen war. Sie trug ein dünnes weißseidenes Gewand. Ihr Kopf war in einen Schal aus weißer Seide gehüllt. Ihr liebliches Gesicht zeigte einen Ausdruck von unsagbarer Traurigkeit, auf ihren blassen Wangen erglänzten Tränen. Ihre himmlischen Züge habe ich mir eingeprägt, ich werde sie nie mehr vergessen.»

Er schlug die Hände vors Gesicht. Dann ließ er die Arme wieder sinken.

«Ich stürzte ihr entgegen und stammelte, ich weiß nicht mehr was. Sie schrak zurück und flüsterte: ‹Sage nichts, geh weg, ich fürchte mich!› Ich fiel vor ihr auf die Knie und flehte sie an, Vertrauen zu mir zu haben.

Sie raffte ihr Kleid fester um sich zusammen und sprach leise: ‹Es ist

Wu Feng erblickt Weiße Orchidee im nächtlichen Tempelgarten

mir befohlen worden, das Haus niemals zu verlassen, aber heute abend schlüpfte ich hinaus. Jetzt muß ich wieder heim, sonst werde ich umgebracht. Sage es niemandem. Ich werde wiederkommen!›

Dann zog eine Wolke über den Mond. In der Dunkelheit hörte ich sie leichtfüßig davongehen.

In jener Nacht habe ich den Tempel und seine ganze Umgebung stundenlang abgesucht, aber es war keine Spur von ihr zu finden.»

Wu hielt inne. Richter Di ließ ihm eine weitere Tasse Tee reichen. Aber Wu schüttelte ungeduldig den Kopf und fuhr fort:

«Seit jenem unvergeßlichen Abend bin ich fast jede Nacht in den Tempel gegangen. Aber nie ist sie gekommen. Das bedeutet, daß man sie gefangenhält. Aber nun, da ihr heimlicher Besuch im Tempel bekanntgeworden ist, wird der, der sie gefangenhält, sie töten.»

Wu schluchzte laut auf.

Nach einer kurzen Pause sagte Richter Di:

«Jetzt sehen Sie also selber, wie gefährlich es ist, nicht die ganze Wahrheit zu sagen. Das Gericht wird alles tun, dieses Mädchen ausfindig zu machen. Inzwischen täten Sie gut daran zu bekennen, wie Sie General Ding ermordet haben.»

Wu rief:

«Ich will alles bekennen, was sie wollen. Aber nicht jetzt. Ich flehe Euer Ehren an, Ihre Leute auszuschicken, um dieses Mädchen zu retten. Vielleicht ist es noch nicht zu spät.»

Richter Di zuckte die Achseln. Er machte den Konstablern ein Zeichen. Sie zogen Wu hoch und führten ihn wieder ins Gefängnis zurück.

«Student Ding», sprach der Richter, «diese Entwicklung kommt ganz unerwartet. Augenscheinlich hat sie nichts mit der Ermordung Ihres Vaters durch Wu zu tun. Aber offenbar kann der Angeklagte in seinem jetzigen Zustand nicht weiter verhört werden.

Ich unterbreche also jetzt die Behandlung Ihres Falles. Wir werden das Verhör zu gegebener Zeit wiederaufnehmen.»

Der Richter schlug mit seinem Hammer auf den Tisch. Dann stand er auf und verließ die Estrade.

Die Zuhörer schoben sich langsam aus dem Gerichtssaal, wobei sie die aufregende neue Entwicklung untereinander interessiert besprachen.

Während Richter Di sich umzog, befahl er Wachtmeister Hung, den Oberkonstabler Fang zu holen.

Ma Jung und Tao Gan setzten sich neben den Tisch des Richters auf Schemel.

Als der Oberkonstabler erschien, sagte Richter Di:

«Dies ist ein harter Schlag für Sie, Oberkonstabler. Unglücklicherweise habe ich Ihnen jenes Bild nicht eher gezeigt, aber ich konnte nicht annehmen, daß es irgend etwas mit Ihrer ältesten Tochter zu tun hätte.

Immerhin ist es der erste Hinweis, wo sie sein kann.»

Damit griff der Richter zu seinem Rotpinsel und füllte drei Formulare aus.

«Jetzt werden Sie», fuhr er fort, «zwanzig bewaffnete Konstabler auswählen und sich mit ihnen sofort zu der Einsiedelei der Drei Schätze begeben. Ma Jung und Tao Gan werden Sie führen. Das sind meine besten zwei Leute, mit großer Erfahrung in solchen Dingen. Diese Anweisungen ermächtigen Sie, dort einzutreten und jedes Haus in jenem Viertel zu durchsuchen.»

Der Richter drückte das große Gerichtssiegel auf die Scheine und übergab diese Ma Jung.

Ma Jung schob sie hastig in seinen Ärmel. Dann eilten sie zusammen davon.

Richter Di befahl dem Schreiber, eine Kanne heißen Tees zu bringen. Als er eine Tasse getrunken hatte, sagte er zu Wachtmeister Hung:

«Ich freue mich, daß der Oberkonstabler einen Anhaltspunkt über seine verschwundene Tochter bekommen hat. Jetzt, da sich herausgestellt hat, daß sie auf Wus Bildern dargestellt worden ist, stelle ich fest, daß sie irgendwie Fangs jüngster Tochter Dunkle Orchidee ähnlich sieht. Das hätte ich gleich bemerken sollen!»

«Der einzige, der eine Ähnlichkeit bemerkte, Euer Ehren», sagte der Wachtmeister schüchtern, «war unser braver Kämpfer Ma Jung.»

Der Richter hatte ein dünnes Lächeln.

«Es hat den Anschein», sagte er, «als ob Ma Jung Dunkle Orchidee genauer angesehen habe als Sie oder ich!»

Der Richter sah wieder ernst aus wie gewöhnlich und sagte langsam:

«Weiß der Himmel, in welcher Lage sie das arme Mädchen, wenn überhaupt, finden werden. Wenn man die künstlerische Darstellung unseres empfindsamen Künstlerfreundes in Alltagssprache übersetzt, ergibt sich deutlich, daß Weiße Orchidee bei dem Besuch im Tempel ein gewöhnliches Nachtkleid trug. Das heißt, daß sie in einem Haus in der Nähe des Tempels gefangengehalten wurde, wahrscheinlich durch einen elenden Wüstling. Als er entdeckte, daß sie das Haus heimlich verlassen hatte, hat er sich möglicherweise gefürchtet und sie umgebracht. Eines Tages wird ihre Leiche in einem ausgetrockneten Brunnen gefunden werden . . .»

«All dies», bemerkte Wachtmeister Hung, «fördert die Lösung des Falls der Ermordung des Generals in keiner Weise. Ich fürchte, wir werden Wu unter Tortur befragen müssen.»

Ohne auf des Wachtmeisters zweiten Satz zu reagieren, sagte der Richter:

«Ich habe einen interessanten Punkt bemerkt. Als ich im Laufe der Sitzung von einer Frau sprach, die in den Fall verwickelt sei, wurden sowohl Wu wie Ding blaß; letzterer war sogar ausgesprochen erschrokken. Sobald Ding hörte, daß es sich um die Tochter des Oberkonstablers handelte, war er sichtlich erleichtert. Dies bedeutet, daß auch eine Frau mit der Ermordung des Generals zu tun hat. Augenscheinlich dieselbe wie die, an welche Ding seine leidenschaftlichen Verse richtete.»

Von der Tür her wurde ein leichtes Klopfen vernehmbar.

Wachtmeister Hung erhob sich und öffnete. Herein kam Dunkle Orchidee. Sie verbeugte sich tief vor dem Richter und sagte:

«Ich konnte meinen Vater nicht finden, Euer Ehren. Ich erlaubte mir also, allein hierher zu kommen, um meinen Bericht zu erstatten.»

«Sie sind durchaus willkommen, junge Frau», sagte Richter Di beflissen.

«Wir sprachen gerade über das Dingsche Hauswesen. Sagen Sie mir, wissen Sie, ob der junge Ding, wenn er ausgeht, lange ausbleibt?»

Dunkle Orchidee schüttelte nachdrücklich ihren kleinen Kopf.

«Nein, Eurer Ehren», antwortete sie, «die Diener möchten gern, daß er öfter ausginge. Eigentlich lungert er den ganzen Tag über im Haus herum, schnüffelt bald hier, bald da und versucht, sie bei irgendeinem Fehler oder einer Nachlässigkeit zu ertappen. Einmal hat sogar eine der Mägde gesehen, wie er spät in der Nacht durch einen Korridor schlich. Wahrscheinlich wollte er mal kontrollieren, ob die Diener auch nicht spielten.»

«Wie war die Reaktion auf meinen unerwarteten Besuch heute morgen?» fragte der Richter.

«Ich war in des jungen Herrn Zimmer, als ein Diener die Ankunft Euer Ehren meldete. Herr Ding war gerade dabei, zusammen mit seiner Frau einen Kostenvoranschlag für die Beerdigung aufzusetzen. Der junge Herr war sehr erfreut, daß Euer Ehren wiedergekommen waren, und sagte zu seiner Frau: ‹Habe ich dir nicht gesagt, daß die erste Durchsuchung von Vaters Bibliothek sehr oberflächlich war? Ich freue mich, daß der Richter wiedergekommen ist, ich bin überzeugt, sie haben viele Indizien übersehen!› Seine Frau bemerkte mürrisch, er solle sich nicht einbilden, findiger als ein Beamter zu sein, worauf er rasch das Zimmer verließ, um Euer Ehren zu begrüßen.»

Der Richter schlürfte schweigend seinen Tee. Dann sagte er:

«Nun, ich bin Ihnen dankbar für die Mühe, die Sie sich gegeben haben. Sie haben scharfe Ohren und Augen. Es ist nicht notwendig, daß Sie in das Dingsche Haus zurückkehren. Wir haben heute nachmittag einiges über Ihre älteste Schwester erfahren, und Ihr Vater ist unterwegs, um sie zu suchen. Gehen Sie jetzt nach Hause, ich hoffe aufrichtig, daß Ihr Vater mit guten Nachrichten zurückkommt.»

Dunkle Orchidee zog sich eilig zurück.

«Es ist merkwürdig», bemerkte Wachtmeister Hung, «daß der junge

Dunkle Orchidee erstattet Bericht

Ding nachts nicht oft ausging. Man sollte annehmen, daß er irgendein geheimes Liebesnest hatte, in welchem er sich mit der Unbekannten traf.»

Richter Di nickte.

«Anderseits», sagte er, «kann es sich auch um eine alte Sache handeln, die längst vorbei und erledigt ist. Sentimentale Leute haben eine unglückliche Neigung, Erinnerungen an abgetane Angelegenheiten aufzubewahren. Immerhin habe ich aber den Eindruck, daß die Briefe, die Dunkle Orchidee mir gezeigt hat, durchaus neuen Datums waren. Hat Tao Gan in den von ihm kopierten Papieren irgendeinen Anhaltspunkt dafür gefunden, wer jene Frau sein könnte?»

«Nein», antwortete Wachtmeister Hung. «Aber Tao Gan war sicher mit Lust bei dieser Arbeit! Er hat die Texte in seinen schönsten Schriftzügen abgeschrieben und immer dabei in sich hineingelacht.»

Richter Di lächelte nachsichtig. Er kramte in den Dokumentenstapeln auf seinem Tisch, bis er Tao Gans sauber auf kostbares Briefpapier geschriebene Kopien fand.

Er lehnte sich zurück und fing an zu lesen. Nach einer Weile sagte er:

«Na, da handelt es sich immer um das gleiche, das auf verschiedene Weise ausgedrückt wird. Student Ding war furchtbar verknallt. Als ob Dichtung nicht besser angewandt werden könnte! Hör mal zu:

Verschlossen ist die Tür, das Bett ist dicht verhängt,
Gestickte Decken sind der Liebe trautes Nest;
Wo ist der Liebende, der sich vorschreiben läßt,
Was Brauch und Sitte fordern, seine Leidenschaft beschränkt?
Ihre Lotusknospenfüße
Ihrer Lippen Granatapfelsüße
Ihrer Schenkel Rundung, ihrer Brüste frischgefallner Schnee
Soll ich glauben, wenn ich den Vollmond seh,
Daß seine Flecken ihn entstellen?
Achat ist schön durch seine Farbenwellen
Wer pries nicht schon des Westens seltene Düfte?
Doch ihrer Glieder Duft betäubt den klarsten Geist.
Ein Narr der, wenn er einmal sie gesehen,
Noch ungenügsam in die Ferne reist.»

Verächtlich warf der Richter das Blatt auf den Tisch.

«Es reimt sich», bemerkte er trocken, «das ist aber auch alles.» Er strich sich langsam über seinen langen Bart.

Plötzlich aber versteifte sich seine Haltung. Er nahm das Blatt, das er eben laut vorgelesen hatte, wieder auf und prüfte es sorgfältig.

Wachtmeister Hung wußte, daß Richter Di etwas entdeckt hatte. Er stand auf und blickte dem Richter über die Schulter.

Richter Di schlug mit der Faust auf den Tisch.

«Bring mir mal die Aussage, die der Hausbesorger beim ersten Verhör in Dings Haus gemacht hat», befahl er.

Wachtmeister Hung holte den Lederkasten mit den Dokumenten über General Dings Ermordung und entnahm ihm ein gesiegeltes Aktenstück.

Richter Di las es von Anfang bis zum Ende durch.

Dann legte er es in den Kasten zurück, schob den Sessel von sich und ging auf und ab.

«Wie unglaublich töricht doch Verliebte sind!» rief der Richter plötzlich aus. «Jetzt habe ich zur Hälfte die Lösung zu des Generals Ermordung gefunden. Was für ein abscheuliches, verächtliches Verbrechen!»

Sechzehntes Kapitel

Ma Jung durchforscht das Viertel der Freudenhäuser; er wird zu einem Teilnehmer an einem ruchlosen Plan gemacht.

Gleich nach der ersten Nachtwache trafen sich Ma Jung, Tao Gan und Oberkonstabler Fang im Haus des Meisters des östlichen Stadtviertels. Im Licht der Kerzen sahen ihre Gesichter müde und abgearbeitet aus. Schweigend nahmen sie an dem eckigen Tisch Platz.

Sie hatten das ganze Viertel durchgekämmt, aber vergeblich.

Ma Jung hatte die Konstabler in zwei Gruppen zu je sieben Mann eingeteilt. Eine Gruppe wurde von Tao Gan geführt, eine von Oberkonstabler Fang und die dritte von Ma Jung selbst. In unauffälligen Gruppen zu zweien oder dreien und auf verschiedenen Wegen waren sie in das Viertel gekommen. Unter verschiedenen Vorwänden hatten diese Gruppen in Läden und andern öffentlich zugänglichen Örtlichkeiten Erkundungen eingezogen, dann waren sie in die Privathäuser gegangen und hatten eine gründliche Durchsuchung durchgeführt.

Die Gruppe des Oberkonstablers entdeckte eine geheime Versammlung von Dieben. Ma Jung veranlaßte die Auflösung einer Gesellschaft von Spielern, und Tao Gan störte zwei erschrockene Paare in einem geheimen Absteigequartier. Von Weißer Orchidee aber wurde auch nicht eine Spur entdeckt.

Tao Gan fragte die Frau, die das Absteigequartier hatte, ausführlich aus. Er wußte, daß, wenn ein Mädchen entführt und irgendwo gefangengehalten wird, so eine Frau früher oder später davon erfährt. Aber selbst nach einer halben Stunde geschickten Verhörs mußte Tao Gan sich davon überzeugen, daß sie über Weiße Orchidee nichts wußte. Er erfuhr nur ein paar merkwürdige Tatsachen über gewisse angesehene Bürger.

Schließlich hatten sie ganz offen auftreten müssen und eine systematische Durchsuchung jedes Haushalts durchgeführt, wobei das vom Inspektor geführte Einwohnerverzeichnis ihnen bei der Kontrolle der Bewohner gute Dienste tat. Aber jetzt mußten sie zugeben, daß ihre Bemühungen ein Fehlschlag gewesen waren.

Nach einer Weile sagte Tao Gan:

«Es bleibt jetzt nur noch eine Möglichkeit, nämlich, daß das Mädchen nur ein paar Tage in einem der umliegenden Häuser festgehalten wurde. Als ihr Entführer entdeckte, daß sie heimlich im Tempel gewesen war, wurde er unruhig und brachte sie entweder in eine geheime Absteige irgendwo in der Stadt oder in ein Bordell.»

Oberkonstabler Fang schüttelte niedergeschlagen den Kopf.

«Ich glaube nicht», sagte er, «daß sie sie an ein Bordell verkauft haben. Wir haben unser ganzes Leben hier gewohnt, und sie würden Gefahr laufen, daß irgendein Besucher das Kind erkennen und mich benachrichtigen würde.

Eine heimliche Absteige ist viel wahrscheinlicher, aber wenn wir die alle durchkontrollieren wollen, dauert das viele Tage.»

«Habe ich nicht gehört», bemerkte Ma Jung, «daß die sogenannte Nordreihe, das Freudenviertel im Nordwesten der Stadt, von Chinesen nur selten besucht wird?»

Der Oberkonstabler nickte.

«Da wohnt meist die Unterklasse», gab er zur Antwort. «Im wesentlichen nur Uguren, Türken und andere Barbaren von jenseits der Grenze. Die Mädchen dort sind eine buntscheckige Schar, ein Rest aus den glücklichen Tagen, als die Stadt noch voll war von reichen Barbarenhäuptlingen und Händlern aus den westlichen tributpflichtigen Reichen.»

Ma Jung stand auf und zog sich den Gürtel fest.

«Da werde ich jetzt hingehen», sagte er entschlossen, «und zwar, um keinen Verdacht zu erregen, allein. Ich treffe euch dann später wieder im Gericht.»

Tao Gan hatte an den drei Haaren auf seiner linken Wange gezupft.

«Gute Idee», sagte er nachdenklich, «und gut, wenn wir rasch handeln. Denn morgen wird die ganze Stadt über unseren Besuch Bescheid wissen. Ich gehe jetzt in die Südreihe und werde mich da mal mit den Hauseigentümern unterhalten. Ich bin nicht optimistisch in dieser Beziehung; aber wir können es uns nicht leisten, irgendeine Möglichkeit außer acht zu lassen.»

Der Oberkonstabler bestand darauf, daß er Ma Jung begleiten müsse.

«Der Abschaum der Stadt treibt sich in der Nordreihe herum», sagte er. «Wenn man da allein geht, fordert man direkt einen Mord heraus.»

«Keine Bange», sagte Ma Jung, «ich verstehe, mit diesen Schuften fertig zu werden.»

Er warf seine Mütze Tao Gan zu und band sein Haar mit einem schmutzigen Tuchstreifen zusammen. Dann steckte er den Saum seines Kleides in den Gürtel und krempelte sich die Ärmel auf.

Ohne auf den Protest des Oberkonstablers zu hören, ging Ma Jung hinaus auf die Straße.

Die Hauptstraße war noch voll von Leuten. Aber Ma Jung kam schnell voran, weil alle Vorübergehenden schleunigst auswichen, sobald sie sahen, daß dieser Riesenkerl näher kam.

Als er den Trommelturmmarkt überquert hatte, befand er sich im Quartier der Armen. Reihen von niedrigen baufälligen Häusern rahmten die engen Straßen ein. Hier und da hatte ein Straßenhändler seine Öllampe angezündet. Hier konnte man billig Mehlkuchen und Weintrester kaufen.

Als er sich der Nordreihe näherte, wurde der Verkehr lebhafter. Leute in merkwürdiger ausländischer Aufmachung lungerten um die Weinläden herum und sprachen eine rauhe ausländische Sprache. Auf Ma Jung achteten sie kaum. Solche wenig Vertrauen erweckenden Gestalten waren hier keine Seltenheit. Als Ma Jung um eine Ecke bog, bemerkte er eine Reihe grell durch bunte Laternen erleuchteter Häuser. Er hörte, wie barbarische Gitarren erklangen und weiterhin die grellen Töne einer Flöte.

Plötzlich tauchte ein dünner Mann in zerlumpter Kleidung aus dem Schatten auf und sagte in gebrochenem Chinesisch:

«Möchte der Herr vielleicht gern eine ugurische Prinzessin?»

Ma Jung blieb stehen und musterte den Burschen von oben nach unten. Der Mann schmunzelte einschmeichelnd mit abgebrochenen Zähnen.

«Wenn ich Ihren Kopf zu Brei schlagen würde», sagte Ma Jung verdrießlich, «könnte ich Sie auch nicht häßlicher machen, als Sie sind. Laufen Sie mal voran und bringen Sie mich hin, wo was los ist. Aber billig muß es sein.»

Mit diesen Worten ruckte er den Mann zu einer Kehrtwendung und gab ihm einen wohlgezielten Stoß.

«Aua, aua!» schrie der andere; aber er führte Ma Jung schnell in eine Seitenstraße. Auf beiden Seiten standen einstöckige Häuser. Ihre Vorderseiten waren einmal hübsch mit Stuckreliefs dekoriert gewesen, aber Wind und Regen hatten die Farben abgewaschen, und niemand hatte sich darum gekümmert, sie wieder zu reparieren.

Fettige geflickte Vorhänge hingen in den Türöffnungen. Als sie näher kamen, zogen grell aufgeschminkte Mädchen in bunten Lumpen diese Vorhänge zurück, und luden die Gäste in einem Gemisch von Chinesisch und ausländischen Sprachen ein.

Der Führer brachte Ma Jung zu einem Haus, das ein bißchen besser als die andern aussah. Zwei große Papierlaternen hingen über der Tür.

«Hier ist es, Herr», sagte der Führer. «Alles reinblütige ugurische Prinzessinnen.» Er machte noch eine unanständige Bemerkung und hielt dann seine schmutzige Handfläche hin.

Ma Jung ergriff ihn an der Kehle und bumste ihn mit dem Kopf gegen die baufällige Tür.

«Das wird dich lehren, mich anzumelden», sagte er. «Deinen Lohn kriegst du ja von dem Betrieb. Probier es ja nicht, doppelt was rauszuschlagen, du Bastard!»

Die Tür ging auf und ein riesiger Bursche mit nacktem Oberkörper erschien. Er war barhäuptig und kurzgeschoren. Er blickte Ma Jung mit einem Auge tückisch an. An Stelle des andern Auges hatte er eine häßliche rote Narbe.

«Dieser Schweinehund», sagte Ma Jung rauh, «will von mir noch ein Extratrinkgeld herausschlagen.»

Der Angesprochene wandte sich böse an den Schlepper.

«Mach, daß du wegkommst», schnauzte er. «Deine Prozente kannst du später holen.» Dann wandte er sich wieder an Ma Jung und sagte verdrießlich: «Treten Sie ein, Herr.»

Ein ekelhafter Gestank von verbranntem Hammelfett hing in dem Raum. Es war schrecklich heiß. Mitten auf dem gestampften Estrich stand ein großes eisernes Becken mit glühenden Kohlen. Ein halbdutzend Leute saßen auf niedrigen Holzbänken darum herum. Sie brieten Stücke Lammfleisch, die auf Kupfernadeln gesteckt waren. Es waren im ganzen drei Männer. Sie hatten ihre ausgebeulten Hosen hochgezogen, das Licht der bunten Papierlaternen fiel auf ihre schwitzenden Gesichter. Die Frauen, die ihnen Gesellschaft leisteten, trugen breitgefältelte rote und grüne Musselinröcke und ärmellose kurze Jacken. Ihre Haare waren in rotwollene Knoten eingerollt. Ihre Jacken standen offen und ließen die nackten Brüste sehen.

Der Inhaber maß Ma Jung mit mißtrauischen Blicken.

«Fünfzig für eine Mahlzeit und eine Frau, zu zahlen im voraus», sagte er.

Ma Jung murmelte etwas und fing an, in seinem Ärmel zu kramen. Er zog eine Schnur Geld heraus und machte den Knoten vorsichtig auf. Dann zahlte er langsam fünfzig Kupferstücke auf den schmutzigen Zahltisch.

Der andere streckte seine Hand aus. Aber Ma Jung ergriff ihn schnell

Talbi erscheint vor Ma Jung

beim Handgelenk und drückte seine Hand auf den Zahltisch nieder, bevor er das Geld einstreichen konnte.

«Gibt's zu der Mahlzeit nichts zu trinken?» knurrte Ma Jung.

Als Ma Jung fester zugriff, schnitt der Mann eine Fratze und knurrte: «Nein.»

Ma Jung ließ los und stieß ihn rauh zurück. Dann fing er an, sein Geld wieder einzusammeln und sagte:

«Dann ist nichts zu machen. Es gibt noch andere Gelegenheiten in dieser Stadt.»

Der andere beobachtete mit gierigen Augen, wie der Haufen Kupferstücke verschwand.

«Na gut!» sagte er. «Sie können auch noch einen Krug Wein dazu kriegen.»

«Das ist auch besser», sagte Ma Jung.

Er drehte sich um und schickte sich an, sich der Gesellschaft um das eiserne Becken herum anzuschließen. In Anpassung an den Stil des Unternehmens zog er erst seinen rechten, dann seinen linken Arm aus seinem Kleid und knüpfte sich die leeren Ärmel um die Hüfte zusammen. Dann ließ er sich auf der leeren Bank nieder.

Die andern blickten bedenklich auf seinen massigen Oberkörper, der von Narben bedeckt war.

Ma Jung zog einen Spieß mit Lammfett aus dem Feuer. Er war von jeher für gutes Essen eingenommen gewesen, und der ranzige Geruch drehte ihm den Magen um. Dennoch riß er ein Stück mit den Zähnen ab und aß es auf.

Einer von den drei Uguren war stark betrunken. Er hatte seinen Arm um die Hüfte des Mädchens neben ihm geschlungen und schwankte, eine merkwürdige kleine Weise summend, hin und her. Der Schweiß lief ihm über Kopf und Schultern.

Die beiden andern waren nüchtern. Sie waren scheußlich, aber Ma Jung wußte, daß ihre sehnigen Muskeln nicht zu verachten waren. Sie unterhielten sich eifrig in ihrer Sprache. Der Inhaber stellte einen kleinen irdenen Krug auf den Boden neben Ma Jung. Eins von den Mädchen stand auf und ging hinüber zum Zahltisch. Sie holte aus einem der Regale eine dreisaitige Gitarre, lehnte sich gegen die Wand und fing an zu singen, während sie sich selbst auf der Gitarre begleitete. Ihre Stimme war heiser, aber das Lied hatte eine anmutige Melodie. Ma Jung bemerkte, daß die beiden Musselinröcke dieser Mädchen so dünn waren, daß man alles durch sie hindurch sehen konnte.

Aus der Tür im Hintergrund tauchte jetzt ein viertes Mädchen auf, das zwar vulgär, aber nicht ohne Reiz war. Sie ging barfuß und war in einen gefältelten Rock aus verblichener Seide gekleidet. Ihr nackter Oberkörper war wohlgestaltet, aber ihre Brüste und Arme mit Ruß beschmiert. Offenkundig kam sie gerade aus der Küche.

Als sie sich neben Ma Jung niedersetzte, ging ein schwaches Lächeln über ihr rundes Gesicht.

Er setzte den Krug an die Lippen und schluckte etwas von der feurigen Flüssigkeit. Dann spie er ins Feuer und fragte:

«Wie heißt du, Schöne?»

Das Mädchen lächelte und schüttelte den Kopf. Sie verstand kein Chinesisch.

«Glücklicherweise braucht man ja mit einer solchen nicht zu reden», bemerkte Ma Jung.

Der größere von den beiden Männern, an die sich Ma Jung gewandt hatte, fing an, lautlos zu lachen und fragte in schrecklichem Chinesisch: «Wie heißen Sie, Herr?»

«Ich heiße Jung Bao», gab Ma Jung zur Antwort, «und wie heißen Sie?»

«Ich heiße der ‹Jäger›», antwortete der andere. «Der Spitzname von Ihrem Mädchen lautet Talbi. Was wollen Sie hier?»

Ma Jung warf ihm einen bedeutungsvollen Blick zu und legte seine Hand auf den Schenkel des Mädchens neben sich.

«Da hätten Sie nicht einen so weiten Weg herzukommen brauchen», sagte der «Jäger» und lächelte schadenfroh.

Ma Jung sah ärgerlich aus. Er stand auf. Das Mädchen versuchte, ihn wieder niederzuziehen, aber er stieß sie mit rauher Hand zurück. Er ging um das Becken herum, ergriff den «Jäger» beim Arm, drehte ihn herum und schnauzte: «Was meinten Sie mit Ihrer Frage, Sie schmutziges Schwein?»

Der «Jäger» blickte auf die andern. Der zweite Ugure konzentrierte sich auf ein Stück gebratenes Fett. Der Inhaber lehnte am Zahltisch und stocherte sich die Zähne. Sie schienen in keiner Weise bereit, ihm Beistand zu leisten. Der «Jäger» sagte verdrießlich:

«Seien Sie nicht gleich beleidigt, Jung Bao. Ich habe nur gefragt, weil Chinesen selten hierherkommen.»

Ma Jung ließ ihn los und setzte sich wieder auf seinen Platz. Das Mädchen legte den Arm um ihn, und er streichelte sie eine Weile. Dann leerte er seinen Krug mit einem Schluck.

Er wischte sich mit dem Handrücken den Mund und sagte:

«Nun, da wir gerade hier als alte Freunde versammelt sind, kann ich ja Ihre Frage immerhin beantworten. Vor ein paar Wochen hatte ich eine freundschaftliche Auseinandersetzung mit einem Burschen vom Militärposten, drei Tagereisen von hier. Ich schlug ihn ein bißchen auf den Kopf, und davon brach sein Schädel auseinander. Und da die Behörden oft wenig Verständnis für solche Zwischenfälle haben, hielt ich es für besser, ein bißchen zu verreisen. Nun bin ich hier, und mein Geld ist so gut wie alle. Wenn's hier irgendeine lohnende Beschäftigung gibt, bin ich Ihr Mann.»

Der «Jäger» übersetzte seine Worte geläufig dem andern Mann, einem untersetzten Burschen mit einem Stierkopf. Sie betrachteten Ma Jung mit Anerkennung.

«Im Augenblick: eigentlich nicht viel los, Bruder», sagte der «Jäger» zurückhaltend.

«Na», sagte Ma Jung, «und wie wär's denn, wenn man ein Mädchen entführen würde, so was wird doch eigentlich immer gefragt?»

«Nicht in dieser Stadt, Bruder», antwortete der andere. «Alle Häuser sind versehen und haben noch zu viel. Vor einigen Jahren, als noch der ganze Verkehr hier durchging, da konnte man hübsches Silber für ein Mädchen bekommen. Aber jetzt nicht mehr.»

«Gibt's denn in diesem Quartier kein chinesisches Mädchen?»

Der «Jäger» schüttelte den Kopf.

«Nicht eines», antwortete er. «Aber was fehlt denn dem Mädchen neben Ihnen?»

Ma Jung schob dem Mädchen den Rock hinauf.

«Eigentlich nichts», antwortete er, «und besonders heikel bin ich auch nicht.»

«Das würde euch hochmütigen Chinesen ganz ähnlich sehen, ein ugurisches Mädchen zu verachten», sagte der andere tückisch.

Ma Jung hielt es für richtiger, keinen Streit anzufangen, deshalb sagte er:

«Ich verachte sie gar nicht. In ihrer Art sind es feine Mädchen.»

Und da das Mädchen keinen Versuch machte, ihren Rock wieder hinunterzuschieben, fügte er hinzu: «Prüde sind sie auch nicht.»

«Ja», sagte der «Jäger», «wir sind ein großartiges Volk. Viel männlicher als ihr Chinesen. Eines Tages werden wir aus Nord und West über euch herfallen und euer ganzes Reich erobern.»

«Nicht so lange ich lebe», wandte Ma Jung vergnügt ein.

Wieder blickte der «Jäger» Ma Jung böse an. Dann erzählte er dem andern Uguren eine lange Geschichte. Der schüttelte zunächst nachdrücklich den Kopf, schien aber dann einzuwilligen.

Der «Jäger» stand auf und kam zu Ma Jung hinüber. Er stieß das Mädchen rücksichtslos beiseite und nahm neben Ma Jung Platz.

«Hör mal, Bruder», sagte er vertraulich, «vielleicht haben wir eine ganz nette Arbeit für dich. Kennst du dich mit den Waffen, die im Heer gebraucht werden, aus?»

Ma Jung hielt das für eine merkwürdige Frage, beeilte sich aber zu antworten:

«Ich bin ein paar Jahre Soldat gewesen, mein Freund, ich kenne mich mit allem aus.»

Der «Jäger» nickte.

«Es wird da nämlich ein Scharmützel geben», sagte er, «und für einen guten Mann ist da eine Menge rauszuholen.»

Ma Jung hielt eine offene Hand hin.

«Nein», sagte der «Jäger», «nicht in bar, aber wenn wir in ein paar Tagen losgehen, so viel Beute, wie du erwischen kannst.»

«Ist mir recht!» rief Ma Jung. «Wo soll ich euch treffen?»

Wieder redete der «Jäger» schnell mit dem andern Mann. Dann stand er auf und sagte: «Komm mit, Bruder, ich werde dich zu unserm Hauptmann bringen.»

Ma Jung sprang auf und zog sich sein Kleid über die Schultern. Er gab dem Mädchen einen freundlichen Klaps und sagte:

«Ich komme wieder, Talbi.»

Sie gingen hinaus. Der «Jäger» ging voran.

Er führte Ma Jung durch zwei dunkle Gassen und gelangte dann in einen arg verfallenen Gebäudekomplex. Vor einem kleinen Schuppen machten sie halt. Er klopfte an die Tür. Keine Antwort.

Der «Jäger» zuckte die Achseln, stieß die Tür auf und machte Ma Jung ein Zeichen, ihm zu folgen.

Sie setzten sich auf niedrige, mit Schaffellen überdeckte Schemel.

Das Zimmer war bis auf eine niedrige hölzerne Liege leer.

«Der Chef wird bald wieder da sein», sagte der «Jäger».

Ma Jung nickte und machte sich auf langes Warten gefaßt.

Plötzlich wurde die Tür aufgestoßen, und ein breitschultriger Mann stürzte herein, der sich aufgeregt an den «Jäger» wandte:

«Wovon quatscht denn der?» fragte Ma Jung.

Der «Jäger» sah erschrocken aus.

«Er sagt, die Konstabler haben das Ostviertel abgesucht.»

Ma Jung sprang auf.

«Dann wird es Zeit für mich abzuhauen!» rief er aus. «Wenn sie hierherkommen, bin ich verloren. Ich komme morgen wieder. Wie kann ich diesen elenden Platz wiederfinden?»

«Frage nur nach ‹Orolaktschi›», antwortete der andere.

«Ich haue jetzt ab. Das Mädchen kann warten.»

Ma Jung stürzte hinaus.

Er traf Richter Di allein in seinem Privatbüro an. Augenscheinlich war er in tiefe Gedanken versunken.

Als Richter Di Ma Jung bemerkte, sagte er, die Stirn runzelnd:

«Tao Gan und Oberkonstabler Fang sind eben gekommen. Sie berichteten, daß die Durchsuchung ein Fehlschlag gewesen sei. Tao Gan ging in die Südreihe, aber da hat man schon seit einem halben Jahr keine neuen Mädchen mehr gekauft. Hast du irgendeinen Anhaltspunkt gefunden, wo Weiße Orchidee im nördlichen Viertel sein könnte?»

«Nichts, was mit dem entführten Mädchen zu tun hätte», antwortete Ma Jung, «aber ich habe eine merkwürdige Geschichte gehört.»

Dann erzählte er dem Richter alles über sein Abenteuer mit dem «Jäger».

Richter Di hörte geistesabwesend zu. Dann sagte er:

«Wahrscheinlich wollen diese Halunken, daß du an einem Überfall auf einen andern Stamm teilnimmst. Ich würde mich, wenn ich du wäre, nicht mit ihnen auf die Ebene jenseits des Flusses hinauswagen.»

Ma Jung schüttelte skeptisch den Kopf. Aber der Richter fuhr fort:

«Morgen früh mußt du mich und Wachtmeister Hung bei einem Besuch auf dem Landsitz von Gouverneur Sih begleiten. Aber morgen abend kannst du wieder in die Nordreihe zurückkehren und versuchen, mehr über den Hauptmann dieser barbarischen Schufte in Erfahrung zu bringen.»

Siebzehntes Kapitel

Frau Sih stattet dem Gericht einen zweiten Besuch ab; in einem alten Haus wird etwas Merkwürdiges entdeckt.

Richter Di hatte geplant, sich frühmorgens auf des Gouverneurs Landsitz zu begeben. Aber gerade als er mit seinem Morgentee fertig war, meldete Wachtmeister Hung, Frau Sih und ihr Sohn Sih Schan seien da, um aufforderungsgemäß den Richter zu besuchen.

Richter Di ließ sie eintreten.

Sih Schan war groß für sein Alter. Er hatte ein offenes, intelligentes Gesicht und machte einen selbstbewußten Eindruck, der dem Richter gefiel.

Er ließ Frau Sih und ihren Sohn vor dem Schreibtisch Platz nehmen: Nach Austausch der üblichen Höflichkeiten sagte der Richter:

«Es tut mir leid, gnädige Frau, daß dringliche andere Angelegenheiten mich gehindert haben, Ihrem Fall so viel Zeit zu widmen, wie ich gewünscht hätte. Noch ist es mir nicht gelungen, das Rätsel in des Gouverneurs Rollbild zu lösen. Ich habe jedoch das Gefühl, daß mir dies leichterfallen würde, wenn ich mehr über die Stellung wüßte, die der Gouverneur noch zu seinen Lebzeiten in Ihrem Hauswesen einnahm. Ich möchte Ihnen also, nur zu meiner eigenen Information, ein paar Fragen stellen.»

Frau Sih verneigte sich.

«Erstens», fuhr Richter Di fort, «habe ich mir Gedanken gemacht über des alten Gouverneurs Haltung gegenüber seinem ältesten Sohn Sih Ki. Nach Ihrer Aussage ist Sih Ki ein herzloser Mensch. War sich der Gouverneur darüber klar, daß sein Sohn ein böser Mensch war?»

«Da muß ich pflichtgemäß betonen», antwortete Frau Sih, «daß sich Sih Ki bis zu seines Vaters Tode durchaus korrekt benommen hat. Ich hätte mir niemals träumen lassen, daß er jemals so grausam sein könnte, als er sich später erwies. Mein Gatte hat mir gegenüber stets freundlich von Sih Ki gesprochen, er pflegte zu sagen, daß Sih Ki fleißig und ihm sehr bei der Verwaltung des Familienbesitzes behilflich sei. Und Sih Ki selbst machte mir den Eindruck eines vorbildlichen Sohnes, der versuchte, seinem Vater jeden Wunsch von den Augen abzulesen.»

«Zweitens, gnädige Frau», fuhr Richter Di fort, «möchte ich von Ihnen gern ein paar Namen von des Gouverneurs Freunden hier in der Stadt erfahren.»

Frau Sih zögerte. Dann antwortete sie:

«Der Gouverneur machte sich nichts aus Gesellschaft, Euer Ehren. Er pflegte jeden Morgen draußen auf den Feldern zu verbringen. Nachmittags pflegte er ohne Begleitung das Labyrinth zu besuchen und etwa eine Stunde darin zu verweilen.»

«Und Sie? Haben Sie es jemals besucht?» unterbrach der Richter.

Frau Sih schüttelte den Kopf.

«Nein», sagte sie, «der Gouverneur behauptete stets, es sei zu feucht darin. Später machte er es sich zur Gewohnheit, im Gartenpavillon hinter dem Haus Tee zu trinken. Er las dann entweder ein Buch oder arbeitete an seinen Bildern. Ich kannte eine Frau Li, die eine begabte malende Dilettantin ist. Der Gouverneur lud oft Frau Li und mich ein, ihm im Pavillon Gesellschaft zu leisten und mit ihm über seine Bilder zu sprechen.»

«Lebt Frau Li noch?» erkundigte sich der Richter.

«Ja, ich glaube doch. Früher wohnte sie nicht weit von unserem Stadthaus. Sie kam oft zu mir zu Besuch. Sie ist eine sehr freundliche Dame, die das Unglück gehabt hat, ihren Gatten kurz nach der Hochzeit zu verlieren. Ich habe sie zuerst kennengelernt, als sie durch die Reisfelder in der Nähe unseres Gutes spazierenging, und sie schien Gefallen an mir zu finden. Nachdem der Gouverneur mich geheiratet hatte, hielt sie an unserer Freundschaft fest, und mein Gatte tat das Seine dazu.

Er war so rücksichtsvoll, Euer Ehren! Er verstand, daß ich, als Herrin eines großen Hauswesens mit mir bis dahin unbekannten Leuten, mich manchmal einsam fühlte. Das war, wie ich weiß, auch der Grund, daß er Frau Li dazu ermunterte, oft zu kommen, obwohl er sonst Besuch im allgemeinen nicht gern sah.»

«Hat Frau Li die Beziehung nach des Gouverneurs Tod abgebrochen?» fragte Richter Di.

Frau Sih errötete.

«Nein», sagte sie, «es war ausschließlich meine Schuld, daß ich sie nicht wiedergesehen habe. Als Sih Ki mich aus dem Haus getrieben hatte, fühlte ich mich so gedemütigt und beschämt, daß ich direkt auf meines Vaters Gut ging. Ich habe Frau Li nie besucht.»

Der Richter bemerkte, daß ihr das sehr naheging, und fragte rasch:

«Der Gouverneur hatte also hier in Lan-fang überhaupt keine Freunde?»

Frau Sih nahm sich zusammen. Sie nickte und sagte:

«Mein Gatte war lieber allein. Einmal sagte er mir allerdings, hier irgendwo in den Bergen in der Nähe der Stadt lebe ein sehr alter und vertrauter Freund von ihm.»

Richter Di beugte sich interessiert vor.

«Wer war das, gnädige Frau?»

«Seinen Namen hat der Gouverneur nie genannt, aber ich habe den Eindruck, daß er ihm sehr gewogen war und viel auf ihn hielt.»

Richter Di schien enttäuscht.

«Dies ist sehr wichtig, gnädige Frau. Versuchen Sie, sich zurückzuversetzen und sich noch genauer an diesen Freund zu erinnern.»

Frau Sih trank langsam ihren Tee. Dann sagte sie:

«Da fällt mir ein, weil das ein ziemlich merkwürdiger Vorfall war, daß er einmal den Gouverneur besucht haben muß. Mein Gatte hatte die Gewohnheit, einmal im Monat seine Gutspächter zu empfangen: An diesem Tage stellte sich jeder ein, der eine Beschwerde vorzubringen hatte oder einen Rat brauchte.

Einmal wartete ein alter Bauer im Hof. Sobald der Gouverneur ihn bemerkt hatte, stürzte er auf ihn zu und verbeugte sich tief. Er führte diesen Bauern sofort in seine Bibliothek und schloß sich mit ihm ein paar Stunden ein. Ich glaubte, das sei des Gouverneurs Freund gewesen, vielleicht ein Einsiedler. Aber ich fragte nie.»

Richter Di strich sich über den Bart.

«Ich nehme an», sagte er nach einer Pause, «daß Sie einige von Ihrem Gatten geschriebene Rollen aufbewahrt haben?»

Frau Sih schüttelte den Kopf.

«Als der Gouverneur mich zu seiner Gattin wählte», sagte sie einfach, «konnte ich weder lesen noch schreiben. Er selbst weihte mich ein wenig ein, aber ich brachte es natürlich nicht so weit, Schönschrift würdigen zu können. Es müssen in Sih Kis Haus noch einige Proben von des Gouverneurs Schönschrift vorhanden sein. Euer Ehren müßten sich an ihn wenden.»

Richter Di stand auf.

«Ich bin Ihnen dankbar, gnädige Frau, daß Sie sich die Mühe gemacht haben, herzukommen. Seien Sie überzeugt, daß ich mein Möglichstes tun will, um die verborgene Botschaft in des Gouverneurs Gemälde zu entdecken. Gestatten Sie, daß ich Sie zu Ihrem Sohn beglückwünsche. Er macht einen sehr sympathischen Eindruck.»

Frau Sih und Sih Schan standen auf und verbeugten sich tief. Wachtmeister Hung geleitete sie hinaus.

Als er zurückkam, sagte er:

«Nichts scheint schwieriger zu sein, Euer Ehren, als eine Probe von des Gouverneurs Handschrift aufzutreiben! Vielleicht könnten wir eine aus der Residenz bekommen. Die Zentralkanzlei muß viele vom Gouverneur aufgesetzte Eingaben an den Thron besitzen.»

«Das würde mehrere Wochen Zeit erfordern», entgegnete der Richter. «Vielleicht besitzt Frau Li ein Bild mit der Signatur des Gouverneurs. Versuche herauszukriegen, ob sie noch lebt und wo, Wachtmeister. Die Angabe über den mit Gouverneur Sih befreundeten Einsiedler ist so unbestimmt, daß ich wenig Hoffnung habe, ihn ausfindig zu machen. Vielleicht ist er auch schon tot.»

«Haben Euer Ehren die Absicht, heute nachmittag den Fall des Studenten Ding zu behandeln?» fragte der Wachtmeister.

Richter Di hatte während der letzten Nacht keine weitere Erklärung darüber abgegeben, was er in Student Dings Gedicht entdeckt hatte, aber der Wachtmeister hätte es doch gern gewußt.

Richter Di blieb eine Weile die Antwort schuldig. Dann stand er auf und sprach:

«Um dir die Wahrheit zu gestehen, Wachtmeister: Ich bin mir noch nicht ganz klar darüber. Laß uns darauf zurückkommen, wenn wir von dem Landhaus zurück sind. Geh jetzt bitte, sieh, ob meine Sänfte bereit ist und laß Ma Jung kommen.»

Wachtmeister Hung wußte, daß es zwecklos war, auf seiner Frage zu beharren. Er ging hinaus und ließ Richter Dis Privatsänfte mit sechs Trägern reisefertig machen.

Der Richter stieg ein. Ma Jung und Wachtmeister Hung bestiegen ihre Pferde.

Sie verließen die Stadt durch das Osttor und zogen über den schmalen Weg durch die Reisfelder.

Als es bergan ging, fragte Ma Jung einen Bauern nach dem Weg. Es ergab sich, daß sie die erste Straße rechts einschlagen mußten. Diese Seitenstraße erwies sich als stark vernachlässigt. Sie war derart mit Unkraut und Sträuchern überwachsen, daß in der Mitte nur ein Fußpfad offenblieb.

Die Träger setzten die Sänfte nieder. Richter Di stieg aus.

«Wir gehen besser zu Fuß, Euer Ehren», bemerkte Ma Jung. «Mit der Sänfte kommen wir hier nicht durch.»

Damit schlang er die Zügel seines Pferdes um einen Baum. Wachtmeister Hung folgte seinem Beispiel.

Dann gingen sie, der Richter voran, hintereinander weiter.

Nach vielen Windungen gerieten sie unversehens vor ein breites Haustor. Einst waren die Flügeltüren mit Gold und rotem Lack überzogen gewesen, aber jetzt war nichts davon übrig geblieben als gesprungene Bretter. Eine Füllung hing lose herab.

«Hier kann ja jeder durch!» sagte der Richter betroffen.

«Und doch gibt es in Lan-fang keinen Platz, der sicherer wäre», bemerkte Wachtmeister Hung. «Selbst der kühnste Räuber würde nicht wagen, diese Schwelle zu überschreiten. Hier spukt es nämlich.»

Der Richter stieß die kreischende Tür auf und trat in einen Park, der einmal wunderschön gewesen sein mußte.

Jetzt war er eine Wildnis. Die Wurzeln turmhoher Zedern hatten die Steinfliesen durchbrochen und dichtes Unterholz versperrete den Weg. Es herrschte tiefes Schweigen. Nicht einmal die Vögel sangen hier.

Der Weg schien sich im Gestrüpp zu verlieren. Ma Jung teilte das dichte Laubwerk, um den Richter durchzulassen. Sie entdeckten ein verfallenes Haus, das von einer breiten, überhöhten Terrasse umgeben war.

Es war ein einstöckiges, sehr ausgedehntes Gebäude, das einmal sehr stattlich ausgesehen haben mußte. Jetzt war das Dach an mehreren Stellen eingefallen, und Wind und Regen hatten das geschnitzte Holz an Türen und Pfeilern verwüstet.

Ma Jung stieg die bröckelnden Terrassenstufen hinauf und blickte sich um. Niemand war zu sehen.

«Besuch ist gekommen!» rief er laut.

Aber nur das Echo antwortete.

Sie betraten die Haupthalle.

Hier hing der Stuck in Streifen von den Wänden herunter. In einer Ecke standen ein paar verrottete kahle Möbelstücke.

Ma Jung rief nochmals. Aber immer noch kam keine Antwort. Richter Di ließ sich vorsichtig auf einen alten Stuhl nieder. Dann sagte er:

«Ihr beide werdet gut daran tun, euch mal umzusehen. Wahrscheinlich werdet ihr die beiden alten Leute im Garten hinter dem Haus bei der Arbeit antreffen.»

Richter Di verschränkte die Arme. Wieder wunderte er sich über die unheimliche Stille, die über dem Platz hing.

Plötzlich vernahm er eilende Schritte.

Ma Jung und Wachtmeister Hung kamen in die Halle gestürzt.

«Euer Ehren!» keuchte Ma Jung. «Wir haben die Leichen der beiden alten Leute gefunden!»

«Na», sagte Richter Di verdrießlich, «tote Leute können nicht mehr schaden. Laßt uns gehen und sie ansehen!»

Sie führten den Richter durch einen dämmrigen Gang, der auf einen ziemlich großen, von alten Pinien umstandenen Garten hinausging. In der Mitte stand ein achteckiger Pavillon.

Ma Jung wies auf eine in einem Winkel blühende Magnolie.

Richter Di ging die Terrassenstufen hinunter durch das hohe Gras. Direkt unter dem Magnolienbaum bemerkte er auf einer Liege aus Bambus die Reste von zwei Personen.

Die Leichen mußten seit ein paar Monaten hier gelegen haben. Die Knochen waren durch die zerlumpten, verfallenen Kleider gedrungen. Strähnige graue Haare hingen an kahlen Schädeln. Sie lagen, die Arme über der Brust gekreuzt, nebeneinander.

Richter Di beugte sich über sie und betrachtete aufmerksam die Leichen.

«Anscheinend», sagte er, «sind die beiden alten Leute eines natürlichen Todes gestorben. Ich meine, daß der eine aus Schwäche und Alter gestorben ist und der andere sich neben ihn zum Sterben niedergelegt haben könnte.

Ich werde sie durch die Konstabler ins Gericht bringen lassen, um eine Autopsie vornehmen zu lassen. Aber aufregende Entdeckungen verspreche ich mir nicht davon.»

Ma Jung schüttelte betrübt den Kopf.

«Wenn hier irgend etwas zu entdecken sein sollte», bemerkte er, «müssen wir das unbedingt selber tun.»

Richter Di ging hinüber zum Pavillon.

Das komplizierte Gitterwerk der Fenster bewies, daß hier früher große Eleganz geherrscht haben mußte. Jetzt war nichts mehr davon übriggeblieben als die kahlen Wände und ein großer Tisch.

«Hier», sagte Richter Di, «pflegte der alte Gouverneur zu malen und in seinen Büchern zu lesen. Ich möchte wissen, wohin das Tor da im rückwärtigen Zaun führt.»

Sie verließen den Pavillon und gingen hinüber zu dem hölzernen Tor. Ma Jung stieß es auf. Sie gelangten in einen gepflasterten Hof.

Inmitten des grünen Laubwerks zeichnete sich ein steinernes Tor ab. Das gebogene Dach bestand aus blauglasierten Ziegeln. Links und rechts dichtes Gestrüpp und eng nebeneinander gepflanzte Bäume. Richter Di blickte zu der über dem Tor in den Bewurf eingefügten steinernen Platte auf, die eine Inschrift trug.

Er wandte sich um und sagte zu seinen Gefährten:

«Dies ist anscheinend der Eingang zu des Gouverneurs berühmtem Labyrinth. Seht euch mal die Inschrift an.»

«Vielfach gewundener Pfad verläuft über hundert Meilen,
Dir zum Herzen der Weg mißt nur ein tausendstel Zoll.»

Der Wachtmeister und Ma Jung blickten gespannt auf. Die Inschrift war sehr kursiv geschrieben.

«Ich kann kein einziges Zeichen lesen», rief Wachtmeister Hung aus.

Richter Di schien ihn nicht gehört zu haben. Er stand da und starrte entzückt auf die Inschrift.

«Das ist die herrlichste Schönschrift, die ich je gesehen habe», seufzte er. «Leider ist die Unterschrift derart von Moos überwachsen, daß ich sie kaum entziffern kann. Doch! Sie lautet: ‹Der Einsiedler im Kranichfedernkleid›. Was für ein merkwürdiger Name!»

Der Richter dachte einen Augenblick nach. Dann fuhr er fort:

«Ich kann mich nicht erinnern, jemals von einer Person dieses Namens gehört zu haben. Aber wer immer sie sein mag, dieser Mann ist ein vollendeter Schönschreiber. Wenn man eine solche Schrift sieht, meine Freunde, versteht man, warum die Alten große Schönschrift durch den Vergleich mit einem kauernden Panther und mit der wilden Kraft von durch Regen und Donner eilenden Drachen ehrten.»

Noch immer bewundernd den Kopf schüttelnd, ging Richter Di unter dem Torbogen hindurch.

«Gib mir eine Handschrift, die ein Mensch lesen kann!» flüsterte Ma Jung dem Wachtmeister zu.

Vor ihnen ragte eine Reihe uralter Zedern auf. Zwischen ihnen lagen große Geröllblöcke und wuchsen Dornensträucher. Die Wipfel neigten sich oben zusammen und sperrten das Licht der Sonne ab.

Die Luft roch nach verfaultem Laub.

Rechts bildeten zwei knorrige Pinien auf jeder Seite des Pfades einen natürlichen Torweg. Am Fuß der einen lehnte eine steinerne Tafel mit der Inschrift «Eingang». Dahinter zog sich ein dämmriger, feuchter, zunächst gerade ausgerichteter Tunnel hin, der schließlich in einer Kurve endete.

In diesen grünen Tunnel blickend, empfand Richter Di plötzlich eine unheimliche Angst.

Langsam drehte er sich um. Links bemerkte er den Zugang zu einem andern Tunnel. Zwischen den Zedernstämmen waren große Geröllblökke aufgeschichtet. Ein Stein trug die Inschrift «Ausgang».

Ma Jung und Wachtmeister Hung standen hinter dem Richter. Sie sprachen kein Wort. Aber auch sie empfanden die unheimliche, bedrohliche Atmosphäre dieses Platzes.

Richter Di blickte wieder in den Eingang. Der Tunnel schien einen kalten Luftstrom auszuatmen, dessen Kälte der Richter bis in die Knochen spürte. Doch war die Luft völlig unbewegt. Nicht ein Blatt regte sich.

Richter Di wollte seine Augen abwenden, aber der düstere Tunnel hypnotisierte ihn. Er spürte einen Drang hineinzugehen. Er vermeinte, die hohe Gestalt des alten Gouverneurs in der grauen Dämmerung hinter der Kurve stehen und ihm zuwinken zu sehen.

Nur sehr mühsam gewann er seine Selbstbeherrschung zurück. Um sich von dieser unheildrohenden Atmosphäre zu befreien, richtete er seinen Blick fest auf den mit einer dicken Schicht fauliger Blätter bedeckten Boden.

Plötzlich setzte sein Herzschlag aus. Mitten in einer Lehmmulde, rechts von seiner Fußspitze, erblickte er den Abdruck eines kleinen Fußes, der auf den Tunnel zuzugehen schien. Dieses geheimnisvolle Zeichen schien ihm zu befehlen, den Tunnel zu betreten.

Richter Di holte tief Atem. Dann wandte er sich brüsk um und bemerkte lässig:

«Wir werden sicher gut daran tun, uns nicht ohne angemessene Vorbereitung in dies Labyrinth zu wagen.»

Mit diesen Worten schritt er wieder unter dem Torbogen hindurch über den gepflasterten Hof und zurück in den Garten. Nie hatte ihm das warme Sonnenlicht so wohlgetan.

Richter Di blickte auf zu einer riesigen Zeder, die die Pinien weit überragte. Dann sagte er zu Ma Jung:

«Ich würde doch gern einen allgemeinen Begriff von der Größe und Gestalt dieses Labyrinths mitnehmen. Dazu brauchen wir es nicht zu betreten. Wenn du den Baum da hinaufkletterst, könntest du einen Überblick über das ganze Grundstück bekommen.»

«Das kann leicht geschehen», rief Ma Jung aus.

Er lockerte seinen Gürtel und legte sein Oberkleid ab. Dann sprang er hoch und bekam gerade den untersten Zweig zu fassen. Er zog sich höher und verschwand bald in dem dichten Astwerk.

Richter Di und Wachtmeister Hung setzten sich auf einen umgestürzten Baum. Weder der eine noch der andere sagte auch nur ein Wort.

Sie hörten ein Krachen über sich. Ma Jung sprang ab. Er blickte schmerzlich auf einen Riß in seinem Untergewand.

«Ich kletterte direkt bis an den Wipfel hinauf, Euer Ehren», berichtete er. «Von dort aus konnte ich das Labyrinth überblicken. Es ist kreisrund, wohl einen Morgen groß, und reicht bis an den Berg. Aber von einer planmäßigen Anlage konnte ich nichts entdecken. Die Wipfel stehen fast überall nah beieinander, ich konnte immer nur kurze Wegstrecken sehen. Hier und da machte sich ein leichter Dunst bemerkbar. Es sollte mich nicht wundern, wenn in dem Gebiet mehrere tote Teiche lägen.»

«Hast du nichts bemerkt, das wie das Dach eines Pavillons oder wie ein kleines Haus aussah?» fragte Richter Di.

«Nein», antwortete Ma Jung. «Ich sah nur ein Meer grüner Baumwipfel.»

«Merkwürdig», überlegte Richter Di. «Da der Gouverneur immer so lange in diesem Labyrinth weilte, sollte man annehmen, daß er sich hier eine kleine Bibliothek oder ein Arbeitszimmer eingerichtet hätte.»

Der Richter stand auf und strich sein Kleid glatt.

«Jetzt wollen wir uns mal das Haus näher ansehen», sagte er.

Sie gingen nochmals an dem Gartenpavillon und den beiden reglosen Gestalten unter dem Magnolienbaum vorbei. Dann stiegen sie auf die Terrasse.

Sie besichtigten eine Reihe größerer oder kleinrer leerer Räume. Das meiste Holzwerk war verrottet, der Bewurf war größtenteils abgefallen.

Als der Richter einen düsteren Gang betrat, rief Ma Jung, der ihm voranging:

«Hier ist eine verschlossene Tür, Euer Ehren!»

Richter Di und Wachtmeister Hung gingen auf ihn zu. Ma Jung wies auf eine breite, ausgezeichnet erhaltene Holztür.

«Dies ist die erste Tür, die richtig schließt», bemerkte der Wachtmeister.

Ma Jung schob seine Schultern gegen sie und fiel beinahe in den Raum dahinter. Die Tür tat sich in gut geölten Angeln auf.

Richter Di trat ein.

Der Raum hatte nur ein Fenster, das mit einem festen Eisengitter verrammelt war. Bis auf eine ländliche Bambusliege in einer Ecke war der Raum leer. Der Boden war sauber gefegt.

Wachtmeister Hung betrat den Raum ebenfalls und ging hinüber zu dem vergitterten Fenster.

Ma Jung eilte hinaus.

«Seit unserem Abenteuer unter der Bronze-Glocke», rief er dem Richter von draußen zu, «habe ich großen Respekt vor geschlossenen Räumen. So lange Euer Ehren und der Wachtmeister drinnen sind, werde ich hier im Gang Wache halten und aufpassen, daß kein Wohlmeinender die Tür hinter Ihnen zuschlägt.»

Richter Di lächelte matt.

Mit einem Blick auf das vergitterte Fenster und die hohe Decke bemerkte er:

«Du hast ganz recht, Ma Jung: Wenn diese Tür verschlossen ist, wäre es nicht leicht, aus diesem Zimmer herauszukommen.»

Dann fügte er, den glatten Bambus der Liege, die nicht ein einziges Stäubchen aufwies, betastend, hinzu:

«Hier muß noch bis ganz vor kurzem jemand gewohnt haben!»

«Kein schlechtes Versteck!» bemerkte der Wachtmeister. «Vielleicht hat hier ein Verbrecher Unterschlupf gefunden.»

«Ein Verbrecher oder ein Gefangener», sagte Richter Di nachdenklich.

Dann befahl er dem Wachtmeister, die Tür zu versiegeln.

Sie besichtigten auch noch die andern Räume, entdeckten aber nichts. Da es Nachmittag geworden war, beschloß Richter Di, ins Gericht zurückzukehren.

Achtzehntes Kapitel

Richter Di beschließt, einen alten Einsiedler zu Rate zu ziehen; Ma Jung fängt seinen Mann im Trommelturm.

Sobald sie ins Gericht zurückgekommen waren, ließ Richter Di sofort Oberkonstabler Fang holen und befahl ihm, sich mit zehn Konstablern und zwei Tragbahren in das Landhaus zu begeben, um die Reste des alten Hauswarts und seiner Frau abzuholen.

Dann bekam der Richter sein Frühstück in seinem Privatbüro serviert.

Während er aß, ließ er den Leiter der Archive holen. Es war ein Mann über sechzig, der dem Richter durch den Gildenmeister der Seidenkaufleute empfohlen war. Er war ein Seidenhändler, der sich vom Geschäft zurückgezogen und sein ganzes Leben in Lan-fang gewohnt hatte.

Während Richter Di seine Suppenschale auslöffelte, fragte er:

«Haben Sie je von einem alten Gelehrten in diesem Bezirk gehört, der sich des Schriftstellerpseudonyms ‹Der Einsiedler im Kranichfedernkleid› bedient?»

Der Archivleiter fragte:

«Ich nehme an, Euer Ehren meinen den Herrn Kranichtracht?»

«Ja, das müßte er sein», sagte Richter Di. «Er muß hier irgendwo außerhalb der Stadt wohnen.»

«Ja», antwortete der andere, «das ist Herr Kranichtracht. So wird er allgemein genannt. Er ist ein Eremit, der, so weit ich zurückdenken kann, in den Bergen vor dem Südtor wohnt. Niemand weiß, wie alt er ist.»

«Den möchte ich gern mal sprechen», sagte der Richter.

Der alte Archivleiter blickte skeptisch drein.

«Das wird einige Schwierigkeiten machen, Euer Ehren», bemerkte er. «Der alte Herr verläßt sein Tal nie und weigert sich, Besucher zu empfangen. Ich würde nicht wissen, ob er noch lebt, wenn ich nicht vorige Woche gehört hätte, daß zwei Brennholzsucher ihn zufällig in seinem Garten hatten arbeiten sehen. Er ist ein sehr weiser und gelehrter Mensch, Euer Ehren, manche behaupten sogar, daß er das Lebenselixier gefunden hat und diese Welt in Kürze als ein Unsterblicher verlassen wird.»

Richter Di strich sich langsam über seinen langen Bart.

«Über solche Einsiedler», sagte er, «habe ich schon viele Geschichten gehört. Gewöhnlich erweist sich, daß es sich tatsächlich nur um außergewöhnlich faule und unwissende Menschen handelt. Ich habe jedoch von dieses Mannes Schönschrift eine Probe gesehen, die ganz außerordentlich ist. Vielleicht ist er eine Ausnahme. Wie ist denn der Weg, auf dem man zu ihm kommt?»

«Den werden Euer Ehren meist zu Fuß gehen müssen», antwortete der Archivleiter. «Der Bergpfad ist so steil und schmal, daß nicht einmal ein Tragsessel durchkommen könnte.»

Der Richter dankte dem Archivleiter. Tschiao Tai trat ein und sah bekümmert aus.

«Hoffentlich gibt es keine Ungelegenheiten im Hause Tschiäns, Tschiao Tai?» fragte der Richter besorgt.

Tschiao Tai setzte sich und fing an, seinen kurzen Schnurrbart zu zwirbeln. Dann sagte er:

«Euer Ehren, es ist sehr schwierig zu erklären, in welcher Weise sich an der Haltung einer Soldatenabteilung eine Veränderung bemerkbar macht. Ich nehme an, daß es sich dabei hauptsächlich um unkontrollierbare Eindrücke handelt. Aber seit den letzten beiden Tagen habe ich das Gefühl, daß irgendwas mit den Leuten nicht in Ordnung ist. Ich habe mich auch mit Korporal Ling beraten und festgestellt, daß er die gleichen Sorgen hat. Er berichtete mir, daß einige Soldaten mehr Geld ausgeben, als sie einnehmen.»

Richter Di hatte aufmerksam zugehört.

«Dies klingt bedenklich, Tschiao Tai», sagte er langsam. «Hör mal, was Ma Jung zu erzählen hat.»

Ma Jung erzählte nochmals, was er in der Nordreihe gehört hatte.

Tschiao Tai schüttelte den Kopf.

«Ich fürchte, wir werden Ungelegenheiten erleben, Euer Ehren. Unser Trick, daß wir ein nur in der Phantasie bestehendes Regiment einsetzten, das die Grenzen kontrollieren soll, wirkt sich auf zweierlei Weise aus. Auf der einen Seite ermöglichte er uns, Tschiän Mao zu überspielen und seine Leute zu unterwerfen. Anderseits mag er jedoch Barbarenstämme, die sowieso schon einen Angriff auf die Stadt planten, ermuntert haben, indem sie sich sagten, sie müßten jetzt oder nie, jedenfalls bevor eine Garnison ankommt, den Schlag ausführen.»

Richter Di zerrte an seinem Backenbart.

«Ein Barbarenangriff auf diese Stadt wäre der Gipfel!» rief er zornig aus. «Als ob wir nicht schon Kummer genug hätten! Ich habe den Verdacht, daß jener geheimnisvolle Unheilstifter, der Tschiän Mao beriet, hinter dem allem steht. Auf wieviel Mann können wir uns eurer Meinung nach verlassen?»

Tschiao Tai überlegte. Nach einer Weile sagte er:

«Ich würde mich nicht auf mehr als höchstens fünfzig verlassen, Euer Ehren.»

Alle schwiegen.

Plötzlich hieb Richter Di mit der Faust auf den Tisch.

«Möglicherweise ist es noch nicht zu spät!» rief er aus. «Deine Bemerkung, daß sich ein Trick auf zweierlei Weise auswirken kann, Tschiao Tai, hat mich auf eine Idee gebracht.

Ma Jung, wir müssen diesen ugurischen Halunken, mit dem du gestern nacht zusammengekommen bist, sofort dingfest machen. Kannst du ihn, ohne Aufsehen bei den Leuten da draußen zu erregen, verhaften?»

Ma Jung sah erfreut aus. Er legte seine breiten Hände auf die Knie und sagte lächelnd:

«Helles Tageslicht ist nicht gerade geeignet für ein solches Unternehmen, Euer Ehren, aber selbstverständlich kann es geschehen.»

«Begib dich sofort mit Tschiao Tai dahin», befahl der Richter, «aber vergiß nicht, daß es eine heimliche Verhaftung sein muß. Wenn sich herausstellt, daß du ihn nicht ohne Wissen anderer festnehmen kannst, laß ihn laufen und komm wieder her.»

Ma Jung nickte. Er stand auf und machte Tschiao Tai ein Zeichen, ihm zu folgen. Sie gingen ins Wachtlokal und setzten sich in eine Ecke, in der sie sich flüsternd berieten. Dann ging Ma Jung allein fort.

Er ging um den gesamten Gerichtsgebäudekomplex herum und schlenderte die Hauptstraße entlang, die auf das nördliche Stadttor zuging. Einen Augenblick blieb er vor einem kleinen Restaurant stehen. Dann trat er ein.

Ma Jung war hier schon einmal gewesen. Der Geschäftsführer begrüßte ihn mit seinem Namen.

«Ich möchte mein Frühstück in ein kleines Zimmer hinauf haben», bestellte Ma Jung und ging die Treppe hinauf. Im zweiten Stock fand er ein leeres Eckzimmer. Als er sein Frühstück erhalten hatte, ging die Tür auf und Tschiao Tai kam herein. Er hatte das Restaurant durch die Hintertür betreten. Ma Jung zog schleunigst sein Obergewand aus und legte seine Mütze ab. Während Tschiao Tai diese in ein Bündel wickelte, brachte Ma Jung sein Haar in Unordnung und band sich einen schmutzigen Lumpen um den Kopf. Dann raffte er die Säume seines Unterkleides in seinen Gürtel und krempelte sich die Ärmel auf. Er grüßte in aller Eile und verließ das Zimmer. Er stahl sich die Treppe hinunter in die Küche.

«Hast du hier nicht einen Ölkuchen rumliegen, du fetter Bastard?» brüllte er den Koch an, der schwitzend am Herdfeuer stand.

Der Koch blickte auf. Als er diesen ungehobelten Burschen bemerkte, gab es ihm unverzüglich einen angebrannten Mehlkuchen. Ma Jung murmelte etwas, riß den Kuchen an sich und verließ die Küche durch die Hintertür.

Oben hatte Tschiao Tai mit Frühstücken angefangen. Der Kellner, der das bekannte braune Gewand und die spitze schwarze Mütze der Gerichtsbeamten sah, bemerkte nicht, daß dies keineswegs der gleiche Gast war, der eben das Restaurant betreten hatte.

Tschiao Tai nahm sich vor wegzugehen, sobald der Geschäftsführer beschäftigt war.

Inzwischen war Ma Jung zum Trommelturmmarkt hinübergeschlendert.

Eine Weile lungerte er zwischen den Buden der Straßenhändler herum. Dann ging er zum Turm selbst hinüber.

Der dunkle Platz unter den steinernen Gewölben, die den Trommelturm trugen, war leer. An regnerischen Tagen suchten herumziehende Kaufleute den geschützten Platz unter den Gewölben auf, um hier ihre Waren auszulegen. Jetzt aber war ihnen das helle Sonnenlicht draußen lieber.

Ma Jung blickte sich um. Als er feststellte, daß ihn niemand beobachtete, ging er schleunigst in das Gebäude und stieg die schmale Steintreppe zum zweiten Stockwerk hinauf.

Dieses zweite Stockwerk war eine Art von Dachboden mit breiten Fenstern auf allen vier Seiten. Bei Hitze kamen manchmal Leute hier herauf, um sich abzukühlen, aber im Augenblick war niemand da. Die Trittleiter zum dritten Stock war durch ein hölzernes Tor versperrt. Ein Schloß war nicht zu sehen. Es war durch einen eisernen Bolzen verriegelt, über den ein Streifen Papier mit dem Gerichtssiegel geklebt war.

Ma Jung brach das Siegel seelenruhig auf, öffnete das Tor und stieg in den dritten Stock hinauf.

In der Mitte stand auf einer Plattform auf Holzboden die riesige runde Trommel. Eine dicke Schicht Staub lag auf ihr, der von draußen durch die offenen Bogenfenster hereingeflogen war. Die Trommel wird nur in Notstandsfällen geschlagen, um die Bevölkerung zu warnen. Offenbar was das seit vielen Jahren nicht der Fall gewesen.

Ma Jung nickte. Schnell ging er wieder hinunter. Er spähte unter einem der Bogen ins Freie. Als er bemerkte, daß niemand ihn beobachtete, schlüpfte er hinaus und begab sich in die Nordreihe.

Im hellen Tageslicht nahm sich das Viertel noch elender aus als bei Nacht. Es lag ganz verödet da, offenbar holten die Bewohner den Nachtschlaf nach.

Ma Jung wanderte eine ganze Weile herum, aber es gelang ihm nicht, das Haus, das er besucht hatte, wiederzufinden.

Aufs Geratewohl stieß er eine Tür auf. Auf einer hölzernen Liege lag ein schlampig gekleidetes Mädchen.

Ma Jung gab der Liege einen Stoß. Das Mädchen raffte sich langsam auf. Sie warf Ma Jung einen mürrischen Blick zu und fing an, sich den Kopf zu kratzen.

Ma Jung sagte unwirsch:

«Orolaktschi!»

Plötzlich kam Leben in das Mädchen. Sie sprang von der Liege und verschwand hinter dem Wandschirm im Hintergrund. Dann tauchte sie wieder auf und zog an der Hand einen schmutzigen kleinen Jungen mit sich. Sie wies auf Ma Jung und redete in schnellem Tempo auf den Jungen ein. Dann sagte sie etwas zu Ma Jung, der aufmerksam nickte, obwohl er nicht ein Wort verstanden hatte.

Der Junge winkte Ma Jung zu und stürzte auf die Straße hinaus. Ma Jung folgte ihm auf den Fersen.

Der Junge glitt in eine Lücke zwischen zwei Häusern. Ma Jung fiel es schwer, seinen breiten Körper da durchzuquetschen. Als er unter einer kleinen Fensteröffnung, die etwa zwei Quadratfuß groß war, vorbeiging, überlegte er, daß, wenn irgend jemand in dem Haus diesen Augenblick benutzen wollte, ihm den Schädel zu zerschmettern, er das kaum würde verhindern können.

Ein Nagel zerriß ihm sein Kleid. Ma Jung stand still und besah sich sorgenvoll das große Loch, dann zuckte er gleichgültig die Achseln, weil dies immerhin seine Verkleidung noch überzeugender machte.

Plötzlich hörte er eine sanfte Stimme von oben her rufen:

«Jung Bao, Jung Bao!»

Er blickte auf. Das Mädchen Talbi blickte aus dem kleinen Fenster gerade über seinem Kopf.

«Wie geht's denn, mein Mädchen?» fragte Ma Jung freundlich.

Talbi schien sehr aufgeregt. Sie fing an, indem sie Ma Jung mit ihren großen Augen fest ansah, ein paar Worte zu flüstern.

Ma Jung schüttelte den Kopf.

«Ich habe keine Ahnung, was du möchtest, mein Kind, aber im Augenblick habe ich es eilig. Ich komme später wieder.»

Als er sich anschickte zu gehen, streckte Talbi ihren Arm durchs Fenster und packte Ma Jung beim Kragen. Sie wies in die Richtung, in der der Junge verschwunden war, und schüttelte eindringlich den Kopf. Dann strich sie sich mit dem Zeigefinger über den Hals.

«Ja, daß sie Halsabschneider sind, weiß ich», sagte Ma Jung lächelnd, «aber mach dir keine Sorgen, ich sehe mich schon vor.»

Talbi zog ihn ganz nahe ans Fenster. Einen Augenblick lang berührte ihre Wange die seine. Sie roch leicht nach Hammelfett, aber Ma Jung fand das immerhin ganz angenehm.

Dann löste er sanft ihren Arm von sich ab und ging weiter. Als er am Ende des Ganges angekommen war, ging der Junge auf ihn zu. Er quatschte aufgeregt und hatte augenscheinlich befürchtet, Ma Jung aus den Augen verloren zu haben.

Sie kletterten über einen Haufen Müll und dann über eine verfallene Mauer.

Der Junge zeigte auf eine niedrige Lehmhütte, die mitten unter baufälligen Kabuffs stand, und lief weg.

Ma Jung erkannte jetzt das kleine Haus, das er gestern nacht mit dem «Jäger» besucht hatte, wieder und klopfte an die Tür.

«Herein!» rief es von drinnen.

Ma Jung öffnete die Tür und erstarrte.

Ein hagerer Mann stand ihm gegenüber mit dem Rücken an der Wand. Ma Jungs Blick fiel auf das lange, unheilverkündende Messer, das auf der Fläche der rechten Hand des Mannes ruhte. Es war wurfbereit ausgerichtet.

Nach einem Augenblick der Spannung sagte der Mann: «Sie sind es also, Jung Bao, setzen Sie sich.»

Er steckte das Messer in eine lederne Scheide und setzte sich auf einen der niedrigen Schemel. Ma Jung folgte seinem Beispiel.

«Gestern nacht», begann Ma Jung, «hat mich der ‹Jäger› hierhergebracht und . . .»

«Halten Sie die Schnauze!» unterbrach der andere. «Wenn ich über Sie genau Bescheid gewußt hätte, wären Sie jetzt erledigt. Wenn ich mein Messer werfe, treffe ich nie vorbei.»

Ma Jung sagte sich, daß das wahrscheinlich stimmte. Der Ugure sprach ausgezeichnet Chinesisch. Ma Jung hielt ihn für einen Unterhäuptling.

Ma Jung lächelte gezwungen.

«Man hat mir gesagt, Herr, Sie könnten mir zu einer etwas einträglichen Beschäftigung verhelfen.»

«Sie sind ein Verräter», sagte der andere verächtlich. «Verräter denken immer nur an Geld. Aber vielleicht können Sie sich nützlich machen. Bevor ich Ihnen jedoch meine Befehle erteile, wollen wir uns mal über einen Punkt klarwerden. Es wird heilsam für Sie sein, auch den Anschein jeder Zweideutigkeit zu vermeiden. Beim geringsten Anzeichen steckt Ihnen mein Messer im Rücken.»

«Sicher, Herr», stimmte Ma Jung eilig zu. «Sie kennen meine Lage, ich . . .»

«Schluß», sagte der andere, «hören Sie mal genau zu. Ich pflege meine Befehle nicht zweimal zu geben.

Drüben, jenseits des Flusses, sammeln sich drei Stämme in der Ebene. Morgen um Mitternacht werden sie diese Stadt besetzen. Wir hätten diese Stadt schon lange besetzen können, wenn wir gewollt hätten, aber wir wollten übermäßiges Blutvergießen vermeiden. Ihre chinesischen Behörden sind selbstzufrieden und faul, und jeder Militärposten liegt weit weg. Wenn der Fall dieser Stadt die Behörden in der Hauptstadt nicht allzusehr interessiert, werden sie es nicht so eilig haben, eine Heeresabteilung herzuschicken. Glücklicherweise für uns geht die Straße nach Westen nicht länger durch die Stadt. Die Zentralbehörde braucht sich also keine Sorgen darüber zu machen, daß wir eventuell die Tributkarawanen aus den westlichen tributpflichtigen Reichen behindern. Bis sie sich dann entschließen, sich zu rühren, werden wir unser Reich hier fest errichtet haben und in der Lage sein, jeden Angriff abzuwehren.

Es kommt darauf an, daß wir diese Stadt überrumpeln. Alles ist vorbereitet, über das Gericht herzufallen, und den Richter und seine Leute umzubringen. Wir brauchen aber noch ein paar Chinesen, um die Wachen an den Toren im Schach zu halten.»

«Ha!» rief Ma Jung aus. «Das trifft sich gut. Ich habe zufällig einen Freund, der der rechte Mann für Sie ist. Er war Feldwebel im regulären Heer, mußte desertieren und sich verborgen halten, weil er mit dem neuen Richter hier Krach kriegte. Dieser Di ist ein böser Mensch.»

«Ihr Chinesen habt immer Angst vor euren Richtern», sagte der Ugure höhnisch. «Ich habe keine Angst vor ihm. Vor ein paar Jahren habe ich so einem persönlich den Hals abgeschnitten.»

Ma Jung blickte seinen Wirt bewundernd an.

«Schön», sagte er, «da werden Sie guttun, mit meinem Freund sich ins Benehmen zu setzen, er ist ein erstklassiger Fechter und weiß alles über Parolen und militärische Gebräuche.»

«Wo ist er?» erkundigte sich der andere beflissen.

«Nicht weit von hier, Herr», antwortete Ma Jung. «Wir haben einen wunderbaren Versteckplatz für ihn gefunden. Er geht nur nachts aus, bei Tage schläft er im dritten Stock des Trommelturms.»

Der Ugure lachte.

«Keine schlechte Idee!» sagte er. «Da wird ihn niemand suchen. Bringen Sie ihn her!»

Ma Jung sah unentschlossen aus und sagte stirnrunzelnd:

«Wie ich schon bemerkt habe, Herr, kann er es sich nicht erlauben, bei Tage auszugehen. Könnten wir nicht zu ihm gehen? Es ist nicht weit.»

Der Ugure warf Ma Jung einen mißtrauischen Blick zu und dachte eine Weile nach. Dann stand er auf, nahm sein Messer aus seinem Gürtel und steckte es in seinen Ärmel.

«Ich hoffe in Ihrem Interesse, mein Junge», sagte er, «daß Sie nicht einen faulen Trick planen. Gehen Sie voraus, bei der ersten verdächtigen Bewegung werfe ich Ihnen mein Messer in den Rücken, und niemand wird auch nur ahnen, woher es gekommen ist.»

Ma Jung zuckte die Achseln.

«Es bedarf solcher Warnungen nicht», bemerkte er, «wissen Sie nicht, daß wir ganz in Ihrer Hand sind? Ein Wort ans Gericht und sowohl mein Freund wie ich sind verloren.»

«Hoffentlich vergessen Sie das nicht, mein Junge», sagte der andere.

Sie gingen auf die Straße, wobei der Ugure Ma Jung in einiger Entfernung folgte.

Als Ma Jung auf den Marktplatz kam, sah er Tschiao Tai dort, mit dem Rücken gegen eine steinerne Erinnerungstafel lehnend, stehen. Mit untergeschlagenen Armen überblickte er müßig die Menge. Seine spitze Mütze, sein braunes Kleid mit der schwarzen Schärpe und seine überlegene Miene kennzeichneten ihn deutlich als einen Gerichtsbeamten.

Ma Jung ging langsamer.

Hier müßte er seine Chance wahrnehmen. Er war jeden Augenblick darauf gefaßt, des Uguren Messer in seinem Nacken zu spüren.

Aber er durfte sich auch nicht gar zu schnell bewegen, er mußte erst sicher sein, daß Tschiao Tai ihn gesehen hatte. Kalten Schweiß auf der Stirn, spielte Ma Jung vorsichtig seine Rolle.

Er tat, als ob er einen Augenblick zögerte. Als Tschiao Tai seine Hand hob und langsam seinen Schnurrbart glättete, wandte sich Ma Jung um und ging hinter der Steintafel durch. Kaum war er sicher unter dem dunklen Bogen des Trommelturms, als der Ugure sich ihm anschloß.

«Haben Sie diesen Bastard, der sich gegen die Steintafel lehnte, gesehen?» flüsterte Ma Jung aufgeregt. «Das ist ein Gerichtsbeamter.»

«Das habe ich gesehen», sagte der andere trocken, «nu machen Sie mal ran!»

Ma Jung ging die steinerne Treppe zum zweiten Flur hinauf. Er wartete, bis der Ugure herangekommen war, dann wies er auf das verletzte Siegel am Tor und sagte:

«Sehen Sie, da ist mein Freund schon hinaufgegangen.»

Der Ugure zog sein Messer aus der Scheide. Er strich mit dem Daumen die haarscharfe Klinge entlang.

«Gehen Sie rauf!» befahl er.

Ma Jung zuckte resigniert die Achseln. Langsam kletterte er die schmale Leiter hinauf. Der Ugure folgte ihm.

Ma Jung zwängte seine Schultern durch die Bodenluke und rief:

«Na! Der faule Hund schläft mal wieder!»

Mit diesen Worten ging er auch die letzten Sprossen hinauf. Auf die Trommel weisend, sagte er:

«Guck dir mal den Burschen an!»

Der Ugure kletterte rasch weiter.

Als sein Kopf gerade die Höhe des Bodens erreicht hatte, gab Ma Jung ihm plötzlich einen kräftigen Fußtritt ins Gesicht.

Mit einem Aufschrei fiel der Ugure die steile Leiter hinab.

Ma Jung ließ sich, so rasch er konnte, hinuntergleiten. Am Fuß der Trittleiter konnte er gerade noch einem bösen Messerstich ausweichen. Der Ugure lag, auf seinen linken Arm gestützt, auf dem Boden. Offenbar hatte er sich ein Bein gebrochen, und aus seinem geschorenen Schädel stürzte Blut aus einer häßlichen Wunde. Aber seine Augen funkelten grün, und sein Messer hielt er fest.

Ma Jung sah ein, daß hier nicht weiter gezögert werden konnte. Er trat rasch hinter seinen Gegner. Bevor der Ugure sich aufraffen konnte, hatte Ma Jung ihm bereits einen neuen Schlag versetzt. Der Kopf des Uguren krachte gegen die Leiter, das Messer fiel klappernd zu Boden. Er lag ganz ruhig.

Ma Jung nahm das Messer auf und steckte es in seinen Gürtel, dann band er dem Uguren die Hände hinter dem Rücken fest. Er befühlte sein Bein: Es schien an verschiedenen Stellen gebrochen.

Ma Jung ging hinunter. Er verließ den Turm und schlenderte lässig auf den Marktplatz hinaus in der Richtung auf die Steintafel zu.

Als er gerade vorüberging, machte Tschiao Tai einen Schritt vorwärts.

«Halt!» rief er und ergriff Ma Jung beim Arm.

Ma Jung machte sich frei und blickte Tschiao Tai verdrießlich an.

«Laß deine dreckigen Hände von mir weg, du Hundesohn», schnauzte er.

«Ich bin Gerichtsbeamter», sagte Tschiao Tai entschlossen, «ich bin sicher, Seine Exzellenz, der Richter, würde dir gern ein paar Fragen stellen, mein Junge.»

«Mir?» rief Ma Jung entrüstet aus. «Ich bin ein ehrenwerter Bürger, Konstabler!»

Ein Haufen von Müßiggängern hatte sich um sie geschart und verfolgte gespannt, was sich tat.

«Willst du mitkommen, oder muß ich dich erst niederschlagen?» fragte Tschiao Tai drohend.

«Sollen wir uns das von diesem Gerichtslaufjungen gefallen lassen?» fragte Ma Jung die Menge.

Zu seiner inneren Befriedigung machte niemand auch nur eine Bewegung.

Ma Jung zuckte die Achseln.

«Nun gut», sagte er, «das Gericht kann mir nichts anhaben.»

Tschiao Tai band ihm die Hände auf den Rücken.

Ma Jung drehte sich um.

«Hören Sie mal», sagte er, «ich habe einen kranken Freund. Lassen Sie mich mal diesem Kuchenhändler ein paar Kupferstücke geben, damit er ihm was zu essen bringen kann. Der Mann kann sich nicht rühren.»

«Wer ist das denn?» fragte Tschiao Tai.

Ma Jung zögerte eine Weile. Dann sagte er widerstrebend:

«Die Wahrheit zu gestehen, stieg er heute nacht in den Trommelturm da drüben, um die frische Luft zu genießen. Er fiel die Leiter hinunter und brach ein Bein. Nun liegt er im zweiten Stockwerk.»

Die Menge brach in Gelächter aus.

«Ich glaube», sagte Tschiao Tai, «das Gericht würde sich deinen Patienten gern mal ansehen.» Sich an die Menge wendend, fügte er hinzu: «Geh mal schnell einer zum Posten. Er soll mit vier Mann, einer Bahre und ein paar alten Bettüchern herkommen.»

Bald erschien denn auch der Wachtposten mit vier stämmigen Leuten, die Bambusstäbe trugen.

«Inspektor, passen Sie mal auf diesen Halunken auf», befahl Tschiao Tai. Er winkte zwei von den Leuten heran und verschwand im Trommelturm.

Tschiao Tai ging mit den Tüchern über der Schulter die Treppen hinauf. Der Ugure war noch bewußtlos. Tschiao Tai klebte ihm rasch ein Stück Ölpapier über den Mund und rollte ihn in eines der Bettücher ein. Dann rief er hinunter. Die beiden Leute des Inspektors kamen herauf, um den leblosen Körper abzuschleppen. Der Ugure wurde auf eine improvisierte Bahre gelegt, dann ging es zum Gericht, wobei Tschiao Tai, Ma Jung mit sich ziehend, die Führung übernahm.

Sie betraten das Gericht durch das Seitentor. Sobald sie drinnen waren, sagte Tschiao Tai zu dem Inspektor:

«Stell mal die Bahre hierher. Du und deine Leute, ihr könnt gehen.»

Während Tschiao Tai das Tor hinter ihm schloß, zog Ma Jung seine Hände aus dem lose geknüpften Seil und trug zusammen mit Tschiao Tai die Bahre ins Gefängnis. Sie legten den Uguren auf eine Pritsche in einer engen Zelle.

Während Ma Jung des Verwundeten Kopf verband, schnitt Tschiao Tai ihm die gebeutelten Hosen auf und fing an, das Bein zu schienen.

Ma Jung aber eilte hinaus, um dem Richter Bericht zu erstatten.

Tschiao Tai schloß die Tür der Zelle ab. Dann lehnte er sich mit dem Rücken an die Tür. Als der Gefängniswärter vorbeikam, erzählte Tschiao Tai ihm, daß er einen gewalttätigen Schurken gefangen hätte, dessen Namen er, sobald er sich beruhigt haben würde, feststellen werde.

In Richter Dis Privatbüro saß nur Tao Gan dösend in einer Ecke.

Ma Jung rüttelte ihn wach und fragte aufgeregt:

«Wo ist Seine Exzellenz?»

Tao Gan blickte auf.

«Der Richter ist mit Wachtmeister Hung bald nach dir weggegangen, und nur Tschiao Tai blieb hier», antwortete er mürrisch. «Was ist hier eigentlich los? Hast du den Uguren festgekriegt?»

«Noch besser», sagte Ma Jung, «wir haben den Mörder von Richter Pan verhaftet.»

«Das wird dich heute nacht eine Runde Wein kosten, Bruder», sagte Tao Gan befriedigt. «Seine Exzellenz haben mir befohlen, ich soll Sih Ki einladen, am späten Nachmittag auf das Gericht zu kommen. Ich nehme an, der Richter möchte ihn über den Tod des alten Hausbesorgers und seiner Frau in seinem Landhaus befragen. Ich will mich jetzt beeilen.»

Neuzehntes Kapitel

Ein Einsiedler spricht über den Sinn des Lebens; Richter Di erfährt das Geheimnis des alten Gouverneurs.

Nachdem Ma Jung und Tschiao Tai gegangen waren, nahm Richter Di ein Blatt vom Stapel auf seinem Tisch. Er sah es an, schien aber von seinel Inhalt keine Notiz zu nehmen.

Wachtmeister Hung merkte, daß der Richter sich Sorgen machte.

Richter Di ließ das Dokument ungeduldig fallen und sagte:

«Ich brauche dir nicht zu sagen, Wachtmeister, daß, wenn Ma Jung und Tschiao Tai jenen Mann nicht wirklich festkriegen, wir in eine höchst gefährliche Lage geraten werden.»

«Die haben schon schwierigere Dinge zustande gebracht, Euer Ehren», beruhigte der Wachtmeister.

Richter Di sagte nichts dazu. Eine halbe Stunde lang beschäftigte er sich mit verschiedenen Akten. Schließlich legte er seinen Schreibpinsel hin.

«Es nützt nichts, hier länger zu sitzen und zu warten», sagte er entschlossen. «Augenscheinlich haben Ma Jung und Tschiao Tai eine Gelegenheit gefunden, ihren Mann ohne Aufsehen zu verhaften.

Es ist schönes Wetter, laß uns mal gehen und sehen, ob wir diesen Herrn Kranichtracht finden können.»

Wachtmeister Hung wußte aus langer Erfahrung, daß Handeln den Richter immer am besten ablenkte. Er ging also rasch hinaus, um die Pferde zu bestellen.

Sie verließen das Gericht durch das Haupttor und wandten sich gen Süden.

Sie galoppierten über die Marmorbrücke und zogen durchs südliche Stadttor.

Eine Zeitlang waren sie die Hauptstraße hinuntergeritten, dann wies ihnen ein Bauer einen schmalen Weg, der ins Gebirge führte und am Fuß eines steilen Abhangs endete.

Richter Di und der Wachtmeister saßen ab. Wachtmeister Hung gab einem Brennholzsammler ein paar Kupferstücke und befahl ihm, etwa eine Stunde lang auf die Pferde aufzupassen. Dann begannen sie den Aufstieg.

Mit einiger Anstrengung kletterten sie den pinienüberstandenen Abhang hinauf. Richter Di hielt dort an, um etwas Atem zu holen. Er blickte in das grün zu seinen Füßen sich ausbreitende Tal hinunter, hob die Arme und genoß die kühle Bergluft, die seine weiten Ärmel aufblies.

Als auch Wachtmeister Hung sich ausgeruht hatte, kletterten sie langsam den gewundenen Pfad hinab.

Als sie ins Tal hinunterkamen, wurde die Luft merkwürdig still. Das Gemurmel eines Baches war der einzige Laut.

Sie gingen auf einer engen steinernen Brücke über den Fluß. Ein Seitenpfad führte sie zu einer niedrigen, strohbedeckten Hütte, die nur teilweise mitten im grünen Laubwerk sichtbar war. Der Pfad führte sie durch dichtes Unterholz zu einem roh errichteten Tor aus Bambusstäben. Hinter dem Tor lag ein kleiner Garten. Zu beiden Seiten standen blühende, etwa mannshohe Pflanzen. Der Richter glaubte, noch nie eine so verschwenderische Fülle herrlicher Blumen gesehen zu haben.

Die Lehmwände des kleinen Hauses waren mit Efeu umrankt. Sie schienen sich unter der Last des Strohdaches, das ganz mit grünem Moos überwachsen war, zu senken. Ein paar mürbe, hölzerne Stufen führten zu der einzigen Tür, die aus rohen Brettern gezimmert war. Sie stand offen.

Richter Di wollte zunächst mit lauter Stimme seinen Besuch ankündigen, aber dann fühlte er sich gehemmt, die Stille zu unterbrechen. Er schob die neben dem Haus wachsenden Pflanzen beiseite und erblickte eine ländliche Veranda aus Bambusstäben. Ein sehr alter Mann in zerfetztem Kleid begoß eine Reihe von Blumentöpfen. Er trug einen breiten, runden Strohhut. Zarter Orchideengeruch hing in der Luft.

Richter Di zog die Zweige weiter auseinander und rief:

«Ist Herr Kranichtracht zu Hause?»

Der alte Mann wandte sich um. Die untere Hälfte seines Gesichts trug einen dichten Schnurrbart und einen langen weißen Vollbart. Der übrige Teil seines Gesichts steckte unter dem breiten Rand des Hutes. Er antwortete nicht, aber machte eine unbestimmte Bewegung auf das Haus zu.

Dann setzte er seine Gießkanne nieder und verschwand, ohne ein Wort zu äußern, hinter dem Haus.

Richter Di war von diesem formlosen Empfang nicht sehr entzückt.

Er wies Wachtmeister Hung barsch an, draußen zu warten.

Während der Wachtmeister sich auf die Bank in der Nähe des Tores setzte, stieg Richter Di die Stufen hinauf und trat in das Haus. Er befand sich in einem großen leeren Raum. Der Boden aus Holzbohlen war kahl, genau wie die weißen Stuckwände.

An Möbeln war nur ein roher hölzerner Tisch mit zwei Schemeln vor einem niedrigen breiten Fenster zu bemerken sowie an der Hinterwand ein Bambustisch. Es sah aus wie im Hause eines Bauern. Aber alles war peinlich sauber.

Vom Wirt war keine Spur zu bemerken. Richter Di fing an, sich zu ärgern und zu bedauern, daß er hergekommen war.

Seufzend ließ er sich auf einem der Schemel nieder und blickte aus dem Fenster.

Wieder war er betrofffen über den schönen Anblick der Blumentöpfe, die draußen auf der Veranda auf einem Gerüst standen. Seltene Orchideen blühten in Porzellan- und irdenen Töpfen, ihr Duft schien das ganze Zimmer zu erfüllen.

Wie er so dasaß, empfand Richter Di die unendliche Ruhe der Umgebung, die auch seinen gequälten Geist besänftigte. Er hörte auf das leise Summen unsichtbarer Bienen, und die Zeit schien stillzustehen.

Seine Aufregung legte sich.

Er legte die Ellbogen auf den Tisch und blickte müßig umher. Er bemerkte über dem Bambustisch ein paar Papierrollen, die an der Wand hingen. Auf ihnen stand in wunderbarer Schönschrift ein Vers, den Richter Di in Ruhe skandierte:

«Zwei Wege führen zum Tor des ewigen Lebens: Entweder man bohrt wie ein Wurm seinen Kopf in den Schlamm, oder man steigt wie ein Drache zum Himmel empor.»

Der Richter überlegte, daß diese Zeilen keineswegs banal waren. Sie konnten auf mehr als eine Weise ausgelegt werden.

Der Vers war unterzeichnet und gesiegelt, aber von seinem Platz aus konnte der Richter die kleinen Buchstaben nicht lesen.

Im Hintergrund wurde ein verblichener blauer Wandschirm beiseite geschoben, der alte Mann trat ein.

Er hatte sein zerrissenes Kleid mit einem losen Gewand von brauner Leinwand vertauscht und den Hut abgelegt. Er hatte einen dampfenden Kessel in der Hand.

Richter Di stand rasch auf und machte eine tiefe Verbeugung.

Der alte Mann nickte formlos und nahm gemächlich auf dem andern Schemel mit dem Rücken zum Fenster Platz. Der Richter zögerte einen Augenblick und setzte sich dann auch.

Das Gesicht des alten Mannes war wie die Haut eines Holzapfels voller Runzeln. Aber seine Lippen waren rot wie Zinnober. Da er beim Eingießen des kochenden Wassers in die Teekanne den Kopf gesenkt hielt, verbargen seine weißen Brauen die Augen, so daß der Richter sie nicht sehen konnte.

Richter Di wartete in ehrfurchtsvollem Schweigen, daß der Alte das Wort ergriff.

Als er den Deckel wieder auf die Teekanne gelegt hatte, faltete sein Gastgeber die Arme in seine Ärmel und blickte den Richter unumwunden an. Unter seinen buschigen Brauen bemerkte man durchdringende Augen, die scharf wie die eines Geiers waren.

Er sprach mit tiefer, klangreicher Stimme:

«Entschuldigen Sie die Nachlässigkeit eines alten Mannes. Ich empfange nur selten Besucher.»

Während er sprach, bemerkte der Richter, daß seine Zähne gleichmäßig und perlenweiß waren.

Richter Di antwortete:

«Ich bitte, meinen unangemeldeten Besuch entschuldigen zu wollen. Sie . . .»

«Ach, Sih», unterbrach der Alte. «Sie gehören also zu der berühmten Familie Sih.»

«Nein», klärte der Richter auf, «meine Familie ist Di. Ich . . .»

«Ja, ja», sagte sein Wirt sinnend, «es ist lange her, daß ich meinen alten Freund Sih nicht gesehen habe. Lassen Sie mich mal nachdenken, es muß jetzt acht Jahre her sein, daß er starb, oder sind es neun?»

Richter Di überlegte, ob der Alte vielleicht schon schwachsinnig geworden sei. Aber da der Irrtum seines Gastgebers gerade den Zweck seines Besuchs berührt hatte, machte er keinen Versuch, ihn aufzuklären.

Der Alte goß Tee ein.

«Ja», fuhr er nachdenklich fort, «das war ein Mann mit großen Zielen, der alte Gouverneur Sih. Nun, das muß jetzt siebzig Jahre her sein, daß wir zusammen in der Hauptstadt studierten. Ja, er war außerordentlich tüchtig und weitsichtig, und er wollte alles Übel ausrotten und das ganze Reich reformieren . . .»

Die Stimme des Alten sackte ab. Er nickte ein paarmal und nippte seinen Tee.

Richter Di sagte zaghaft:

«Ich interessiere mich sehr dafür, wie Gouverneur Sih hier in Lanfang gelebt hat.»

Der Greis schien ihn nicht gehört zu haben. Er fuhr fort, an seinem Tee zu nippen.

Auch der Richter hatte die Tasse an seine Lippen geführt. Nach dem ersten Schluck wußte er, daß dies der herrlichste Tee war, den er je gekostet hatte. Das Aroma schien seinen ganzen Körper zu erfüllen.

Plötzlich äußerte sein Gastgeber:

«Das Wasser kommt von der Stelle, an der der Bach den Felsen hinunterfällt. Gestern abend habe ich die Teeblätter in die Knospe einer Chrysantheme gelegt. Als die Knospe heute morgen in der Sonne aufging, habe ich die Blätter herausgenommen. Sie sind gesättigt mit duftendem Morgentau.»

Dann fuhr er ohne Übergang fort:

«Sih begann seine amtliche Laufbahn, und ich ging fort, um das Reich zu durchwandern. Er wurde Präfekt, dann Gouverneur. Sein Name war bekannt in den Marmorhallen des Kaiserpalastes. Er verfolgte die Bösen, schützte und ermutigte die Guten und tat viel, sehr viel dazu, das Reich zu reformieren.

Dann entdeckte er eines Tages, als er fast alle seine Pläne verwirklicht hatte, daß er es versäumt hatte, seinen eigenen Sohn zu erziehen.

Er trat von all seinen hohen Ämtern zurück, lebte hier in Zurückgezogenheit und bestellte seine Felder und seinen Garten. So haben wir uns denn nach mehr als fünfzig Jahren wiedergetroffen. Wir hatten dasselbe Ziel auf verschiedene Weise erreicht.»

Der Alte kicherte sanft vor sich hin wie ein Kind und sagte:

«Der einzige Unterschied war, daß der eine Weg lang und gewunden, der andere kurz und geradeaus war.»

Hier hielt er inne.

Richter Di fragte sich, ob er sich die letzte Bemerkung erklären lassen sollte oder nicht. Aber bevor er den Mund auftat, fuhr sein Wirt fort:

«Kurz bevor wir auseinandergingen, sprachen wir gerade über diesen Punkt. Dann schrieb er jenen Vers, der an der Wand steht, nieder. Sehen Sie nur, wie herrlich er schreiben konnte.»

Richter Di stand gehorsam auf und betrachtete sich die Papierrolle an der Wand. Jetzt konnte er auch die Unterschrift lesen: «Geschrieben von Sih Schu-siän, vom Sitz der Geruhsamkeit.»

Nun wußte der Richter bestimmt, daß das Testament, das sie in Frau Sihs Rollbild gefunden hatten, eine Fälschung war. Die Unterschrift glich derjenigen, die unter dem angeblichen Testament stand, aber es war keineswegs die gleiche Handschrift. Richter Di strich sich langsam über den Bart. Jetzt wurde ihm vieles klar.

Als er sich wieder setzte, sagte er:

«Wenn ich mir die Äußerung erlauben darf: Gouverneur Sihs Schönschrift ist ausgezeichnet, aber Ihre, Herr, geht über alles Irdische hinaus. Ihre Inschrift auf dem Tor von des Gouverneurs Labyrinth fiel mir auf, wie . . .»

Der Alte schien nicht zugehört zu haben. Er unterbrach den Richter:

Herr Kranichtracht und Richter Di

«Der Gouverneur steckte so voller Pläne, daß ein ganzes Leben nicht ausgereicht hätte, seine Energie zu erschöpfen. Sogar als er sich hier niedergelassen hatte, konnte er keine Ruhe geben. Einige seiner Pläne, altes Unrecht wieder auszugleichen, sollten erst Jahre später Frucht tragen, wenn er selbst tot sein würde. Da er den Wunsch hatte, allein zu sein, baute er jenes erstaunliche Labyrinth. Als ob er mit all seinen Plänen und Ideen, die ihn wie zornige Wespen umsummten, jemals hätte allein sein können!»

Der alte Mann schüttelte den Kopf. Er goß sich eine weitere Tasse Tee ein.

Richter Di fragte:

«Hatte der alte Gouverneur hier viele Freunde?»

Der Greis zupfte langsam an einer seiner langen Augenbrauen. Dann kicherte er und sagte:

«Nach all diesen Jahren und nach allem, was er gesehen und gehört hatte, fuhr Sih doch im Studium der konfuzianischen Klassiker fort. Er schickte mir eine Wagenladung Bücher hier heraus. Ich fand sie sehr nützlich. Ich konnte mit ihnen so gut meinen Küchenherd heizen.»

Richter Di war im Begriff, gegen diese respektlose Bemerkung über die Klassiker ehrerbietig Einspruch zu erheben, aber sein Gastgeber nahm davon keine Notiz, sondern fuhr fort:

«Konfuzius! Nun, das war für euch ein großer Mann. Er verbrachte sein ganzes Leben damit, durch das Reich zu streifen, hatte immer etwas auszugleichen, immer irgendwem Ratschläge zu erteilen, der sie nur hören wollte. Er summte herum wie eine Bremse. Er ließ sich niemals genug Zeit, festzustellen: je mehr er tat, desto weniger führte er durch, und je mehr er erwarb, desto weniger besaß er. Ja, Konfuzius war ein Besserwisser! Und auch Gouverneur Sih war ein Besserwisser . . .»

Der alte Mann schwieg. Dann fügte er mürrisch hinzu:

«Sie übrigens auch, junger Mann!»

Richter Di war ganz betroffen über diese plötzliche persönliche Bemerkung. Verwirrt stand er auf und sagte mit einer tiefen Verbeugung:

«Wenn diese Person wagen dürfte, eine Frage zu stellen . . .»

Auch sein Gastgeber hatte sich erhoben.

«Eine Frage», antwortete er barsch, «führt nur zu einer andern Frage. Sie sind wie ein Fischer, der seinem Fluß und seinen Netzen den Rükken zukehrt und auf einen Baum im Walde steigt, um Fische zu fangen. Oder wie ein Mann, der ein Boot aus Eisen baut und in den Boden ein großes Loch bohrt und sich dann der Erwartung hingibt, über den Fluß fahren zu können. Gehen Sie an Ihre Probleme von der richtigen Seite heran und fangen Sie mit den Antworten an. Dann werden Sie vielleicht eines Tages die endgültige Antwort finden. Leben Sie wohl!»

Richter Di war im Begriff, seine Abschiedsverbeugung zu machen, aber der Alte hatte ihm bereits den Rücken zugekehrt und schlurfte zurück an den Wandschirm am Ende des Zimmers.

Der Richter wartete, bis sein Rücken hinter dem blauen Schirm verschwunden war und ging hinaus.

Draußen fand er Wachtmeister Hung, der, mit dem Rücken an das Gartentor gelehnt, schlief.

Der Richter weckte ihn auf.

Der Wachtmeister strich sich mit der Hand über die Augen und sagte glücklich lächelnd:

«Es kommt mir vor, daß ich nie so friedlich geschlafen habe, ich träumte von meiner Kindheit, da ich erst vier oder fünf Jahre alt war, und von Dingen, die ich völlig vergessen hatte.»

«Ja», sagte Richter Di nachdenklich, «dies ist ein sehr merkwürdiger Ort.»

Schweigend gingen sie zum Abhang hinauf.

Als sie wieder unter die Pinien kamen, fragte der Wachtmeister:

«Hat der Eremit Euer Ehren viel nützliche Aufklärung geboten?»

Richter Di nickte geistesabwesend.

«Ja», antwortete er nach einer Weile, «ich habe viele Dinge gehört. Ich weiß jetzt sicher, daß das Testament, das wir in dem Gemälde des Gouverneurs gefunden haben, eine Fälschung ist. Ich habe weiter erfahren, warum der alte Gouverneur plötzlich all seine Ämter niedergelegt hat, und ich weiß jetzt auch die andere Hälfte von General Dings Ermordung.»

Der Wachtmeister wollte gerade um weitere Erklärungen bitten, aber als er den Ausdruck von Richter Dis Gesicht bemerkte, zog er es vor zu schweigen.

Nach kurzem Ausruhen gingen sie den Abhang hinab, bestiegen ihre Pferde und ritten in die Stadt zurück.

Ma Jung wartete in Richter Dis Privatbüro.

Als er mit seinem Bericht anfing, wie er und Tschiao Tai den Uguren verhaftet hatten, schüttelte der Richter seine Gedanken ab und hörte gespannt zu.

Ma Jung versicherte dem Richter, daß niemand von der Verhaftung wisse. Er erzählte ausführlich von seiner Unterhaltung mit dem Ugurenhäuptling und ließ nur sein unerwartetes Zusammentreffen mit Talbi und ihre Warnung aus. Er nahm durchaus berechtigterweise an, daß Richter Di sich für dieses romantische Zwischenspiel nicht würde interessieren können.

«Du hast ausgezeichnet gearbeitet!» rief Richter Di aus, als Ma Jung seinen Bericht beendet hatte. «Jetzt halten wir die Trumpfkarten in unserer Hand.»

Ma Jung fügte hinzu:
«Tao Gan unterhält jetzt Sih Ki in der Empfangshalle. Sie trinken Tee zusammen.»
Der Richter sah erfreut aus und sagte zu Wachtmeister Hung:
«Wachtmeister, geh in die Empfangshalle und sage Sih Ki, daß ich zu meinem großen Bedauern durch ein dringendes Geschäft unabkömmlich bin. Entschuldige mich bei ihm und teile ihm mit, daß ich ihn, sobald ich frei bin, sprechen möchte.»
Als der Wachtmeister sich zum Gehen anschickte, fragte der Richter:
«Ist es dir übrigens gelungen, den Aufenthalt von Frau Li, der Freundin von des Gouverneurs Witwe, aufzufinden?»
«Ich habe Oberkonstabler Fang befohlen, sich darum zu kümmern, Euer Ehren», antwortete der Wachtmeister. «Ich dachte, weil er von hier stammt, wird er rascher zum Ziel gelangen als ich.»
Der Richter nickte. Dann fragte er Ma Jung:
«Welches Ergebnis hat die Autopsie der beiden Alten, die wir im Garten des Gouverneurs gefunden haben, gezeitigt?»
«Der Leichenbeschauer hat versichert, sie seien eines natürlichen Todes gestorben, Euer Ehren», antwortete Ma Jung.
Richter Di nickte. Er stand auf und begann seine Amtstracht anzulegen. Während er sich die Richtermütze aufsetzte, sagte er plötzlich:
«Wenn ich mich nicht irre, Ma Jung, hast du vor ungefähr zehn Jahren den neunten oder zehnten Grad im Boxen erreicht?»
Der große Bursche reckte seine Schultern und antwortete stolz:
«Jawohl, Euer Ehren!»
«Nun denk mal zurück», befahl Richter Di, «und erzähle mir, was du gegenüber deinem Lehrer empfandest, als du noch ein, sagen wir, zweit- oder drittrangiger Anfänger warst?»
Ma Jung war nicht gewohnt, seine Gefühle zu untersuchen. Er runzelte die Brauen und dachte nach. Nach einer Weile antwortete er langsam:
«Nun, Euer Ehren, ich war meinem Lehrer tief ergeben. Es war einer der besten Boxer seiner Zeit, und ich bewunderte ihn sehr. Aber wenn ich mit ihm boxte und er meine geschicktesten Schläge ohne die geringste Anstrengung abwehrte und mich dabei spielend überall, wo er wollte, traf, trotz meiner erbitterten Abwehr, bewunderte ich ihn auch noch, aber gleichzeitig haßte ich ihn auch wegen seiner unerreichbaren Überlegenheit.»
Richter Di hatte ein schwaches Lächeln.
«Danke, mein Lieber», sagte er. «Heute nachmittag ging ich in die Berge südlich der Stadt und traf dort jemanden, der mich ganz durcheinanderbrachte. Jetzt hast du genau ausgedrückt, was ich nicht wagte, mir selbst so deutlich zu machen.»

Ma Jung hatte keine Ahnung, worüber der Richter sprach, aber er fühlte sich durch dieses Lob geschmeichelt. Mit breitem Lächeln schob er den Schirm, der in den Gerichtssaal führte, beiseite, und der Richter trat ein und bestieg die Estrade.

Zwanzigstes Kapitel

Ein aufständischer Häuptling bekennt unter der Folter; ein geheimnisvoller Unbekannter wird endlich gefunden.

Drei Gongschläge verkündeten den Beginn der Nachmittagssitzung des Gerichts.

Niemand hatte eine Ahnung, daß außer Routineangelegenheiten noch anderes behandelt werden würde, so daß nur ein paar Dutzend Zuschauer im Gerichtssaal saßen.

Sobald Richter Di Platz genommen und die Sitzung eröffnet hatte, machte er Oberkonstabler Fang ein Zeichen. Vier Konstabler bezogen daraufhin am Eingang des Gerichtssaals Posten.

«Aus wichtigen staatspolitischen Gründen», verkündete Richter Di, «darf niemand den Saal vor Schluß der Sitzung verlassen.»

Erstauntes Murmeln der Zuhörerschaft machte sich bemerkbar.

Richter Di nahm seinen Rotpinsel und füllte ein Formular für den Gefängniswärter aus.

Zwei Konstabler führten den Uguren herein. Er ging nur mühsam, sie mußten ihn unter den Armen aufrechthalten.

Vor der Estrade ließ er sich auf ein Knie nieder, das geschiente Bein streckte er stöhnend vor Schmerz vor sich hin.

«Geben Sie Ihren Namen und Beruf an», befahl Richter Di.

Der Mann hob den Kopf. Tiefer Haß brannte in seinen Augen.

«Ich bin Fürst Uljin, vom Stamm der Blauen Uguren!» erklärte er hochfahrend.

«Bei euch Barbaren», sagte der Richter kühl, «nennt man sich Fürst, sobald man zwanzig Pferde besitzt. Aber zur Sache! Die Kaiserliche Regierung hat in ihrer unendlichen Gnade geruht, den Khan der Uguren als Vasall anzunehmen. Der hat vor Himmel und Erde als Zeugen Seiner Majestät feierlich Treue geschworen.

Sie, Uljin, beabsichtigten, diese Stadt anzugreifen. Sie haben Ihren eigenen Khan verraten und sich des Aufstands gegen die Regierung des Kaisers schuldig gemacht.

Aufstand ist ein sehr schweres Verbrechen, es wird mit äußerster

Strenge bestraft. Wenn Sie noch irgendwie auf Milderung der Strafe hoffen, müssen Sie die volle Wahrheit sagen, das heißt: sie müssen auch angeben, welche chinesischen Verräter Ihnen versprochen hatten, mit Ihnen bei der Durchführung Ihres unheilvollen Anschlags zusammenzuwirken.»

«Sie bezeichnen einen solchen Chinesen als Verräter», rief der Ugure. «Ich nenne ihn einen Vorkämpfer der Gerechtigkeit. Einige Chinesen erkennen an, daß zurückgegeben werden muß, was sie uns genommen haben. Habt Ihr Chinesen Euch nicht unsere Weideplätze angeeignet, pflügen nicht Eure Bauern auf unsern Wiesen, um Reisfelder aus ihnen zu machen? Sind wir nicht immer weiter in die Wüste gedrängt, wo unsere Pferde und unser Vieh zugrunde gehen?

Ich werde die Namen jener Chinesen, die einsehen, wie abscheulich Ihr Volk uns Uguren Unrecht getan hat, nicht nennen.»

Der Oberkonstabler wollte auf ihn einschlagen, aber der Richter hob die Hand. Er beugte sich in seinem Sessel vor und sagte:

«Ich kann mich jetzt wegen Zeitmangels auf Präliminarien nicht einlassen. Ihr rechtes Bein ist bereits gebrochen, gehen können Sie auf keinen Fall, es wird Ihnen also wenig ausmachen, wenn auch das andere Bein gebrochen wird.»

Richter Di machte dem Oberkonstabler ein Zeichen.

Zwei Konstabler warfen den Uguren rücklings auf den Boden und traten mit den Füßen auf seine Hände. Ein dritter schob ein etwa zwei Fuß hohes Gestell hin.

Der Oberkonstabler hob Uljins linkes Bein hoch und band es an das Gestell. Dann blickte er auf den Richter.

Als Richter Di nickte, schlug ein stämmiger Konstabler mit seinem schweren Knüppel auf das Knie.

Der Ugure stieß einen rauhen Schrei aus.

«Lassen Sie sich Zeit», befahl der Richter dem Konstabler, «schlagen Sie nicht zu schnell zu.»

Der Konstabler schlug einmal auf das Schienbein, dann zweimal auf den Oberschenkel.

Uljin schrie und fluchte auf ugurisch. Nach einem neuen Schlag auf sein Schienbein schrie er:

«Eines Tages werden unsere Scharen in euer verfluchtes Land einfallen; wir werden eure Mauern dem Erdboden gleichmachen und eure Städte in Brand setzen, wir werden eure Männer töten und eure Weiber und Kinder zu unsern Sklaven machen . . .»

Seine Stimme ging in wildes Geschrei über, als der Konstabler ihm einen weiteren bösen Schlag versetzte. Als er seinen Knüppel nochmals hob, um mit einem letzten Schlag das Bein zu brechen, reckte Richter Di seine Hand auf.

«Sie müssen sich klar darüber sein, Uljin», sagte er gelassen, «daß dieses Verhör eine bloße Formsache ist. Ich wollte nur, daß Sie bestätigen, was Ihr chinesischer Mitverschworener mir über Sie und Ihre Stammesgenossen sowie über den gesamten Anschlag berichtet hat.»

Mit übermenschlicher Kraft riß der Ugure eine Hand unter dem Fuß des Konstablers zurück. Auf seinen Ellbogen gestützt, rief er:

«Versuchen Sie nicht, mich mit unverschämten Lügen zu fangen, Sie Hund von einem Beamten.»

«Gut, gut», sagte Richter Di kühl, «natürlich seid ihr dummen Barbaren einem klugen Chinesen nicht gewachsen. Er tat so, als sei er auf eurer Seite. Und dann berichtete er zu gegebener Zeit alles den Behörden. Bald wird ihn die Regierung für seine wertvollen Mitteilungen mit einem einträglichen Posten belohnen. Sehen Sie nicht ein, daß Sie und Ihr unwissender Khan sich zu Narren haben machen lassen?»

Bei seinen ersten Worten machte der Richter Ma Jung ein Zeichen. Darauf wurde Sih Ki vor die Estrade geführt.

Sih Kis Gesicht wurde, sowie er den Uguren auf dem Boden liegen sah, aschfahl. Er wollte davonlaufen, aber Ma Jung hielt seinen Arm wie in einem Schraubstock fest.

Sobald der Ugure Sih Ki gesehen hatte, brach er in einen Strom von Flüchen aus.

«Du Hundesohn», kreischte er. «Du elender Verräter, verflucht sei der Tag, an dem ein ehrbarer Ugure sich entschloß, für einen doppelzüngigen chinesischen Halunken wie dich zu arbeiten.»

«Der Mann ist verrückt, Euer Ehren,» rief Sih Ki. Richter Di beachtete ihn nicht, sondern wandte sich ruhig an den Uguren:

«Welche Helfer hatten Sie in dieses Mannes Haus?»

Uljin nannte die Namen der zwei ugurischen Krieger, die Sih Ki als angebliche Fechtmeister verpflichtet hatte. Dann brüllte er:

«Aber es gab auch chinesische Verräter! Dieser Schweinehund Sih Ki mag mich betrogen haben, aber ich versichere Ihnen, daß die andern chinesischen Bastarde bereit waren, für Geld alles zu tun.»

Dann gab er die Namen von drei chinesischen Ladenbesitzern und vier Soldaten an.

Tao Gan zeichnete sorgsam ihre Namen auf.

Richter Di winkte Tschiao Tai zu sich und flüsterte ihm zu:

«Geh sofort in dein Quartier in Tschiäns Haus und nimm die vier Soldaten fest. Dann begib dich mit Korporal Ling und zwanzig Mann in Sih Kis Haus und verhafte da die beiden Uguren. Dann verhaftet ihr die drei chinesischen Ladenbesitzer. Schließlich nehmt den ‹Jäger› und seine Gefährten in der Nordreihe fest.»

Während Tschiao Tai davonstob, sagte Richter Di zu Uljin:

«Ich bin nicht ungerecht, Uljin. Ich würde mich nicht für einen Chi-

Sih Ki bekennt seine ruchlosen Pläne

nesen einsetzen, der Sie gegen Belohnung verriet, nachdem er Ihr Verbrechen unterstützt und begünstigt hatte. Wenn Sie nicht möchten, daß dieser Verbrecher Sih Ki hier davonkommt, sollten Sie lieber angeben, wie Richter Pan ermordet wurde.»

Die Augen des Uguren leuchteten unheilverkündend auf.

«Das ist meine Rache!» rief er. «Hören Sie zu, Sie Beamter. Es sind jetzt vier Jahre her, daß dieser Sih Ki mir zehn Silberstücke übergab und sagte, ich solle zum Gericht gehen und dem neuen Richter sagen, daß er noch in der gleichen Nacht Sih Ki in einer geheimen Besprechung mit einem Abgesandten von Ugur Khan in der Nähe des Flußüberganges überraschen könnte. Richter Pan ging in Begleitung eines Assistenten hin. Diesen schlug ich, sobald wir außerhalb der Stadt waren, nieder. Ich selbst habe dann auch dem Richter die Kehle durchgeschnitten und seine Leiche ans Flußufer geschleppt.»

Uljin spie in Richtung auf Sih Ki aus.

«Wo bleibt jetzt deine Belohnung, du Hund?» schrie er.

Richter Di nickte dem Ältesten zu. Der las die Aussage des Uguren laut vor. Uljin gab zu, daß das Protokoll stimmte. Die Akte wurde dem Uguren übergeben, und er setzte seinen Daumenabdruck darunter.

Dann sagte Richter Di:

«Sie, Uljin, sind ein Ugurenfürst von jenseits der Grenze, und Ihr Aufstand ist eine außerpolitische Angelegenheit des Reiches. Ich bin außerstande festzustellen, ob und wie weit ihr Khan und die Häuptlinge der anderen Stämme in diesen Aufstandsplan verwickelt sind. Ich bin für ein Urteil über Sie nicht zuständig. Sie werden unverzüglich in die Residenz verbracht werden. Da wird sich das Auswärtige Amt mit Ihrem Verbrechen beschäftigen.»

Er machte dem Oberkonstabler ein Zeichen. Fürst Uljin wurde auf eine Bahre gelegt und ins Gefängnis zurückgetragen.

«Führt den Verbrecher Sih Ki vor!» befahl Richter Di.

Sih Ki wurde vor der Estrade auf seine Knie gedrückt, und Richter Di sagte streng:

«Sie, Sih Ki, haben sich des Hochverrats schuldig gemacht. Dies ist ein Verbrechen gegen den Staat, für welches das Gesetz eine furchtbare Strafe vorsieht. Aber vielleicht werden die Behörden durch den großen Namen ihres verstorbenen Vaters und meine Befürwortung veranlaßt, das schreckliche Schicksal, das Ihrer wartet, abzumildern. Ich rate Ihnen daher jetzt zu bekennen und einen vollständigen Bericht über Ihre Verbrechen zu erstatten.»

Sih Ki antwortete nicht. Sein Kopf hing herab, und er atmete schwer. Richter Di machte dem Oberkonstabler ein Zeichen, ihn loszulassen.

Schließlich blickte Sih Ki auf und sagte tonlos und ganz anders als sonst, wenn er lebhaft sprach:

«Außer den beiden Uguren habe ich keine Mitverschworenen in meinem Hauswesen. Ich beabsichtigte, meinen Dienern im letzten Augenblick mitzuteilen, daß wir die Herrschaft über die Stadt übernehmen werden. Die vier Soldaten haben Geld erhalten. Morgen, um Mitternacht, sollten sie auf dem höchsten Wachtturm von Tschiäns Haus ein Signalfeuer entzünden. Es wurde ihnen gesagt, daß dies ein Zeichen für eine Räuberbande sei, Unruhe zu stiften, und daß bei dieser Gelegenheit die beiden großen Juwelenläden geplündert werden sollten. In Wirklichkeit aber war das Feuer ein Angriffssignal für die Ugurenstämme jenseits des Flusses. Dann sollten Uljin und seine chinesischen Helfer das Wassertor öffnen und ...»

«Genug!» unterbrach Richter Di. «Morgen werden Sie Gelegenheit erhalten, die Geschichte zu Ende zu erzählen.

Im Augenblick möchte ich nur eine einzige Frage beantwortet haben. Was haben Sie mit dem Testament gemacht, das Sie in Ihres verstorbenen Vaters Rollbild gefunden haben?»

Über Sih Kis hageres Antlitz huschte ein Ausdruck der Überraschung. Er antwortete:

«Da das ursprüngliche Testament bestimmte, daß der Besitz zu gleichen Teilen zwischen mir und meinem Halbbruder Sih Schan geteilt werden sollte, habe ich es vernichtet. Statt dessen fügte ich dem Futter der Rolle ein Papier bei, das ich selbst geschrieben hatte und das jeden Zweifel daran, daß ich der rechtmäßige Erbe sei, unmöglich machte.»

«Sie sehen», sagte der Richter verächtlich, «daß mir jede Ihrer schwarzen Taten bekannt ist. Bringt den Verbrecher ins Gefängnis.»

Nicht lange nachdem der Richter die Sitzung geschlossen hatte, kam Tschiao Tai ins Privatbüro und berichtete, alle Verbrecher seien regelrecht verhaftet. In der Nordreihe habe es Unruhe gegeben, der «Jäger» habe sich seiner Verhaftung widersetzt, sei aber von Korporal Ling niedergeschlagen worden.

Richter Di lehnte sich in seinen Sessel zurück. Eine Tasse heißen Tees schlürfend, sagte er:

«Uljin und die sechs Uguren müssen in die Residenz überführt werden. Korporal Ling soll zehn Soldaten auswählen und morgen früh reiten. Wenn sie beim nächsten Militärposten die Pferde wechseln, könnten sie in acht Tagen in der Residenz sein. Die drei Ladenbesitzer und die vier bestechlichen Soldaten werde ich hier aburteilen.»

Er ließ seinen Blick über seine vier Leute gehen, die im Halbkreis hinter seinem Tisch saßen, und fuhr lächelnd fort:

«Ich glaube, mit der Festnahme der Führer haben wir diesen Anschlag bereits im Keim erstickt.»

Tschiao Tai nickte zustimmend.

«Diese ugurischen Wildlinge», sagte er, «sind als Krieger in einer regelrechten Schlacht auf freiem Felde nicht zu verachten. Sie sind gute Reiter, und ihre Bogenschützen treffen mit tödlicher Sicherheit. Aber um eine befestigte Stadt zu belagern, fehlt es ihnen sowohl an Erfahrung noch besitzen sie das nötige Rüstzeug dazu. Wenn sie morgen nacht nicht das Signalfeuer auf dem Wachtturm sehen, werden sie keinen Angriff wagen.»

Richter Di nickte.

«Ich überlasse es dir, Tschiao Tai», sagte er, «für jeden Fall die notwendigen Vorkehrungen zu treffen.»

Mit schwachem Lächeln fügte der Richter hinzu:

«Ihr könnt euch nicht beklagen, meine Lieben, daß ihr hier nichts zu tun habt.»

«Als wir neulich auf Lan-fang zuritten», sagte Wachtmeister Hung lächelnd, «bemerkten Euer Ehren, daß wir es hier mit ungewöhnlichen und interessanten Aufgaben zu tun haben würden. Dies hat sich als durchaus richtig erwiesen.»

Richter Di fuhr sich müde mit der Hand über die Augen.

«Ich kann mir gar nicht mehr vorstellen», sagte er, «daß wir erst eine Woche in Lan-fang sind.»

Er steckte die Hände in seine weiten Ärmel und fuhr fort:

«Wenn ich so die letzten Tage überdenke, hat mir Tschiän Maos geheimnisvoller Besucher mehr Sorge gemacht als alles andere. Es war klar, daß er hinter allem, was der Tyrann tat, steckte, und ich wußte, so lange er sich noch in Freiheit befand, daß irgend etwas passieren würde.»

«Wie haben Euer Ehren entdeckt, daß es Sih Ki war?» fragte Tao Gan. «So weit ich sehen kann, gab es keine Anhaltspunkte dafür, wer der Unbekannte sein könnte.»

Richter Di nickte.

«Freilich», antwortete er, «wußten wir nicht viel. Aber zwei indirekte Indizien gab es doch. Erstens wußten wir, es mußte ein Mann sein, der mit innen- und außenpolitischen Angelegenheiten des Reiches vertraut war. Zweitens, daß er wahrscheinlich in der Nähe von Tschiän Maos Haus wohnte.

Ich muß gestehen, daß ich zunächst Wu Feng stark in Verdacht hatte. Wu ist genau die Art von rücksichtslosem Burschen, sich auf einen so wilden Plan einzulassen. Und seine Familienverbindungen gaben ihm genügend Einsicht in Staatsangelegenheiten, um Tschiän Maos Aktionen zu dirigieren.»

«Außerdem», unterbrach Wachtmeister Hung, «ist da noch Wus merkwürdige Vorliebe für barbarische Kunst.»

«Richtig», sagte Richter Di. «Aber Wu wohnte weit von Tschiäns Haus entfernt, und es kam mir unwahrscheinlich vor, daß er imstande sein würde, seine Wohnung regelmäßig in einer regelrechten Verkleidung zu verlassen, ohne daß der schwatzhafte Wirt des Ausschanks ‹Zur ewigen Quelle› es bemerkt haben sollte. Schließlich bewies Ma Jungs Unterhaltung mit dem ‹Jäger›, daß die Pläne der Verschworenen durch Wus Verhaftung nicht berührt wurden.»

Richter Di zog seine Hände aus den Ärmeln und lehnte sich mit den Ellbogen auf den Tisch. Dann fuhr er mit einem Blick auf Tschiao Tai fort:

«Die Lösung wurde mir durch Tschiao Tai nahegelegt.»

Tschiao Tai war über diese unerwartete Feststellung erstaunt.

«Ja», fuhr der Richter fort. «Als du mir im Zusammenhang mit unserer Phantasiearmee darlegtest, daß eine List sich auf zweifache Weise auswirken könne, dämmerte es mir, daß Sih Kis sorgsame Vorbereitungen, sich selbst gegen einen Angriff der Barbaren zu verteidigen, ebensogut mit der Absicht erklärt werden konnten, an einem solchen Überfall teilzunehmen.

Sobald ich einmal Verdacht gefaßt hatte, stellte ich fest, daß Sih Ki sehr gut in die Rolle von Tschiän Maos geheimem Ratgeber paßte. Zunächst ist er natürlich durchaus mit Politik vertraut, er war im Hause eines der größten Staatsmänner unserer Zeit aufgewachsen. Sodann kann man von seinem Haus aus zu dem von Tschiän Mao zu Fuß gehen, und es fiel ihm leicht, die schwarze Flagge zu bemerken, die Tschiän auf seinem Tor aufzog, sobald er wünschte, Sih Ki solle ihn noch am selben Tage aufsuchen.

Dann begann ich mir einige Fragen vorzulegen. Warum sollte ein Mann, der einen Angriff der Barbaren befürchtet, ein Haus in so gefährlicher Lage kaufen, nämlich im südwestlichen Viertel beim Wassertor? Und das, während er doch schon ein Haus am Osttor besaß, von dem aus er beim ersten Anzeichen von Gefahr ins Gebirge flüchten konnte? Und warum setzte sich Tschiän Mao nicht Sih Ki gegenüber zur Wehr, als dieser ihm seinen besten Fechtmeister abspenstig machte?

Darauf konnte es nur eine Antwort geben: Sih Ki war Tschiän Maos Ratgeber, und er war es, der den Plan zur Errichtung eines unabhängigen Königreiches hier an der Grenze entwarf.

Schließlich hat Tschiän Mao selbst es mir gegenüber zugegeben.»

«Wann war denn das, Euer Ehren?» fragten Wachtmeister Hung und Ma Jung gleichzeitig. Tao Gan und Tschiao Tai starrten den Richter äußerst erstaunt an.

Richter Di blickte seine Leute mit rätselhaftem Lächeln an.

«Als Tschiän Mao starb», antwortete er, «glaubten wir alle, er fange einen Satz mit ‹Sie . . .› an. Darauf hätte ich nicht hereinfallen dürfen. Ein sterbender Mann, der kaum imstande ist zu sprechen, versucht nicht, einen verwickelten Satz zustande zu bringen. Er wollte nur einen

Namen nennen, den Namen des Mörders von Richter Pan. Und dieser Name lautete: Sih Ki!»

Tao Gan schlug mit der Faust auf den Tisch und warf den andern einen bedeutungsvollen Blick zu.

«Ich muß hinzufügen», fuhr Richter Di fort, «daß mir der alte Herr Kranichtracht diesen Gedanken nahelegte. Schon zu Beginn unseres Gesprächs verwechselte er die Anrede Sie mit dem Namen. Schließlich dachte ich, er habe sich verhört. Als ich dann aber über dieses merkwürdige Gespräch nachdachte, ahnte ich, daß jedes Wort des alten Herrn mit besonderer Absicht und in einer ganz besonderen Bedeutung gesagt worden sei . . .»

Richter Di brach ab, schwieg und strich sich ein paar Augenblicke lang über seinen Bart. Dann fuhr er mit einem Blick auf seine Leute lebhaft fort:

«Morgen bringe ich die Verhandlung gegen Sih Ki zum Abschluß. Das Wesentliche ist die Beschuldigung wegen Hochverrats, die Ermordung von Richter Pan tritt dagegen zurück.

In der gleichen Sitzung bringe ich auch die Verhandlung über die Ermordung General Dings zum Abschluß.»

Diese Voraussage versetzte Richter Dis Leuten an diesem Abend einen zweiten Ruck. Alle redeten durcheinander.

Richter Di hob die Hand.

«Ja», sagte er. «Ich habe endlich die Lösung für diesen seltsamen und verwickelten Fall gefunden. Der Mann, der wirklich den General ermordet hat, hat sich schriftlich selbst genannt.»

«Dann war es also doch dieser unverschämte Bursche Wu!» sagte Wachtmeister Hung aufgeregt.

«Morgen», sagte Richter Di ruhig, «werdet ihr erfahren, auf welche Weise General Ding starb.»

Er schlürfte etwas Tee und fuhr fort:

«Heute sind wir gut vorangekommen. Aber es gibt immer noch zwei dunkle Punkte. Der erste ein praktischer und dringender: das Verschwinden von Weißer Orchidee. Der zweite ist weniger dringend, muß aber von uns auch scharf im Auge behalten werden. Ich meine das Rätsel auf Gouverneur Sihs Gemälde.

Wenn wir nicht feststellen können, daß Frau Sih und ihr Sohn Sih Schan rechtmäßige Eigentümer von des Gouverneurs Besitz sind, werden sie nie aus ihrem jetzigen Elend herauskommen. Denn wenn Sih Ki wegen Hochverrats verurteilt wird, wird die Regierung seinen gesamten Besitz beschlagnahmen.

Unglücklicherweise hat Sih Ki das Testament in des Gouverneurs Rollbild vernichtet, so daß es also nicht als Beweismittel dienen kann. Sih Kis Geständnis ändert nichts an der Tatsache, daß der alte Gouverneur auf seinem Totenbett Frau Sih und ihrem Sohn das Bild vermacht hat und ‹alles übrige› Sih Ki. Die oberen Behörden und insbesondere das Finanzministerium werden sich an das mündliche Testament halten und allen Besitz Sih Kis beschlagnahmen. Wenn es mir also nicht gelingt, das Rätsel des Bildes zu lösen, werden Frau Sih und Sih Schan leer ausgehen.»

Tao Gan nickte. Er spielte nachdenklich mit den drei langen Haaren auf seiner linken Backe. Dann fragte er:

«Zunächst wußten wir nicht, daß Sih Ki etwas mit diesem geplanten Überfall auf die Stadt zu tun hatte. Wir kannten ihn nur als Erbberechtigten. Warum haben sich Euer Ehren gleich von Anfang an für den Fall Sih so brennend interessiert?»

Richter Di gab langsam zur Antwort:

«Ich muß gestehen, daß ich mich von jeher für die Person von Gouverneur Sih Schu-siän interessiert habe. Vor vielen Jahren schon, als ich mich auf mein zweites Examen vorbereitete, habe ich mir alle Protokolle, deren ich lebhaft werden konnte, von den Kriminalfällen, die Gouverneur Sih noch als Bezirksrichter gelöst hatte, abgeschrieben. Bei ihrer Lektüre habe ich mir seine glänzende Detektivmethode anzueignen versucht. Später habe ich sorgfältig seine an den Thron gerichteten geistreichen Denkschriften studiert und versucht, mir etwas von seiner glühenden Leidenschaft für Gerechtigkeit und von seiner tiefen Ergebenheit gegenüber Staat und Volk zu eigen zu machen. Es war für mich ein leuchtendes Beispiel, das Ideal eines vollkommenen Staatsdieners.

Wie habe ich mich danach gesehnt, seine persönliche Bekanntschaft zu machen! Aber das war natürlich ganz unmöglich: er war Gouverneur und ich nur ein junger Student.

Dann trat der Gouverneur plötzlich zurück. Dieser unerklärliche Schritt meines Helden war mir rätselhaft. Ich habe immer wieder darüber nachgedacht.

Als ich dann in unserm Archiv die Akte Sih gegen Sih fand, glaubte ich, jetzt endlich Gelegenheit zu haben, dem Abgott meiner Jugend näherzukommen und ihn wenigstens geistig kennenzulernen. Das Rätsel seines Testaments kam mir vor wie eine Herausforderung aus dem Grabe.»

Richter Di unterbrach sich und blickte aufmerksam auf das Rollbild an der Wand gegenüber.

Er wies mit der Hand darauf und fuhr fort:

«Ich bin fest entschlossen, das Geheimnis dieses Rollbildes zu finden. Seit Sih Kis Geständnis bedeutet die Botschaft des alten Gouverneurs für mich mehr als eine Herausforderung. Ich empfinde es als meine heilige Pflicht dem verstorbenen Gouverneur gegenüber, dafür zu sorgen, daß seine Witwe und der Sohn des verehrten Mannes bekommen, was ihnen gesetzmäßig zusteht. Um so mehr, als ich seinen ältesten Sohn auf die Richtstätte schicken muß.»

Der Richter stand auf und stellte sich vor das Bild. Auch seine Leute erhoben sich von ihren Sitzen und starrten erneut auf die geheimnisvolle Landschaft.

Mit den Händen in seinen Ärmeln sagte Richter Di langsam:

«Landhaus leerer Trugbilder! Wie tief muß es den alten Gouverneur getroffen haben, als er feststellen mußte, daß sein ältester Sohn wohl seines Vaters glänzenden Geist, aber in keiner Weise seinen edlen Charakter geerbt hatte!

Ich kenne jetzt jeden Pinselstrich dieses Bildes auswendig. Ich hoffte, das alte Landhaus würde mir einen Anhaltspunkt geben, aber trotzdem kann ich nicht . . .»

Plötzlich verstummte der Richter. Er beugte sich vor und betrachtete nochmals das ganze Bild von oben bis unten. Als er sich wieder aufrichtete, zog er nachdenklich an seinem Backenbart. Dann wandte er sich mit leuchtenden Augen um.

«Ich habe es gefunden, meine Lieben!» rief er aus. «Morgen wird auch dieses Rätsel gelöst werden!»

Einundzwanzigstes Kapitel

Richter Di bringt den Fall der Ermordung des Generals zum Abschluß; Tschiao Tai erzählt die Geschichte einer militärischen Katastrophe.

Als Richter Di am nächsten Tage die Vormittagssitzung des Gerichts eröffnete, drängten sich Hunderte von Leuten im Hofraum. Die Nachricht von Sih Kis Verhaftung hatte sich über die ganze Stadt verbreitet, und es waren die wildesten Gerüchte im Umlauf über die Verhaftung des Ugurenhäuptlings.

Richter Di musterte langsam die Menge und dachte eine Weile darüber nach, wie er das Verhör beginnen sollte. Er überlegte, daß Sih Ki ein Meister in der Verstellung und heimlicher Anschläge war; er war gewohnt, die Dinge aus einer sorgsam errichteten Abschirmung heraus zu leiten. Oft brechen solche Leute völlig zusammen, sobald sie sich einmal gezwungen sehen, auf freiem Felde zu kämpfen.

Der Richter schrieb Kis Namen auf ein Stück Papier und übergab es Oberkonstabler Fang.

Als Sih Ki vorgeführt wurde, stellte Richter Di fest, daß seine Vermutung richtig gewesen war. Sih Ki hatte sich über Nacht völlig verändert. Die Maske umgänglicher Jovialität, hinter der er sich sonst so gern versteckt hielt, war abgefallen. Übriggeblieben war nur ein apathischer, gebrochener Mensch.

Richter Di sagte ruhig:

«Auf der gestrigen Sitzung haben wir die Formalitäten erledigt. Sie können jetzt gleich mit Ihrem Geständnis beginnen.»

«Euer Ehren», sagte Sih Ki mit tonloser Stimme, «wenn einem Menschen weder in dieser noch in jener Welt irgendeine Hoffnung bleibt, besteht kein Grund, weshalb er nicht die volle Wahrheit sagen sollte.»

Er hielt einen Augenblick inne. Dann sagte er plötzlich in bitterem Tonfall:

«Ich weiß, daß mein Vater mich gehaßt hat. Nun, ich gestehe: ich haßte ihn auch, obwohl ich zugebe, daß ich Furcht vor ihm hatte. Noch bei seinen Lebzeiten hatte ich den festen Entschluß gefaßt, daß ich ein größerer Mann werden wollte als er. Er war Gouverneur gewesen, ich wollte ein unabhängiger Regent werden.

Jahrelang studierte ich eifrig die Lage an der Grenze. Es wurde mir klar, wenn die Barbarenstämme zusammengefaßt werden könnten und eine geeignete Führung erhielten, dann würden sie ohne Schwierigkeiten die gesamte Grenzgegend überrennen können. Mit Lan-fang als Hauptstadt würde ich ein Königreich beiderseits der Grenze gründen können. Ich würde dieses Königreich dann ständig nach Westen erweitern, meine Haltung gegenüber den chinesischen Behörden im Osten würde ich immer mehr versteifen, bis ich so stark geworden wäre, daß niemand es gewagt hätte, mich anzugreifen.»

Sih Ki seufzte tief auf und fuhr fort:

«Ich traute mir genügend diplomatisches Geschick und Kenntnis der chinesischen Innenpolitik zu, diesen Plan durchzuführen. Aber es fehlte mir militärische Erfahrung. In Tschiän Mao fand ich ein nützliches Werkzeug. Er war ein entschlossener und rücksichtsloser Mensch, aber ich wußte auch, daß er sich nicht dazu eignete, eine führende politische Rolle zu spielen. Ich ermutigte ihn, sich hier zum Bezirksherrscher aufzuwerfen, und zeigte ihm, wie er seine Stellung gegenüber den Zentralämtern festigen konnte. Er anerkannte meine Führerschaft. Wenn unsere Pläne sich verwirklicht hätten, würde ich Tschiän Mao zu meinem Heerführer ernannt haben. Gleichzeitig unterstützte ich Tschiäns Betätigung, um mir über die Reaktion der Zentralbehörden klarzuwerden. Alles gelang, die Zentralregierung schien sich mit der ungewöhnlichen Lage hier abzufinden. So beschloß ich, den nächsten Schritt zu tun und Fühlung mit den Ugurenstämmen aufzunehmen.

Dann kam dieser traurige Narr von Richter Pan und mußte sich einmischen. Durch einen unglücklichen Zufall fiel ihm ein Brief, den ich an einen der Ugurenhäuptlinge geschrieben hatte, in die Hände. Ich mußte rasch handeln. Ich befahl Orolaktschi, der ein Vetter des Khan und mein Vertrauensmann war, Pan am Fluß aufzulauern und ihn umzubringen. Tschiän Mao ärgerte sich, weil er fürchtete, die Regierung würde zurückschlagen. Aber ich machte ihm klar, wie er dieses Verbrechen tarnen konnte, und es geschah nichts Unangenehmes.»

Richter Di war im Begriff, Sih Ki zu unterbrechen, ließ es aber doch, weil er sich überlegte, daß es besser sei, ihn seine Geschichte auf seine eigene Manier erzählen zu lassen.

Sih Ki fuhr also im gleichen monotonen Tonfall fort:

«Ich würde offen hervorgetreten sein, wenn nicht der Khan Nachrichten von großen chinesischen Siegen über die Barbaren im Norden erhalten hätte. Er begann, schwankend zu werden, und zog schließlich seine Unterstützung zurück. Dann ließ ich mich in verwickelte Verhandlungen mit kleineren Häuptlingen ein. Schließlich gelang es mir, drei mächtige Stämme zu einigen. Sie erklärten sich bereit, die Stadt anzugreifen, wenn ich dafür sorgen würde, daß das Wassertor offen und die Hauptpunkte der Stadt von meinen Leuten besetzt sein würden. Als der Tag bestimmt war, kamen Euer Ehren mit einem Regiment der regulären Armee an, um die Grenze zu inspizieren. Tschiän Mao wurde verhaftet, und seine Leute gingen auseinander. Ich fürchtete, daß etwas von meinen Plänen bekanntgeworden sein könnte und daß demnächst eine starke Garnison nach Lan-fang geschickt werden würde. Daher beschloß ich, sofort ans Werk zu gehen.

Heute nacht werden sich die drei Ugurenstämme in der Ebene sammeln. Wenn sie um Mitternacht auf dem Wachtturm das Signalfeuer sehen, werden sie über den Fluß setzen und durch das Wassertor in die Stadt einfallen. Das ist alles!»

Die Zuhörermenge fing an, aufgeregt zu schwatzen. Sie waren sich klar darüber, daß sie in höchster Gefahr geschwebt hatten, von grausamen barbarischen Reitern überrannt zu werden.

«Ruhe!» rief Richter Di.

Dann befahl er Sih Ki:

«Geben Sie an, wie viele Kämpfer diese drei Stämme aufbringen können!»

Sih Ki besann sich eine Weile, dann antwortete er:

«Ungefähr zweitausend kriegsgeübte und berittene Bogenschützen und ein paar hundert Mann zu Fuß.»

«Welche Rolle sollten die drei chinesischen Ladenbesitzer spielen?» fragte der Richter.

«Mit denen bin ich nie zusammengekommen», antwortete Sih Ki. «Es war meine feste Absicht, so weit wie möglich im Hintergrund zu bleiben. Ich befahl Orolaktschi, sich der Hilfe von ungefähr einem Dutzend

Chinesen zu versichern, die die ugurischen Krieger zum Gericht und zu den Toren führen könnten. Er war es, der diese Leute aussuchte und sich ihre Unterstützung sicherte.»

Richter Di machte dem Ältesten Schreiber ein Zeichen. Dieser las seine Niederschrift von Sih Kis Aussage vor, und Sih Ki drückte seinen Daumen darunter.

Dann sprach der Richter feierlich:

«Sih Ki, ich spreche Sie schuldig des Hochverrats. Möglicherweise werden die Oberbehörden die Strenge dieser Strafe im Hinblick auf die Verdienste Ihres verstorbenen Vaters und weil Sie ohne Druck bekannt haben, abmildern. Aber es ist meine Pflicht, Sie darauf hinzuweisen, daß das Gesetz für Hochverrat die Todesstrafe durch sogenannten ‹langsamen Tod›, das heißt lebend in Stücke zerhackt zu werden, vorsieht.

Führt den Verbrecher ab!»

Dann wandte sich Richter Di an den Gerichtshof:

«Ich habe alle, die sich bei diesem unheilvollen Unternehmen führend betätigten, verhaften lassen. Die Barbaren werden, wenn sie das Signalfeuer nicht sehen, es nicht wagen, heute nacht anzugreifen. Trotzdem habe ich Befehl gegeben, für jeden Fall die notwendigen Maßnahmen vorzubereiten. Im Laufe des Tages werden Sie von Ihren Platzkommandanten Anweisungen bekommen, was geschehen soll. Die Barbaren sind niemals imstande gewesen, eine ummauerte Stadt zu erobern, so daß nichts Ernstes zu befürchten ist.»

Die Zuschauer spendeten laut Beifall.

Richter Di schlug mit seinem Hammer auf den Tisch und verkündete:

«Ich werde jetzt mit einem Verhör im Falle Ding kontra Wu beginnen.»

Er füllte mit seinem Rotpinsel ein Formular aus, und in kurzer Zeit wurde Wu Feng von zwei Konstablern vor die Estrade geführt. Sobald Wu niedergekniet war, nahm der Richter aus seinem Ärmel eine Pappschachtel und schob sie über die Tischkante hinweg. Sie schlug vor Wu auf den Boden auf.

Er sah interessiert auf sie hinunter. Es war die Schachtel, die im Ärmel des ermordeten Generals entdeckt worden war. Die von der Maus abgenagte Ecke war sorgfältig ausgeflickt.

Der Richter fragte:

«Kennen Sie diese Schachtel?»

Wu blickte auf.

«In solchen Schachteln», antwortete er, «werden süße Pflaumen verkauft. Ich habe Hunderte davon auf dem Markt beim Trommelturm verkauft werden sehen. Manchmal habe ich mir auch selbst eine gekauft. Aber diese habe ich, obwohl mir im allgemeinen diese Schachteln bekannt sind, nie gesehen. Der Glückwunsch auf dem Deckel besagt augenscheinlich, daß sie jemandem als Geschenk angeboten wurde.»

«Ganz recht», sagte Richter Di, «sie ist ein Geburtstagsgeschenk. Haben Sie was dagegen, diese Pflaumen zu probieren?»

Wu blickte ruhig drein. Dann zuckte er die Achseln und antwortete:

«Keineswegs, Euer Ehren.»

Er öffnete die Schachtel. Auf einem weißen Papierlager lagen neun Pflaumen sauber aneinandergereiht. Wu betastete sie mit seinem Zeigefinger. Als er eine weiche gefunden hatte, steckte er sie in den Mund. Er aß sie und spie den Stein aus.

«Wünschen Euer Ehren, daß ich noch mehr esse?» fragte Wu höflich.

«Nein, das genügt durchaus», sagte Richter Di kühl. «Sie können zurücktreten.»

Wu stand auf und blickte sich nach den Konstablern um. Sie machten aber in keiner Weise Miene, ihn zu fassen und ins Gefängnis zurückzubringen. So trat er denn ein paar Schritte zurück und blieb stehen, die Augen neugierig auf den Richter heftend.

«Student Ding soll vorkommen», befahl der Richter.

Als Ding vor dem Richtertisch kniete, sagte Richter Di:

«Student Ding, ich habe jetzt entdeckt, wer Ihren Vater getötet hat. Dieser Fall erwies sich als ganz besonders kompliziert. Ich behaupte nicht, daß es mir gelungen sei, alle Verzweigungen aufzudecken. Ihres Vaters Leben war von mehr als einer Seite bedroht. Dieser Gerichtshof beschäftigt sich jedoch nur mit dem einen Versuch, der gelungen ist. Der Angeklagte Wu hat nichts mit ihm zu tun. Der Fall Ding kontra Wu Feng wird also abgelehnt.»

Aus der Menge erhob sich erstauntes Gemurmel. Student Ding schwieg und brachte seine Anklage gegen Wu nicht aufs neue vor.

Wu rief:

«Ist Weiße Orchidee aufgefunden woren, Euer Ehren?»

Als der Richter den Kopf schüttelte, wandte sich Wu, ohne ein Wort zu sagen, formlos um und bahnte sich durch die Zuschauer einen Weg bis an die Tür des Gerichtssaales.

Richter Di nahm einen rotlackierten Schreibpinsel vom Tisch.

«Stehen Sie auf, Student Ding», befahl er, «und sagen Sie mir, was Sie über diesen Pinsel wissen.»

Mit diesen Worten hielt der Richter den Schreibpinsel mit der oberen Öffnung Ding direkt vors Gesicht.

Student Ding war sprachlos vor Erstaunen. Er nahm Richter Di den Pinsel aus der Hand und drehte ihn zwischen seinen Fingern. Als er die eingravierte Inschrift gelesen hatte, sagte er:

«Jetzt, da ich die Inschrift sehe, erinnere ich mich, Euer Ehren. Vor ein paar Jahren, als mein Vater mir ein paar seltene alte Jadestücke zeigte, zog er auch diesen Schreibpinsel hervor. Er erzählte mir, es sei ein im voraus geschicktes Geschenk zu seinem sechzigsten Geburtstag und komme von einer sehr hochgestellten Persönlichkeit. Den Namen dieser Persönlichkeit nannte mein Vater nicht, aber er teilte mir mit, daß diese Person ihm gesagt habe, sie fürchte, daß ihr Ende nahe sei, und wünsche daher, ihm diesen Pinsel im voraus zu schenken. Mein Vater wollte ihn nicht benutzen, ehe er nicht wirklich seinen sechzigsten Geburtstag gefeiert hatte.

Mein Vater schätzte diesen Schreibpinsel sehr. Nachdem er ihn mir gezeigt hatte, legte er ihn in die verschlossene Schublade zurück, in der auch seine Jadesammlung lag.«

«Mit diesem Schreibpinsel», sagte Richter Di ernst, «wurde Ihr Vater getötet.»

Student Ding blickte bestürzt auf den Pinsel in seiner Hand. Er betrachtete ihn aufmerksam und blickte auch in den hohlen Schaft. Dann schüttelte er verständnislos den Kopf.

Richter Di hatte jede seiner Bewegungen genau verfolgt. Dann sagte er kurz:

«Geben Sie mir diesen Pinsel zurück, ich werde Ihnen vorführen, wie die Tat geschah.»

Nachdem Student Ding den Pinsel zurückgegeben hatte, hielt Richter Di ihn in seiner linken Hand. Mit seiner rechten zog er einen kleinen hölzernen Zylinder aus seinem Ärmel und hob ihn in die Höhe, so daß jeder ihn sehen konnte.

«Dies», sagte er, «ist eine genaue hölzerne Kopie vom Griff des kleinen Messers, das in General Dings Hals gefunden wurde. Sie ist genau so lang wie der ganze Dolch einschließlich seiner Klinge. Ich werde sie jetzt in den hohlen Schaft dieses Pinsels einfügen.«

Das Stäbchen paßte genau in den Schaft. Aber als es einen halben Zoll hineingegangen war, blieb es stecken.

Richter Di überreichte den Pinsel Ma Jung.

«Drücke dies Stäbchen weiter hinunter!» befahl er.

Ma Jung setzte seinen großen Daumen über das herausragende Ende des Stäbchens. Man sah, daß er es fest niederdrücken mußte, damit es im Schaft verschwand.

Dann blickte er erwartungsvoll den Richter an.

«Jetzt strecke deinen Arm aus und zieh deinen Daumen, so schnell du kannst, zurück», befahl der Richter. Das Holzstück schoß ungefähr fünf Fuß hoch in die Luft und fiel dann klappernd auf die Fliesen.

Richter Di lehnte sich in seinen Stuhl zurück. Er strich sich über den Bart und sagte langsam:

«Dieser Schreibpinsel ist ein sinnreich konstruiertes Mordinstrument. Sein hohler Schaft enthält eine Reihe von dünnen Spulen, die wahrscheinlich aus Rottang aus dem Süden stammen. Nachdem sie eingefügt waren, drückte die Person, die das Werkzeug machte, sie so weit hinunter, wie sie in diese Höhlung hineingehen wollten. Dann ließ er geschmolzenes Harz vom Lackbaum in die Röhre eintropfen und hielt die Spulen zusammen, bis das Harz völlig getrocknet war. Dann nahm er die Röhre heraus und ersetzte sie durch dieses.»

Richter Di öffnete eine kleine Schachtel und entnahm ihr sehr vorsichtig das Messer, das im Hals des toten Generals gesteckt hatte.

«Sie sehen», fuhr er fort, «daß sein röhrenartiger Griff genau in den Schaft dieses Pinsels paßt, während seine hohle Klinge in das geschnitzte Innere paßt. Selbst wenn man in den Schaft hineinsah, war das Messer nicht zu sehen.

Vor ein paar Jahren schenkte eine gewisse Person diesen Schreibpinsel dem General und sprach damit sein Todesurteil. Er wußte, wenn der General diesen Pinsel benutzen würde, würde er früher oder später sein Endstück an eine Kerze halten, um, wie wir das alle machen, wenn wir mit einem neuen Pinsel zu schreiben beginnen, die überflüssigen Haare zu beseitigen. Die Hitze der Flamme würde das Harz schmelzen, die Spulen würden sich lockern und das vergiftete Messer aus dem Schaft hervorschießen. Es bestand eine Chance von zehn zu eins, daß das Messer das Opfer ins Gesicht oder in den Hals treffen würde. Hinterher würden die Spulen nicht gesehen werden, weil sie aus dem Innern des Schaftes hervorgesprungen sein würden.»

Während Richter Di dieses sagte, hatte Student Ding zunächst äußerst bestürzt ausgesehen. Dann verwandelte sich dieser Ausdruck in den ungläubigen Abscheu. Nun rief er aus:

«Wer hat diesen teuflischen Plan ausgeheckt, Euer Ehren?»

«Er hat sich selbst zu der Tat bekannt», sagte Richter Di ruhig. «Nur auf Grund dieser Tatsache habe ich dieses Rätsel lösen können. Lassen Sie mich die Inschrift vorlesen:

‹Mit ehrfurchtsvollen Glückwünschen zur Vollendung der sechs Zyklen. Der Sitz der Geruhsamkeit.›»

«Wer ist das? Ich habe diesen Studierzimmernamen nie gehört!» rief Student Ding.

Richter Di nickte.

«Nur ein paar sehr vertraute Freunde kannten ihn», antwortete er. «Gestern entdeckte ich, daß es das Pseudonym des verstorbenen Gouverneurs Sih Schu-siän ist.

Aus der Zuhörerschaft erhoben sich laute Zurufe.

Als die Aufregung sich gelegt hatte, sagte Richter Di:

«Es trifft sich, daß am gleichen Tag Vater und Sohn vor diesem Gericht stehen, der Sohn lebendig und der Vater im Geiste.

Sie, Student Ding, werden wahrscheinlich besser wissen als ich, welche Tat Ihres Vaters den alten Gouverneur Sih bewogen hat, ihn zum Tode zu verurteilen, und das Urteil selbst auf diese sonderbare Weise zu vollstrecken. Wie immer sich das verhalten mag, kann ich gegen den Toten nicht vorgehen. Ich, der Richter, erkläre hiermit den Fall für erledigt.»

Richter Di ließ seinen Hammer auf den Tisch niederfallen, stand auf und zog sich in sein Arbeitszimmer zurück.

Die Zuschauer, die aus der Halle strömten, sprachen erregt über die überraschende Aufklärung des Falles. Sie waren des Lobes voll für Richter Di, der einen so großartigen Trick entdeckt hatte. Allerdings waren ein paar ältere Männer mit Erfahrung in Gerichtssachen skeptisch. Sie konnten die Bedeutung des Zwischenfalls mit der Schachtel Pflaumen nicht verstehen und sagten sich, daß dieser Fall noch tiefere Bedeutung haben müsse, als offen zutage getreten war.

Als Oberkonstabler Fang ins Quartier der Wachen kam, wartete Wu dort auf ihn.

Wu verbeugte sich tief vor dem Oberkonstabler und sagte hastig:

«Erlauben Sie mir bitte, an den Nachforschungen über den Verbleib Ihrer Tochter teilzunehmen.»

Oberkonstabler Fang sah ihn nachdenklich an, dann antwortete er:

«Da Sie, Herr Wu, bereit waren, um meiner Tochter willen schwere Tortur zu erleiden, kann ich mich über Ihre Hilfeleistung nur freuen. Gerade jetzt habe ich einen Befehl zu überbringen. Warten Sie einen Augenblick hier. Wenn ich zurückkomme, werde ich Ihnen alles über unsere ersten erfolglosen Suchmaßnahmen berichten.»

Ohne Wus Einwände abzuwarten, ging der Oberkonstabler ans Tor und beobachtete die hinausgehende Menge. Er bemerkte auch Student Ding, der gerade auf die Straße hinaustrat. Oberkonstabler Fang holte ihn ein und sagte:

«Herr Ding, Seine Exzellenz würde Sie gern einen Augenblick in seinem Privatbüro sprechen.»

Richter Di saß hinter seinem Tisch. Seine vier Assistenten waren auch da. Der Richter hatte Tao Gan befohlen, den Schaft des Schreibpinsels auseinanderzusägen. Sie hatten auf dem Grund des Schaftes das Klümpchen Harz und die dünnen Rottangstäbe an der Innenseite festgestellt.

Als Oberkonstabler Fang den Studenten Ding hereingebracht hatte, entließ Richter Di seine Helfer.

Sie standen auf und gingen in den Korridor. Nur Tschiao Tai blieb vor des Richters Schreibtisch stehen und sagte: «Ich bitte um die Erlaubnis, bleiben zu dürfen, Euer Ehren!»

Richter Di hob die Brauen und warf einen neugierigen Blick auf Tschiao Tais unbewegliches Gesicht. Dann nickte er und wies auf einen

Schemel neben dem Schreibtisch.

Tschiao Tai setzte sich, und Student Ding schickte sich an, das gleiche zu tun. Da aber der Richter ihn nicht aufforderte, sich zu setzen, blieb der junge Mann nach einigem Zögern, wo er war.

Dann sprach Richter Di: «Student Ding, ich habe davon abgesehen, Ihren verstorbenen Vater öffentlich bloßzustellen. Hätte ich nicht einige besondere Gründe, die ich Ihnen gleich nennen werde, so würde ich ihn auch nicht vor Ihnen, seinem einzigen Sohn, anklagen.

Ich weiß genau, warum Ihr Vater gezwungen wurde zurückzutreten. Zufällig gingen die vertraulichen Dokumente, die sich auf diesen Fall beziehen, durch das Staatsarchiv in der Residenz, an dem auch ich arbeitete. Einzelheiten gab es nicht, denn nicht ein einziger Augenzeuge von Ihres Vaters schwarzer Tat hat die Katastrophe überlebt. Kommandeur Wu sammelte aber genügend zweitrangige Indizien dafür, daß Ihr Vater für die Niedermetzelung eines ganzen Regiments unserer Kaiserlichen Armee verantwortlich war.

Als politische Erwägungen die Behörden hinderten, Ihren Vater zu belangen, beschloß Gouverneur Sih, ihn von sich aus hinzurichten, wie er es verdiente. Der alte Gouverneur war ein Mann ohne Furcht, er würde Ihren Vater direkt getötet haben, wäre dann nicht auch des Gouverneurs Familie mit in den Fall hineingezogen worden. Deshalb beschloß er, daß die Tat erst ausgeführt werden sollte, wenn er selbst sich der menschlichen Gerechtigkeit entzogen haben würde.

Ich würde nicht wagen, die Handlungen des Gouverneurs zu beurteilen, denn ein Mann wie er kann niemals mit gewöhnlichen Maßstäben gemessen werden. Ich möchte Ihnen lediglich unzweideutig klarmachen, daß mir alle Tatsachen bekannt sind.»

Student Ding gab keine Antwort. Augenscheinlich wußte er von seines Vaters Verbrechen. Er hatte den Kopf gesenkt und blickte schweigend zu Boden.

Tschiao Tai saß ganz still. Er blickte geradeaus, ohne etwas zu sehen.

Richter Di strich sich ein paar Augenblicke lang schweigend über seinen langen Bart. Dann sagte er:

«Nachdem ich nun Ihres Vaters Fall behandelt habe, komme ich zu Ihnen selbst, Student Ding.»

Tschiao Tai stand auf.

«Ich bitte Euer Ehren, mich zu entschuldigen.»

Richter Di nickte. Tschiao Tai verließ das Zimmer.

Eine Weile sagte der Richter nichts.

Schließlich blickte Student Ding ängstlich auf. Er schrak zurück, als er die brennenden Augen des Richters fest auf sich gerichtet sah.

Auf die Armlehnen seines Sessels gestützt, beugte der Richter sich vor und sagte verächtlich:

«Sehen Sie Ihren Richter an, Sie elender Schelm!»

Mit Todesangst in den Augen blickte der junge Mann ihn an.

«Sie elender Narr!» – Richter Dis Stimme zitterte vor Wut – «Sie dachten, Sie könnten mich, Ihren Richter, mit Ihrem gemeinen Plan irreführen.»

Der Richter nahm sich mühsam zusammen. Als er weitersprach, klang seine Stimme fest. Aber sie hatte einen so ungnädigen metallenen Klang, daß Student Ding sich furchtsam zusammenzog.

«Nicht Wu Feng plante, Ihren Vater mit Gift zu töten. Sie, sein einziger Sohn, waren es!

Wus Ankunft in Lan-fang brachte Sie auf die Idee, das von Ihnen geplante Verbrechen zu tarnen. Sie verbreiteten Gerüchte über Wu und spionierten hinter ihm her. Sie stahlen sich während Wus Abwesenheit, oder wenn er irgendwo zechte, in sein Atelier und stahlen ein Stück Papier, auf dem sein Siegel abgedruckt war.»

Student Ding wollte etwas sagen.

Richter Di schlug mit der Faust auf den Tisch.

«Schweigen Sie und hören Sie zu!» schnauzte er. «Am Vorabend von Ihres Vaters Geburtstag hielten Sie die Schachtel mit den vergifteten Pflaumen in Ihrem Ärmel bereit. Als Ihr Vater die Halle verließ, begleiteten Sie ihn als gehorsamer Sohn bis an seine Bibliothek. Der Hausbesorger ging hinter Ihnen her.

Ihr Vater schloß die Tür auf. Sie knieten nieder und wünschten ihm gute Nacht. Der Hausbesorger trat ein und zündete die beiden Kerzen auf dem Arbeitstisch an. Dann nahmen Sie die Schachtel aus Ihrem Ärmel und boten sie, wahrscheinlich mit einer Verbeugung, Ihrem Vater an. Die Aufschrift des Kartons machte jede weitere Erklärung überflüssig. Ihr Vater dankte Ihnen und steckte die Schachtel in seinen linken Ärmel.

Gerade in diesem Augenblick ging der Hausbesorger wieder hinaus. Er glaubte gesehen zu haben, wie Ihr Vater den Schlüssel wieder in seinen Ärmel legte und daß die Dankesworte, die Ihr Vater gesagt hatte, sich auf den Gutenachtwunsch bezögen. Aber dann ergibt sich hier noch eine unausgefüllte Lücke von zwei Minuten, während welcher der Hausbesorger die beiden Kerzen anzündete. Warum sollte Ihr Vater so lange mit dem Schlüssel in der Hand dagestanden haben? Natürlich hatte er ihn, sobald er die Tür aufgeschlossen hatte, in seinen Ärmel zurückgesteckt. Was ihn der Hausbesorger in einen Ärmel hatte stecken sehen, war die Schachtel mit den vergifteten Pflaumen, das Werkzeug, mit dem ein entarteter Sohn seinen eigenen Vater zu töten beabsichtigte!»

Wie Dolche bohrten sich Richter Dis Blicke in Dings Augen. Der junge Mann hatte am ganzen Leibe zu zittern begonnen, konnte aber seine

Augen von Richter Dis hypnotischen Blicken nicht abwenden.

«Ermordet haben Sie Ihren Vater nicht», fuhr der Richter leiser fort. «Noch ehe er die Schachtel geöffnet hatte, hatte die Hand des toten Gouverneurs zugeschlagen.»

Student Ding schluckte mehrmals hintereinander. Dann rief er mit unnatürlicher Stimme:

«Und warum hätte ich meinen eigenen Vater töten sollen?»

Der Richter stand auf. Er nahm das Dokument mit seinen Notizen über den Fall Ding zur Hand, trat einen Schritt auf Student Ding zu und sagte mit furchtbarer Stimme:

«Sie riesengroßer Narr! Sie wagen es, eine solche Frage zu stellen? Sie wagen es, ‹warum?› zu fragen, während Sie in Ihren schmutzigen Schreibereien nicht nur das entartete Weib, deretwegen Sie Ihren Vater haßten, erwähnten, sondern auch Ihre sündigen Beziehungen zu ihr?»

Der Richter warf Ding die Rolle ins Gesicht und fuhr fort:

«Lesen Sie, was Sie in Ihrem elenden Gedicht über ‹Brüste weiß wie Schnee› und ‹den Mond entstellen seine Flecke nicht› geschrieben haben. Es traf sich, daß eine Magd mir berichtete, daß Ihres Vaters Vierte Frau auf ihrer linken Brust ein häßliches Mal habe. Sie sind des schändlichen Verbrechens des Ehebruchs mit einer von Ihres Vaters Frauen schuldig!»

Tiefes Schweigen herrschte im Raum.

Als der Richter wieder zu reden begann, klang seine Stimme müde.

«Ich könnte Sie und Ihre Liebste für diesen schändlichen Ehebruch vor Gericht stellen. Aber der Hauptsinn des Gesetzes besteht darin, den durch ein Verbrechen entstehenden Schaden wiedergutzumachen. In diesem Fall gibt es nichts wiedergutzumachen. Was wir tun können und müssen, ist, zu verhindern, daß die Fäulnis weiter um sich greift.

Sie wissen, was Gärtner tun, wenn der Zweig eines Baumes bis ins Mark verfault ist. Sie schneiden den Zweig so ab, daß der Baum selbst weiterleben kann. Ihr Vater ist tot, Sie sind sein einziger Sohn und haben keine eigenen Kinder. Sie werden einsehen, daß diese Linie des Stammes Ding abgeschnitten werden muß. Das ist alles, Student Ding.»

Student Ding machte kehrt und verließ das Büro wie ein Schlafwandler.

Es wurde an die Tür geklopft.

Richter Dis Miene hellte sich auf, als er Tschiao Tai hereinkommen sah.

«Setz dich hin, Tschiao Tai», sagte er mit müder Stimme.

Tschiao Tai nahm mit blassem und müdem Gesicht auf einem Schemel Platz und fing unvermittelt mit tonloser Stimme, als wenn er einen amtlichen Bericht vorläse, zu sprechen an:

«Vor zehn Jahren traf General Ding Hu-gwo im Herbst mit siebentausend Mann auf eine an Zahl leicht überlegene Streitmacht der Barbaren von jenseits der Nordgrenze. Hätte er eine Schlacht angeboten, wäre es ihm durchaus möglich gewesen, einen Sieg zu erringen.

Aber er wollte nicht sein Leben riskieren. Er leitete geheime Verhandlungen ein und bestach den General der Barbaren, daß dieser sich zurückzog. Da verlangten die Barbaren, daß seine Leute nicht in ihre Zelte zurückkehren könnten, wenn sie nicht mehrere Hundert feindliche Köpfe aufweisen könnten, um ihre Heldenhaftigkeit im Kampf zu beweisen.

Der General befahl dem sechsten Bataillon des linken Flügels, sich vom Gros der Armee zu trennen und eine vorgeschobene Stellung in einem Tal zu beziehen. Es waren achthundert Mann unter Führung von Kommandeur Liang, eines der tapfersten Offiziere der Kaiserlichen Armee, und acht Hauptleuten.

Kaum war das Bataillon in das Tal eingerückt, als zweitausend Barbaren sich von den Bergen auf sie hinunterstürzten. Unsere Leute kämpften tapfer, aber gegen eine solche Übermacht nutzte ihnen das nichts. Das gesamte Bataillon wurde niedergemacht. Die Barbaren schnitten so viele Köpfe ab wie möglich, steckten sie auf ihre Speere und ritten davon.

Sieben Hauptleute waren zu Stücken zerhackt worden. Der achte war durch einen Schlag mit dem Speer auf seinen Helm betäubt worden und wurde wie tot unter seinem Pferd zurückgelassen. Er kam wieder zu sich, als die Barbaren fort waren, und stellte fest, daß er der einzige Überlebende war.»

Tschiao Tais Stimme klang überanstrengt. Sein verstörtes Gesicht war schweißüberströmt. Er fuhr fort:

«Dieser Hauptmann kehrte in die Residenz zurück und klagte dort General Ding vor dem Kriegsministerium an. Er erhielt den Bescheid, die Angelegenheit sei erledigt und daß er alles darüber vergessen sollte.

Da legte dieser Hauptmann seine Uniform ab. Er schwor, nicht zu ruhen, bis er General Ding gefunden und ihn geköpft hätte. Er wechselte seinen Namen, schloß sich einer Bande ritterlicher Straßenräuber an und durchstreifte mehrere Jahre lang auf der Suche nach General Ding das ganze Reich. Dann begegnete er eines Tages einem Richter, der auf seinen Posten reiste. Dieser Mann machte ihm den Sinn der Gerechtigkeit begreiflich und erreichte . . .»

Tschiao Tais Stimme wurde unsicher. Ersticktes Schluchzen kam aus seiner Brust.

Richter Di blickte ihn liebevoll an. Dann sagte er ernst:

«Das Schicksal, Tschiao Tai, beschloß, daß dein gutes Schwert nicht

Richter Di und Student Ding

durch eines Verräters Blut beschmutzt wurde. Ein anderer Mann beschloß, daß General Ding sterben sollte, und vollstreckte das Urteil.

Was du mir da berichtet hast, soll strikt unter uns bleiben. Aber ich werde dich nicht gegen deinen Willen hierbehalten. Ich habe schon immer gewußt, daß dein Herz bei der Armee ist. Wie wäre es, wenn ich dich unter irgendeinem Vorwand in die Residenz schickte? Ich werde dir einen vertraulichen Empfehlungsbrief an den Kriegsminister mitgeben. Sicher wirst du zum Kommandeur einer Tausendschaft ernannt werden.»

Ein blasses Lächeln huschte über Tschiao Tais Gesicht.

«Ich möchte lieber», sagte er ruhig, «warten, bis Euer Ehren zu gegebener Zeit einen hohen Posten in der Residenz erhalten. Ich bitte um die Erlaubnis, Euer Ehren weiter dienen zu dürfen, bis meine Dienste nicht länger benötigt werden.»

«Gut denn!» sagte der Richter und lächelte befriedigt. «Ich danke dir für deinen Beschluß, Tschiao Tai. Ich würde dich sehr vermißt haben!»

Zweiundzwanzigstes Kapitel

Richter Di legt dar, wie der General Ding ermordet wurde; er enthüllt auch das Geheimnis des Rollbildes.

Inzwischen hatte Oberkonstabler Fang eine lange Unterhaltung mit Wu gehabt.

Augenscheinlich interessierte sich Wu nur noch für das Verschwinden von Weißer Orchidee. Seine Tage im Gefängnis und seine Auspeitschung vor Gericht hatte er völlig vergessen. Ein paar Augenblicke lang hörte er geistesabwesend den Bericht des Oberkonstablers über das Ende General Dings an. Dann unterbrach er verdrießlich:

«Ich interessiere mich nicht im geringsten für diese verfluchte Dingbande. Wissen will ich, was wir unternehmen sollen, Ihre älteste Tochter zu finden! Sie müssen sich übrigens darüber klar sein, daß ich die Absicht habe, sobald sie gefunden ist, einen Mittelsmann für unsere Verheiratung zu suchen.»

Der Oberkonstabler verbeugte sich schweigend. Innerlich war er sehr stolz, daß ein so vornehmer junger Mann seine Tochter heiraten wollte. Was ihn schockierte, war die beiläufige Art, diese Heiratspläne zur

Sprache zu bringen. Wie die meisten Familienväter aus dem Mittelstand war er in Umgangsformen ein Pedant, und es gilt bei Besitzenden als Grundregel, daß der zukünftige Bräutigam diesen Gegenstand nicht direkt mit dem Vater der Braut erörtert, ehe nicht ein Vermittler gefunden worden ist. Dieser lebhafte Sinn für das, was Sitte und Brauch ist, war es gewesen, der ihn seine Tochter Dunkle Orchidee anweisen ließ, Nachrichten über Frau Li einzuholen, wie Wachtmeister Hung das befohlen hatte. Fang hatte den Befehl nicht selber ausführen mögen, weil das, überlegte er sich, Frau Lis gutem Ruf hätte schaden können, wenn ein Mann sich nach ihr erkundigte.

Oberkonstabler Fang wechselte rasch das Thema und sagte:

«Ich nehme an, Seine Exzellenz wird morgen einen neuen Plan, wie man sie suchen soll, vorbringen. Inzwischen könnten Sie, Herr Wu, vielleicht vier, fünf getreue Bilder meiner verschwundenen Tochter malen, die dann bei den Kommandanten der andern Stadtviertel in Umlauf gesetzt werden könnten.»

«Ausgezeichnete Idee!» rief Wu begeistert. «Ich gehe sofort nach Hause und setze mich gleich hin.»

Er sprang auf, aber der Oberkonstabler hielt ihn zurück und sagte zaghaft:

«Würde es nicht vielleicht passender sein, Herr Wu, wenn Sie den Wunsch ausdrückten, Seiner Exzellenz Ihre Aufwartung zu machen, bevor Sie das Gericht verließen? Sie haben sich ja eigentlich noch nicht von ihm verabschiedet, und vielleicht könnten Sie sich auch bei ihm bedanken, daß er Sie von allem Verdacht befreit hat.»

«Später, später!» sagte Wu unbekümmert und stürzte davon.

Richter Di hatte in seinem Privatbüro ein einfaches Frühstück zu sich genommen, bei dem Wachtmeister Hung ihm aufwartete.

Der Wachtmeister bemerkte, daß der Richter müde aussah. Er aß und sagte kein Wort.

Als das Frühstück gegessen war, brütete Richter Di über seinem Tee. Schließlich sagte er:

«Ruf die andern, Wachtmeister. Ich möchte euch allen jetzt die ganze Geschichte von der Ermordung des Generals erzählen.»

Als alle vier Assistenten vor ihm saßen, lehnte Richter Di sich in seinen Sessel zurück und erzählte ihnen den Inhalt seiner Privatunterhaltung mit Student Ding.

Tao Gan schüttelte ratlos den Kopf. Dann sagte er mit einem tiefen Seufzer:

«Es kommt mir vor, Euer Ehren, daß wir noch nie vor einer solchen Menge schwieriger Probleme gestanden haben!»

«Auf den ersten Blick sieht es auch so aus», erwiderte der Richter. «Tatsächlich war es jedoch nur der jeweilige Hintergrund, der die Dinge schwierig machte. Jetzt aber, wo die verwirrten Fäden sich deutlicher voneinander abheben, gewinnen wir ein klares Bild.

In Wirklichkeit handelt es sich hier um drei Fälle. Erstens die Ermordung des Generals Ding. Zweitens der Fall Sih kontra Sih. Drittens das Verschwinden von Fangs Tochter.

Unsere Maßnahmen gegen Tschiän Mao, die Aufdeckung von Sih Kis Plan, die Aufdeckung der Ermordung von Richter Pan bildeten den jeweiligen Hintergrund. Das sind drei Dinge, die nichts miteinander und im wesentlichen auch nichts mit unsern drei Fällen zu tun haben.»

Wachtmeister Hung nickte. Nach einer Weile bemerkte er: «Ich wunderte mich schon die ganze Zeit, warum Euer Ehren nicht sogleich gegen Wu vorgingen. Erst wies doch alles auf seine Schuld hin.»

«Bei unserer ersten Begegnung», gab der Richter zur Antwort, «benahm sich Student Ding schon verdächtig. Als ich und Ma Jung ihn auf der Straße trafen, konnte er, als ich mich ihm zu erkennen gab, seine Bestürzung nicht verheimlichen. Ding dachte augenscheinlich einen Augenblick daran, den Plan, seinen Vater zu vergiften und Wu zu diffamieren, aufzugeben. Dann aber hielt er seinen Plan doch wieder für richtig und aussichtsreich. Er lud uns in ein Teehaus ein und tischte uns die Geschichte von Wus Anschlägen auf General Dings Leben auf.»

«Dieser Bastard Ding hat sogar mich reingelegt», rief Ma Jung zornig.

Richter Di lächelte und fuhr fort:

«Dann wurde der General getötet. Der junge Ding hatte nicht die leiseste Ahnung, was geschehen sein konnte. Das stellte ich erst heute morgen wieder fest. Ihr habt gesehen, wie ich plötzlich den Unglückspinsel, mit der Schaftöffnung auf Dings Gesicht gerichtet, hervorzog. Hätte Ding diesen Pinsel, nachdem der Gouverneur ihn dem General geschenkt hatte, untersucht, hätte er sich bestimmt selbst verraten.

Unter diesen Umständen muß Student Ding über diesen rätselhaften Mord ebenso betroffen gewesen sein wie wir. Er muß eine angstvolle halbe Stunde durchgemacht und versucht haben, herauszubekommen, was geschehen war. War seine Liebste an diesem Mord beteiligt? War es jemand anders, der etwas von seiner verbrecherischen Absicht geahnt hatte und zu gegebener Zeit eine ansehnliche Summe dafür verlangen würde, den Plan zu seinen Gunsten ausgeführt zu haben? Dann entschied sich Ding dafür, daß seine ursprüngliche Idee, Wu zum Prügelknaben zu machen, auf irgendeine Weise durchgeführt werden müsse. Wenn Wus Schuld festgestellt war, brauchte Ding nicht zu befürchten, daß der wirkliche Mörder ihn einschüchtern oder erpressen werde. So kam er denn mit der Anklage gegen Wu zu uns hereingestürzt. Er hatte aber nicht bemerkt, daß die falsche Spur, die er so sorgfältig konstruiert hatte, außerordentlich unergiebig war.»

«Das will mir nicht einleuchten, Euer Ehren», unterbrach Tao Gan. «Die Schachtel mit vergifteten Pflaumen machte Wu direkt verdächtig.»

«Allzusehr», entgegnete der Richter. «Sie war viel zu übertrieben und beruhte außerdem auf einer völlig falschen Bewertung von Wus Charakter. Wu ist ein übergescheiter und empfindlicher junger Mann von einem Typ, der mir, wie ich gestehen muß, nicht übermäßig sympathisch ist. Aber unzweifelhaft ist er ein bedeutender Künstler. Solche Leute stehen für gewöhnlich dem täglichen Leben ziemlich unentschieden und inkonsequent gegenüber, aber sie sind einer unendlichen Konzentration fähig, sobald es sich um Dinge handelt, die sie wirklich interessieren. Wenn Wu sich zu einem Giftmord entschloß, würde er sicher nicht die gelbe Farbe anwenden und ein so auffallendes Indiz auf dem Papier in der Schachtel übersehen haben.»

Tao Gan nickte.

«Der endgültige Beweis für Wus Unschuld», sagte er, «war seine Bereitschaft, die neuen von mir in die Schachtel gelegten Pflaumen zu essen.»

«Genau das», sagte Richter Di. «Aber halten wir uns an die chronologische Entwicklung. Als Ding über den Mord berichtet hatte, suchte ich sofort Wu auf. Ich wollte die Persönlichkeit des Anklägers mit der des Angeklagten vergleichen. Ich war sogleich überzeugt, daß Wu kaum der Typ war, einen Mord planmäßig durchzuführen, geschweige denn aus einem so weithergeholten Grund, wie Ding meinte.

Ich nahm an, wirklich gemordet müsse eine dritte Person haben. Ich konnte mir wohl denken, daß ein Mann, der ein so schweres Verbrechen wie General Ding begangen hatte, viele Feinde haben würde, und ich hielt es für gegeben, daß Ding diese Tatsache benutzte, um Wu zu verdächtigen. Was Dings Motiv, Wu zu verfolgen, betraf, so nahm ich an, daß sie Rivalen in Liebesdingen seien. Das immer wiederholte Bildnis eines Mädchens unter Wus Gemälden und Dings Liebesbriefe legten mir die Überzeugung nahe, daß beide jungen Männer das gleiche Mädchen liebten.

Als wir die Schachtel mit den vergifteten Pflaumen entdeckten, wuchs meine Überzeugung, daß Ding etwas gegen Wu plante. Ich hielt es für selbstverständlich, daß Ding gebührend Vorsichtsmaßnahmen ergriffen habe, daß das Gift nicht entdeckt würde, bevor sein Vater die Pflaumen aß. Ich überlegte, daß ein Mann nie seines Vaters Leben in Gefahr bringen würde, um einen Rivalen in der Liebe loszuwerden.»

«Ja», unterbrach Wachtmeister Hung. «Jetzt verstehe ich, warum Euer Ehren Wu als Schuldigen ausschalteten.»

«Ja», sagte Richter Di, «ich hielt Dings Charakter für verräterisch und gemein. Dies bereitete mich auf die nächste Entwicklung vor: als ich nämlich entdeckte, daß Wu und Ding keineswegs das gleiche Mädchen liebten. Diese Tatsache reduzierte die Verbindung zwischen Wu und Ding auf des letzteren falsche Beschuldigung. Aber warum hatte Ding dann überhaupt Wu beschuldigt? Die einzig mögliche Antwort darauf war, daß Ding selbst seinen Vater getötet und die Absicht hatte, Wu als Sündenbock hinzustellen.

Dann nahm ich an, daß Ding versucht habe, den Mord mit zwei Instrumenten durchzuführen. Eines war tatsächlich zur Anwendung gelangt, aber was für eines, mußte ich erst noch finden. Die andere Waffe war die Schachtel mit den vergifteten Pflaumen, die er in Reserve gehalten hatte für den Fall, daß die erste Waffe versagte. Unter solchen Umständen war es äußerst wichtig, Dings Motiv für seinen häßlichen Vatermord zu finden. Stand er irgendwie in Verbindung mit dem Mädchen, das Ding so leidenschaftlich liebte? Ich schickte Dunkle Orchidee in das Dingsche Haus zurück, damit sie weitere Anhaltspunkte zusammentrage.»

Hier hielt Richter Di ein und trank eine Tasse Tee. Im Zimmer herrschte tiefes Schweigen. Dann fuhr der Richter fort:

«Gleichzeitig irritierte mich aber eine merkwürdige Unstimmigkeit. Wenn Ding sich so angelegentlich bemüht hatte, daß die Schachtel mit Pflaumen Wu verdächtig machte, so würde er sich offenbar ebenso bemüht haben, daß auch seine erste Waffe auf eine Schuld Wus hinwies. Ich zerbrach mir den Kopf, aber es gelang mir nicht, in dem wirklichen Mord die leiseste auf Wu weisende Spur zu finden.

Ich entschloß mich daher, auf meine erste Annahme zurückzukommen, nämlich daß der wirkliche Mord durch einen unbekannten Dritten ausgeführt worden sei, dessen Tat zufällig mit Dings elendem Giftanschlag zusammentraf. Im allgemeinen halte ich nichts von zufälligen Zusammentreffen, aber ich mußte mir eingestehen, daß dieser Fall notgedrungen auf die Tatsache hinwies, daß ein zufälliges Zusammentreffen vorlag.»

«Es war ein zufälliges Zusammentreffen», bemerkte Tschiao Tai, «herbeigeführt durch die eben von Euer Ehren erwähnte Tatsache, daß General Ding viele Feinde hatte. Und tatsächlich tötete ihn ja auch der alte Gouverneur, weil der General seine eigenen Leute verraten hatte.»

Richter Di nickte und fuhr fort:

«Dieser Schluß förderte die Lösung des Rätsels, was wirklich geschehen war, in keiner Weise, aber er half mir insofern, daß ich jetzt sowohl Ding wie Wu als verdächtig ausschalten konnte. Als ich Dings Motiv, seinen Vater töten zu wollen, entdeckte, lag der Fall klar.»

Wachtmeister Hung unterbrach:

«Das meinten also Euer Ehren, als Sie berichteten, die Hälfte des Mordes sei aufgeklärt. Euer Ehren hatten damals den Bericht von Dunkler Orchidee über des Generals Vierte Frau mit ihrem Mal auf der Brust in Beziehung gebracht mit Dings Gedicht.»

«Genau das», sagte Richter Di. «Bezüglich der andern Hälfte dieses Falles, die wirkliche Todesursache, bekenne ich, daß ich dieses Rätsel wahrscheinlich nie gelöst haben würde, wenn der alte Gouverneur sich nicht selbst als Täter bezeichnet hätte.

Der einzige Schluß, zu dem ich gelangte, war, daß der General durch irgendeine Vorrichtung zu Tode gekommen sein mußte, weil der Mörder unmöglich diesen versiegelten Raum betreten oder verlassen haben konnte. Aber ich hätte das Geheimnis des Schreibpinsels nie entdeckt. Ich vermag mit des Gouverneurs glänzendem Geist nicht schrittzuhalten. Ihr werdet bemerkt haben, daß sich, nachdem das Messer den Schaft verlassen hatte, die Spulen im Innern ausdehnten und ihn ausfüllten. Ich würde sie nicht gesehen haben, selbst wenn ich darauf gekommen wäre, mir das Innere des Schaftes anzusehen.

Als ich bei meinem Besuch des Altmeisters Kranichtracht erfuhr, daß ‹der Sitz der Geruhsamkeit› das Schriftstellerpseudonym des alten Gouverneurs gewesen war, erinnerte ich mich, daß ich diesen Namen auf dem Schaft des Pinsels, mit dem General Ding schrieb, als er getötet wurde, gesehen hatte. Ich dachte an Tao Gans Vermutung über ein Blasrohr und stellte fest, daß der hohle Schaft des Schreibpinsels zum gleichen Zweck dienen konnte. Die beidseits gestellte Kerze legte mir den Gedanken nahe, daß irgendein Mechanismus im Innern des Pinsels gewesen sein mußte, der ausgelöst wurde, sobald der Pinsel erhitzt worden war. Alles übrige war einfach.»

«Was wollen wir tun, wenn Student Ding sich nicht selber richtet?» fragte Tschiao Tai.

«Ich werde gegen ihn und seine Liebste Anklage wegen Ehebruchs erheben und sie foltern lassen, bis sie bekennen», gab Richter Di ruhig zur Antwort.

Der Richter strich seinen langen Bart glatt und sah seine Assistenten an. Als niemand mehr eine Frage zu stellen hatte, fuhr er fort:

«Jetzt komme ich zu unserm zweiten Fall, dem Testament des alten Gouverneurs.»

Die Assistenten drehen sich um und blicken auf das Bild an der Wand.

«Das geschriebene, im Futter versteckte Testament», sagte der Richter, «war eine absichtlich vom alten Gouverneur zur Irreführung Sih Kis gelegte Falle. Der Plan des Gouverneurs gelang, denn als Sih Ki das Dokument gefunden hatte, zerstörte er die Rolle nicht, sondern gab sie Frau Sih zurück. Das Landschaftsgemälde selbst enthielt die wirkliche Spur, die sehr viel feiner ist.»

Richter Di erhob sich und ging zu dem Bild hinüber. Die Assistenten standen rasch auf und stellten sich neben ihn.

«Ich vermutete», begann der Richter, «daß zwischen dieser Landschaft und des Gouverneurs Landsitz eine Verbindung bestehen müsse. Deswegen habe ich mir dieses Gut selbst angesehen.»

«Weswegen sollte da irgendeine Beziehung bestehen?» fragte Tao Gan gespannt.

«Aus dem einfachen Grunde», antwortete Richter Di, «weil dieses die einzigen Dinge waren, die der alte Gouverneur um jeden Preis zu erhalten wünschte. Er traf kluge Vorsichtsmaßnahmen, um sicherzugehen, daß dies Rollbild nach seinem Tode nicht vernichtet werden würde, und gab Sih Ki genaue Anweisungen, nichts auf seinem Landsitz zu ändern.

Anfänglich glaubte ich, diese Landschaft sei eine verschlüsselte Karte des Landhauses mit Angabe der Lage eines geheimen Wandsafes, in dem wir des Gouverneurs wirkliches Testament finden würden. Aber auf dem Landsitz selbst gelang es mir nicht, auch nur die leiseste Übereinstimmung zu entdecken. Erst heute nacht habe ich das verbindende Glied gefunden!»

Richter Di blickte lächelnd auf seine Helfer. Sie hingen an seinen Lippen.

«Wenn ihr diese Landschaft genau betrachtet», sagte er, «werdet ihr in ihrer Anlage merkwürdige Einzelheiten bemerken. Auf den Abhängen steht da eine Anzahl miteinander nicht verbundener Häuser. Jedes ist durch einen Bergpfad erreichbar, ausgenommen das größte und am meisten ausgeführte auf dem Gipfel rechts. Es liegt an dem Fluß, aber man sieht nicht eine einzige Straße. Ich kam zu dem Schluß, daß es mit diesem Haus eine besondere Bewandtnis haben müsse.

Jetzt seht euch die Bäume an. Fällt euch da nichts auf?»

Tao Gan und Wachtmeister Hung betrachteten das Bild genau. Ma Jung und Tschiao Tai hatten aufgegeben. Sie blickten mit äußerster Bewunderung den Richter an.

Als der Wachtmeister und Tao Gan die Köpfe schüttelten, fuhr der Richter fort:

«Alle Häuser sind von ziemlich nachlässig gemalten Baumgruppen umgeben. Nur die Pinien sind genau wiedergegeben, jeder Stamm hebt sich deutlich gegen den Hintergrund ab.

Nun werdet ihr bemerken, daß zwischen diesen Pinien ein bestimmtes Zahlenverhältnis besteht. Zwei stehen auf dem Berggipfel, wo der Pfad beginnt, drei weiter unten, vier, wo der Pfad über den Fluß geht, und fünf in der Nähe des großen Hauses auf dem Gipfel rechts. Ich zog daraus den Schluß, daß diese Pinien Wegweiser für einen bestimmten einzuschlagenden Weg sein müßten. Die beiden Pinien auf dem Gipfel sind das Glied, das dies Bild mit dem Landsitz verbindet: Sie stellen die beiden Pinien dar, die wir am Eingang des Labyrinths gesehen haben.»

«Diese Landschaft ist also eine Karte des Labyrinths und zeigt, wie man ein kleines Haus oder einen Pavillon, den der Gouverneur im Innern errichtet hat, erreicht!» rief Tao Gan aus.

Richter Di schüttelte den Kopf.

«Nein», sagte er, «nicht ganz. Ich gebe zu, daß sie einen Weg zu einem Pavillon innerhalb des Labyrinths darstellt. Da der Gouverneur fast jeden Tag dorthin ging, ergibt sich, daß irgendwo im Innern ein Pavillon sein muß, in welchem er lesen und schreiben konnte. Ich gebe auch zu, daß dies ausgeführte Gebäude diesen Pavillon darstellt. Aber ich gebe nicht zu, daß er auf dem Wege des Labyrinths erreicht werden kann.

Der alte Gouverneur wollte seinen Aufenthaltsort innerhalb des Labyrinths strikt geheimhalten. Er hätte nie wichtige Dokumente dort gelassen, wenn irgend jemand mutig und geduldig genug sein konnte, das Labyrinth zu durchforschen und den Weg zu entdecken, um den Pavillon zu finden.

Warum machte der Gouverneur einen so deutlichen Unterschied zwischen der ersten und der zweiten Hälfte der Straße? Warum gab er die zweite Hälfte durch einen Gebirgsfluß an?»

«Um den Weg schwieriger zu machen», fiel Tao Gan ein.

«Nein», sagte Richter Di, «der Gouverneur gab sich besondere Mühe, darauf hinzuweisen, daß der durch die vier Pinien gekennzeichnete Ort ein wichtiger Punkt sei. An Stelle eines gewöhnlichen Bergpfades dient jetzt also der Fluß als Wegweiser. Die Brücke ist ein weiteres Zeichen dafür, daß jetzt ein wichtiger Wechsel eintritt.

Ich bin davon überzeugt, daß man an diesem Punkt den regulären Weg des Labyrinths verläßt und in einen geheimen kurzen Abschnitt gelangt, der direkt zu dem verborgenen Pavillon führt, welcher also nicht auf dem eigentlichen Weg, sondern durch eine seiner Windungen zu erreichen ist.»

Tao Gan nickte zustimmend.

«Was für ein wunderbares Versteck!» rief er aus. «Sicherer als irgendein Bollwerk. Wenn man nicht den Schlüssel zu dem geheimen kurzen Abschnitt hat, könnte man das ganze Labyrinth wochenlang absuchen und den Pavillon nie finden. Aber der Gouverneur und jeder, der das Geheimnis kannte, konnte ihn wahrscheinlich in wenigen Minuten erreichen.»

«Ja», sagte Richter Di, «dein letzter Punkt ist sehr wichtig. Dem Gouverneur mußte es zuwider sein, eine halbe Stunde lang, jedesmal wenn er kam, den gewundenen Weg zu machen. Diese Überlegung brachte mich auf die mögliche Anlage eines geheimen Zugangs.

Laßt uns nun dem auf dem Bild hier angegebenen Weg folgen.»

Der Richter wies mit dem Zeigefinger auf das kleine Haus auf dem Berggipfel, neben dem zu beiden Seiten je eine Pinie stand.

«Hier», sagte er, «ist der Eingang zum Labyrinth. Wir gehen hier die in den Felsen eingehauenen Stufen hinunter und gehen den Weg, der hinabführt. Die erste Gabel bedeutet nichts, es ist gleich, ob man links oder rechts geht. An der zweiten Gabelung zeigen die drei Pinien neben dem Weg an, daß wir uns links halten müssen.

Dann kommen wir an den Fluß. Hier verlassen wir den normalen Weg des Labyrinths. Der Eingang zu dem geheimen kurzen Abschnitt ist durch vier Pinien angezeigt; ich nehme an, daß wir im Labyrinth den Eingang zwischen dem zweiten und dem dritten Baum, genau in der Mitte, gerade wie der Fluß hier auf dem Bild fließt, finden werden.

Irgendwo werden wir auf diesem geheimen Pfad fünf Pinien in Gruppen zu zwei und zu dreien finden. Da muß auch des Gouverneurs geheimer Pavillon liegen.»

Mit diesen Worten legte der Richter seinen Zeigefinger auf das große Haus auf dem Gipfel rechts. Dann ging er wieder an seinen Tisch zurück und setzte sich.

«Ich bin ziemlich sicher», schloß Richter Di, «daß wir in diesem Pavillon einen Safe oder eine eiserne Kiste mit den verschwundenen Papieren des Gouverneurs einschließlich seines Testaments finden werden!»

«Na», sagt Ma Jung, «es ist alles ein bißchen zu hoch für mich, aber wir können es ja versuchen! Aber nun bleibt uns noch unser dritter Fall: die verschwundene Weiße Orchidee!»

Richter Dis Gesicht verfinsterte sich. Er schlürfte seinen Tee und sagte langsam:

«Dieser Fall ist höchst rätselhaft. Wir sind auf der Suche nach diesem Mädchen noch nicht einen Schritt weitergekommen. Das tut mir um so mehr leid, als ich an unserem Oberkonstabler Gefallen gefunden habe. Er ist der Typus des anständigen, ehrbaren Handwerkers, einer Klasse, auf die unser Land mit Recht stolz ist . . .»

Der Richter fuhr sich über die Stirn und fuhr dann fort:

«Heute abend nach dem Essen wollen wir uns hier darüber beraten, was wir tun könnten, um dieses Mädchen zu finden. Da unsere andern Fälle erledigt sind, können wir uns nun auf das letzte Rätsel konzentrieren.

Laßt uns jetzt auf den Landsitz gehen und sehen, ob meine Annahme über den geheimen Richtweg zutrifft. Wenn wir das Testament des Gouverneurs finden, kann ich es als Anlage zu meinem amtlichen Bericht an die vorgesetzten Behörden über Sih Kis Hochverrat mitschicken. Das Finanzministerium muß dann Sih Schans Anteil freigeben, wenn es Sihs Besitz konfisziert.

Tschiao Tai, du wirst den ganzen Nachmittag benötigen, die Verteidigung der Stadt zu organisieren, falls die Barbaren heute nacht angreifen sollten. Aber du, Wachtmeister, Ma Jung und Tao Gan, ihr werdet mich begleiten.»

Dreiundzwanzigstes Kapitel

Der Richter führt seine Leute ins Innere des Labyrinths; in einem geheimen Pavillon wird Schauerliches entdeckt.

Eine Stunde darauf bot der Landsitz des alten Gouverneurs ein Bild lebhafter Betätigung.

Überall tauchten Gerichtskonstabler auf. Einige säuberten den Gartenweg, andere legten ein Inventar über die alten Möbel im Hause an, wieder andere durchsuchten den hinteren Garten.

Richter Di stand im gepflasterten Hof vor dem steinernen Tor, das den Eingang zum Labyrinth bildete. Er erteilte Wachtmeister Hung, Ma Jung und Tao Gan endgültige Weisungen. Zwanzig Konstabler standen um ihn herum.

«Ich weiß nicht», sagte Richter Di, «wie lang der Weg schließlich sein wird. Ich nehme an, er wird verhältnismäßig kurz sein, aber sicher ist das nicht. Wenn wir ihm jetzt folgen, wird sich alle zwanzig Fuß lang ein Konstabler von uns loslösen und stehen bleiben, so daß er dem vor oder hinter ihm Stehenden etwas zurufen kann. Ich möchte nicht in diesem Labyrinth verlorengehen.»

An Ma Jung sich wendend, fügte der Richter hinzu:

«Du gehst mit deinem Speer voraus. Ich glaube nicht an all diese Geschichten über Menschenfallen in diesem Labyrinth, aber der Ort ist seit vielen Jahren verwahrlost, und vielleicht haben sich gefährliche Tiere hier niedergelassen. Jeder sei vorsichtig!»

Dann gingen sie unter dem steinernen Bogen hindurch und betraten das Labyrinth.

In dem düsteren Tunnel empfing sie der feuchte Geruch faulenden Laubes. Der Weg war schmal, aber zwei Mann konnten bequem nebeneinander gehen. Zu beiden Seiten bildeten enggepflanzte Bäume und bewachsenes Geröll undurchdringliche Mauern. Es waren Bäume von allerlei Art, aber nicht eine einzige Pinie war in Sicht. Die Zweige trafen in Mannshöhe aufeinander und waren durch dicke Büschel von Lianen miteinander verbunden, die oft so tief hingen, daß Richter Di und Ma Jung sich bücken mußten, um unter ihnen durchzukommen. Die

Stämme der Bäume waren mit außerordentlich großen Pilzen überzogen. Ma Jung stach einen mit seinem Speer an. Herausbrach eine stinkende Wolke weißen Staubes.

«Vorsicht, Ma Jung», warnte der Richter, «diese Dinger können giftig sein.»

An der ersten Wende nach links machte der Richter halt. Befriedigt lächelnd wies er auf drei knorrige Pinien, die an der Kurve dicht beieinander standen.

«Der erste Wegweiser», bemerkte er.

«Vorsicht, Euer Ehren!» rief Ma Jung.

Richter Di sprang flink beiseite.

Mit dumpfem Aufschlag fiel eine Spinne so groß wie eines Mannes Hand zu Boden. Ihr zottiger Leib war gelb gefleckt, ihre Augen leuchteten grün und unheilverkündend.

Ma Jung zerquetschte sie mit seinem Speerkolben.

Richter Di zog sein Halstuch enger.

«Ich möchte nicht, daß mir so was auf den Nacken fällt», bemerkte er trocken. Dann ging er weiter.

Der Weg schien jetzt wieder zurückzubiegen. Nach etwa zwanzig Fuß machte er eine scharfe Wendung nach rechts.

«Halt!» rief Richter Di Ma Jung zu. «Da ist unser nächster Wegweiser!»

Neben dem Weg standen vier Pinien nebeneinander.

«Hier», sagte Richter Di, «müssen wir vom eigentlichen Weg abgehen und in den geheimen Richtweg einbiegen. Sieh mal zwischen dem zweiten und dritten Baum nach!»

Ma Jung stocherte mit seinem Speer im dichten Unterholz herum. Plötzlich sprang er zurück und stieß den Richter nicht eben höflich an.

Über das faulige Laub kroch eine etwa zwei Fuß lange rote Otter, die erstaunlich schnell in einem Loch unter dem Baum verschwand.

«Ein gastlicher Ort», brummte Ma Jung. «Auf dem Landschaftsbild war von diesem Reptil nichts zu sehen.»

«Deswegen habe ich dir ja gesagt, du solltest deine dicken Jagdgamaschen anziehen», bemerkte Richter Di. «Paß gut auf!»

Ma Jung kauerte sich nieder und blickte unter die Büsche. Als er sich wieder aufrichtete, sagte er:

«Ja, da ist ein Weg. Aber er ist so schmal, daß kaum ein Mann durchkommt. Ich werde vorangehen und die überhängenden Zweige auseinanderbiegen.»

Er verschwand unter dem dichten Laub. Richter Di zog sein Gewand eng an sich und folgte mit Wachtmeister Hung und Tao Gan hinter sich. Die Konstabler blickten ungewiß auf Oberkonstabler Fang. Der zog sein kurzes Schwert und rief seinen Leuten zu:

«Jetzt los! Wenn hier wilde Tiere sind, die kriegen wir schon klein.»

Der Durchgang war, wie sich herausstellte, nur ein paar Faden lang. Nach kurzem Kampf mit den Dornbüschen gerieten sie wieder auf den Hauptweg.

Links und rechts war eine scharfe Biegung. Richter Di wandte sich erst nach links und sah in eine lange, geradeausgehende Straße.

Er schüttelte den Kopf.

«Es muß die entgegengesetzte Richtung sein», sagte er. «Ich kann mir nicht vorstellen, daß ein Richtweg so lang sein soll.»

Er kehrte um zu der Stelle, an welcher sie wieder auf den Weg gelangt waren. Als sie um die Ecke bogen, kamen sie in einen kurzen Durchgang.

«Hier ist es!» rief Richter Di aufgeregt. Er wies nach links und rechts. Drei Pinien standen auf der einen, zwei an der andern Seite des Weges.

«Nach des Gouverneurs Gemälde», sagte Richter Di zu seinen Gefährten, «muß der verborgene Pavillon ganz in der Nähe sein. Ich nehme an, daß der Weg zwischen beiden Pinien hindurchgeht. Die drei gegenüber sind wohl dazu da, die Zahl fünf vollzumachen.»

Ma Jung tauchte dienstwillig im Gestrüpp zwischen den beiden Bäumen unter. Man hörte ihn furchtbar fluchen.

Als er wieder auftauchte, trieften seine Gamaschen von Schlamm.

«Da ist nichts als ein stehender Teich», sagte er unwirsch.

Oberkonstabler Fang machte seinen Konstablern ein Zeichen. Sie zogen ihre Schwerter und fingen an, das Unterholz wegzuhacken. Es kam ein Streifen schwarzen Wassers in Sicht. Wo Ma Jung hineingestapft war, stiegen noch Blasen auf. Die Luft roch faulig.

Richter Di bückte sich und blickte unter die überhängenden Zweige. Plötzlich zuckte er zurück.

Aus dem Wasser tauchte langsam ein merkwürdig aussehendes Haupt auf, das sie mit gelben Augen anstarrte.

Ma Jung holte Atem und hob seinen Speer. Aber der Richter hielt seinen Arm zurück.

Langsam arbeitete sich ein riesiger Salamander aus dem Teich. Sein schleimiger Leib war über fünf Fuß lang. Als er das Ufer erreicht hatte, glitt er schnell wieder unter die Wasserpflanzen.

Alle waren erschrocken.

«Lieber sechs Uguren als ein solches Vieh!» versicherte Ma Jung.

Aber der Richter schien sehr erfreut und äußerte offensichtlich befriedigt:

«Ich habe oft in unseren alten Büchern von diesen Riesensalamandern gelesen. Jetzt habe ich zum erstenmal einen gesehen!»

Dann untersuchte er das Ufer des Teiches, soweit es offen lag. Es sah nicht sehr vielversprechend aus: nichts als eine Masse schlammüberzogener Wasserpflanzen. Der Richter blickte wieder in das schwarze Wasser.

«Siehst du den Stein da?» wandte er sich plötzlich an Ma Jung. «Das ist sicher der erste einer Reihe von Steinen, über die man hinübergelangen kann. Laß uns mal durchgehen.»

Ma Jung raffte die Zipfel seines Kleides in seinen Gürtel. Die übrigen folgten seinem Beispiel.

Er trat auf den flachen Stein und tastete alles darum herum mit seinem Speer ab.

«Hier ist der nächste Stein!» rief er. «Direkt links vor mir.»

Er bog die niedrigen Zweige auseinander und tat einen Schritt voran. Dann machte er plötzlich halt. Richter Di, der direkt hinter ihm herkam, stieß mit ihm zusammen. Der Richter wäre ins Wasser gefallen, wenn Ma Jung ihn nicht festgehalten hätte.

Ma Jung wies schweigend auf einen abgebrochenen Zweig und flüsterte dem Richter ins Ohr:

«Dieser Zweig ist vor nicht allzu langer Zeit von einer Menschenhand abgebrochen worden. Die Blätter sind noch nicht vertrocknet. Irgend jemand muß gestern hier durchgekommen sein, Euer Ehren.» Er glitt auf diesem Stein aus und ergriff, um sich festzuhalten, den Zweig.

Richter Di besah sich den Zweig und nickte.

«Vielleicht ist er ganz in der Nähe, wir müssen auf einen Angriff gefaßt sein», antwortete er leise. Dann informierte der Richter Wachtmeister Hung, der auf dem nächsten Stein stand und seinerseits Tao Gan und Oberkonstabler Fang ins Bild setzte.

«Lieber ein menschliches Wesen als dies schleimige Vieh», murmelte Ma Jung und ging, seinen Speer wiegend, voraus.

Der Teich erwies sich als nicht sehr groß, aber sie verloren viel Zeit, weil sie die Trittsteine einen nach dem andern ausfindig machen mußten, von denen einige gerade unter der Wasseroberfläche lagen. Wer Bescheid wußte, wie sie lagen, hätte allerdings in ein paar Minuten über den Teich gelangen können.

Als sie wieder auf festem Boden waren, duckten sich Ma Jung und Richter Di nieder. Der Richter bog die Zweige ein wenig auseinander.

Vor ihm lag eine ziemlich große, von Bäumen und großen Felsblökken eingerahmte Lichtung. In der Mitte stand unter einer hohen Zeder ein runder, steinerner Pavillon. Die Fensterläden waren geschlossen, aber die Tür stand angelehnt.

Richter Di wartete, bis alle Konstabler über den Teich gekommen waren. Dann rief er: «Umstellt den Pavillon!»

Danach sprang er auf, lief auf den Pavillon zu und stieß die Tür auf. Zwei große Fledermäuse kamen herausgeflattert.

Der Richter wandte sich um. Die Konstabler hatten sich verteilt und suchten die Büsche ab. Richter Di schüttelte den Kopf.

«Hier ist niemand», sagte er. «Der Oberkonstabler und seine Leute sollen diese Lichtung gründlich absuchen.»

Er selbst ging wieder in den Pavillon. Ma Jung und die beiden andern Gehilfen folgten ihm. Ma Jung stieß die Fensterläden auf. In dem grünlichen, gedämpften Licht stellte der Richter fest, daß der Pavillon bis auf einen steinernen Tisch in der Mitte und eine Marmorbank an der Hinterwand leer war. Überall lagen dicke Schichten Staub und Moder.

Auf dem Tisch stand ein Quadratfuß großer Kasten. Richter Di beugte sich über ihn. Mit dem Zipfel seines Ärmels wischte er den Staub ab. Der Kasten war aus schön mit Drachen und Wolken geschnitztem grünem Jadestein.

Vorsichtig hob der Richter den Deckel ab und zog eine kleine, in ein Stück verblichenen Brokats gewickelte Rolle hervor.

Als er sie seinen Gefährten zeigte, sagte er feierlich:

«Hier ist das Testament des Gouverneurs.»

Langsam wickelte Richter Di es aus. Er rollte das Blatt auf und las mit lauter Stimme:

«Dies ist der letzte Wille und das Testament Sih Schu-siäns, Mitglied der Kaiserlichen Akademie, früherer Gouverneur der drei Ostprovinzen, etc.

Verehrter Herr und Kollege, der Sie das Rätsel meines Bildes gelöst haben und bis ins Herz meines Labyrinths vorgedrungen sind, ich bezeige Ihnen hiermit meine Verehrung.

Man sät im Frühling und erntet im Herbst. Wenn das Leben zu dämmern beginnt, ziemt es sich für einen Mann, zurückzublicken und seine Handlungen abzuwägen, wie sie im Jenseits abgewogen werden.

Ich glaubte, Erfolg gehabt zu haben. Aber plötzlich schien alles in Frage gestellt. Ich bemühte mich sehr, das Reich zu reformieren, aber es gelang mir nicht, meinen Sohn Sih Ki, mein eigen Fleisch und Blut, zu bessern.

Sih Ki ist ein böser Mensch mit unbeherrschtem Ehrgeiz. Da ich voraussah, daß er früher oder später nach meinem Tode sich selbst ruinieren würde, verheiratete ich mich aufs neue, um meiner Pflicht gegenüber meinen Ahnen nachzukommen und unsere Familie vor dem Untergang zu bewahren, falls Sih Ki im Gefängnis oder auf dem Richtplatz sterben sollte.

Der Himmel segnete diese Ehe mit meinem zweiten Sohne Sih Schan, auf den ich große Hoffnungen setze. Es ist meine Pflicht, dafür zu sorgen, daß es Sih Schan auch nach meinem Tode gut geht. Wenn ich meinen Besitz gleichmäßig zwischen meinen Söhnen Sih Ki und Sih Schan aufteile, bringe ich das Leben des letzteren in Gefahr. Daher werde ich auf meinem Sterbebett den Anschein erwecken, als ob ich alles Sih Ki hinterlasse. Aber hier lege ich, besiegelt und unterzeichnet, meine wirkliche Absicht fest und bestimme letztwillig, daß, wenn Sih Ki sich bessert, er und Sih Schan jeder die Hälfte bekommen sollen. Hat aber Sih Ki irgendein Verbrechen begangen, soll alles an Sih Schan gehen.

Ich werde in der Bildrolle ein schriftliches Testament verstecken, damit Sih Ki es entdeckt. Wenn er dies Testament treu ausführt, so wird alles gut und der Himmel meinem Hause gnädig sein. Sollte aber Sih Ki in seiner Bosheit das Testament vernichten, so wird er meinen, mein Bild habe jetzt sein Geheimnis preisgegeben, und es im Besitz meiner treuen jungen Frau lassen, bis Sie, mein weiser Herr Kollege, seine geheime Weisung entziffern und dies gegenwärtige Dokument finden.

Ich flehe den Erhabenen Himmel an, dafür Sorge zu tragen, daß, wenn Sie dies Dokument lesen, Sih Kis Hände nicht mit Blut befleckt sein mögen. Sollte er aber ein finsteres Verbrechen begangen haben, halte ich mich an Sie als Verantwortlichen dafür, daß die Akte an die zuständigen Behörden weitergeleitet wird.

Möge der Himmel Sie, weiser Kollege, segnen und meiner Familie gnädig sein.

Gezeichnet und gesiegelt: Sih Schu-siän.»

«Dies bestätigt, was wir schon herausgefunden haben, in jeder Einzelheit!» rief Wachtmeister Hung aus.

Richter Di nickte zerstreut. Er war vertieft in den Umschlag, ein loses Blatt von dickem Schmuckpapier, in welches das Schriftstück eingerollt gewesen war.

Dann las er laut vor:

«Sih Schu-siän, der niemals etwas für sich selbst oder seinen Besitz verlangt hat, bittet jetzt nach seinem Tode demütig um Gnade, soweit sie sich mit den gesetzlichen Vorschriften vereinbaren läßt, für seinen ältesten Sohn Sih Ki, der infolge der unfähigen Leitung seines alten Vaters, der ihn trotz seiner Fehler immer geliebt hat, ein Verbrecher geworden ist.»

In dem dämmrigen Pavillon herrschte Schweigen. Man hörte nur die Rufe einzelner Konstabler draußen.

Der Richter rollte langsam die Rolle zusammen. Dann sagte er mit tief bewegter Stimme langsam:

«Seine Exzellenz Sih war bestimmt ein edler Mensch!»

Tao Gan kratzte mit einem Fingernagel auf dem Tisch.

«Hier ist eine Zeichnung eingraviert», bemerkte er.

Er zog sein Messer und begann den Schmutz abzukratzen. Wacht-

Der Plan des Labyrinths von Gouverneur Sih

meister Hung und Ma Jung machten sich ebenfalls ans Werk. Nach und nach wurde eine kreisförmige Zeichnung sichtbar.

Richter Di beugte sich vor.

«Dies», sagte er, «ist eine Karte des Labyrinths. Seht mal her, der Lauf des gewundenen Weges bildet vier altertümlich stilisierte Buchstaben: ‹Landhaus leerer Trugbilder›. Dieser Ausdruck stand auch auf dem Landschaftsgemälde. Sie waren das Leitmotiv in des alten Gouverneurs Gedanken, nachdem er von seinem Amt zurückgetreten war. ‹Leere Illusionen!›»

«Der Richtweg ist hier ebenfalls angegeben», sagte Tao Gan lebhaft. «Der Stand der drei Pinien ist durch Punkte markiert.»

Richter Di blickte erneut auf den Plan. Er folgte der Zeichnung mit seinem Zeigefinger.

«Was für ein sinnreiches Labyrinth ist das!» rief er aus. «Seht: wenn man zum regulären Eingangstor hereinkommt und sich bei jeder Gabelung rechts hält, kommt man zum Ausgang und ist durch das ganze Labyrinth gegangen. Und wenn man umgekehrt durch den Ausgang hereinkommt, geschieht dasselbe, wenn man sich ständig links hält. Aber wenn man den geheimen Richtweg nicht kennt, wird man auch niemals den verborgenen Pavillon entdecken!»

«Wir müssen von Frau Sih die Erlaubnis bekommen, daß das Labyrinth gereinigt wird, Euer Ehren», bemerkte der Wachtmeister. «Dann wird daraus eine der berühmtesten Sehenswürdigkeiten dieses Bezirks werden. Genau wie die Pagode im Lotusteich.»

In diesem Augenblick kam Oberkonstabler Fang herein.

«Wer immer vor unserer Ankunft hierhergekommen sein mag», berichtete er, «wir haben alles Unterholz abgesucht, aber nichts gefunden.»

«Lassen Sie Ihre Leute auch die Stämme der Bäume prüfen und zwischen die Zweige blicken», befahl Richter Di. «Vielleicht hat sich unser unbekannter Besucher dort oben versteckt.»

Als der Oberkonstabler wieder hinausging, blickte Richter Di neugierig auf Tao Gan. Tao Gan hatte sich auf die breite Bank niedergekauert und besah sich angelegentlich die Lage Schmutz darauf.

Kopfschüttelnd sagte er:

«Wenn ich es nicht besser wüßte, Euer Ehren, so würde ich sagen, daß dieser dunkle Fleck hier ganz nach Blut aussieht.»

Richter Di merkte, wie sein Herz kalt vor Furcht wurde.

Er ging schleunigst hin und rieb mit den Fingern über den Fleck, den Tao Gan ihm zeigte. Er ging ans Fenster und besah sich seine Hand. Was er sah, war dunkelroter Schmutz.

Er drehte sich zu Ma Jung um und befahl kurz:

«Sieh unter dieser Marmorbank nach!»

Ma Jung stocherte mit seinem Speer in dem Dunkel unter seinem Platz. Eine große Kröte kam hervorgehopst.

Er kniete sich nieder und sah unter der Bank nach.

«Hier gibt es nur Spinngewebe und Schmutz», berichtete er.

Inzwischen hatte Tao Gan in den leeren Raum dahinter geblickt. Mit blassem Gesicht wandte er sich wieder um.

«Hinter der Bank liegt eine Leiche!» sagte er mit bebender Stimme.

Ma Jung sprang auf die Bank. Gemeinsam hoben sie den verstümmelten Körper eines Mädchens auf. Er war völlig nackt und ganz voll Blut und Schlamm. Wo der Kopf gewesen war, war nur der zerfetzte Stumpf des Nackens.

Sie betteten ihren unheimlichen Fund auf die Bank. Ma Jung nahm sein Halstuch ab und deckte es über die Lenden. Dann trat er mit vor Schreck erweiterten Augen zurück.

Richter Di beugte sich über die Leiche des Mädchens, das hübsch und jung gewesen sein mußte. Er bemerkte unter der linken Brust einen häßlichen Messerstich und an den Armen ein paar schlechtgeheilte Narben. Langsam drehte er die Leiche um. Schultern und Hüften waren von dünnen Striemen gezeichnet.

Als er sich wieder aufrichtete, glühten seine Augen vor Zorn, und er sagte streng:

«Dies Mädchen wurde hier erst gestern getötet, die Leiche ist völlig steif, aber noch nirgends verwest.»

«Wie ist sie hierhergekommen?» fragte Ma Jung bestürzt. «Sie muß schon nackt gewesen sein, als sie durch das Labyrinth kam. Sehen Sie, wie die Dornen ihre Schenkel aufgerissen haben, und ihre Beine sind mit dem Schlamm aus dem Teich bedeckt. Sie war es, die auf einem der Trittsteine ausglitt und bei dem Versuch, sich festzuhalten, den Zweig abbrach.»

«Das Hauptproblem ist: wer brachte sie hierher?» sagte der Richter nüchtern. «Ruft Oberkonstabler Fang!»

Als der Oberkonstabler eintrat, befahl der Richter:

«Wickeln Sie diese Leiche in Ihr Kleid, Oberkonstabler. Lassen Sie die Konstabler ein paar starke Zweige abschneiden, damit man eine Tragbahre machen kann.»

Fang zog sein Oberkleid ab und beugte sich über die Bank.

Plötzlich stieß er einen heiseren Schrei aus. Mit hervortretenden Augen starrte er auf die verstümmelte Leiche.

«Das ist Weiße Orchidee!» sagte er mit erstickter Stimme.

Alle schrien auf.

Richter Di hob die Hand.

«Sind Sie ganz sicher, Oberkonstabler?» fragte er ruhig.

«Mit sieben Jahren», schluchzte der Oberkonstabler, «fiel sie über einen Kessel mit kochendem Wasser und verbrühte sich den linken Arm. Glauben Sie, ich kenne die Narbe nicht?»

Er wies auf die weiße Narbe, die den hübschen Arm entstellte. Dann warf er sich über die Leiche und schluchzte, als ob sein Herz brechen wollte.

Richter Di schlug die Arme in seine weiten Ärmel. Mit dicht zusammengezogenen Augenbrauen stand er eine Weile in tiefen Gedanken da.

Plötzlich fragte er Wachtmeister Hung:

«Hast du herausbekommen, wo Frau Li wohnt, Wachtmeister?»

Der Wachtmeister wies schweigend auf den zusammengesunkenen Oberkonstabler Fang.

Richter Di legte seine Hand auf des Oberkonstablers Schulter.

«Wo wohnt Frau Li?» fragte er gespannt.

Ohne aufzusehen, antwortete der Oberkonstabler:

«Heute morgen habe ich Dunkle Orchidee angewiesen, es auszukundschaften.»

Richter Di wandte sich blitzschnell um. Er zog Ma Jung am Ärmel nahe zu sich heran und flüsterte ihm etwas ins Ohr.

Ma Jung stürzte ohne ein weiteres Wort hinaus.

Vierundzwanzigstes Kapitel

Ein junges Mädchen besucht eine berühmte Künstlerin; ein Verbrecher wird gefangen, wo er es nicht erwartete.

An jenem Morgen hatte Dunkle Orchidee das Gericht verlassen, um, wie ihr Vater befohlen hatte, Frau Lis Adresse zu erkunden.

Sie ging rasch die Hauptstraße zum östlichen Stadttor hinunter. Tagelang hatte sie sich um ihre ältere Schwester Sorge gemacht. Sie hoffte, daß dieser Gang ihr helfen würde, diese Sorge loszuwerden.

Etwa eine halbe Stunde lang schlenderte sie durch die Buden der Straßenverkäufer an der Kreuzung. Dann begab sie sich in das Einkaufszentrum in der Nähe des Osttores. Ihr Vater hatte ihr gesagt, daß Frau Li eine Künstlerin sei. Daher trat Dunkle Orchidee in den ersten Laden für Papier und Pinsel, den sie fand.

Der Inhaber kannte Frau Li. Sie sei, sagte er, jahrelang regelmäßige Kundin gewesen. Sie war noch am Leben, er schätzte ihr Alter auf fünfzig. Er fügte hinzu, Dunkle Orchidee könnte es sich ersparen, Frau Li zu Hause aufzusuchen, weil sie seit etwa einem Monat keine neue Schülerin angenommen habe.

Dunkle Orchidee erwiderte, sie wolle mit Frau Li nur über einen entfernten Verwandten sprechen. Der Ladeninhaber erklärte ihr, wie sie das Haus finden könne. Es lag nur ein paar Straßen weit entfernt.

Dunkle Orchidee überlegte sich, daß sie jetzt zum Gericht zurückkehren und ihrem Vater berichten könnte. Aber da die Sonne schien, widerstand es ihr, so bald zurückzugehen. Sie entschloß sich also, in der ihr angegebenen Richtung weiterzugehen und sich Frau Lis Haus anzusehen.

Es lag in einer ruhigen Mittelstandsgegend. Als sie die gutgehaltenen Häuser mit den sauberen, schwarz lackierten Eingangstüren sah, sagte sich Dunkle Orchidee, daß dies wahrscheinlich ein Viertel mit wohlhabenden Ladenbesitzern sei, die sich vom Geschäft zurückgezogen hatten.

Als sie die Straße halbwegs zurückgelegt hatte, bemerkte sie an der Tür eines hübschen Hauses den Namen Li.

Angesichts der mit Kupfernägeln beschlagenen Tür konnte Dunkle Orchidee der Versuchung nicht widerstehen zu klopfen.

Es erfolgte keine Antwort. Das machte das Mädchen neugierig und bestimmte sie um so mehr, einen Blick ins Innere tun zu wollen. Sie klopfte noch einmal, so laut sie konnte. Dann legte sie ihr Ohr an die Tür.

Sie hörte das schwache Geräusch schlurrender Schritte.

Als sie noch einmal klopfte, tat sich die Tür auf. Eine unauffällig gekleidete Frau mittleren Alters stand im Türrahmen, die sich auf einen Stock mit silbernem Griff stützte. Sie musterte Dunkle Orchidee von Kopf bis Fuß und fragte kühl:

«Warum klopfen Sie an meine Tür, junge Frau?»

Dunkle Orchidee entnahm der Kleidung und dem Gehaben der Dame, daß sie Frau Li selbst sein müsse. Sie verbeugte sich tief und sagte ehrerbietig:

«Ich heiße Dunkle Orchidee. Ich bin die Tochter des Grobschmieds Fang. Ich versuche, eine Lehrerin zu finden, die geruht, sich meiner schwachen Malversuche anzunehmen. Ein Papierladen hat mich hierher gewiesen. Ich war so frei herzukommen, und Ihnen, gnädige Frau, meine Ehrerbietung zu bezeigen, obwohl mir der Ladeninhaber mitgeteilt hat, daß Sie keine Schülerinnen mehr annehmen.»

Die Ältere ließ nachdenklich einen Blick über Dunkle Orchidee gehen, dann lächelte sie plötzlich und sagte:

«Das ist durchaus richtig, daß ich keine Schülerinnen mehr annehme. Aber da Sie sich die Mühe gemacht haben, mich zu besuchen, kommen Sie bitte herein und trinken Sie eine Tasse Tee.»

Dunkle Orchidee verbeugte sich nochmals und folgte Frau Li, als diese durch einen kleinen, aber gepflegten Garten auf einen Raum zuhinkte, der offenbar das Wohnzimmer war.

Während Frau Li kochendes Wasser holte, sah sich Dunkle Orchidee um und bewunderte die elegante Umgebung.

Das Zimmer war nicht groß, aber peinlich sauber und mit erlesenem Geschmack möbliert. Die Bank, auf der sie saß, war aus Rosenholz und mit gestickten Seidenkissen bedeckt. Die geschnitzten Stühle und zierlichen kleinen Teetische waren ebenfalls aus Rosenholz. Auf einem hohen Tisch an der Rückwand stieg aus einem antiken Bronzeverbrenner feiner Weihrauchduft auf. Darüber hing ein langes, schmales Rollbild mit Vögeln und Blumen. Das vergitterte Fenster war mit makellosem weißem Papier überzogen.

Frau Li kam mit einem Kupferkessel zurück.

Sie goß das kochende Wasser in einen Teetopf aus wundervoll gemaltem Porzellan und setzte sich dann auf das andere Ende der Bank.

Über einer Tasse duftenden Tees tauschten sie die üblichen höflichen Fragen aus.

Dunkle Orchidee fand, daß Frau Li, obwohl sie leicht hinkte, in der Jugend eine hübsche Frau gewesen sein müsse. Sie hatte regelmäßige, wenn auch etwas grobe Züge, ihre Augenbrauen waren stärker, als man an einer Frau hübsch findet. Offenbar hatte sie Freude daran, mit dem Mädchen zu plaudern. Dunkle Orchidee fühlte sich sehr geschmeichelt.

Merkwürdig kam es dem Mädchen vor, daß im Haus kein Diener zu sein schien. Als sie diesbezüglich eine Frage stellte, gab Frau Li ungesäumt zur Antwort:

«Mein Haus ist ziemlich klein. Ich halte nur eine alte Frau, die mir die grobe Arbeit abnimmt. Ich bin in dieser Beziehung ein bißchen eigen, ich hasse es, die ganze Zeit einen Haufen Diener um mich herum zu haben. Vor ein paar Tagen wurde die Frau krank, und ich schickte sie heim zu ihrem Mann. Der ist ein alter Straßenverkäufer und wohnt um die Ecke. In seiner freien Zeit besorgt er mir meinen Garten.»

Dunkle Orchidee entschuldigte sich sofort nochmals wegen ihres unangemeldeten Besuchs, der noch lästiger fallen mußte, weil Frau Li ohne Mädchen war. Sie stand also auf, um sich zu verabschieden.

Frau Li erhob sofort Einspruch. Sie behauptete, sie habe ein bißchen Gesellschaft gern und goß rasch eine neue Tasse Tee ein.

Dann führte sie Dunkle Orchidee in ein Nebengebäude, in welchem beinahe ein ganzes Zimmer durch einen einzigen riesigen rotlackierten Tisch eingenommen wurde. Auf Regalen an der Wand standen ein halbes Dutzend Pinselhalter mit Pinseln aller Art und Größe und kleine Vasen mit verschiedenen Pigmenten. Aus einer großen Standvase aus Porzellan ragten Papier- und Seidenrollen hervor. Das Fenster ging auf einen Miniaturgarten voll blühender Pflanzen hinaus.

Frau Li ließ Dunkle Orchidee auf einem Hocker an der Seite des Tisches Platz nehmen und fing an, ihre Gemälde vorzuweisen. Während

Frau Li Rolle nach Rolle zeigte, konnte sogar Dunkle Orchidee, die nicht viel von Malerei verstand, feststellen, daß sie eine vollendete Künstlerin war. Sie malte nur Blumen, Früchte und Vögel, aber alles war erstaunlich genau gezeichnet und delikat gemalt.

Dunkle Orchidee fühlte sich durch Frau Lis Freundlichkeit in beträchtliche Verlegenheit versetzt. Sie fragte sich, ob sie ihr nicht gestehen sollte, daß sie nur auf Befehl des Gerichts gekommen sei. Dann überlegte sie, daß sie ja nicht wisse, ob der Richter dies geheimhalten wolle oder nicht. Deshalb hielt sie es für richtig, ihre Rolle weiterzuspielen und sich bei der ersten passenden Gelegenheit zu empfehlen.

Als Frau Li die Bilder wieder einrollte, stand Dunkle Orchidee auf und blickte aus dem Fenster. Sie bemerkte, daß einige Pflanzen im Gärtchen niedergetreten waren.

«Das ist neulich passiert, als diese Hanswürste vom Gericht die Nachbarschaft absuchten», sagte Frau Li giftig. Es klang so viel Haß in ihrer Stimme, daß Dunkle Orchidee sich umwandte und sie erstaunt ansah. Aber Frau Lis Antlitz war friedlich wie immer. Dunkle Orchidee verbeugte sich und fing an, sich in höflichen Wendungen zu bedanken.

Frau Li lehnte sich aus dem Fenster und blickte in die Sonne.

«Gut, gut», rief sie aus, «wer hätte gedacht, daß es schon Nachmittag ist! Jetzt muß ich mein Essen machen. Wie ich das hasse! Aber Sie sehen ja wie ein tüchtiges junges Mädchen aus. Wäre es zu viel verlangt, wenn ich Sie bitten würde, mir zu helfen?»

Diese Bitte konnte Dunkle Orchidee, ohne grob unhöflich zu sein, nicht abschlagen. Gleichzeitig dachte sie, sie könnte ihre Täuschung wiedergutmachen, wenn sie ihrer freundlichen Wirtin ein gutes Mahl zubereitete. Daher antwortete sie rasch:

«Diese Person ist in allen Dingen sehr ungeschickt, aber vielleicht darf ich für Sie Feuer in der Küche machen?»

Frau Li sah erfreut aus. Sie führte Dunkle Orchidee durch den Hinterhof in die Küche.

Das Mädchen legte ihr Obergewand ab und krempelte sich die Ärmel auf. Dann fachte sie an den glimmenden Kohlen neues Feuer an. Frau Li saß auf der niedrigen Küchenbank und fing an, eine lange Geschichte über ihren Mann zu erzählen, der kurz nach ihrer Hochzeit gestorben sei.

Dunkle Orchidee fand eine Bambusschachtel mit Nudeln. Sie hackte ein paar Zwiebeln und Knoblauch und nahm von der Schnur, die aus dem Fenster hing, ein Dutzend getrocknete Pilze.

Während Frau Li weitererzählte, tat Dunkle Orchidee Fett in die Bratpfanne, fügte das gehackte Gemüse und Soja hinzu und rührte mit einem langen eisernen Löffel um. Dann tat sie im rechten Augenblick die Nudeln in die Pfanne. Bald erfüllte ein appetitlicher Duft die kleine Küche.

Frau Li holte Näpfe, Eßstäbchen und eine flache Schüssel eingemachtes Gemüse. Dann setzten sie sich auf die Küchenbank und aßen.

Dunkle Orchidee hatte einen gesunden Appetit, aber Frau Li aß nur wenig. Sie setzte ihren Napf nieder, als er noch halb voll war. Sie legte ihre Hand auf das Knie des Mädchens und sprach ihm ihre Anerkennung über ihr Kochen aus. Als Dunkle Orchidee von ihrem Napf aufblickte, bemerkte sie in Frau Lis Augen einen Ausdruck, der ihr nicht gefiel. Sie sagte sich, es sei albern, sich vor einer andern Frau zu genieren. Aber irgendwie fühlte sie sich unbehaglich. Unmerklich rückte sie ein bißchen zur Seite.

Frau Li stand auf und kehrte mit einem Zinnkrug und zwei kleinen Bechern zurück.

«Lassen Sie uns eins zur Verdauung trinken», sagte sie lächelnd.

Dunkle Orchidee vergaß ihr Unbehagen. Sie hatte noch nie Wein getrunken. Es kam ihr sehr damenhaft und aufregend vor.

Sie nippte also an ihrem Becher. Es war das herrlich aromatische Getränk, das Rosentau heißt. Es wird kalt serviert und ist viel stärker als der gewöhnliche gelbe Wein, der immer angewärmt getrunken wird.

Nachdem Frau Li den Becher des Mädchens ein paarmal nachgefüllt hatte, fühlte sich Dunkle Orchidee sehr glücklich. Frau Li half ihr, ihr Oberkleid wieder anzuziehen, und nahm das Mädchen wieder mit in das Empfangszimmer. Sie ließ Dunkle Orchidee auf der Couch neben sich sitzen und setzte die Geschichte von ihrer unglücklichen Ehe fort.

Sie legte ihren Arm um die Hüfte von Dunkler Orchidee. Sie gab ihr zu verstehen, daß Verheiratetsein für eine Frau mancherlei Unzuträglichkeiten habe. Männer seien roh und verständnislos, nie könne man wirklich vertraulich mit ihnen sprechen, wie man das mit einem Menschen des eigenen Geschlechts könne. Das Mädchen war der Ansicht, daß viel Wahres daran sei, was Frau Li sagte. Sie fühlte sich sehr geschmeichelt, daß eine ältere Dame so vertraulich mit ihr sprach.

Nach einer Weile stand Frau Li auf.

«Wie unhöflich von mir!» rief sie aus. «Ich habe Sie Küchenarbeit tun lassen, ohne an Ihre Bequemlichkeit zu denken! Sie müssen sehr müde sein. Warum wollen Sie nicht, während ich ein bißchen male, sich ein wenig in meinem Schlafzimmer ausruhen?»

Dunkle Orchidee überlegte, daß sie jetzt nach Hause gehen müsse. Aber sie war wirklich müde und ein bißchen schwindelig und dachte, es müsse interessant sein, den Ankleidetisch einer so eleganten Dame zu sehen.

Während sie ein paar lahme Einwände vorbrachte, führte Frau Li sie in einen Raum hinten im Haus.

Das Schlafzimmer übertraf alle Erwartungen von Dunkler Orchidee. Aus einem an der Decke hängenden, kugelrunden, emaillierten Weihrauchverbrenner kam ein zarter Duft. Der Ankleidetisch war aus Ebenholz und hatte einen silbernen Spiegel auf einem aus Sandelholz geschnitzten Ständer. Auf ihm stand über ein Dutzend eleganter kleiner Dosen aus Porzellan und rotem Lack. Das breite Lager war aus Ebenholz, kostbar geschnitzt, mit Perlmutt eingelegt. Die Bettvorhänge waren aus feiner weißer Seidengaze, in die goldene Muster eingestickt waren.

Frau Li schob beiläufig einen Schirm beiseite. Zwei Marmorstufen führten in ein kleines Badezimmer. Sie wandte sich um und sagte:

«Machen Sie es sich bequem, meine Liebe. Wenn Sie sich ausgeruht haben, trinken wir in meinem Atelier eine Tasse Tee.»

Frau Li ging und schloß die Tür hinter sich.

Dunkle Orchidee legte ihr Oberkleid ab und setzte sich auf den Hokker vor dem Ankleidetisch. Neugierig besah sie sich den Inhalt der Dosen und schnupperte an Pudern und Salben. Als sie ihre Neugier gestillt hatte, wandte sie sich den vier roten Lederkästchen zu, die neben dem Bett übereinanderstanden. Diese Kästchen trugen in goldenem Lack die Namen der vier Jahreszeiten und enthielten Frau Lis Kleider. Dunkle Orchidee wagte nicht hineinzusehen.

Sie zog den Wandschirm beiseite und ging in das Badezimmer. Neben der niedrigen hölzernen Wand stand ein kleiner Kübel, und in einer Ecke bemerkte sie die großen Behälter für kaltes und warmes Wasser. Das vergitterte Fenster war mit durchsichtigem Ölpapier ausgefüllt. Das Sonnenlicht warf den Schatten des Bambus im Garten draußen darauf, so daß das Fenster aussah wie eine zarte Tuschzeichnung von bewegten Bambusblättern.

Dunkle Orchidee hob den Deckel des Behälters mit warmem Wasser. Das Wasser war ganz heiß. Duftende Kräuter schwammen auf ihm.

Sie schlüpfte rasch aus ihren Kleidern und goß ein paar Kübel heißen Wassers in die Wanne. Als sie kaltes Wasser hinzutat, hörte sie plötzlich einen Laut hinter sich und drehte sich rasch um.

In der Tür stand, auf ihren Stock gestützt, Frau Li und sagte lächelnd:

«Erschrecken Sie nicht, mein Kind, ich bin es nur! Ich dachte, schließlich könnte ich ja auch ein Nickerchen machen. Sehr vernünftig von Ihnen, erst ein Bad zu nehmen. Davon schläft man dann so gut.»

Bei diesen Worten starrte Frau Li das Mädchen mit seltsam starrem Ausdruck an.

Plötzlich erschrak Dunkle Orchidee und bückte sich rasch nach ihren Kleidern.

Frau Li trat vor und riß Dunkler Orchidee ihr Unterkleid aus den Händen.

Dunkle Orchidee sieht sich beim Bade überrascht

«Wollten Sie nicht baden?» fragte sie in unnatürlichem Ton.

Dunkle Orchidee entschuldigte sich verwirrt. Plötzlich zog Frau Li das Mädchen an sich und sagte sanft:

«Du brauchst dich nicht zu schämen, Liebes. Du bist sehr schön!»

Ein Gefühl des Ekels stieg in der Brust des Mädchens auf. Sie stieß die Frau mit aller Kraft von sich. Frau Li taumelte zurück. Als sie wieder fest auf den Füßen stand, funkelten ihre Augen. Ihre Züge waren verzerrt.

Wie Dunkle Orchidee noch so zitternd und ratlos, was sie tun sollte, dastand, pfiff plötzlich Frau Lis Stock durch die Luft und versetzte dem Mädchen einen schmerzhaften Hieb auf den nackten Oberschenkel.

Über dem Schmerz vergaß Dunkle Orchidee ihre Angst. Sie bückte sich rasch zu dem kleinen Kübel hinunter, in der Absicht, ihn Frau Li an den Kopf zu werfen. Aber sie hatte nicht mit Frau Lis Geschicklichkeit, sich ihres Stockes zu bedienen, gerechnet.

Ehe sie noch den Kübel berührt hatte, versetzte ihr Frau Li einen bösen Schlag über die Hüften, der das Mädchen vor Schmerz aufschreien und beiseite springen ließ.

Frau Li lachte verächtlich.

«Probier hier keine Finten», sagte sie sanft. «Vergiß nicht, daß ich mit diesem Stock ebensogut zustoßen wie schlagen kann. Du bist zwar schwieriger zu behandeln als deine Schwester Weiße Orchidee, aber du wirst schon lernen, wie du dich zu benehmen hast!»

Die unerwartete Erwähnung ihrer Schwester ließ Dunkle Orchidee ihren Schmerz vergessen.

«Wo ist meine Schwester?» rief sie aus.

«Willst du sie sehen?» fragte Frau Li mit bösem Lächeln. Sie wartete nicht auf Antwort, sondern ging rasch in das Schlafzimmer.

Dunkle Orchidee stand gelähmt vor Furcht und Schrecken da. Sie hörte Frau Li hinter dem Wandschirm kichern.

Dann zog Frau Li den Schirm mit ihrer linken Hand beiseite. In ihrer Rechten hielt sie ein langes, scharfes Messer.

«Da!» sagte sie triumphierend und zeigte auf den Ankleidetisch.

Dunkle Orchidee stieß einen Schreckensschrei aus.

Vor dem Spiegel stand der abgeschnittene Kopf ihrer älteren Schwester.

Frau Li betrat, die Schneide des Messers an ihrem Daumen prüfend, schnell das Badezimmer.

«Da du dummes Mädchen mich nicht lieb hast», zischte sie, «werde ich dich töten, genau wie ich deine Schwester getötet habe!»

Dunkle Orchidee wandte sich um und schrie aus Leibeskräften. Sie dachte schon daran, das Gitterfenster zu zerschmettern und in den Garten zu entkommen.

Sie schrak aber zurück, als ein breiter Schatten das Fenster verdunkelte.

Das Fenster wurde aus seinem Rahmen gerissen, und ein riesiger Mann sprang hindurch.

Er warf einen raschen Blick auf beide Frauen, dann stürzte er auf Frau Li zu.

Sie stieß mit dem Messer nach ihm, er wich aus, packte sie am Handgelenk und drehte es um. Das Messer fiel klappernd zu Boden.

Im Nu hatte er Frau Li mit ihrer eigenen Schärpe die Hände auf den Rücken gebunden.

«Ma Jung!» schrie Dunkle Orchidee. «Sie hat meine Schwester umgebracht!»

«Zieh dir was über, du schamloses Mädchen!» sagte er rauh. «Ich weiß bereits, daß dieses Weib deine Schwester getötet hat.»

Dunkle Orchidee merkte, wie ihr glühende Schamröte ins Gesicht stieg. Während Ma Jung Frau Li in ihr Schlafzimmer zerrte, zog sie sich rasch an.

Als sie ins Schlafzimmer kam, hatte Ma Jung Frau Li an Händen und Füßen festgebunden und auf die Liege gelegt. Als er den abgeschnittenen Kopf von Weißer Orchidee in den Korb zurücklegte, sagte er:

«Lauf und mach das Tor auf. Gleich werden die Konstabler da sein. Ich bin vorausgeritten.»

«Du hast mir nichts zu befehlen, du Rauhbein!» entgegnete Dunkle Orchidee.

Ma Jung lachte laut. Sie verließ eilig das Zimmer.

Mit Eintritt der Dämmerung trafen auch Richter Di und seine Gehilfen wieder in seinem Privatbüro zusammen.

Wu trat ein und grüßte den Richter.

«Die Leiche von Weißer Orchidee ist im Wachtlokal untergebracht», sagte er heiser. «Ihr Kopf liegt dabei. Ich habe bereits einen Sarg aus festem Holz bestellt.»

«Wie geht es dem Oberkonstabler?» fragte der Richter.

«Jetzt, da er weiß, was mit Weißer Orchidee geschehen ist», antwortete Wu, «hat er sich beruhigt, Euer Ehren. Dunkle Orchidee ist bei ihm.»

Wu verbeugte sich und ging wieder hinaus.

«Dieser junge Mann ist ganz vernünftig geworden», bemerkte Richter Di.

«Ich verstehe nicht, was er hier immer noch will», brummte Ma Jung.

«Ich verstehe, daß er sich irgendwie für das tragische Schicksal von Weißer Orchidee verantwortlich fühlt», bemerkte Richter Di. «Das arme Mädchen muß, während sie in Frau Lis Klauen steckte, ein höllisches Leben geführt haben. Ihr habt die Spuren auf ihrem Körper gesehen!»

«Ich kann noch nicht verstehen», sagte Wachtmeister Hung, «woran Euer Ehren da draußen im Labyrinth festgestellt haben, daß ein Zusammenhang zwischen Weißer Orchidee und Frau Li bestand.»

Richter Di lehnte sich in seinen Lehnstuhl zurück. Er strich sich langsam über den Bart und sagte:

«Es gab nicht sehr viele Möglichkeiten. Der alte Gouverneur behielt das Geheimnis des Kurzweges peinlich bei sich selbst. Selbst sein Sohn Sih Ki oder seine junge Frau waren nie darin gewesen. Nur eine Person konnte ihn unter ungewöhnlichen Umständen entdeckt haben.

Wir wußten, daß Frau Li oft im Gartenpavillon mit dem Gouverneur und Frau Sih beim Teetrinken über ihre Bilder gesprochen hat. Ich vermute, daß Frau Li den Gouverneur einmal, als er an seiner Landschaft malte, überrascht hat. Frau Li besitzt das geübte Auge eines Malers, für sie war es nicht schwer, zu erkennen, daß es sich hier nicht um eine gewöhnliche Landschaft handelte. Da sie auch mit der Lage am Eingang des Labyrinths vertraut war, muß sie den Sinn des Bildes erraten haben, ohne daß der Gouverneur es bemerkte.»

«Vielleicht sah sie das Bild in einem frühen Stadium», bemerkte Tao Gan, «als nur die drei Pinien darauf verzeichnet waren. Vielleicht hat der Gouverneur das übrige später gemalt.»

Richter Di nickte.

«Da Frau Li dies absonderliche Interesse für junge Mädchen hat», fuhr er fort, «behielt sie, was sie erfahren hatte, bei sich selbst, weil es ihr zu irgendeiner kritischen Zeit einmal von Nutzen sein konnte.

Irgendwie gelang es ihr, Weiße Orchidee in ihr Haus zu locken. Fangs älteste Tochter war ein Mädchen von sanftem, biegsamem Charakter, es kann Frau Li nicht schwergefallen sein, sie sich gefügig zu machen. Ein paar Wochen hielt sie sie in ihrem Haus gefangen. Der Besuch des Mädchens im verlassenen Tempel muß Frau Li beunruhigt haben. Sie muß also Weiße Orchidee in das Landhaus mitgenommen und sie in dem Zimmer mit dem vergitterten Fenster eingeschlossen haben. Infolgedessen haben auch die Konstabler, als sie das Ostviertel absuchten und auch Frau Lis Haus inspizierten, sie nicht gefunden. Dieser Besuch muß aber Frau Li erschreckt haben, so daß sie sich entschloß, ihre Gefangene zu töten. Der verborgene Pavillon des alten Gouverneurs war der sicherste Platz für einen so grausamen Mord.»

«Hätten wir das Gericht an jenem Morgen, als wir das Landhaus zum erstenmal besuchten, eine Stunde eher verlassen, so hätten wir dieses Verbrechen noch verhindern können», rief Tao Gan aus. «Frau Li muß erst kurz vor unserer Ankunft gegangen sein!»

«Das Schicksal entschied, daß gerade an diesem Vormittag Frau Sih mich aufsuchte», sagte Richter Di ernst. «Nachher, als wir den Eingang zum Labyrinth untersuchen, bemerkte ich die Fußspur von Frau Li oder Weißer Orchidee. Ich habe damals kein Wort darüber gesagt, denn als ich in das Labyrinth blickte, wurde ich von einem unerklärlichen Schrecken befallen. Die Seele dieses armen Mädchens, das etwa eine halbe Stunde vorher so grausam ermordet worden war, muß über mir geschwebt haben. Mir war auch so, als winke mir der Geist des alten Gouverneurs aus dem Dunkel zu . . .»

Richter Dis Stimme wurde unsicher. Es graute ihm, als er sich diese Augenblicke starken Schreckens vergegenwärtigte.

Eine Zeitlang schwiegen alle.

Dann raffte sich der Richter zusammen und sagte entschieden:

«Glücklicherweise war es Ma Jung vergönnt, einen zweiten Mord zu verhindern.

Jetzt laßt uns zu Abend essen. Danach werdet ihr euch alle lieber ein paar Stunden ausruhen. Denn wir haben ja bestimmt eine sehr aufregende Nacht vor uns. Es ist schwer zu sagen, was diese Barbaren tun werden!»

An jenem Nachmittag hatte Tschiao Tai mit ruhiger Sicherheit die Verteidigung der Stadt organisiert. Er hatte die besten Soldaten ans Wassertor verlegt und die übrigen über die Stadtmauern verteilt. Auf seine Veranlassung hatten die Viertelsmeister die Bevölkerung vor einem möglichen nächtlichen Angriff der Barbaren gewarnt. Alle Männer, die körperlich dazu in der Lage waren, hatten große Steine und trockene Reisigbündel auf die Stadtmauer gelegt und Bambusspeere und Pfeile mit eisernen Spitzen vorbereitet. Drei Stunden vor Mitternacht sollten die Mauern bezogen werden, je fünfzig Mann unter dem Befehl eines Berufssoldaten.

Zwei Soldaten lagen im Trommelturm. Sobald die Uguren sich dem Fluß näherten, sollten sie mit ihren dicken Holzknüppeln die große Trommel schlagen. Dies sollte dann das Signal bilden, die Fackeln auf den Mauern anzuzünden. Wenn die Barbaren zu stürmen versuchen würden, dann würden sie auf einen Wall schwerer Steine und brennenden Reisigs stoßen.

Richter Di nahm sein Abendessen in seiner Privatwohnung ein. Dann schlief er ein paar Stunden auf der Liege in seiner Bibliothek.

Eine Stunde vor Mitternacht holte ihn Ma Jung, vollständig gerüstet, ab. Richter Di zog sich ein dünnes Panzerhemd über sein Kleid und nahm das lange Schwert seines Großvaters, das an der Wand neben seinen Bücherregalen hing, herunter. Dann setzte er sein Richterbarett auf und folgte Ma Jung.

Sie ritten zum Wassertor.

Richter Di auf den Festungswällen von Lan-fang

Tschiao Tai erwartete sie. Er berichtete, daß Wachtmeister Hung, Tao Gan und vier Mann auf dem Wachtturm von Tschiäns Haus postiert seien. Sie würden achtgeben, daß nicht ein einziger Feuerfunke von da gesehen werden konnte.

Richter Di nickte und stieg die steilen Steinstufen zum Dach des Wassertors hinauf. Auf der Zinne stand ein stämmiger Soldat, fast so groß wie Ma Jung, stramm auf Posten. Er hielt eine lange Stange mit der Kaiserlichen Standarte.

Der Richter stand auf der Zinne. Rechts von ihm stand der Soldat mit dem Reichsbanner, links Ma Jung mit dem Kommandostab Richter Dis.

Der Richter überlegte, daß er jetzt zum erstenmal in seinem Leben die Grenze des Reiches gegen einen Angriff von außen zu verteidigen hatte. Als er zu dem im Abendwind flatternden Reichsbanner aufblickte, empfand er großen Stolz. Er legte die Arme um sein Schwert und blickte auf die dunkle Ebene hinaus.

Als es auf Mitternacht ging, wies Richter Di auf den fernen Horizont. Ganz in der Ferne sahen sie Lichter. Die Uguren bereiteten ihren Angriff vor.

Allmählich kamen die Lichter näher, dann hielten sie auf der Stelle. Die Reiter der Barbaren hatten angehalten und warteten auf das Signalfeuer vom Wachtturm.

Über eine Stunde lang standen die drei Männer schweigend da.

Dann flammten jenseits des Flusses plötzlich Lichter auf. Sie wurden kleiner und kleiner und verschwanden schließlich ganz in der Dunkelheit.

Nachdem sie vergeblich auf das Feuersignal gewartet hatten, waren die Uguren wieder heimgeritten.

Fünfundzwanzigstes Kapitel

Zwei verworfene Verbrecher erleiden die Höchststrafe; Richter Di erkennt den Sinn von zwei unverständlichen Versen.

Am nächsten Tage verhörte Richter Di auf der Vormittagssitzung des Gerichts Frau Li.

Sie bekannte bereitwillig ihre Verbrechen.

Einmal, kurz vor dem Tode des Gouverneurs, hatte Frau Li mit Frau Sih, als sie im Gartenpavillon auf den Gouverneur warteten, Tee getrunken. Frau Li hatte einige Bilder des Gouverneurs durchgesehen und eine vorläufige Skizze zu dem Landschaftsbild gefunden. Aus einigen Notizen hatte sie ersehen, daß der Gouverneur dieses Gemälde als Wegweiser zu einem Richtweg durch das Labyrinth gestaltet hatte.

Frau Li hatte für Frau Sih viel Sympathie empfunden, aber zu des Gouverneurs Lebzeiten nicht gewagt, ihr ihre Empfindungen zu enthüllen. Nachdem der Gouverneur beerdigt worden war, hatte Frau Li das Landhaus besucht, aber nur die beiden Alten vorgefunden, die nicht wußten, wohin Frau Sih, nachdem Sih Ki sie ausgetrieben hatte, gezogen war. Frau Li erkundigte sich in der Umgegend, aber Frau Sih hatte die Bauern angewiesen, niemandem mitzuteilen, auf welchem Hof sie sich mit ihrem Sohn verborgen hielt. Dann war Frau Li vor einigen Wochen wieder einmal auf dem alten Landhaus gewesen, da sie gerade zufällig in der Nähe war. Als sie die Leichen der beiden Alten entdeckt hatte, hatte sie die ersten Stadien des Richtweges erforscht und festgestellt, daß die in dem Landschaftsbild angegebenen Hinweise, die sie sich sorgfältig notiert hatte, stimmten.

Frau Li hatte Weiße Orchidee auf dem Markt getroffen und das Mädchen überredet, sie in ihr Haus zu begleiten. Einmal dort angelangt, wußte sie sich das schüchterne Mädchen bald völlig gefügig zu machen und hielt sie als Opfer ihrer Einstellung gefangen. Weiße Orchidee mußte alle Hausarbeit besorgen und wurde beim kleinsten Verstoß mit dem Stock geprügelt.

Als Frau Li entdeckt hatte, daß Weiße Orchidee den verlassenen Tempel aufgesucht und dort mit einem fremden Mann zusammengetroffen war, wurde sie wütend. Sie hatte das erschrockene Mädchen in einen leeren Vorratsraum gezerrt, dessen dicke Wände jeden Laut verschluckten. Frau Li hatte das Mädchen sich entkleiden lassen und ihre Arme an einem Pfeiler angebunden.

Dann hatte Frau Li begonnen, das Mädchen zu verhören und ihr immer wieder dieselbe Frage gestellt. Hatte Weiße Orchidee dem Fremden irgend etwas über ihren Aufenthalt verraten? Jedesmal stellte das Mädchen dies in Abrede. Frau Li hatte sie auf grausamste Weise mit einem dünnen Palmenstock geschlagen und die ganze Zeit furchtbare Drohungen ausgestoßen. Sich unter den schmerzhaften Hieben windend, hatte Weiße Orchidee verzweifelt um Gnade gebeten. Dies machte Frau Li noch wütender. Sie hatte den Stock mit aller Macht auf die nackten Hüften des schreienden Mädchens niedergehen lassen, bis ihr selbst der Arm weh tat. Damals war Weiße Orchidee beinahe verrückt vor Schmerz und Angst gewesen, aber hatte immer noch darauf bestanden, daß sie unschuldig sei.

Frau Li aber hatte gefürchtet, daß ihr Geheimnis durchgesickert sei. Am nächsten Morgen verkleidete sie Weiße Orchidee als Nonne und nahm sie mit auf des Gouverneurs Landsitz. Dort schloß sie das Mädchen in den Raum ein, in dem die beiden Alten gewohnt hatten, und nahm ihr, damit sie nicht noch einmal versuchte zu entwischen, alle Kleider weg. Sie kam jeden Tag zu Besuch wieder mit einem Krug Wasser und einem Körbchen mit getrockneten Bohnen und Ölkuchen. Sie hatte die Absicht gehabt, das Mädchen wieder zurückzubringen, sobald es sich herausgestellt hatte, daß durch den Ausflug von Weißer Orchidee kein Unglück entstanden war.

Dann aber hatten die Konstabler im östlichen Stadtviertel nach dem Mädchen gesucht. Frau Li wurde unruhig. Sie eilte in aller Frühe des nächsten Tages auf das Landhaus und fand mit Hilfe der wegweisenden Pinien auch den Weg zu dem versteckten Pavillon, wobei sie Weiße Orchidee zwang voranzugehen, und das Mädchen erbarmungslos mit ihrem Stock vorantrieb. Im Pavillon selbst hatte sie das Mädchen veranlaßt, sich auf die Marmorbank zu legen, um ihr dann ein Messer in die Brust zu stoßen. Ein verborgener Instinkt hatte sie bewogen, ihr den Kopf abzuschneiden. Die Leiche hatte sie hinter die Bank geschoben. Den abgeschnittenen Kopf hatte sie in einem Korb zurückgebracht, aber in der Eile nicht auf den Kasten auf dem Tisch geachtet.

Frau Li erzählte all dies, ohne daß irgendein Druck auf sie ausgeübt worden war. Richter Di bemerkte, daß sie Vergnügen daran fand, dies alles zu erzählen, und daß sie ordentlich stolz auf ihre Grausamkeit war. Sie teilte auch freiwillig mit, daß sie vor dreißig Jahren ihren Gatten ermordet habe, indem sie seinen Wein vergiftet hatte.

Richter Di empfand für diese entartete Frau tiefen Abscheu. Er war erleichtert, als Frau Li ihren Daumenabdruck unter ihr Geständnis gesetzt hatte und ins Gefängnis zurückgebracht werden konnte.

Auf dieser gleichen Sitzung verhörte Richter Di auch die drei chinesischen Ladenbesitzer, die mit den Uguren gemeinsame Sache gemacht hatten. Es erwies sich, daß sie sich über die Tragweite des Anschlags nicht im geringsten klargewesen waren. Sie hatten gedacht, es sollte sich nur um einen Auflauf handeln, damit man in der Verwirrung ein paar Läden plündern könnte.

Der Richter hatte ihnen fünfzig Schläge mit dem Bambus geben lassen und sie dazu verurteilt, einen Monat lang die schweren hölzernen Pranger zu tragen.

An jenem Nachmittag kam der Dingsche Hausbesorger aufs Gericht gestürzt und teilte mit, Student Ding habe sich erhängt und die Vierte Frau des verstorbenen Generals Gift genommen. Keiner hatte etwas zur Erklärung hinterlassen. Die allgemeine Meinung ging dahin, daß sie sich über des Generals tragischen Tod gegrämt hätten. Der Selbstmord der Vierten Frau wurde durch ein paar altmodische Leute freundlich besprochen, weil sie diesen Tod als Beweis äußerster Ergebenheit für einen verstorbenen Gatten ansahen. Sie eröffneten eine Subskription zur Errichtung einer steinernen Gedenktafel für die Frau.

In den nächsten zehn Tagen widmete Richter Di all seine Zeit der Abwicklung der Geschäfte von Tschiän Mao und Sih Ki. Zwei kleinere Strafen wurden den beiden Ratgebern Tschiän Maos zuteil und denen von seinen Gefolgsleuten, die sich der Erpressung schuldig gemacht hatten. Frau Sih war der Inhalt des Testaments des Gouverneurs mitgeteilt worden. Sie sollte, sobald das endgültige Urteil der Zentralbehörden aus der Residenz eingetroffen war, vor Gericht erscheinen.

Wachtmeister Hung hatte gehofft, der Richter würde jetzt, nachdem er alle drei Kriminalfälle gelöst und den Anschlag auf die Stadt zunichte gemacht hatte, wieder umgänglicher werden. Aber zu seiner Enttäuschung mußte er feststellen, daß Richter Di sich über irgend etwas besonderen Kummer zu machen schien. Er war oft schlechter Laune und widerrief gelegentlich ganz gegen seine sonstige Gewohnheit eine zuvor getroffene Entscheidung. Der Wachtmeister konnte sich nicht vorstellen, welche Ursache des Richters Sorge haben mochte, und Richter Di seinerseits geruhte nicht, sich zu erklären.

Eines Morgens ertönten auf der Hauptstraße das Klappern von Pferdehufen und laute Gongschläge. Zweihundert Soldaten der regulären Armee zogen mit wehenden Bannern in Lan-fang ein. Es war die von Richter Di angeforderte Truppenmacht.

Der Garnisonskommandeur war ein Offizier, der besonders aktiv gegen die Barbaren des Nordens gekämpft hatte, ein intelligenter junger Mann, der dem Richter einen sehr günstigen Eindruck machte. Er brachte ein amtliches Schreiben des Kriegsministeriums, durch welches Richter Di alle Vollmachten in militärischen Angelegenheiten des Bezirks erteilt wurden.

Die Garnison wurde in Tschiäns Haus untergebracht. Tschiao Tai kehrte zum Gericht zurück.

Die Ankunft der Garnison ließ den Richter einigermaßen aufleben. Bald fiel er jedoch in seinen früheren Trübsinn zurück. Er begrub sich in lokalen Routinegeschäften und ging sehr wenig aus. Die einzige Gelegenheit, wo er das Gericht verließ, ergab sich beim Begräbnis von Weißer Orchidee.

Wu hatte eine prächtige Beerdigung in Szene gesetzt und darauf bestanden, alle Kosten dafür selbst zu tragen. Dieser Maler hatte sich völlig verändert. Er hatte das Trinken abgeschworen, eine Entscheidung, die ihn in bitteren Streit mit seinem Hauswirt, dem Inhaber des Weinausschanks «Zur ewigen Quelle», gebracht hatte. Dieser faßte Wus Entscheidung als Kritik an der Qualität seiner Weine auf. Alle Weintrinker des Viertels bezeichneten diesen Bruch als das Ende einer schönen Freundschaft.

Wu verkaufte alle seine Bilder und mietete sich einen kleinen Raum auf dem Gebiet des Konfuziustempels. Er verbrachte die meiste Zeit mit dem Studium der Klassiker und ging nur aus, um Oberkonstabler Fang im nahegelegenen Gericht zu besuchen. Sie schienen enge Freundschaft geschlossen zu haben, und Wu pflegte sich stundenlang mit ihm im Wachtlokal zu unterhalten.

Eines Nachmittags, als Richter Di in seinem Privatbüro saß und gleichgültig ein paar Routineakten durchsah, trat Wachtmeister Hung ein und überreichte ihm einen großen gesiegelten Briefumschlag.

«Dieser Brief», sagte er, «ist soeben durch einen Kurier aus der Residenz überreicht worden, Euer Ehren.»

Richter Dis Züge hellten sich auf. Er erbrach die Siegel und überflog gespannt die mitgekommenen Papiere.

Als er diese wieder glattrollte, nickte er befriedigt. Er wies mit dem Zeigefinger auf die Papiere und sagte zum Wachtmeister:

«Dies ist das amtliche Urteil über Sih Kis Verrat, die Ermordung von General Ding und den Mord Frau Lis. Es wird dich interessieren, zu hören, daß die Verschwörung der Ugurenstämme auf höherer Regierungsebene beigelegt worden ist, nachdem Verhandlungen zwischen unserem Ministerium für Barbarenangelegenheiten und dem Khan der Uguren stattgefunden haben. Lan-fang braucht keine Angriffe mehr zu befürchten. Morgen werde ich diese Fälle abschließen. Und danach ein freier Mann sein.»

Wachtmeister Hung verstand diese letzte Bemerkung nicht ganz. Aber der Richter ließ ihm keine Zeit, Fragen zu stellen. Er fing sofort damit an, Befehle für die Vormittagssitzung des Gerichts auszugeben.

Am folgenden Morgen begann das Gerichtspersonal seine Arbeit bereits zwei Stunden vor Tagesanbruch. Am Haupttor, wo eine Gruppe von Konstablern den Karren zur Überführung der Verurteilten auf den Richtplatz vorbereitete, brannten Fackeln.

Trotz der frühen Stunde war eine Menge Bürger dort versammelt. Sie beobachteten diese Vorbereitungen mit lebhaftem Interesse. Dann kamen aus dem Garnisonshauptquartier bewaffnete Lanzenreiter und bildeten eine Kette um den Wagen herum.

Eine Stunde vor Sonnenaufgang führte ein stämmiger Konstabler drei wuchtige Schläge gegen den großen Bronzegong am Tor. Die Wachen öffneten die geflügelten Türen, und in den durch große Kerzen erleuchteten Gerichtssaal strömte die Menge.

Diese Menge verhielt sich achtungsvoll und schweigend, als Richter Di auf der Estrade erschien und würdevoll hinter dem Richtertisch Platz nahm. Er war gekleidet in volle Amtstracht aus schimmerndem grünem Brokat. Um seine Schultern hing eine rote Pelerine, die anzeigte, daß Todesstrafen ausgesprochen werden würden.

Zuerst wurde Sih Ki vor die Estrade geführt.

Als er vor dem Richtertisch auf die Steinfliesen niederkniete, legte der Älteste Schreiber dem Richter eine Akte vor. Richter Di zog die Kerze weiter heran und begann, langsam und feierlich zu lesen:

«Der Verbrecher Sih Ki ist des Hochverrats schuldig. Eigentlich sollte er den langsamen Tod erleiden, also lebend in Stücke zerrissen werden. In Anbetracht jedoch der Tatsache, daß des Verbrechers Vater, seine Exzellenz Sih Schu-siän, sich sehr um Staat und Volk verdient gemacht und auch nach seinem Tode noch ein Gesuch um Gnade für seinen Sohn eingebracht hat, wird dieses Urteil dahin abgemildert, daß besagter Verbrecher erst getötet und dann zerstückelt werden soll. Gleichfalls soll mit Rücksicht auf das Andenken des verstorbenen Gouverneurs der Kopf des Verbrechers nicht am Stadttor ausgestellt und sein Eigentum nicht beschlagnahmt werden.»

Richter Di hielt inne und überreichte dem Oberkonstabler ein Papier:

«Der Verbrecher darf seines verstorbenen Vaters letztes Gesuch lesen.»

Oberkonstabler Fang überreichte Sih Ki, der, ohne eine Miene zu verziehen, zugehört hatte, das Papier. Als der jedoch dieses tragische Dokument gelesen hatte, brach er in lautes Schluchzen aus.

Zwei Konstabler banden Sih Ki die Hände auf dem Rücken fest. Oberkonstabler Fang nahm ein langes weißes, vorher vorbereitetes Brett und steckte es zwischen die Seile auf Sih Kis Rücken. Deutlich waren darauf geschrieben sein Vorname, sein Verbrechen und seine Strafe. Der Familienname Sih war mit Rücksicht auf den alten Gouverneur weggelassen.

Nachdem Sih Ki abgeführt worden war, sprach Richter Di:

«Die Kaiserliche Regierung teilt mit, daß der Khan der Uguren seinen ältesten Sohn an der Spitze einer Sonderdelegation in die Residenz entsandt hat, um sich für den vom Fürsten Uljin angelegten Plan zu entschuldigen und die Bitte auszusprechen, sein altes Treuegelöbnis für den Thron erneuern zu dürfen. Die Kaiserliche Regierung hat gnädig die Entschuldigung entgegengenommen und besagten Uljin und seine vier Mitschuldigen der Delegation übergeben, um es dem Khan zu überlassen, entsprechende Maßnahmen zu ergreifen.»

Ma Jung flüsterte Tschiao Tai zu:

«In Alltagssprache übersetzt, bedeuten geeignete Maßnahmen, daß der Khan Uljin die Haut abziehen, ihn in einem Topf kochen und, was dann übrigbleibt, kleinschneiden lassen wird. Der Khan behandelt Leute, die seine Pläne verpfuschen, gewöhnlich nicht sehr liebevoll.»

«Der Sohn des Khans», fuhr der Richter fort, «ist aufgefordert worden, seinen Aufenthalt in der Residenz als Ehrengast der Kaiserlichen Regierung zu verlängern.»

Die Zuschauer äußerten Begeisterung. Sie wußten, daß mit dem ältesten Sohn in der Residenz als Geisel der Khan seine Versprechungen halten würde.

«Ruhe!» rief der Richter.

Er machte dem Oberkonstabler ein Zeichen. Frau Sih und ihr Sohn Sih Schan wurden vor die Estrade geführt.

«Gnädige Frau», sagte Richter Di freundlich, «Sie haben bereits von des verstorbenen Gouverneurs Originaltestament, das in dem geheimen Pavillon des Labyrinths war, Kenntnis genommen. Sie werden jetzt in den vollen Besitz des Eigentums auch im Namen Ihres Sohnes Sih Schan kommen. Ich bin sicher, daß Sih Schan unter Ihrer Führung sich zu einem Abbild seines verstorbenen Vaters entwickeln und als Mann des großen Namens würdig sein wird.»

Frau Sih und ihr Sohn schlugen, um ihre Dankbarkeit auszudrücken, mehrmals hintereinander mit dem Kopf auf den Boden. Als sie zurückgetreten waren, legte der Älteste Schreiber dem Richter ein anderes Dokument vor.

«Jetzt», sprach der Richter, «werde ich das amtliche Urteil in der Sache des Generals Ding verlesen.»

Er strich sich seinen langen Bart und las langsam das Folgende:

«Das Reichsgericht hat von den Tatsachen, die mit dem Tode des Generals Ding Hu-gwo zusammenhängen, Kenntnis genommen. Nach Meinung des Gerichts bildet die Tatsache, daß auf dem Schreibpinsel, der das tödliche Geschoß verbarg, ein Name eingraviert war, an sich weder einen schlüssigen Beweis, daß diese selbe Person besagten Schreibpinsel zu einer tödlichen Waffe umgewandelt hat, noch daß diese gleiche Person notwendigerweise beabsichtigt hat, den General zu töten.

Demgemäß verfügt das Gericht, daß das Ableben des Generals Ding als tödlich verlaufener Unglücksfall zu protokollieren ist.»

«Typisches Beispiel von Juristerei», flüsterte Wachtmeister Hung Richter Di zu, als er das Dokument aufrollte.

Der Richter nickte unmerklich und antwortete leise: «Offenbar wollten sie den Namen des Gouverneurs aus alldem heraushalten.» Dann griff er wieder zu seinem Rotpinsel und füllte für den Gefängniswärter ein Formular aus.

Frau Li wurde von zwei Konstablern hereingebracht.

Während ihres Aufenthalts im Gefängnis war sie langsam von der Furcht vor dem bevorstehenden Tode ergriffen worden. Sie hatte ihre selbstbewußte Haltung, die sie beim Bekenntnis ihrer häßlichen Verbrechen an den Tag gelegt hatte, völlig verloren. Ihr Antlitz war verhärmt, mit weitgeöffneten Augen starrte sie die rote Pelerine auf Richter Dis Schultern an und den riesenhaften Mann, der mit unbeweglichen Zügen neben der Estrade stand. Er hatte ein nacktes Schwert geschultert, und hinter ihm standen seine Gehilfen mit Messern, Sägen und Seilschlingen. Als Frau Li sich darüber klar wurde, daß es sich hier um den Henker und seine Gehilfen handelte, versagten ihr die Füße den Dienst. Zwei Konstabler mußten ihr helfen, sich vor der Estrade niederzuknien.

Richter Di las:

«Die Verbrecherin Li, geborene Hwang, ist schuldig der Entführung von Mädchen zu unsittlichen Zwecken und des vorbedachten Mordes. Sie soll gegeißelt und dann durch Enthauptung gerichtet werden. Der Staat verzichtet auf seinen Anspruch auf besagter Verbrecherin Eigentum, das der Familie des Opfers an Stelle von Blutgeld zukommen soll. Der Kopf der Verbrecherin soll am Stadttor drei Tage lang als warnendes Beispiel ausgestellt werden.»

Frau Li begann zu schreien. Ein Konstabler knebelte sie mit einem Streifen Ölpapier, während zwei andere ihr die Hände auf dem Rücken festbanden. Schließlich steckten sie die Aufschrift mit Namen, Verbrechen und Strafe zwischen die Stricke.

Als Frau Li abgeführt war, schickte sich die Menge der Zuschauer an, den Gerichtssaal zu verlassen. Richter Di schlug mit seinem Hammer auf den Tisch und befahl, Ruhe zu halten.

«Ich werde jetzt», kündigte er an, «die Namen der zur Zeit an diesem Gericht beschäftigten Personen verlesen.» Er las die Namen von Oberkonstabler Fang und jene der früheren Geächteten, die er als Konstabler und Wächter am zweiten Tag nach seiner Ankunft in Lan-fang eingestellt hatte. Sie standen vor dem Richter aufgereiht.

Richter Di lehnte sich in seinen Stuhl zurück. Er strich sich nachdenklich den Bart und musterte die Leute, die ihm während der kritischen Tage, die er hinter sich hatte, treu gedient hatten. Dann sprach er:

«Oberkonstabler, Sie und Ihre Leute wurden unter dem Druck besonderer Umstände eingestellt, aber Sie haben dem Gericht treu gedient. Da die Verhältnisse jetzt wieder normal geworden sind, entbinde ich Sie Ihrer Pflichten unter dem Hinweis, daß diejenigen unter Ihnen, die dauernd Dienst tun wollen, uns willkommen sind.»

«Wir alle», antwortete Oberkonstabler Fang ehrerbietig, «müssen Euer Ehren dankbar sein und ich für meine Person mehr als sonst jemand. Ich würde Euer Ehren bitten, mich in meiner augenblicklichen Stellung weiter zu beschäftigen, wäre ich es nicht meiner Tochter schuldig, eine Stadt zu verlassen, in welcher sie ständig an das traurige Schicksal, das unsere Familie betroffen hat, erinnert wird. Student Wu Feng hat mir eine Stellung als Hausbesorger im Hause eines Freundes seines Vaters in der Residenz angeboten. Ich bin um so mehr geneigt, dieses edelmütige Angebot anzunehmen, seit ich durch einen Vermittler erfahren habe, daß Student Wu die Absicht hat, sobald er sein zweites

Literaturexamen bestanden hat, meine zweite Tochter Dunkle Orchidee zu heiraten.»

«Was für eine schwarze Undankbarkeit von diesem Mädchen», brummte Ma Jung entrüstet Tschiao Tai zu. «Ich habe ihr das Leben gerettet und überdies sie in einem Zustand gesehen, in dem nur ihr Gatte sie sehen dürfte!»

«Ruhig!» flüsterte Tschiao Tai. «Sie war ja immerhin hübsch anzusehen, und das ist Belohnung genug!»

«Ich bitte um die Erlaubnis», fuhr der Oberkonstabler fort, «meinen einzigen Sohn hier in Lan-fang lassen zu dürfen. Denn nirgendwo im ganzen Reich könnte ich einen Meister finden, dem er dienen könnte, der Euer Ehren gleichkommt. Obwohl er nicht übermäßig begabt ist, bitte ich Euer Ehren, ihn ständig beim Gericht anzustellen.»

Richter Di hatte aufmerksam zugehört. Jetzt sagte er:

«Oberkonstabler, Ihr Sohn soll jetzt weiter als Konstabler bei uns dienen.

Es freut mich, daß der Erhabene Himmel in seiner unendlichen Gnade gewillt gewesen ist, ein schwarzes Verbrechen schließlich das Glück von zwei Familien fördern zu lassen. Wenn auf ihrer Hochzeit die roten Kerzen brennen, wird die wohltuende Aussicht auf eine neue, helle Zukunft den Schmerz der Wunden in eines Vaters Herz lindern.

Den Rücktritt lasse ich mit Bedauern von morgen an gelten.»

Oberkonstabler Fang und sein Sohn knieten nieder und schlugen mehrere Male hintereinander mit dem Kopf auf den Boden.

Drei Konstabler meldeten, sie wünschten, zu ihrem ursprünglichen Beruf zurückzukehren. Alle anderen baten, dauernd eingestellt zu werden.

Als diese Formalitäten beendet waren, schloß Richter Di die Sitzung.

Draußen vor dem Gericht wartete eine dichte Menge. Sih Ki und Frau Li wurden in den offenen Verbrecherkarren gebracht. Die Aufschrift mit ihren Namen und Verbrechen war deutlich zu sehen. Dann öffnete sich das Tor, und Richter Dis Sänfte wurde auf die Straße hinausgetragen. Zehn Konstabler marschierten voraus, zehn hinterher. Ma Jung und Wachtmeister Hung ritten links von der Sänfte, Tschiao Tai und Tao Gan rechts. Vier Läufer trugen Aufschriften mit den Worten: «Der Richter von Lan-fang» voran. Die Wachen schlugen ihre Handgongs, und langsam setzte sich der Zug in der Richtung nach Süden in Bewegung.

Der Karren mit den Verurteilten, um den sich die Militäreskorte scharte, kam zuletzt, und die Volksmenge bildete den Schluß. Als der Zug über die Marmorbrücke ging, lag rötliches Licht auf der Pagode im Lotusteich.

Die Richtstätte lag unmittelbar vor dem südlichen Stadttor. Richter

Eine perverse Verbrecherin wird gerichtet

Dis Sänfte wurde durch das Tor der Einzäunung getragen. Als er ausstieg, kam ihm der Garnisonskommandant entgegen. Er führte den Richter zu einer während der Nacht provisorisch aufgebauten Gerichtsbank. Die Soldaten reihten sich vor ihr auf.

Der Henker steckte sein Schwert in den Boden und zog seine Jacke aus. Er ließ die starken Muskeln seines nackten Oberkörpers spielen. Seine zwei Gehilfen stiegen auf den Karren und führten die beiden Verbrecher in die Mitte der Richtstätte.

Sie lockerten Sih Kis Stricke und schleppten ihn an eine Stange mit zwei Querbalken, die im Boden stak. Der eine Helfer band seinen Nakken an die Stange, der andere band ihm Arme und Beine an die Querbalken.

Als sie fertig waren, suchte sich der Henker ein langes, dünnes Messer aus und stellte sich, den Blick auf den Richter gerichtet, vor Sih Ki auf.

Richter Di gab das Zeichen.

Der Henker schlug sein Messer gerade in Sih Kis Herz. Er starb lautlos.

Dann wurde seine Leiche in Stücke zerhackt. Frau Li wurde ohnmächtig, als sie diesen schrecklichen Vorgang sah, und auch mehrere Zuschauer deckten ihre Ärmel über ihre Augen.

Zum Schluß hielt der Henker dem Richter das abgetrennte Haupt entgegen, der die Stirn mit seinem Rotpinsel zeichnete. Dann wurde der Kopf mit der Leiche zusammen in einen Korb geworfen.

Frau Li war dadurch, daß man starken Weihrauch unter ihrer Nase verbrannte, wieder zu sich gekommen.

Die beiden Gehilfen schleppten sie vor die Estrade und warfen sie dort auf ihre Knie.

Als sie den Henker mit seiner Geißel auf sich zukommen sah, schrie sie entsetzt auf. Wahnsinnig vor Angst bat sie ihn, sie zu verschonen.

Der Henker und seine Leute waren an solche Szenen gewöhnt und hörten nicht im geringsten auf ihr Flehen. Der eine Gehilfe lockerte ihr das Haar, nahm die langen Strähnen in die Hand und beugte ihren Kopf nach vorn. Der andere hatte ihr das Oberkleid abgezogen und ihr die Hände auf den Rücken gebunden.

Der Henker probierte den Schwung seiner Geißel. Dieses schreckliche Werkzeug hat Riemen mit eisernen Haken. Man sieht es nur auf Richtstätten, denn niemand, der damit geschlagen wird, hat das je überlebt.

Nachdem Richter Di das Zeichen gegeben hatte, hob der Henker die Geißel. Sie fiel mit hartem Aufschlag auf Frau Lis nackten Rücken und riß ihr das Fleisch vom Hals bis zur Hüfte auf. Frau Li wäre durch die Wucht des Schlages auf ihr Gesicht gefallen, hätte der Gehilfe sie nicht am Haar festgehalten.

Als Frau Li wieder zu Atem gekommen war, begann sie aus Leibeskräften zu schreien. Aber der Henker schlug wieder und wieder. Der sechste Schlag legte die Knochen bloß, und aus dem zerrissenen Fleisch strömte das Blut. Frau Li verlor das Bewußtsein.

Richter Di hob die Hand.

Es brauchte einige Zeit, ehe sie wieder zu sich kam.

Dann hob der Henker sein Schwert, während seine Gehilfen Frau Li auf ihre Knie zwangen.

Der Richter gab das Zeichen, das Schwert fiel nieder und trennte mit einem einzigen furchtbaren Schlag den Kopf vom Körper.

Richter Di zeichnete den Kopf mit seinem Rotpinsel. Dann warf der Henker den Kopf in einen Korb. Später sollte er an den Haaren beim Stadttor aufgehängt werden und dort für drei Tage bleiben.

Richter Di verließ die Estrade und stieg wieder in seine Sänfte. Als die Träger die Schäfte auf ihre Schultern hißten, spielten die ersten Sonnenstrahlen auf den Helmen der Soldaten.

Richter Dis Sänfte wurde erst in den Tempel der Stadtgottheit geführt, wohin auch der Militärkommandant auf einem offenen Tragsessel folgte.

Der Richter berichtete der Schutzgottheit über die Verbrechen, die in ihrer Stadt begangen worden waren, und die den Übeltätern zugemessenen Strafen. Dann verbrannten der Richter und der Militärkommandant Weihrauch und beteten.

Im Tempelhof nahmen sie Abschied voneinander.

Ins Gericht zurückgekehrt, begab sich Richter Di geradewegs in sein Privatbüro. Nachdem er eine Tasse starken Tee getrunken hatte, wies er Wachtmeister Hung an, er könne gehen und frühstücken. Im weiteren Verlauf des Tages wollten sie den für die Oberbehörden bestimmten Bericht über die Hinrichtung aufsetzen.

Wachtmeister Hung sah Ma Jung, Tschiao Tai und Tao Gan in einer Ecke des Haupthofes stehen. Als der Wachtmeister auftauchte, stellte er fest, daß Ma Jung noch immer über das, was er unentwegt als Untreue von Dunkler Orchidee bezeichnete, brummte.

«Ich hielt es die ganze Zeit für durchaus sicher, daß ich das Mädel heiraten würde», sagte er bitter. «Sie ist es doch gewesen, die mich bei jenem Angriff auf unseren Zug im Gebirge beinahe erstochen hätte. Ich hatte sie wirklich lieb!»

«Sie froh, Bruder», sagte Tschiao Tai tröstend. «Dieses Mädchen Dunkle Orchidee hat eine mächtig scharfe Zunge. Die würde dir ein schreckliches Leben bereitet haben.»

Ma Jung schlug sich mit der Hand an die Stirn. «Da fällt mir ein», rief er, «ich wollte euch doch sagen, was ich zu tun beabsichtige. Ich werde mir nämlich die Talbi kaufen. Das ist eine stämmige junge Frau, und sie kann nicht ein einziges Wort Chinesisch. Es wird also eine himmlische Ruhe im Hause geben.»

Tao Gan schüttelte den Kopf. Sein langes Gesicht sah noch trauriger aus als gewöhnlich, als er unheilverkündend sagte:

«Gib dich keinen Illusionen hin, mein Lieber. Ich versichere dir, daß in acht oder vierzehn Tagen diese Frau dir den Kopf abgeredet hat und obendrein noch in fließendem Chinesisch.»

Aber Ma Jung war nicht zu entmutigen.

«Ich werde heute abend hingehen, und wer mit mir kommen will, ist willkommen. Schicke Mädchen gibt es da, sie lassen euch gern was von ihren Reizen sehen.»

Tschiao Tai schnallte sich seinen Gürtel fester und rief ungeduldig:

«Könnt ihr denn von nichts Wichtigerem reden als von Weibern? Kommt her, laßt uns frühstücken. Nichts Besseres für einen leeren Magen, als ein paar Becher warmen Weins!»

Alle stimmten darin überein, daß dies weise Worte seien, und gingen miteinander auf das Haupttor zu.

Inzwischen hatte Richter Di sich sein Jagdkleid angezogen und einem Schreiber befohlen, sein Lieblingspferd aus dem Stall bringen zu lassen.

Der Richter stieg zu Pferde, legte sich sein Halstuch über Mund und Nase und ritt hinaus auf die Straße.

Die Straßen waren voll von Leuten, die in Gruppen herumstanden. Sie sprachen über die Hinrichtung der beiden Verbrecher und betrachteten den einsamen Reiter in keiner Weise.

Als der Richter durch das Stadttor ritt, spornte er sein Pferd an. Auf der Richtstätte waren die Konstabler noch damit beschäftigt, die improvisierte Richterbank wegzuräumen. Über die Blutflecken hatten sie Sand gestreut.

Auf freiem Felde mäßigte Richter Di sein Tempo. Er atmete die frische Morgenluft ein und genoß die friedliche Aussicht. Aber selbst in dieser anmutigen Umgebung wollte sich seine Verstörung nicht legen.

Wie immer hatte der Anblick der Hinrichtung den Richter tief beeindruckt. So lange es galt, einen Fall zu behandeln, war er unermüdlich. Aber sobald der Verbrecher gefunden war und gestanden hatte, war Richter Di immer eifrig damit beschäftigt, sich den Fall aus dem Kopf zu bringen. Er haßte es, daß er dienstlich gezwungen war, die Hinrichtung mit all ihren schrecklichen blutigen Einzelheiten zu überwachen.

Seit seiner Unterredung mit Herrn Kranichtracht hatte die Absicht, sich vom Amt zurückzuziehen, ihn fortwährend beschäftigt und nahm jetzt die Gestalt eines unabweisbaren Wunsches an. Der Richter bedachte, daß er gerade über vierzig sei und daß es nicht zu spät sein würde, auf einem kleinen Gutshof, den er in seiner Heimatprovinz besaß, ein neues Leben zu beginnen. Was konnte es Schöneres geben als ein ruhiges Leben in friedlicher Zurückgezogenheit, ein Leben mit Lesen und Schreiben und nur der Erziehung seiner Kinder gewidmet. Wozu denn auch jede wache Stunde dazu verwenden, immer nur über die Schlechtigkeit und die schmutzigen Absichten von Verbrechern nachzudenken, während das Leben noch so viele gute und schöne Dinge zu bieten hatte?

Es gab unzählige Beamte, die seinen Platz hätten ausfüllen können, und konnte er dem Staat nicht ebensogut dienen, wenn er, wie er schon oft die Absicht gehabt hatte, allgemeinverständliche Aufsätze über die erhabenen Lehren der Klassiker schrieb?

Und doch kamen ihm wieder Zweifel. Was sollte aus dem Staat werden, wenn alle Beamten sich in dieser Form weiter vom öffentlichen Leben distanzieren wollten? War es nicht auch seine Pflicht, seinen Söhnen die Chance zu erhalten, später eine amtliche Laufbahn einzuschlagen? Konnten diese Kinder innerhalb des abgeschiedenen Lebens auf einem kleinen Landgut sich genügend für ihre Zukunft vorbereiten? Richter Di schüttelte den Kopf und trieb sein Pferd an. Die Antwort auf diese Frage war gegeben in jenem schwierigen Vers, den er an der Mauer von Meister Kranichtrachts Einsiedelei gesehen hatte:

«Zwei Wege führen zum Tor des ewigen Lebens: Entweder man bohrt wie ein Wurm seinen Kopf in den Schlamm, oder man steigt wie ein Drache zum Himmel empor.»

Seit seinem denkwürdigen Besuch hatten diese beiden Zeilen ständig seine Gedanken beschäftigt. Richter Di seufzte. Er wollte es dem alten Meister anheimstellen, über sein Schicksal zu entscheiden. Er sollte ihm sagen, welchen der beiden Wege der Richter einschlagen sollte.

Als der Richter den Weg hinaufgehen wollte, kamen zwei Holzsammler vom Berg herunter. Sie waren beide alt, hatten tiefe Runzeln, und ihre Hände waren so hart wie das Reisig, das sie auf ihrem Rücken trugen.

Der Mann blieb stehen. Er legte sein Reisigbündel ab, wischte sich den Schweiß von der Stirn, blickte auf den Richter und fragte höflich: «Wohin beabsichtigt der Herr vielleicht zu gehen?»

«Ich bin auf dem Wege, Herrn Kranichtracht einen Besuch abzustatten», antwortete der Richter.

Der alte Mann schüttelte langsam den Kopf.

«Sie werden ihn nicht finden, mein Herr», sagte er, «vor vier Tagen stand sein Haus leer. Die Tür bewegte sich im Wind, und der Regen hatte all seine Blumen verdorben. Jetzt benutzen ich und meine alte Frau hier das Haus als Speicher für unser Holz.»

Den Richter überfiel die Empfindung, von nun an ganz vereinsamt zu sein.

«Sie können sich die Mühe ersparen, dort hinaufzugehen, Herr», sagte der Bauer und gab Richter Di die Zügel des Pferdes zurück.

Der Richter nahm sie geistesabwesend in seine Hände und fragte den Holzsammler:

«Wie ist es denn dem alten Meister ergangen? Haben Sie seine Leiche gefunden?»

Ein schlaues Lächeln spielte über das verrunzelte Gesicht des Alten, der langsam den Kopf schüttelte.

«Menschen wie der», antwortete er, «sterben nicht wie Sie oder ich, mein Herr, sie gehören zunächst einmal niemals wirklich dieser Welt an. Am Ende steigen sie wie geflügelte Drachen auf zum blauen Himmelszelt und lassen nichts als Leere hinter sich!»

Damit nahm der Alte seine Last wieder auf und ging seines Weges.

Plötzlich fühlte Richter Di sich erleuchtet. Dies also war die Antwort!

Lächelnd sagte er zu dem Bauern:

«Nun, ich stehe dieser unserer Welt sehr nahe! Ich werde auch weiter mit dem Kopf im Schlamm bohren!»

Er schwang sich in den Sattel und ritt in die Stadt zurück.

Nachschrift

Ein allen alten chinesischen Detektivgeschichten gemeinsamer Zug ist, daß die Rolle des Detektivs immer dem Verwaltungsbeamten des Bezirks, in welchem das Verbrechen vorgekommen ist, zufällt.

Diesem Beamten untersteht die gesamte Verwaltung des Bezirks, in welchem er als Richter zu wirken hat. Im allgemeinen umfaßt ein solcher Bezirk eine befestigte Stadt und das Land in etwa fünfzig Meilen Umkreis. Der Geschäftsbereich dieses Beamten ist sehr vielseitig. Er trägt die volle Verantwortung für das Einbringen der Steuern, für die Registrierung der Geburten, Todesfälle und Eheschließungen. Er muß das Grundbuch auf dem laufenden halten und muß für die Aufrechterhaltung von Ruhe und Ordnung sorgen. Als oberstem Beamten des lokalen Gerichts obliegen ihm die Verhaftung und Bestrafung von Verbrechern und das Verhör in allen zivilen und kriminellen Angelegenheiten. Da auf diese Weise der Beamte jede Phase des täglichen Lebens kontrolliert, nennt ihn das Volk gewöhnlich: amtliches Elternpaar.

Dieser Beamte wird ständig überfordert. Er lebt mit seiner Familie in gesonderten Räumen, die auf dem Grundstück des Gerichts liegen, und verbringt jede Stunde, die er nicht schläft, mit der Wahrnehmung seiner Amtsgeschäfte.

Der Bezirksbeamte bildet das letzte Glied des riesigen, pyramidenförmigen Aufbaus des alten chinesischen Regierungsapparates. Er muß dem Präfekten berichten, der die Aufsicht über zwanzig oder mehr Bezirke führt. Der Präfekt berichtet wieder dem Provinzgouverneur, der für etwa ein Dutzend Präfekturen verantwortlich ist. Der Gouverneur seinerseits berichtet den Zentralbehörden in der Residenz mit dem Kaiser an der Spitze.

Jeder Bürger des Reiches, ganz gleich, ob reich oder arm, und ohne Rücksicht auf seine gesellschaftliche Stellung, kann Beamter und Bezirksrichter werden, wenn er die literarischen Examina bestanden hat. In dieser Beziehung war das chinesische Staatssystem bereits zu einer Zeit demokratisch, als Europa noch das Feudalsystem hatte.

Für gewöhnlich betrug die Amtsdauer eines Bezirksbeamten drei Jahre. Nach deren Ablauf wurde er in einen andern Bezirk versetzt, um dann zu gegebener Zeit zum Präfekten befördert zu werden. Beförderung beruhte ausschließlich auf wirklichem Können, und man las die Besten aus. Weniger Begabte verbrachten oft den größten Teil ihres Lebens als Bezirksbeamte.

Bei der Ausübung seiner allgemeinen Pflichten wurde der Richter von dem ständigen Gerichtspersonal wie den Konstablern, den Schreibern, dem Gefängniswärter, dem Leichenbeschauer, den Wachthabenden und Boten unterstützt. Diese kümmern sich ausschließlich um ihre dienstlichen Obliegenheiten, mit der Aufdeckung von Verbrechen haben sie nichts zu tun.

Diese kommt dem Beamten persönlich zu. Er hat drei oder vier zuverlässige Gehilfen, die er zu Beginn seiner Laufbahn selber auswählt und die ihn auf alle seine Posten begleiten. Sie verfügen über keinerlei lokale Beziehungen und lassen sich somit bei der Ausübung ihres Dienstes weniger durch persönliche Rücksichten leiten. Aus dem gleichen Grund gilt es als feststehende Regel, daß kein Beamter Richter in seinem Heimatbezirk wird.

Der vorliegende Roman gibt ein allgemeines Bild des altchinesischen Gerichtsverfahrens. Wenn das Gericht tagt, sitzt der Richter hinter dem Tisch, während seine Gehilfen und die Schreiber neben ihm stehen. Der Richtertisch ist hoch und mit rotem Tuch bedeckt, das bis auf den Boden der erhöhten Estrade reicht.

Auf dem Tisch liegen immer die gleichen Gegenstände: eine Steinplatte für das Anreiben von schwarzer und roter Tusche, zwei Schreibpinsel und das große Siegel des Gerichts. Ferner liegt auf dem Richtertisch die «Gabel». Diese hat nicht wie im Westen die Gestalt eines Hammers. Sie ist ein etwa einen Fuß langes Stück Ebenholz, das auf chinesisch bezeichnenderweise tsching-t'ang-mu, «Holz, das die Halle erschreckt», genannt wird.

Die Konstabler stehen vor der Estrade in zwei Reihen rechts und links einander gegenüber. Kläger sowohl wie Angeklagte müssen zwischen ihnen auf den bloßen Steinfliesen niederknien und so die ganze Sitzung lang verbleiben. Sie haben keine Rechtsanwälte, die ihnen helfen könnten, Zeugen dürfen sie nicht anrufen, im allgemeinen ist ihre Lage nicht beneidenswert. Das gesamte Gerichtsverfahren war tatsächlich als Abschreckungsmittel gedacht, um das Volk dahin zu beeindrucken, welche Folgen es haben konnte, mit dem Gesetz in Konflikt zu geraten. Im allgemeinen fanden täglich drei Sitzungen statt, morgens, mittags und nachmittags.

Es ist ein grundlegender Bestandteil des chinesischen Gesetzes, daß kein Verbrecher schuldig gesprochen werden kann, sofern er sein Verbrechen nicht eingestanden hat. Um nicht hartgesottenen Verbrechern Gelegenheit zu geben, sich dadurch der Bestrafung zu entziehen, daß sie, selbst überzeugenden Beweisen gegenüber, sich weigern zu gestehen, erlaubt das Gesetz die Anwendung legaler Zwangsmittel, wie Schläge mit Peitschen oder Bambusstöcken und Anlegung von Schrauben an Hände und Knöchel. Abgesehen von diesen erlaubten Foltermitteln wurden auch noch schärfere Methoden angewandt. Erlitt jedoch ein Angeklagter infolge solcher Folter dauernden körperlichen Schaden oder gar den Tod, würden sowohl der Richter wie das gesamte Gerichtspersonal bestraft, oft sogar mit äußerster Strenge. Die meisten Richter mußten sich daher mehr auf ihre psychologische Einsicht und ihre Menschenkenntnis verlassen als auf strenge Folter.

Alles in allem arbeitete das alte chinesische System ganz ordentlich. Scharfe Kontrolle seitens der Oberbehörden verhinderte Auswüchse, und auch die öffentliche Meinung wirkte auf schlechte oder verantwortungslose Beamte hemmend. Todesstrafe mußte durch den Thron bestätigt werden, und jeder Angeklagte hatte die Möglichkeit, an höhere Gerichtsinstanzen bis zum Kaiser selbst zu appellieren. Außerdem war es keinem Richter erlaubt, den Angeklagten unter vier Augen zu befragen; jedes Verhör, einschließlich die Voruntersuchung, mußte in öffentlicher Sitzung stattfinden. Alle Vorgänge wurden sorgfältig protokolliert und die Protokolle den Oberbehörden zur Kontrolle überwiesen.

Der Leser wird sich vielleicht wundern, wie es möglich war, daß die Schreiber, ohne stenografieren zu können, die Verhandlungen aufzeichneten. Diese Möglichkeit ist dadurch gegeben, daß die chinesische Literatursprache an sich schon eine Art Stenografie ist. Zum Beispiel ist es möglich, einen Satz, der etwa zwanzig oder mehr Worte Umgangssprache enthält, in vier Schriftzeichen auszudrücken. Außerdem gibt es mehrere Schnellschreibsysteme, in welchen Schriftzeichen, die aus zehn oder mehreren Pinselstrichen bestehen, auf einen einzigen Schnörkel reduziert werden können. Während meiner Dienstzeit in China war ich oft Zeuge, wie chinesische Schreiber komplizierte chinesische Unterhaltungen aufnotierten, und stellte fest, daß diese Notizen regelmäßig korrekt waren.

In den meisten chinesischen Detektivromanen behandelt der Richter gleichzeitig drei oder mehr Fälle, die nichts miteinander zu tun haben. Diesen interessanten Zug habe ich beibehalten, weil nach meiner Ansicht diese Konstellation mehr der Wirklichkeit entspricht als unsere Art, solche Dinge zu erzählen. Bei der starken Bevölkerung eines Bezirks ist es nur logisch, daß verschiedene Kriminalfälle zu gleicher Zeit behandelt werden müssen.

Der chinesischen Tradition bin ich auch gefolgt, indem ich eine Beschreibung der Hinrichtung der Verbrecher hinzugefügt habe. Der chinesische Sinn für Gerechtigkeit verlangt, daß die öffentliche Bestrafung des Verbrechers mit allen Einzelheiten dargestellt wird. Schließlich habe ich noch die Gewohnheit der chinesischen Ming-Autoren übernommen, in ihren Erzählungen die Menschen und das Leben ihrer Zeit, das heißt des 16. Jahrhunderts, zu beschreiben, ungeachtet der Tatsache, daß sie die Handlung oft um viele Jahrhunderte zurückverlegt haben.

Dasselbe gilt für die Illustrationen, in welchen Milieu und Gewänder der Ming-Zeit statt derjenigen der Tang-Zeit dargestellt sind. Zu beachten ist, daß zu jener Zeit die Chinesen weder rauchten nicht Tabak und nicht Opium – noch den Zopf trugen. Dieser wurde ihnen aufgezwungen durch die Mandschu-Eroberer nach 1644. Früher trugen die Männer ihr Haar lang und flach und flochten es zu einem hochgetürmten Knoten. Außer- und innerhalb des Hauses trugen sie Kopfbedeckungen.

«Richter Di», ist einer der großen alten chinesischen Detektive. Er war eine historische Person, ein berühmter Staatsmann der T'ang-Dynastie. Sein voller Name lautete: Di Jen-dsiä, und er lebte von 630 bis 700 n. Chr. Er wurde schon in jüngeren Jahren, während er noch in der Provinz als Richter diente, berühmt, weil es ihm gelang, viele schwierige Kriminalfälle zu klären. Dieser Umstand machte ihn dann auch in späteren chinesischen Dichtungen zum Helden einer Reihe von Kriminalgeschichten, denen nur sehr dürftiges historisches Material zugrunde liegt.

Später wurde er Minister am Kaiserhof und beeinflußte durch seine weisen Ratschläge die politische Entwicklung sehr wohltätig. So gab auf seinen energischen Einspruch hin die damals an der Macht befindliche Kaiserin Wu ihren Plan auf, einen Günstling anstatt des rechtmäßigen Erben auf den Thron zu setzen.

Zu den chinesischen Quellen

Ich habe drei Kriminalfälle aus drei verschiedenen chinesischen Sammlungen von Kriminalgeschichten des 16. Jahrhunderts entlehnt. In den Originalen hat keiner davon eine Beziehung zu Richter Di oder zum Roman «Merkwürdige Kriminalfälle des Richters Di». Da nun aber der Leser durch meine Übersetzung dieses Originalromans vertraut geworden ist mit Richter Di und seinen vier Gehilfen, habe ich diese drei Motive zu einer zusammenhängenden Geschichte um den berühmten Meisterdetektiv des alten China umgeschrieben. Richter Di konnte in diese Geschichte ohne Schwierigkeit eingefügt werden, da der Detektiv in allen altchinesischen Kriminalgeschichten immer ein Magistrat ist.

Die Idee zum «Mord im versiegelten Zimmer» hat mir eine Anekdote um Yen Shih-fan eingegeben, einen berüchtigten Staatsmann der Ming-Zeit, der 1565 starb. Es heißt von ihm, daß er einen speziellen Schreibpinsel erfand, der ein todbringendes Geschoß ausstoßen konnte, wenn er über einer Kerze erhitzt wurde. Die Originalgeschichte erklärt, daß Yen Shih-fan diesen geladenen Schreibpinsel als Verteidigungswaffe vorsah für den Fall, daß einer seiner vielen Feinde ihn am Schreibtisch seiner Bibliothek überraschen sollte, wenn keine andere Waffe zur

Hand war. Ich beschrieb einen solchen geladenen Schreibpinsel als Angriffswaffe und erfand eine neue Geschichte mit dem Thema von später Rache, einem nicht ungewöhnlichen Motiv in chinesischen Romanen. Wenn ein neuer Schreibpinsel in Gebrauch genommen werden sollte, mußte der Schreiber zuerst die überflüssigen Haare um die Spitze abbrennen. Um dies zu tun, hält er den Pinsel gegen eine Flamme, den Schaft horizontal zum Auge. So ist die Wahrscheinlichkeit groß, daß ein aus dem Ende des Pinsels ausgestoßenes Geschoß sein Gesicht treffen wird. Sogar wenn das Wachs, das die zusammengepreßte Feder im Innern des Schafts hält, während des Zurechtmachens des Pinsels noch nicht gleich schmilzt, hat der Schreiber doch wenig Chancen zum Überleben, wenn er einmal den Pinsel zu brauchen beginnt, denn sein Kopf wird gewöhnlich über das Papier gebeugt und daher in direkter Schußlinie sein. Das ist genau das, was General Ding in meinem Roman widerfährt.

Ein ganz anderes Motiv habe ich im «Fall des verborgenen Testaments» ausgearbeitet. Dieser Fall basiert auf einem sehr bekannten Geschehen im alten China. Eine kurze Behandlung davon kommt im T'ang-yin-pi-shih vor, einer im Jahre 1211 zusammengestellten Sammlung von wichtigen Kriminalfällen; vgl. meine Übersetzung, betitelt: «T'ang-yin-pi-shih, Parallel Cases from under the Peartree, a 13th century manual of Jurisprudence and Detection» (Sinica Leidensia Vol. X, Leiden 1956), Seite 177, Fall 66-B. Eine andere kurze Fassung findet man in der berühmten Kriminalgeschichtensammlung des 16. Jahrhunderts «Lung-t'u-kung-an», wo die Heldentaten des Meisterdetektivs Pao-kung, der während der Sung-Dynastie lebte, beschrieben werden. Dort heißt die Geschichte Ch'e-hua-chou «Das Auseinandernehmen des Rollbildes». Eine ausführlichere Fassung findet sich in der populären, aus dem 17. Jahrhundert stammenden Sammlung chinesischer Geschichten Chin-ku-ch'i-kuan, wo sie die dritte Erzählung ist mit dem Titel «T'eng-ta-yin-kuei-tuan-chiaszu», Magistrat T'eng's wunderbare Lösung des Erbschaftsprozesses. In der Originalgeschichte wird das echte Testament in der Montierung verborgen gefunden; daß im Bilde selbst der Schlüssel zur Lösung steckt, habe ich als Verfeinerung hinzugefügt. Ich habe ebenso das neue Motiv des Labyrinths hinzugefügt, welches – soviel ich weiß – in alten chinesischen Detektivgeschichten nicht vorkommt, obwohl Labyrinthe in der Beschreibung von chinesischen Palästen gelegentlich erwähnt werden. Das Muster des Labyrinths, das in dieser Geschichte vorkommt, ist in Wirklichkeit dasjenige des Deckels eines Weihrauchgefäßes. Es ist eine alte chinesische Sitte, eine dünne Kupferplatte mit einem ausgeschnittenen und fortlaufenden Muster auf ein bis zum Rande mit Weihrauchpulver gefülltes Gefäß zu setzen. Wenn das Pulver an einem Ende des Musters angezündet wird, brennt es langsam wie ein Zünder dem Muster folgend ab. In vergangenen Jahrhunderten kamen in China mehrere Bücher mit Wiedergaben verschiedener solcher Muster heraus, die für gewöhnlich glückverheißende Schriftzeichen darstellten und oft von großem Scharfsinn waren. Das in der vorliegenden Geschichte gebrauchte Muster ist entlehnt aus «Hsiang-yin-t'u-k'ao», ein im Jahre 1878 herausgekommenes Buch über diese Kunstgattung.

Der «Fall des enthaupteten Mädchens» ist in altchinesischen Kriminalgeschichten (vgl. zum Beispiel meine Übersetzung von «T'ang-yin-pi-shih», Fall 64-A) häufig belegt. Ich arbeitete ihn in eine Geschichte um, die sich um lesbische Liebe dreht, eine Verirrung, die in einer ganz ansehnlichen Zahl von chinesischen Romanen und Theaterstücken beschrieben wird. Das bekannteste Beispiel ist die Liebesgeschichte des Mädchens Ts'ao Yü-hua und der Frau Fan Yün-chien, welche im Theaterstück «Lien-hsiang-pan» des berühmten Künstlers und Dramatikers Li Yü aus dem 17. Jahrhundert steht. Grausamkeiten von Frauen gegen Dienerinnen usw. werden ausführlich beschrieben in chinesischen Sittenromanen. Ich erwähne als Beispiel Kapitel VIII des bekannten Romans Djin Ping Meh. Das häufige Vorkommen von lesbischer Liebe und gelegentliche Fälle von Sadismus unter Frauen im alten China müssen zweifellos dem polygamen Familiensystem angelastet werden, bei dem die Frauen gezwungen waren, dauernd eng zusammen zu leben. Ich nahm dieses besondere Motiv des Sapphismus in den vorliegenden Roman auf, teils weil es mir unerwartete Entwicklungen ermöglichte, teils um zu zeigen, wie überraschend «modern» altchinesische Fälle sein können.

Die Bloßstellung der drei Mönche im Kapitel VII, die fälschlicherweise den Diebstahl einer goldenen Statue meldeten, basiert auf einem Vorkommnis im bereits erwähnten «T'ang-yin-pi-shih».

Der allgemeine Rahmen, in dem unser Roman spielt, das heißt die Geschichte von einer entlegenen Stadt, in der ein lokaler Tyrann die Macht an sich gerissen hat, ist ebenfalls eine nicht ungewöhnliche Situation in chinesischen Romanen. Manchmal überlistet ein gescheiter Magistrat den Usurpator und setzt ihn ab, manchmal ist der Usurpator der Held der Geschichte. Er übernimmt das Amt von einem korrupten Magistraten und wird danach von einer dankbaren Regierung in seiner Stellung bestätigt.

Die von Herrn Kranichtracht in diesem Roman gespielte Rolle ist eine sehr edle Version des «deus ex machina», die in manchen altchinesischen Detektivromanen zu finden ist; sie führen ein übernatürliches Wesen ein – manchmal kommt der König der Unterwelt selbst in menschlicher Gestalt auf die Erde –, das den Magistraten ein verwirrendes Verbrechen mit geheimen Kräften enthüllen hilft. Dieses Element ist für den modernen Leser natürlich unannehmbar. Ich stelle deshalb in diesem Roman Herrn Kranichtracht als einen hochherzigen taoistischen Einsiedler vor und lasse es offen, ob die klärende Wirkung ihrer Konversation für Richter Di auf einem Zufall, auf des Meisters innerem Wissen um Gouverneur Sihs Angelegenheiten oder auf seinen ungewöhnlichen geistigen Kräften beruht. Ich wählte als Hintergrund ihres Gesprächs den Gegensatz zwischen Konfuzianismus und Taoismus. Wie allgemein bekannt ist, sind Konfuzianismus und Taoismus die grundlegenden Denkarten, welche die chinesische Philosophie und Religion seit etwa dem 4. Jahrhundert v. Chr. beherrscht haben. Der Konfuzianismus ist realistisch und dieser Welt sehr zugewandt, während der Taoismus von ihr gänzlich abgewandt und irrational ist.

Richter Di, als orthodoxer Konfuzianer und gelehrter Beamter, verehrt die konfuzianischen Klassiker, die festgelegten moralischen Werten, wie Gerechtigkeit, Rechtschaffenheit, Güte, Pflichterfüllung und anderen, größte Wichtigkeit beimessen. Herr Kranichtracht anderseits verteidigt den taoistischen Grundsatz von der Relativität aller festgelegten Werte und ein Leben von Untätigkeit, jenseits von Gut und Böse, in vollkommener Harmonie mit den uranfänglichen Kräften der Natur. Diese entgegengesetzten Ansichten sind kurz und unübertrefflich gekennzeichnet in dem Verspaar von Gouverneur Sih über den Wurm und den Drachen. Dieses Verpaar zitiere ich aus einem buddhistischen Werk über Ch'an-Philosophie (japanisch: Zen). Die Ch'an-Sekte des Buddhismus hat mit dem Taoismus viel Verwandtes.

DER PLAN DER STADT LAN-FANG

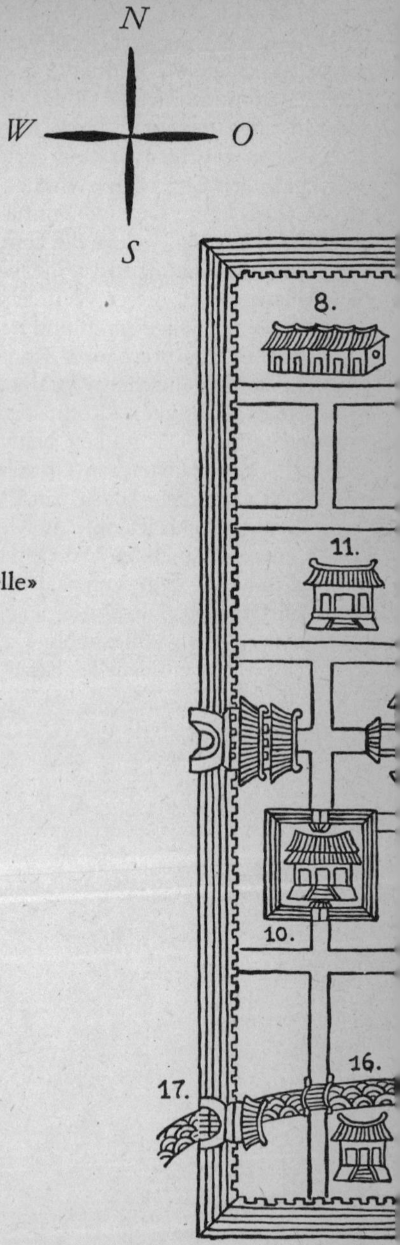

1. Das Gerichtsgebäude
2. Tempel der Stadtgottheit
3. Tempel des Konfuzius
4. Tempel des Kriegsgottes
5. Glockenturm
6. Trommelturm
7. Berühmte Pagode
8. Die Nordreihe
9. Die Südreihe
10. Tschiän Maos Kastell
11. Das Haus des Generals Ding
12. Das Weinhaus «Zur ewigen Quelle»
13. Der Tempel der drei Schätze
14. Das Haus der Frau Li
15. Das Haus des Gouverneurs Sih
16. Das Haus Sih Kis
17. Das Wassertor
18. Die Richtstätte

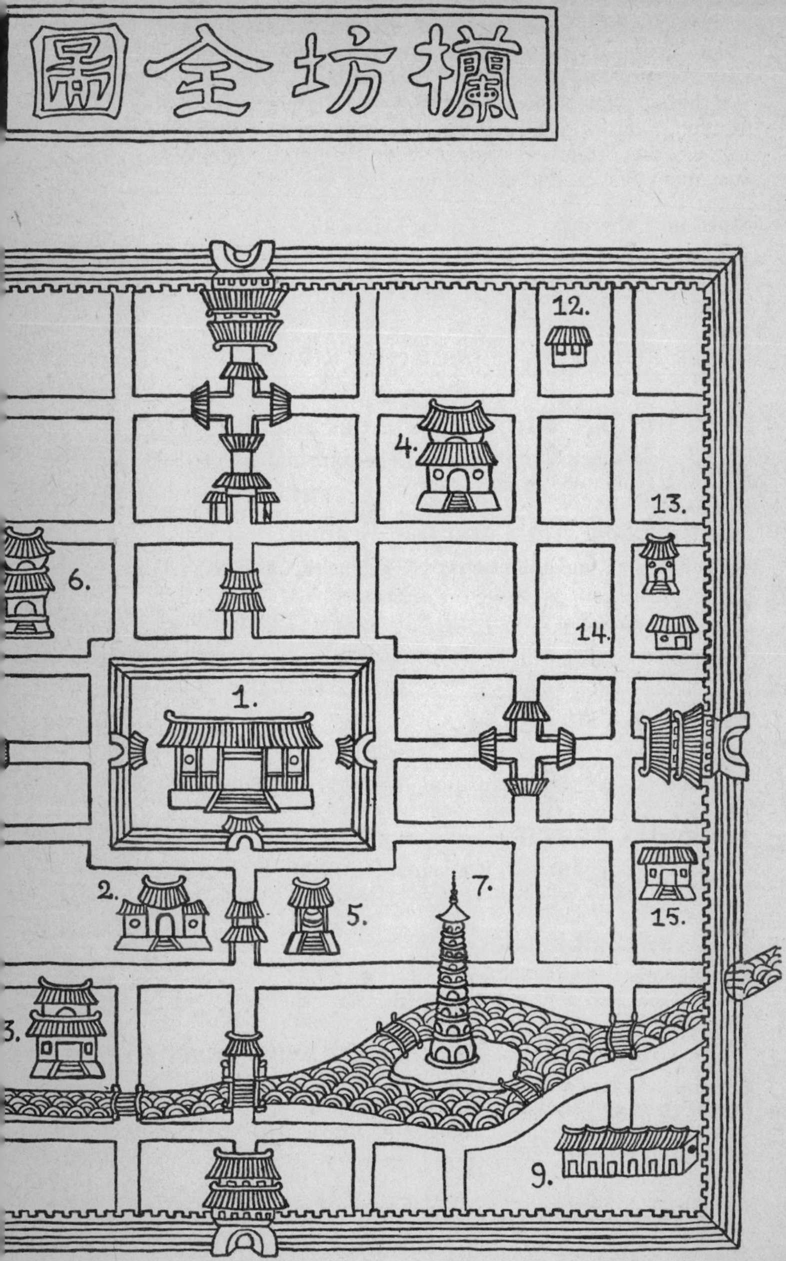

18.

rororo thriller

Herausgegeben von Richard K. Flesch

PAUL ANDREOTA ● Mord im Zickzack [2240] ● Lebenswandel mit Todesfolge [2280]

THOMAS ANDRESEN ● Wer badet nachts in meinem Swimmingpool? [2350] ● Nur über Meiners Leiche [2375]

CARLOS BAKER ● Vom Hippie, der den Kopf verlor [2363]

GEORGE BAXT ● «Ich!» sagte der Dämon [2219] ● Flirt mit Scotland Yard [2287]

JOHN BINGHAM ● Geier in der Sonne [2288] ● Die dritte Haut [2339] ● Warum haben Sie gelogen, Sir? [2380]

ANDERS BODELSEN ● Profis und Amateure. Kriminalstories [2355]

BOILEAU/NARCEJAC ● Mensch auf Raten [2115] ● Parfum für eine Selbstmörderin [2174] ● Appartement für einen Selbstmörder [2209] ● Das Geheimnis des gelben Geparden [2232] ● Gesichter des Schattens [2251] ● Das Leben ein Alptraum [2319] ● Tote sollten schweigen [2349] ● Der Commissaire und andere unfreundliche Geschichten [2364] ● Leiche auf Urlaub [2371] ● Der Psychiater und andere bösartige Geschichten (Manignaces, Bd. 2) [2384 – Juli 1976]

J. M. BOSSE ● Schon damals in der Naha [2321] ● Sterben ist die erste Bürgerpflicht [2394 – Okt. 1976]

RUSSELL BRADDON ● Duell ohne Waffen [2391 – Sept. 1976]

CHRISTIANNA BRAND ● Gangster, Geister und Ganoven [2246]

LEO BRUCE ● Tod am See [2370]

● **Fahndung läuft.** Detektivgeschichten ausgewählt von The Times. Band 2 [2376]

STANTON FORBES ● Totentausch [2204] ● Ein Brief aus dem Gefängnis [2281] ● Eine Insel zum Sterben [2320] ● Beruf: Witwe [2379]

PAUL GEDDES ● Das Ottawa Puzzle [2366]

ARTHUR GOLDSTEIN ● So sollte keiner sterben müssen [2314]

T/X—'76

20 bedeutende Preise
wurden den rororo thriller-Autoren bereits verliehen, u. a. wiederholt die «Edgar Allan Poe-Auszeichnung der Mystery Writers of America», der «Grand Prix de la Littérature Policière» und der Preis der «Crime Writers Association».

MARTIN RUSSELL ● Das Blut an meinen Kleidern [2225] ● Der bescheidene Erpresser [2367] ● Die Schläger [2382]

FRANCIS RYCK ● Wollen Sie mit mir sterben? [2353] ● Der Preis der Dinge [2374]

GIORGIO SCERBANENCO ● Stirb bei tiefgekühlten Fischen [2259] ● Die Signorina ohne Revolver [2269] ● Ein kleines Hotel für Sadisten [2283]

JUSTIN SCOTT ● Aller bösen Dinge sind drei [2362]

SIDNEY SHELDON ● Der Arzt und die Unsichtbaren [2273]

MAJ SJÖWALL / PER WAHLÖÖ ● Die Tote im Götakanal [2139] ● Der Mann, der sich in Luft auflöste [2259] ● Der Mann auf dem Balkon [2186] ● Endstation für neun [2214] ● Alarm in Sköldgatan [2235] ● Und die Großen läßt man laufen [2264] ● Das Ekel aus Säffle [2294] ● Verschlossen und verriegelt [2345] ● Der Polizistenmörder [2390 – Sept. 1976]

RAMONA STEWART ● Besessen [2356]

Täter unbekannt. Detektivgeschichten ausgewählt von The Times. Bd. 1 [2352]

PETER TOWNEND ● Stirb auf Sardinien [2299] ● Schnee auf Korsika [2393 – Okt. 1976]

DENYSE VAUTRIN ● Stirb schneller Cousine [2368]

FRIEDHELM WERREMEIER (Jacob Wittenbourg) ● Ein EKG für Trimmel [2234] ● Platzverweis für Trimmel [2260] ● Trimmel macht ein Faß auf [2282] ● Treff mit Trimmel [2274] ● Trimmel und der Tulpendieb [2322] ● Hände hoch, Herr Trimmel! [2258] ● Trimmel hält ein Plädoyer [2395 – Okt. 1976]

ROWOHLT TASCHENBUCH VERLAG

854/1